全面破译西藏神话本源的当代游侠式探险小说

全面破译西藏神话本源的当代游侠式探险小说

伏藏

第3卷

镇魔图

飞天◎作品

九州出版社
JIUZHOUPRESS

图书在版编目（CIP）数据

伏藏.镇魔图 / 飞天著. — 北京：九州出版社，2010.9
ISBN 978-7-5108-0450-2

Ⅰ. ①伏… Ⅱ. ①飞… Ⅲ. ①长篇小说－中国－当代 Ⅳ. ①I247.5

中国版本图书馆CIP数据核字（2010）第062371号

伏藏.镇魔图

作　　者	飞　天　著
出版发行	九州出版社
出 版 人	徐尚定
地　　址	北京市西城区阜外大街甲35号（100037）
发行电话	（010）68992190/2/3/5/6
网　　址	www.jiuzhoupress.com
电子邮箱	jiuzhou@jiuzhoupress.com
印　　刷	三河市祥达印装厂
开　　本	710毫米×1000毫米　16开
印　　张	17
字　　数	260千字
版　　次	2010年9月第1版
印　　次	2010年9月第1次印刷
书　　号	ISBN 978-7-5108-0450-2
定　　价	28.00元

镇魔图·目录

第一部
海市蜃楼

第二部
雪山宝藏

第三部
三眼魔族

镇魔图

[序]

大昭寺，是西藏最辉煌的一座吐蕃时期的建筑，殿宇雄伟，庄严绚丽。

这是座土木结构寺庙，主殿共三层，殿顶覆盖着西藏独具一格的辉煌金顶，在阳光下越发显得浮光跃金，光彩夺目。寺前，终日香火缭绕，藏传佛教信徒们的虔诚叩拜已经在青石板上烙下等身长头的深痕；寺内万盏酥油灯长明，记录着朝圣者永不止息的足迹和神秘藏地千年岁月的永恒。

大昭寺又名“祖拉康”，藏语意思是经堂。“大昭”藏语为“觉康”，意思是释迦牟尼，全名意思就是“有释迦牟尼像的佛堂”，而这尊释迦牟尼像便是指由中国历史上的大唐朝文成公主从长安带来的一尊“觉阿”佛（即释迦牟尼十二岁时的等身镀金像），它在佛教界具有至高无上的地位。

第一部 海市蜃楼

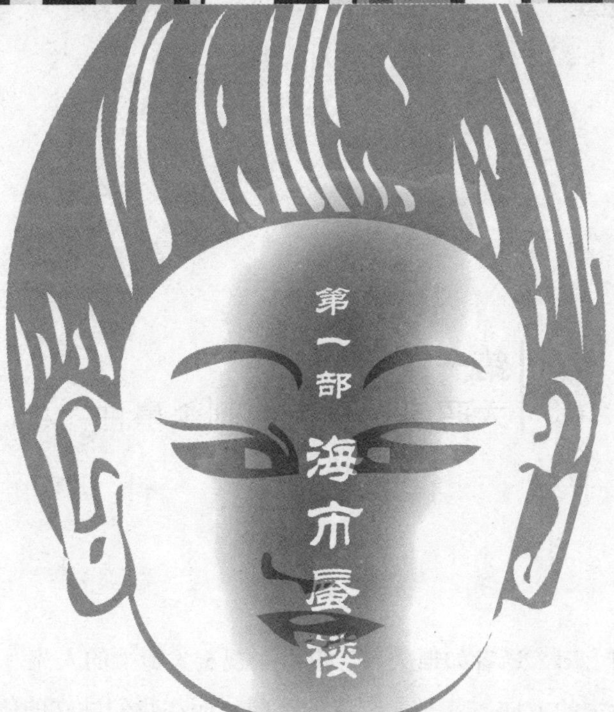

第一章 大昭寺壁画前的刺杀事件

“子在川上曰，逝者如斯夫。”夏雪凝视着大街上的人流，忽然深有感叹。

那些人所去的方向，就是大昭寺的正门，而在我们站立的位置恰好能看到朝阳下的大昭寺金顶，那上面盘旋着的万道金光令人眼花缭乱，不敢正视。四面八方涌来的虔诚藏民个个都表情严肃，保持着深深的敬慕与沉默，仿佛这座矗立了千年的藏地古老建筑就是佛祖化身，能够俯瞰众生，扫除疾病、灾荒和痛苦，为他们带来吉祥幸福。

“即使是大汉儒家文化的鼻祖孔夫子到了这里也得谦虚低头，将‘孔圣人’这一名号乖乖收起来。在藏地，信佛、拜佛似乎已经成了藏民们生存的唯一意义。我始终坚信冥冥之中一定有什么声音在指引着他们的行动，引领他们携家带口、登山渡水聚集到这里来。那个秘密总有一天会被发掘出来，就像流传千年的《西藏镇魔图》一样。那两张唐卡背后一定还……”夏雪忽然闭嘴，不好意思地笑起来。因为她说了太多的“一定”这个词，毕竟世事极多变化，在任何问题上，我们都不可能作出如此肯定的判断。

“快看那个人。”我扬了扬下巴，向街对面的一家小吃店指了指。

隔着人流，一个穿着羽绒服、登山靴、肩上背着一个巨大的双肩旅行包的中年人正起身结账，准备离开。我注意到他，是因为他仅仅喝了一碗羊肉汤，却从钱包里取出了厚厚的一大沓钞票来，递给收账的老板。

“那么多钱？足够去拉萨大饭店猛吃一顿了。”夏雪皱了皱眉。

我们不是喜欢多管闲事的人，只是静静地看着事态发展，却无意要到对面去看热闹。

一周前，瑞茜卡曾从港岛来过电话，她会尽快赶到拉萨与我会合。至于此行的目的，她只含混说有事商量，是关于叔叔陈沧海遇害事件的。

瑞茜卡是个严谨认真的人，如果一件事在电话里无法说清的话，那肯定就是绝对的大事。当然，我希望她能过来，人多力量大，解决问题的思路会更多一些。而且，王帆在更早时候亦来过电话，说数日内就能最终找到陈塘，并带他赶赴拉萨。这才是天大的好消息，我早就觉得该把叔叔的所有遗产物归原主，让陈塘来接手这一切，最好是连“盗墓王”这一称号也包括在内。

“那人真的是很奇怪呢！”夏雪低语。

我脑子里胡思乱想，但目光始终没离开小吃店。等到那人猛拍一掌，把钞票摔在柜台上的时候，夏雪突然叫了一声：“陈风，看那人的眼神。”稍停，她又自言自语地接下去，“真是怪透了，只有决心赴死、唯求一死的人，才可能有那样的眼神。我甚至怀疑，他从小吃店出来，马上就会发生什么意外，因为那种颓丧、决绝和疯狂是装不出来的，完全发自内心。”

夏雪分析得很对，我看到对方眼神的时候，做出的判断亦是：一个决心求死的人。

事实上，很多港岛新闻片里播放过自杀者的眼神，那种让人不寒而栗、退避三舍的淡漠感觉，每次回想起来都很不舒服。将死的人，不但已经把自己当成了死人，此刻任何人落在他们眼里时，也都是死人。

那人丢下了所有钞票，小吃店的藏族老板不敢收，马上追出来，只留下其中一张，要把其余的钱硬塞回那人背包里去。就在这时，已经跨出门口的中年人忽然回身，干净利落地单手锁喉，脚尖一钩，便把对方摔倒在地。

他的动作立刻引起了一阵小小的混乱，因为这边小吃街上的商家们彼此关系都很好，一旦有人闹事，必定会大家一起上，展开一场群殴。说时迟那时快，小吃店内立刻冲出两个浑身油腻腻的年轻人，每人拎着一只方凳，向中年人的头顶狠狠地砸下来。旁边的一家兰州拉面店内也冲出三个大汉，分别拎着大片刀、铁锹和擀面杖，一声不吭地围过来。

“这群傻瓜。”夏雪悠闲地端起茶壶帮我倒水，摇头微笑。

中年人的擒拿动作娴熟而漂亮，明眼人一看就知道他的功夫相当强悍，别说五个小混混，就是再加三倍，都是白费力气。

果然，三秒钟不到的时间，五个人便前仰后合地倒地，嘴里不停地哼哼唧唧，再也不敢起身。

“陈风，要不要管？”我的过度沉默，引起了夏雪的好奇。

那中年人整了整背包，大踏步向着大昭寺正门走去。小吃街上的江湖混混虽多，却没人再敢出手惹事。

我凝视着中年人的背影，淡淡地摇头：“咱们管不了，知道他是谁吗？大侠燕赵的七弟，被江湖上称为‘拼命七郎’的燕七，在探险界非常有名，武功更是燕赵兄弟里最好的，连我也不一定是人家的对手。”

五年前，叔叔带我拜访过河北大侠燕赵，两个人谈得非常投机，在燕赵的“孟尝君子庐”里谈天说地，畅聊了三天三夜。那时我只见过燕七的照片。据燕赵说，他的这个小兄弟正在克什米尔高原的无人区探险游历，与来自欧洲的几位全球顶级登山家一起切磋，早就忘了人间俗事。

现在，能在藏地见到燕七，并且他又带着这样一种绝望求死的眼神，不能不令我深思。

夏雪沉默了，她已经闯荡江湖数年，一定听过“大侠燕赵”的辉煌事迹。

“我们走吧！”我招呼茶馆里的藏族小姑娘结账，然后牵起夏雪的手，慢慢汇入朝拜的人流里。

经历过九曲蛇脉和窝拉错湖两战后，夏雪正日益变得成熟起来，我们两个之间也有了息息相通的默契。在古老而神秘的藏地上，我们最该做的就是多看、多听、多想，少动、少说、少管。毕竟任何一个江湖游侠的阅历在这里都会显得极为贫乏，只有谦虚学习的份儿。任何一次贸然出头，都可能酿成终生大错。

今天，我们的目标是大昭寺的二楼，去看那幅巨大的“曲节祝波”（藏语，译为“法王石窟”）。

大昭寺的壁画是西藏最早的壁画之一，艺术价值和历史研究价值都很高。一楼的四壁绘有“释迦牟尼八相图”、“文成公主进藏图”、“欢庆图”以及大量的显、密二宗佛像及观音像等。这些壁画在松赞干布执政后期经过大量地重新描绘与创造，除南、北二经堂里的武士像及三四尊佛像保留有早期壁画的痕迹外，其他壁画已面貌全非了。

此刻，我们就站在二楼上。那个所谓的“法王石窟”呈正方形，墙面约五十平方米，东北壁毁去大半，所有部分满绘大型“坛城”及“护国药叉”、“金刚萨”、“绿度母”、“叶衣母”等密宗佛像。画面以“坛城”为主，周围布以众佛，参差错落，各具姿态，形式自由，风格淳厚。

从罗布寺返回后，我和夏雪已经来此不下二十次，期望从这些壁画上得到某种神奇的启迪。双头怪物宁吉说过，三眼族魔女的灵魂已经复活，很快就要祸乱藏地。这是敌人临终前的一次恶毒诅咒，更是一次迫在眉睫的提醒，警示我们抓紧时间找到克制三眼族魔女的办法。

“我们应该怎么做？”这已经不知道是夏雪第多少次问我了。

“等待、参悟、屏息、静默。”同样的八个字，我也已经回答过无数遍。

“那么，三眼族魔女到底在哪里呢？”夏雪苦恼地叹气。

壁画艺术虽然瑰丽唯美，却始终都是死的，不能告诉我们任何有用的信息。下一个目标，我们是去参拜大昭寺来的老僧，看他们如何看待这个问题。

突然，那个背着大背包的中年人一步踏了进来，甩掉肩上的背包，扑通一声向着那面墙跪倒，先是一口气磕了九个响头，接着便匍匐在地，一动不动。

我和夏雪交换了一下眼色，马上退到一边，保持沉默。

“莎拉多丽，莎拉多丽，莎拉多丽……”中年人低沉而温柔地低声呼唤着，那应该是个女人的名字。

“我们走吧？”夏雪拉了拉我的袖子。

中年人眼中流露出的表情让我想到屠刀下的待宰动物，或是刑场上即将饮弹而亡的囚徒。自知难逃一死，索性将这种肉体意义上的“死”当成精神层面的升华永生，坦然面对并且积极接纳，由一个极端走向另一个极端。

咯吱咯吱的白桦木楼梯又一次响起，一个穿着黑色西装、脖子上挂着数码相机的白胖男人大步走上来，向墙上的壁画扫了一眼，恶俗地哈哈大笑，一边自言自语：“这些有什么好看的？偏偏有人在这里顶礼膜拜、磕头烧香的，真是无聊至极，无趣至极！”

像他这样的旅游者在拉萨随处可见，说别人无聊无趣，实则他才是这一类人。

蓦地，匍匐在地的中年人腾地一下跳起来，右臂一伸，抓住了胖男人的胸口衣服。

在这里，我和夏雪都犯了同一个错误，以为他要再次向着无辜百姓施暴，以发泄紧张混乱的情绪。所以，我一步跃过去，食指轻弹，用指甲扫过他的右腕脉门，逼他缩手，同时将胖男人挡在身后。

多说话并非胖男人的罪过，我们身边的很多人都跟他一样讨厌，但却罪不至死，也不该挨打。

“到那里去，到那里去，危机正在扩散，一千年了，危机一直都在扩散。快，到那里去，黄金宝藏的背面，藏着……大秘密……”中年人定定地看着我，眼神中那种沉沉的死气突然消失，取而代之的是一种无法言喻的焦虑，仿佛他的胸膛里正燃烧着铺天盖地的山火，危机已经迫在眉睫。

“燕七哥，我是陈风，还认识我吗？”我淡淡地笑着，慢慢握住他的双手腕脉，提防他突然发难。

“黄金宝藏动人心，却比不过宝藏背后的秘密。快到那里去，你快去，快去！”燕七双臂一振，想要甩开我的手，但我不动声色地发力，硬生生地把他拖住。任何武学大行家在腕脉受制的时候，上半身都会酸软，内力只提升到膻中穴就四下溃散，无法反抗。

“燕七哥，有事慢慢说，不要着急。要不，我们到大昭寺外面找个安静的地方聊聊？”在这种地方大吵大闹，很快就会被寺里的僧人给赶出去，影响以后我和夏雪的探索行动。所以，我抱着息事宁人的态度，想把燕七带离大昭寺的二楼。

蓦地，燕七的右眼角出现了一道弯弯曲曲的青筋，像一条雨后现身的巨大蚯蚓一般摇头摆尾地爬行，几秒钟内就爬满了他的右半边脸，覆盖范围从额角到下巴颏、从鼻尖到耳根，而且只是半边，以发际中分线、眉心、鼻尖、人中为界。

胖男人“啊”地大叫了一声，幸好夏雪及时在他软肋上轻轻撞了一肘，令他接下来的惊呼都闷死在喉咙里。

“燕七哥，我们先出去吧？”我无法表达此刻的心情，但能判断出那种变化绝不仅仅是生理上的诡变，而且其中带着不能以应用物理学解释的异术成分。

“只要我死，就能见到莎拉多丽……死是最容易的事，如果能见她，死十次又何妨？但是，你能保证只要我死，就能如愿以偿吗？我到这里来，我为什么到这里来？如果莎拉多丽就在大雪山里，为什么不让我死在那里，非要到这里来？告诉我，这是为什么？为什么非要进入死亡的境界？难道莎拉多丽也已经死了，必须得去阴阳相隔之处找她的灵魂？宝藏，宝藏，我看到了史前宝藏，那些泛着迷幻光芒的巨大的金锭，一堆一堆的，数都数不清，知道吗？莎拉多丽，你是我生命里无法弥补的最后一件恨事！”

胖男人愤愤地呸了一声，绕过我身边的时候，突然向燕七左胸推了一掌，打断了他的呓语。

“神经病，神经病！真叫人扫兴！”胖男人大步下楼，只留给我们一个背影。

瞬间，我觉得事情似乎有些不对，但燕七眼睛里随即重新出现了最初时那种唯求一死的决绝，把我的注意力全都吸引住了。

“我必须得死，只有当死亡之光照到我内心深处时，才能得到最后的拯救。这世界必定沉沦于黑暗，莎拉多丽在黑暗中向我招手，我必须去，然后，这世界毁灭，唯独我们的爱情可以永生。不必多说了，我该上路了，光明再见，太阳再见！”

燕七脸上那条青筋突然越界，将他的整张脸爬满。现在，他的五官已经被一张深浅不一的青色网络遮住，样子十分骇人。我的手本来是紧握他的腕脉的，却被两股来势汹汹的巨大力量霍地弹开，低头看时，那青色的筋络一直延伸到他的手背、掌心、指尖上，一处都不放过。

“陈风，带他去医院吧？”夏雪的语气有些迟疑。治病救人是医院的天职，但燕七所患的并非生理疾病，中医、西医、藏药只怕都会束手无策。

我用右手按住他的膻中穴，缓缓运劲，将自己的内力慢慢传递到他身体里。渐渐地，我感受到燕七体内有两股暗流正在纠结缠斗着。一股极冷，运行轨迹是网状的，力量非常强大；另一股温暖但微弱，只存在于他的左胸范围，仿佛是为了维护他的心脏而存在的。

“没事，带他回旅馆，我用内力帮他治疗。他的身体似乎正在被一股邪力控制，只要驱散寒毒，应该就能清醒复原。”这种邪力入侵的病症往往令医生无所适从，找不到对症下药的突破口，但中国武学里的“传功疗伤”却正好用得上。

夏雪捡起燕七的背包，跟我一起半搀扶半拖拽陪着燕七下楼，转入大昭寺侧面的小巷子里。

从窝拉错湖返回拉萨后，我和夏雪挑选了一户本地藏民开的家庭旅馆暂住，费用无所谓。那里干净而隐蔽，很少有人打扰，所以我才决定带燕七回去。

小巷里，阳光被两边高高大大的建筑物挡住，光线立刻黯淡下来。我稍稍松了口气，这样燕七的怪态就不会引起围观和恐慌了。

"夏雪，你一会儿安排旅馆主人去买些清热解表、发散排毒的藏药来，然后多给他几百块钱，把他的旅馆包下，别再让外人住进来。我得通知大侠燕赵，看看他有什么办法，请替我联络瑞茜卡，查找一下对方的电话号码。"我把所有问题都考虑清楚了，所以一离开大昭寺，就能迅速安排夏雪去做这些事情。两个人的合作越来越默契，另一方面，彼此的心也正在越来越靠近，直到贴合在一起。

夏雪只答了一个字："好。"

小巷的青石板路人迹罕至，两边的墙角长满了墨绿色的苔藓，看上去古意幽幽。如果没有这么多事沉沉地压在肩上，我和夏雪就能舒舒服服地安心观赏藏地风情，欢度每一分钟了。但是现在，我们的爱情之舟只能在此起彼伏的江湖漩涡里漂浮，还找不到靠岸的方向。

"谢谢，你还有什么需要补充的吗？"我意识到自己的心情太压抑了，以至于长时间忽略了她的感受，这样决定也没有征求一下她的意见。

"我有种不祥的预感，那胖男人似乎没有如此简单。不知为什么，当他吹胡子、瞪眼、发脾气的时候，总让我联想到一个人。"夏雪变得忧心忡忡起来，向小巷两头张望着。出了巷口右拐，再走一公里多点，就是我们住的旅馆。

我马上仔细回想胖男人的样子，猝然之间，身边的燕七踉跄了一下，左胸上突然喷出一道血泉，哗的一声，染红了正踩在脚下的那块青石板。

"不好，是'倒霉的胖子'，对不对？"我的心一沉，立刻举手点了燕七心脏周围的几处穴道帮他止血，而夏雪则迅速从口袋里掏出三个急救包，全部拆掉包装叠起来，捏在指尖上。此刻，我已经解开了燕七的外套、毛衫、衬衣和内衣，露出他的左侧胸膛。除了那些无处不在的网状青筋外，他的心脏正中位置还多了一道梅花形状的刀口，每道创口的宽度都有半寸。

"就是他！"夏雪倒抽了一口凉气，把急救包按在创口上，然后用胶布贴好。

这些急救物品是夏雪返回拉萨后第一时间买回来的，随时带在身边，以备不时之需，没想到第一次派上用场竟然是在一个陌生人身上。

只隔了三秒钟，急救包便被鲜血浸透，因为那种梅花形伤口属于外科医生最棘手的问题，难缝合、难包扎、难痊愈。正因如此，被"倒霉的胖子"重创的人生还率只有千分之一，大部分都在受尽痛苦后死于医院的病床上。

我将燕七的衣服胡乱放下来，背起他，急步奔回旅馆。为了尽可能地避开别人的注意，我们是从旅馆后门进去的，直接到了夏雪的房间。

自始至终，燕七都痴痴呆呆的不出一声，仿佛那创口是出现在别人身上的，跟他毫不相干。

夏雪检查了燕七的伤口后，忽然长吁了一口气，脸上露出了既庆幸又惊讶的笑容："陈风，真是奇怪，那创口居然仅有半寸深，离心脏还有很远的安全距离呢。这一次，不知道是对方心软了还是什么原因，你的朋友仅受了皮肉伤，只需简单的消毒、麻醉、缝合就好了，估计一个月内就能痊愈。"

"倒霉的胖子"一向出手狠辣，不留活口，我也感到奇怪，但不管怎么说，燕七能活下来总是好事。

接下来半小时，夏雪熟练地给燕七治疗，而我则是循着原路再回了一趟大昭寺，看看对方有没有什么线索留下来。

资料显示，"倒霉的胖子"是一名中越混血儿，成名于十年之前，在全球杀手榜上排名第九，擅长在公开场合下借"制造自身的倒霉事件"引起混乱后动手杀人。刚才，我的注意力全在燕七的呓语上，因为他提到了"世界毁灭"之类的话，身体又发生了那种奇异的诡变，由不得人不悚然心惊。

第二章
燕七遇到的海市蜃楼

结果，一路过去，大昭寺内外毫无异常，朝拜者和寺院僧侣们都在关注着各自的事，谁都不会注意刚刚发生的刺杀事件。

我停留在大昭寺二楼上打电话给瑞茜卡，目光一次次地扫视着墙上的壁画。燕七刚才就是叩拜在墙下，才引起了与“倒霉的胖子”冲突的事端。那么，他到这里来目的何在？他说的那些莫名其妙的话是什么意思？

当下，大昭寺内外人头攒动，想再找刺杀者已经千难万难。庆幸的是，这次胖子终于失手了，给燕七留了半条命。

瑞茜卡的声音依旧干练而简洁：“陈先生，有什么吩咐？”

我淡淡地回答：“请给我查一下河北大侠燕赵的联络方式，我必须要在最短时间内跟他通话。”

那些资料应该在叔叔的电脑里、备忘录上、电话记录簿上都有备份，像他那样严谨的人，一定会事必躬亲地记好这些，以备查找。

瑞茜卡答应一声，话筒立刻被另外的人接了过去：“陈风，在藏地奔走还习惯吗？要不要我们家里的人空运一些资源过去？”

那是叔叔的另外一个好朋友，读心术大师方东晓，一个爽朗随和、不拘小节的好男人。

我叫了一声：“方叔，谢谢关心。”

叔叔在时，与方东晓最谈得来，两个人对于前世、灵魂、复活、脑电波之类的话题有相当深刻的探讨，已经超越了专业教科书的内容。

“我刚刚听你在问燕赵的电话，巧了，我手边就有，拿笔记一下吧。”方东晓哈哈大笑着报上一个号码，随即叮嘱，“大侠燕赵脾气不错，但他手下的兄弟们个个傲慢自大，打电话过去，千万注意自己的勇气。年轻人嘛，一定得坚韧忍耐，才能出人头地。”

像从前一样，方东晓总是抓紧一切机会教导我。在这一点上，我深为感激。

我礼貌地道了再见，然后收线，匆匆赶回小旅馆。现在燕七的情况还不是十分明朗，我告诫自己千万不要操之过急，惹出另外的麻烦来。之所以这么想，是因为从他出现到被敌人重创，说的那些话似乎都是自相矛盾的，像是完全出于两个人之口，忽而说东，忽而言西。

刚一踏进旅馆的院子，就闻见一股蘑菇炖小鸡的浓浓香气，从南面的小厨房里直飘出来。那道东北名菜是叔叔的最爱，连带我也喜欢上了这东西。

皮肤黝黑的旅馆老板娘央金在厨房门口露了露脸，操着熟练的汉语招呼我：“夏小姐说了，从今天起，每天加一道大菜。鸡是我们自养的，干净、好吃还很放心。”

有夏雪在，饮食住宿方面无须操心，她都会打点得清清楚楚。她是那种心思缜密、心细如发的女孩子，在很多事情上都能跟我想到一起去，正是叔叔说的“贤内助”类型，比起目前港岛花花世界里那些浮躁刁蛮的小女孩要强逾百倍。

“怎么样？是否有胖子的线索？”夏雪一脸严肃地替我开门。

我摇摇头，像胖子那样的成名下手，往往会在一击即中后飘然身退，迅速离开刺杀地点，躲开一切追捕。

“燕七不死，全仰赖他身上穿的那件‘天蚕甲’， 其实胖子已经尽全力发出索命一击了。”夏雪指了指桌面上的一件近乎透明的坎肩。

那件衣服又软又柔，握在手里轻如无物。我提起它，迎着窗前的阳光看，才发现那些由正宗的天山神蚕丝编织而成的经纬网络。神蚕丝与铁线蛇并称为自然界两大坚韧至宝，普通冷兵器根本斩不断它。我猜杀伤燕七的只是胖子那柄梅花杵上的杀气和内力，真正的锋刃全被天蚕甲挡住。否则的话，一击穿心，就算华佗再世也回天乏术了。

天蚕甲是大侠燕赵的“乾坤三宝”之一，曾有外国国家的领导人出价四亿美金求购，却被燕赵看都不看就拒绝了。他能把宝甲穿在小弟身上，可见兄弟之间情深无价。

“价值四亿的好东西啊！如果穿在你身上，效果将超过双层铅板的防弹衣。陈风，不如你先穿着它，等燕七醒了再还给他？”夏雪心里只有我，其实女孩子更需要这种万无一失的防护，我更愿意将她说的话倒转过来。但是，天蚕甲是燕七的东西，我们绝不会妄动甚至据为己有。

我笑了笑，走到旁边套间去看燕七。

如果可能，我希望由他亲自打给大侠燕赵，免得口口相传，再弄出什么误会来。

夏雪的外科护理技术不错，燕七身上的血衣已经换掉，床头上挂着生理盐水瓶子，正向燕七体内输入消炎杀菌的成分。他仰面躺着，凝视着五颜六色的屋顶木梁，眼神迷茫而晦暗，脸上毫无表情。

“燕七哥，我是陈风，陈沧海的侄子，记得吗？”我低声呼唤他。

他的脸色非常苍白，本来挺拔威猛的两道虎眉已经虚弱地耷拉下来，双眼勉力支撑着。但谁都看得出，他已经非常疲倦，如果能合眼睡上一觉，也许会对他的伤口有好处。

“莎拉多丽……”他低唤了一声，又是那个女人的名字。

“那是谁？莎拉多丽是谁？”我循着他的话题向下问。

他的嘴唇立刻颤抖起来，因过度缺水而干裂的唇角缓缓地渗出了几缕血丝：“我要看到她，那个海市蜃楼里出现过的女人，她的名字就是‘莎拉多丽’。你明白吗？她是我毕生见过的最美的女人，这一生，不见她一面，我死不瞑目……死不瞑目。不，你不会懂，你永远都不会懂，她是属于雪山魅幻之景的，出现在谁的心里，就是那个人前世缘分里的女人，找到她，那个人会过得比神仙还快乐。我将一生中最大的憾事一一列举下来，称为‘燕七七恨’，但这‘七恨’造成的遗憾全部加起来，都比不上见不到她的痛楚。莎拉多丽……”

夏雪皱了皱眉：“他根本没听你说什么，只是神经病一样胡乱呓语。”

的确，就算燕七盯着我看的时候，目光也是空洞涣散的，仿佛只当我是空气一样，视线焦点落在无尽的远方。

现在，暂时能够确定的是燕七不会死，伤情已经得到控制。

“我马上要给大侠燕赵打电话，让他派人接燕七回去。希望胖子不会再来打扰咱们了，想想刚才那一幕，对方在咱们两人眼皮底下出手杀人，真是又惭愧又后怕！”我由衷地感叹，懊悔自己当时只顾到燕七，竟然忘记了保护夏雪。

夏雪拍拍我的手背，无言一笑，所有深意全在不言中。她取了一个袋子，把天蚕甲装好，放进旅行箱的最下层。这种稀世之宝，如果给居心不良之辈看到，又将是一个大麻烦。

我拨了方东晓说的那个号码，电话振铃七八次，才有一个声音浑厚低沉的男人来接电话：“喂，哪位？”

那正是大侠燕赵的声音，他身怀“乾坤混元罡气”和“龙象狮子吼”两种绝世内功，每次一开口，连空气都仿佛轻轻震颤起来，成为他的发功气场。

“燕前辈，我是陈沧海的侄子陈风。”我自报家门，脑海中浮现出高大威猛但又虚怀若谷的那个北方大汉的形象。

燕赵微微一怔，声音里立刻有了笑意：“哦，是你？什么事？”

我略去一切寒暄，言简意赅地把大昭寺内外发生的事叙述了一遍。

燕赵处变不惊，静静地听着，直到我说完最后一个字，才淡淡地回答：“不要慌，请代我照顾燕七二十四小时，我会让目前身在南疆的兄弟赶过去处理一切。现在，我在拉萨没有可以托付的朋友，一切全仰仗小兄弟你了，多谢。”

我不卑不亢地答应：“好，我会全力以赴保护燕七哥的安全，直到您的朋友赶来。”

叔叔教导过我，人在江湖，务求保持不卑不亢。地位再高的官、声望再重的江湖人物都是从默默无闻中一步步登上去的，遇到他们，只需记住用平常心去看待应对就好，不必妄自菲薄。

叔叔与燕赵可称是“南北齐名”，但两个人同样深沉隐忍，韬光养晦，是当之无愧的江湖后辈学习的楷模。

“小兄弟，你帮了我这么大忙，我该怎样谢你？”燕赵忽然低低地咳嗽起来。

“不必，是我应该做的，只是我一直怀疑没有强大后台的话，胖子不可能向燕七哥下手，他不敢为了钱得罪燕家。这次燕七哥逃过一劫，大家都该提高警惕才对，您说呢？”我听得出，燕赵似乎受了某种内伤，心脏、肺管、食道都被累及，才会发出那样的咳嗽声。

“你猜得对，三周前胖子在河北沧州这边出现过，连续六次偷袭我，终于得手。我中了他的‘湄公河之梅’，伤到了左肺，正在调养，不能出门。据可靠消息，胖子已经投靠了五角大楼那边，我正在继续搜集他的情况，这笔账暂时记下就是了。”燕赵轻轻地笑起来，低声感叹，“陈风，沧海兄果然没有看错你，你的确是个能够独当一面的人才。等这事结束了，我会专程去港岛向你致谢。”

我抓紧时间问了最后几个问题：“莎拉多丽是谁？燕七哥看到的海市蜃楼是指什么？他来西藏的探索目标是什么？同行者还有谁？”

那些问题有助于打开燕七的心锁，我不想把一切矛盾都推给燕赵去解决。当然，我对黄金宝藏的兴趣不是很大，只是燕七提到了“千年危机扩散”，就不能不引起我的注意了。

燕赵叹了口气：“电话里说不清，我把燕七的资料传真给你。”

我把小旅馆的传真号码报给他，然后两个人道别收线。

燕七仍旧一动不动地平躺着，呆呆地凝视着屋顶。

窗台上，吊兰和云竹枝繁叶茂、苍翠欲滴，那亦是夏雪的杰作。跟她在一起，我仿佛忘却了快节奏的港岛生活，越来越变得气定神闲起来。物以类聚，人以群分，我们是个性、思想极其接近的两个人，所以她做的任何事，都会深得我心。这一点，任何人无法取代。

只过了五分钟，夏雪便捏着一沓传真纸进来，脸色变得非常凝重。

“是从河北沧州来的传真资料，我只粗读了一遍，你相信吗？燕七遇到了一件比奇幻小说还要诡异的事。他看到海市蜃楼，并且亲自走进去，与幻影中的人交谈，然后用数码相机拍下了这一切。接下来，他告诉燕赵，要去寻找海市蜃楼里的世界，大致地点就在克什米尔高原的东西两侧……”她抖了抖那沓纸，发出一声感叹，“在这个世界上，只有美丽的女人才能让男人发疯。燕七真正要找的，是一个在海市蜃楼中出现的女孩子，‘莎拉多丽’就是她的名字。”

我接过传真纸，平铺在茶几上。夏雪已经细心地将每张纸都标注了页码，然后用红铅笔波浪线画出了重点段落。

“慢慢看，我出去走走，不打扰你了。”夏雪嘴角浮出一丝微笑，转身走了出去。

传真总共四十三页，全都是燕七的第一人称自述，逐一连贯起来，就是下面的这个诡谲故事。

一九九九年五月五日，探险队进入克什米尔高原东侧的无人区山谷，这里寸草不生，只有大大小小的鹅卵石和金黄色的沙砾，可以推断，多年以前这里是一条湍急的河流。断流之后，便只剩下光秃秃的河床。在这里，我发现了七粒金沙，最大的一块约有四克重。探险队的十一个人都捡到了金沙，大家都很兴奋，加速向河床源头前进，因为按照常规，河床里有沉淀下来的金沙，源头处就可能有天然金块的矿床。幸运的话，我们将发现一条如金沙江一样的黄金之河。

天黑之前，我们到达了一处低矮的瀑布前，姑且叫它瀑布吧，虽然现在没水了，但我能想象到若干年前，河水从这个高约五米的断崖上跌落下来时的情景。瀑布下是一个二十步见方的水潭，当然也没有水，是之前被水流硬生生地从青石板上冲击出来的巨大凹槽，可见当时的水流湍急之至。

我们在断崖右侧的石岸上宿营，两名同伴在水潭石缝里捡到了四块红酒塞子大小的金块，兴奋地大叫大嚷。其实大家都是见过大场面的人，不会为了一两块金子而兴奋过度，我们真正渴望的是发掘出亚洲第二条“金沙江”。吃饭的时候，我喝了一点点白葡萄酒，然后便趴在帐篷里专心地研究地图，为明天的行动做准备。我之所以要将奇遇发生前的事写得如此详细，就是想向所有人说明，到此为止，一切正常，与从前的任何一次探险活动没什么区别。其实发现金沙、金子也没什么特别的，上一次在北疆探险时，我甚至从一堆死人骸骨下发现了一袋西夏时代的金币。我的朋友“神眼”萧亮就更绝了，他曾在外蒙边境线的界碑旁边方便时，一脚踢到了成吉思汗用过的黄金碗，成了当季苏富比拍卖会上的绝对大热门。

凌晨一点钟的时候，我走到帐篷外面去方便，准备舒展一下身体后就回来睡觉，明天继续努力。那时候，探险队的人都已经睡了，四野无人，十分寂静。忽然，我看到断崖下方出现了一座彩色的牌坊，那种东西通常只会在藏地寺庙前看到，而且天黑之前我们向断崖四周搜索时，根本不曾看到过它。牌坊后面，是一条已经被半人高的枯草覆盖的小路，一直通向远处。我使劲揉了揉眼睛，确信不是自己的幻觉，便下了断崖，走到牌坊前面。当时，我的脑子有些混乱，并没有及时叫醒同伴，当然也有自己的私心在里面。所有探险队的成员既是相互守望、彼此扶持的伙伴，又是探险界的竞争对手，谁也不愿把自己第一眼发现的东西拱手让给别人，放过一鸣惊人、一飞冲天的机会。

（以上这段燕七的经历让我不由得心生慨叹，“名利”二字真是拥有无限的魔力，竟然能令燕七这样的探险界大行家忘记了危险的存在，犯了“无人区探险”的大忌。我理解他的想法，但却不敢苟同，毕竟这个世界上的荣誉和金钱都是无穷无尽的，不可能被一个人全部包揽。生命却只有一次，毁灭后不可能再有重生的机会。两者比较，孰轻孰重，已经无须斟酌了。很多时候，聪明人的选择就是如此奇怪，明明是二选一的判断题，偏偏就铁定选错。那么，燕七看到的果真不是幻觉吗？我迫不及待地继续翻看下去。）

我走过了牌坊，枯草稍稍一碰，就咔嚓咔嚓轻响着断掉了。远处，隐约可见一道红色的高墙。等我大踏步走近，才发现那原来是一座西藏风格的寺庙，从木门到墙体，都写满了古代藏族文字。在寺庙门口，我闻到了强烈的原始黄金矿体的味道。从古至今，真正的民间寻矿高手都知道，各种金属矿都有自己的特殊味道，不像硫黄矿那样刺鼻，但只要平心静气地去探索，就能判断出地下埋藏着什么。正因为探险队此行的主要目的就是寻找“金沙江”，所以每个人都花了近两年的时间专门研究地下金矿的特性，几乎人人都成了探矿的专家。

于是，我顾不上观察四周的情况，便飞快地进门，穿过院子，再进一道门；再穿过院子进门，如此重复了十几次，突然发现自己正站在一道高高的悬崖上。脚下是一个巨大的椭圆形山谷，无数散发着辉煌金光的块状物品高高地堆积在山谷里，填平了深达几十米的山谷一半。天哪，那些都是原始的金块！这是一个堆满了金子的山间盆地，纵向近一公里，横向超过五百米，高度约在四十到五十米之间，就算金块只堆满了那盆地的十分之一，就已经是足以震惊世界的超级黄金宝库了。

悬崖侧面，有一条开凿在山体上的狭窄阶梯。我沿着它一路向下狂奔，直到站在金块顶上，双手各抓着一块比餐盘还要大的金饼。那种心情，就像一个饕餮之徒被突然丢进了摆满美味的后厨，不知道从哪里下嘴大吃一顿。我把金饼丢掉，又抱起一个更大的像西瓜一样的黄金圆球，脚底踩着的竟然是一个餐桌面板一样大的金块。亮闪闪、明晃晃的金子已经将我完全包围，仿佛连我自己都要变成一个金人了。当我踏着遍地黄金高声呐喊、跳跃奔跑时，感觉自己的人生已经接近极度完美。假如此刻再有一个美丽的女人能与我分享的话，就百分之百完美了。

结果，我刚刚这么想，对面的山崖顶上就出现了一个衣袂飘飘的长发女人。我愣了一下，突然以百米冲刺的速度奔向对面，沿着一条比西岳华山百丈悬梯还要陡立的石阶攀登上去。那女人退入金光照射不到的黑暗之中，她似乎一直都在微笑，洁白的牙齿在黑暗中闪着深海珍珠一般的幽幽亮光。脚下不再是坚硬的山石，而是柔软的茵茵草地，空气中浓烈的黄金矿腥味淡了，取而代之的是那女人身上无法形容的馨香。于是，我们做了饮食男女在心情激荡的情况下都会做的那件事。

于我而言，人生的最高境界莫过于如此。一座无法计数的黄金宝库，一个千娇百媚的女人，一次酣畅狂野的缠绵纠结，冥冥之中，仿佛有人用一柄极其锐利的小刀，将这一幕深深地雕刻在我脑子里，时过境迁之后，每次睁眼闭眼，每晚睡前醒后，都会清晰地浮现在我脑海中。我问她的名字、她的年龄、她的来历，但她只告诉我“莎拉多丽”这个名字，其他一概只用微笑代替回答。那一夜，是我人生中最美妙的享乐峰巅，然后带着绝对的满足沉沉睡去，直到第二天早晨被冻醒为止。

奇怪的是，山谷仍在，黄金和莎拉多丽却都不见了，呈现在我面前的是一个无不荒凉的盆地，里面只有碎石和沙砾。我脚下的草地也消失了，变成了早就枯死的草根。就在我和莎拉多丽缠绵过的地方，留着一行断断续续的藏语血字，翻译成汉语就是“找到我、解救我”的意思。我发疯似的跑进盆地最底层，大声呼喊那个名字，最终精疲力竭地昏厥在地。醒来时，我已经躺在宿营地的帐篷里，探险队的所有同伴都在，他们听了我的叙述后，都认为那只不过是幻觉，是藏民口中常说的“雪山魅幻”，由大山里的山精树怪营造变化成漂亮的藏族女人，专门诱惑血气方刚的年轻男人。我所见的，不过就是海市蜃楼而已，无须多辩。

我的体力恢复之后，又回到莎拉多丽出现的山谷，用小刀削掉了那行血字，并且对着空旷的盆地发誓，无论前路有多危险，我一定要找到她、解救她……

传真纸上的内容到此结束，按照影印件的纸面字迹分析，燕赵那边是直接将燕七的探险日记复印传真了过来，所以每当叙述到激动紧张的段落时，字迹就变得龙飞凤舞、潦草不堪，非得仔细辨认才行。

“燕七在海市蜃楼里的奇遇说明了什么？”我轻弹着那沓纸，侧耳聆听，燕七似乎已经发出了轻微的鼾声。如果他能小睡一觉，定会对身体恢复大有裨益。

按照他的描述，盆地中堆叠的黄金绝对是天量，谁能找到它，谁将成为国际黄金交易市场上的超级大鳄。这样的消息一经证实，克什米尔高原差不多又将成为无人区探险家们的乐园了。

第三章
陈沧海与香雪海留下的图画线索

夏雪轻轻地推门进来，先是向套间里探头，看了看燕七的动静，再转身回来，悠闲地在沙发上落座。

“午饭很丰盛，不知道你看过那叠传真后，还有没有心情吃得下？”夏雪微笑着，将我手里的传真纸拿过去，再次翻阅着。

“怎么会呢？那是燕七的故事，与我们无关，又怎么能影响我的食欲？”我暗叹夏雪的敏锐洞察力，仿佛一眼就能看到我内心深处去。燕七的诡异遭遇的确搅乱了我的思想，因为在理论上说，任何一种海市蜃楼里的情景都需要真实环境的映射才会出现。换句话说，燕七所见的，必定在这世界上真实存在着。以他的探险阅历，凭着那些牌坊、门户上表现出来的颜色、式样细节，就应该能判断出它们存在于何处，然后按图索骥地去找，只要努力，定能有所收获。

那么，燕七目前表现出来的这种浑浑噩噩的状态，会不会与他的搜索结果有关？再有，胖子杀人，不管是受谁指使，也都会与燕七的发现有关，差不多就是“杀人灭口”的意思。更深一步推测，燕七到底发现了什么，能值得别人请胖子出手，务求一击必杀，不留后患？

夏雪耸耸肩，嘴角一翘，露出揶揄的笑容：“刚刚我请朋友查过，胖子早就被51号地区的人招安，成了他们中的一员。这件刺杀案，是否可以看做是51号地区的人所主使的？再透露一点，胖子在藏地附近的行动，直接隶属于你的一位好朋友领导。如果需要特别详细的资料，完全可以向她求证。”

我猛然一怔，惹得夏雪哈哈大笑，然后突然收声，免得惊动了刚刚睡着的燕七。

那位“好朋友”自然是指特洛伊，她曾经是我的朋友，但现在，我每次想到她，都只会摇头苦笑。其实以她的聪明睿智、家境学历完全可以踏入另一条繁花满眼的人生之路，没必要进入五角大楼的灰色间谍组织，将一个活色生香的大美女变成了一个简单的特务代号，其音容笑貌逐渐被所有人遗忘。

“当真？消息来源？”我对特洛伊仍旧心存“人之初、性本善”的幻想，不愿把她与暗杀活动联系在一起。

“五花神教。”夏雪皱了皱眉，但仍旧坦言相告。那个名字带给她太多灰色的记忆，我理解她的心情。

我点点头，五花神教在中国的四川、两广、云贵、西藏一带和尼、印两国的眼线分布极广，消息应该可信。

“等燕赵的朋友到了，咱们就抽身，不再多事。”我做了这样的结论。

小鸡炖蘑菇的香味更浓了，透过门窗直飘进来，我已经有了饥肠辘辘的感觉。

“陈风，这一次我有不同意见。为什么不能等燕七完全清醒了，把与莎拉多丽有关的细节说清楚了再放他走？放心，我对黄金没有贪心，只是咱们都很清楚，藏地的每一桩大宝藏后面都隐藏着大危机。很多人被黄金的魅力迷了眼、蒙了心，会做出很多丧心病狂的事来，难免殃及无辜藏民。这样的事，咱们既然遇到，就该管到底，不能一推了之。”夏雪举手，示意我不要匆匆就下结论，“至少，也要先探明胖子的底细，看他下一步会不会向咱们动手，你说呢？”

她说的那些，我都清楚，但我所顾忌的问题，她就不一定明白了。

地球上的任何地点、任何怪事只要经51号地区插手，最终的赢家就一定是他们，绝无例外。平心而论，全球各国哪一方势力、哪一个大人物能跟五角大楼这样的国家机器对抗？答案不言自明。

如果胖子知道燕七没死，下一步还会展开后续行动，我和夏雪将马上处于危境之中。九曲蛇脉、窝拉错湖两战后，我们身上的疲惫征尘还没有完全洗去，实在是不想再卷入一场莫名其妙的战斗中去了。

“静观其变？”我伸了个懒腰，望了一眼桌上的卫星电话。

“当然，等胖子自投罗网就好了。反正咱们在这里有吃有喝，而且手上有燕七这张最重要的牌，还怕没有人蠢蠢欲动？”夏雪把传真纸排好，放进旁边的抽屉里。

“那么，一切都得小心。”我的话虽然简短，包含的意思却是极深。

夏雪一笑：“放心，我不会单独离开旅馆的。”

我们都知道，两个人的力量合在一起才会发挥最大作用，一旦分离，很容易被敌人各个击破。

吃饭的时候，我们又简单讨论了燕七的诡遇。

“海市蜃楼”一词的出处是《史记·天官书》：海旁蜄（蜃）气象楼台；广野气成宫阙然。云气各象其山川人民所聚积。

平静的海面、大江江面、湖面、雪原、沙漠或戈壁等地方，偶尔会在空中或地下出现高大楼台、城郭、树木等幻景，称海市蜃楼。古人归因于蛟龙之属的蜃，吐气而成楼台城郭，因而得名。

自古以来，蜃景就为世人所关注。在西方神话中，蜃景被描绘成魔鬼的化身，是死亡和不幸的凶兆，而在中国古代则把蜃景看成是仙境，秦始皇、汉武帝曾率人前往蓬莱寻访仙境，还屡次派人去蓬莱寻求灵丹妙药。现代科学已经对大多数蜃景作出了正确解释，认为蜃景是地球上物体反射的光经大气折射而形成的虚像，所谓蜃景就是光学幻景。

“高原缺氧、河床毒气都能造成探险者的幻觉，粗略估计，燕七的诡遇正是属于这种情况。我猜，探险队的同伴也会这么说。普天之下，只有燕七一个人相信黄金盆地和那个女人真实存在，而且跟他有过一夕缠绵。现在，他想求证的问题是找到蜃景的原始出处，并且相信地球上的某一个地方确实存在黄金盆地，还有一个令人无限销魂的女人在等他解救。你说，他已经找到了吗？”夏雪的眉头一直紧皱着，虽然偶尔微笑，却是愁眉不展。

联想到燕七刚刚出现时那种唯求一死的眼神，我重重地点头：“他应该是已经找到了，并且得到了某种暗示，自己要先死去才能见到莎拉多丽。所以，他回大昭寺来，准备速求一死，然后远赴巫山神梦。糟糕的是，偏偏胖子的致命杀招‘湄公河之梅’遇到了天蚕甲，而且你的医术又足够高明，把他救了回来，破坏了他的计划。”

夏雪弹指一笑，低头喝汤。

我感觉餐桌上的气氛忽然变得僵硬起来，两个人之间似乎多了某种无形的屏障。

“我有件事……”

“我说……”稍停，我们两个同时抬头，又不约而同一起开口。

夏雪叹了口气：“陈风，你先说吧，我洗耳恭听。”

她的两颊因热乎乎的鸡汤而升起了两团潮红，隔着汤锅的氤氲热气，眼神也显得迷迷蒙蒙起来。

“夏雪，你真美。”这句话本不在计划之内，完全是刹那间有感而发。这次的藏地之行虽然极尽波诡云谲，却收获了夏雪这样美丽的女孩子，无论其他方面有没有成就，我都已经了无遗憾。与冷傲的特洛伊、循规蹈矩的瑞茜卡、清丽脱俗的莲娜比较，夏雪显得真实、美丽、睿智、机警，几乎融合了另外三人身上所有的优点，而且与我两度同生共死过，是我今生唯一的选择。

“哦？”夏雪微微一怔，“你要说的，就是这些？”

我摇摇头：“当然不是，我想说，燕七的探险日记里描述的那个地方似曾相识。记得在收拾叔叔的遗物时，我曾在别墅顶层的一个私人小书房里发现过一幅潦草速写，描绘的依稀就是传真件上的内容。可以穿过的门户有十八重，每一道门都嵌在巍巍高墙上，但却看不到庙宇和房屋。最后一重门户过后，就是壁立的千丈沟壑。画的最右边，太阳在沟壑对面的天上低低地悬挂着，无法分清是朝阳还是夕阳。”

夏雪从我开口起，就从抽屉里取出白纸和铅笔，刷刷刷迅速勾勒着。

“沟壑下面是一片空白，留着一个大大的问号。那些高墙和门户画得太简略了，所以无法分清是哪个地域的建筑物，所以才被我忽略了。”我记得那幅画是夹在一本时尚杂志里的，只露出半边，并不引人注意。

叔叔的爱好极为广博，虽然没有专门学过绘画，但在他大部分探险日记上都留有娴熟的速写，作为文字的补充说明。我相信那幅画是出自叔叔之手，却不知道为什么会留在小书房里。

夏雪将那张纸推过来，我所说的已经跃然纸上，不过绘画的方向却来了个一百八十度转弯，将太阳画到了纸的最左边。

“那太阳是在最右边的，绘画视角是站在第一重门户附近的高点俯瞰。”不知不觉中，我的思绪似乎已经融入了那幅画里。

“错了，我画的不过是母亲留下的一张真实照片，完完全全地描摹出来。听清楚，那是一张由相机胶片和彩印公司洗出来的照片，也就是说，那地方是真实存在的，被我母亲拍到。那照片是彩色的，所以我能说出你不知道的几个细节。其一，建筑物完全是藏地风格；其二，那是朝阳，不是夕阳；其三，山谷里高洼不平，覆盖着沙砾和落叶；其四，那是一次近在咫尺的海市蜃楼事件。”夏雪将最重要的一条放在最后来说，令我先是一怔，接着哈哈大笑。

“科学家说，梦是没有颜色的，海市蜃楼也是没有颜色的。”我纠正她。

“科学家是人，不是神。科学家也会犯错误，也会以‘想当然’的观点阐述某些悖论。所以，任何理论都必须经过实践才能确定，而不是几个老夫子关在书房里闭门造车就能精确地分析世界的，不对吗？”夏雪立即反驳。

“那么，照片在哪里？还是让证据说明一切吧！”我寸步不让。

真理越辩越明，我们之间经常发生此类辩论，彼此砥砺，以求找到一件事的最终真相。越是如此，就越能发现对方的睿智之处。

夏雪无奈地苦笑：“那照片距今已十数年，早被我父亲斥为异端邪说给烧掉了。不知为什么，照片上的朝阳和门户在我心里留下了太深的印象，我一直想知道重重门户后面隐藏的是一个什么样的世界。”

现在，叔叔和香雪海都离世了，在他们身后留下了太多的谜题。既然香雪海能拍到彩色的海市蜃楼，则燕七的暗夜诡遇也就顺理成章了，那么叔叔又是受了什么样的启发才绘出了那样一幅画呢？难道他也见过同样的蜃景？

“我打电话给瑞茜卡，要她把杂志和速写画一起带来。”我推开汤碗，拿起电话。

夏雪举手阻止我：“等一下，你还一直没有告诉我，瑞茜卡到底是为了什么事飞来拉萨？如果你不在港岛的这段时间发生了重大变故的话，再盲目相信从前可信的人，就是一种极其愚蠢的行为了。这几天，我一直都认为那边发生了大事，才导致她急飞拉萨的举动。我的意见，不如等探明了对方来意，再作决定不迟。陈风，我有预感，这些奇怪的图画里存在一条神秘的线索，需要我们去潜心思索，然后进入一个比燕七的黄金盆地更诡异的境界。”

当她皱眉思索时，红润的唇紧紧抿住，像一朵含露待放的娇嫩花苞，而向下轻覆的浓黑睫毛微微颤动着，又仿佛两只停在眉际的蝴蝶，轻轻扇动着轻盈的翅膀。

“有这必要吗？”我笑了笑，试图打破僵硬的气氛。

瑞茜卡是叔叔生前最得力、最信任的助手，行事严谨，从不出错，做任何工作都如同一台电子计算机般一丝不苟。

“非常时期，不得不防。”夏雪毫无笑意。

我只得放开电话，继续吃饭。夏雪的意见对我很重要，毕竟“当局者迷、旁观者清”。

这顿饭拖的时间比较长，因为我和夏雪一直在讨论“燕七到底遇到了什么”这个问题。

燕七仍在痴迷昏睡之中，他的脑子一定是受过某种强烈的刺激，类似于被精神催眠了，做任何事都不再经过自己的大脑，而是听命于催眠术下达的指令。

“陈风，之前你说过燕赵的电话号码是方东晓方先生给的？这种情况下，他的读心术岂不是最能派上用场的？”夏雪犹豫了好久，才说出这些话。

同样问题，我在与方东晓通话时已经想过，但没有特殊情况发生，他是不会为一个陌生人远赴拉萨的。在港岛，“读心术大师方东晓”这块金字招牌已经树立了近二十年，连一九九七年之前的英伦驻港要员都对他毕恭毕敬，时常求他指点迷津。当下，港岛富商大亨们无不以结识方东晓为荣，几位政界、商界、黑道的大人物不惜重金礼聘，求他做自己的专职心理分析师。所以说，他的日程安排总是满得几乎要溢出来，哪有时间过来？

“除非把燕七送到港岛去，否则，不必想了。”我的心里忽然一动，假如大侠燕赵开口，不知道方东晓会不会给他这个面子？

恰在此刻，夏雪的话也已出口：“假如大侠燕赵开口，不知道方东晓会不会给他这个面子呢？”

我猛地长叹：“夏雪，我觉得你好像有千里眼、顺风耳一样，直接就看到、听到了我的心声。就在一秒钟之前，我心里正在想着同一句话，只不过还没说出来而已。”

同样的情况，在我们两个人之间已经发生过无数次，也许相恋至深的两个人必定会有某种通灵感应，稍有变化，对方立刻一清二楚地感知到。

“有时候，无论过程有多曲折，只要能达到最终目的就好。我对燕七说的事非常感兴趣，也许对揭开陈老前辈的遇害事件真相有帮助，所以你要尽快告知燕赵，务必请方东晓到这里来。还有一点，我们必须得做好两种准备，不要再上邵、司马、顾等三位老前辈那样的当了，一次两次都能幸运逃脱，好运气不会总落在咱们头上，对不对？”夏雪对叔叔老朋友的反叛事件一直耿耿于怀，之前闭口不谈，只是为了照顾我的面子。

我苦笑一声："我会小心的。"

庆幸的是，叔叔没有亲眼目睹几位老友的反叛，也就不会有伤心、惊怒之痛。他说过"叛我者死"的话，却从没遭到过好友的背叛，真的是一件幸事。

燕七翻了个身，喉咙里发出一阵痰音，扯了扯被子，继续昏睡。

他的背包就放在床边，里面的东西也被夏雪仔细梳理过，没有什么特殊发现。

"到院子里透口气吧？"夏雪拉了拉我的手，我们一起轻步离开套间。

门外廊檐之下，摆着两把陈旧的老枣木摇椅，小院里静谧无人，只有遍地晴好的阳光。秋天是收获的季节，但我和夏雪却时常为两手空空、毫无线索而郁闷，只能困守在这家小旅馆里。

夏雪用不锈钢保温杯沏好了茉莉花茶，又取了两个乳白色的细瓷茶盅，放在摇椅旁的简陋茶几上。茶叶和茶盅都是夏雪从港岛带来的，与藏地的风土人情明显格格不入。

"在想什么？"夏雪替我倒茶，幽幽地问。

茶香氤氲，一瞬间竟然让我怀念起了身在港岛的美好日子。结束了这边的事，我会带她重返港岛，迎娶她做我的新娘，展开新生活的美妙画卷。

"我看过许多关于方东晓的报道，据说他能用意念捕捉被观察者的脑电波，然后破解其中的密码，转化成图形和文字。无论燕七做过什么、看到过什么，只要他一来，一切就都水落石出了。我怀疑，燕七已经找到了海市蜃楼里浮现过的东西，也包括他说的那个女人。当然，对于成名已久的探险高手来说，黄金和宝藏都只不过是银行户头里增增减减的阿拉伯数字而已，他们对于金钱的兴趣远不及解谜来得热烈。陈风，你也是如此，对吗？"夏雪将头上戴着的那顶灯芯草编成的宽檐帽拉低，遮住半张脸，以免被强烈的紫外线晒伤皮肤。她对方东晓的到来充满期待，换句话说，她是想通过揭开燕七脑子里的秘密来求证与香雪海有关的疑点。

我点点头，淡淡地回答："对。"

叔叔留下了太多的遗产，哪怕只保留其中的百分之一，就已经足够我无忧无虑过完一生了。对了，如果王帆能顺利地找回陈塘，我会将所有账目移交给他，只带走属于自己的东西，绝不贪心。

东南十一点钟的方向，有道短暂而怪异的光芒掠过，虽然时间极短，却已经吸引了我的注意力。光芒来自于一座三层小楼顶上的灰色飞檐后面，一定是远程望远镜镜片反射出的。藏地地处高原，天气干燥，空气稀薄而且多尘，紫外线非常强烈，所以经过普通等级伪装的镜片在此地根本无法遁形，极容易被人觉察。

"有人在观察咱们，不要动，也不要说太多敏感话语。对方如果是高手的话，就一定能解读唇语，以看代听，弄懂我们在说什么。"我举高茶盅，挡住自己的嘴唇，然后低声通知夏雪。

"很好，很好很好。"夏雪轻弹着指甲，语气变得轻松起来。

有人监视我们，就会带来一些线索，总比什么都找不到、摸不到要强。当然，这么近的距离内，我们还要提防敌人的狙击步枪暗算。

"会是去而复返的胖子吗？抑或是他的同谋？"夏雪自言自语。

我曾从港岛警方的朋友那里知道一些"倒霉的胖子"这个人的资料，他一向都非常敬业，只要接了客户的钱，就一定将一件事圆满完成，绝不食言。可是，我不清楚他被51号地区招安后，会不会仍旧秉持这样的原则。

"等着吧，静观其变。"我喝下那盅茶，凝视着对面墙角下的一丛紫藤，只用眼角余光注意着偷窥者的动静。

西藏的阳光分外强烈，这里平均海拔三千多米，是地球上离太阳最近的地方。海拔太高，能够阻挡阳光的空气也很稀薄了，所以这里的天空格外蓝，阳光也就格外强。近两年来，有科学家发现在青藏高原和地球的南北极一样，大气中有巨大的臭氧层空洞，而臭氧层是抵挡太阳中能量最强的紫外线的物质，空洞无疑更加大了阳光的强烈程度。所以，这里即使在乌云密布的时候，阳光中直射下来的紫外线也要比其余地方晴好天气的时候强烈很多。

偷窥者连这一点都没注意到，只能证明他在藏地的经验不足，还没意识到望远镜的伪装已经出了问题。所以，我猜他应该不是胖子。

"那好，我们安然不动，让他在那里好好晒太阳吧。"夏雪轻轻笑起来，但重担在肩之时，就连笑声也变得沉甸甸的。

叔叔留下的日记本封面上出现过"香雪海"这个名字，他们之间一定曾有某种奇怪的联系。如今，在海市蜃楼事件上，他们又都留下过线索，这将预示着什么？是否可以认定，他们也像燕七一样，碰到过同样一个神秘的海市蜃楼？

我又一次默念方东晓的名字，提醒自己，等那偷窥者离去，就抓紧时间电告燕赵，要他敦请方东晓到拉萨来。经验告诉我，巨大的财富背后一定蕴藏着同比例的危险，所以燕七才陷入了现在的困境，而我和夏雪，就是拉他脱离苦海的人。

第四章
尼泊尔水车帮的小偷

十几分钟后，偷窥者消失了，夏雪悄悄松了口气，低声问："要不要跟踪过去看看？"

我轻轻压住她的手背，淡淡地摇头："什么都不要做，看敌人怎么生事。假如他们的目标是燕七，就一定会做这个小旅馆的不速之客。我们只做渔夫，控制住燕七，静等鱼儿上钩。"

其实我的本意是怕夏雪出事，绝不容许她单独行动。

我并没有再次拨通燕赵的电话，因为方东晓那边的电话已经抢先拨了过来："陈风，稍后我会与瑞茜卡一起到拉萨，刚刚大侠燕赵告诉我，他的七弟出了状况，被你救了，现在昏迷不醒，要我过去帮你。这么大的事，今天上午的时候怎么没提前告诉我？"

从方东晓的语气里，听不出任何喜怒，只有难以描述的淡定从容，但有他这句话，我的沉重心情倏地四散而去。

"七十二小时后，我们就会抵达拉萨，到时候再说。"总而言之，这是件好事，很快我们就能读懂燕七的思想了。至于燕赵派来接燕七的人，都要等方东晓到了，再作去留决定。

"我想回大昭寺二楼一趟，看看燕七为什么会在那些壁画前跪拜？放心，我会在四点钟前赶回来，绝不去荒僻之处，绝对保证自己的人身安全。"夏雪终于按捺不住了，起身换衣，准备出发。

我再去看燕七，他已经醒了，双眼直勾勾地看着屋顶。

“那个女人不是人，京城来的小妖精，要摘雪莲上雪山，杀只肥羊好过年，我要飞到珠穆朗玛峰顶上去。”他忽然自言自语地说了五句话，双手枕在后脑下，又闭上了眼睛。这五句话犹如呓语，互不相连，也没有什么具体的语义。

我测试了一下他的腕脉，每分钟心跳七十五次，绝对正常。

“燕七哥，我是陈风。放心，我会好好守着你，不容任何人伤害你。但是，你最好能告诉我‘莎拉多丽’在哪里？你究竟在海市蜃楼中看到了什么？”我轻掐着他的合谷穴，希望他能有足够的清醒时间。

“我必须死，才能见到莎拉多丽，你们没必要救我，没必要打针吃药，就让我死吧。要知道，我活着的唯一人生目标就是找到那女人。很快，我就能找到她、解放她了。”燕七不睁眼看我，语调死板板的，仿佛电脑合成的声音。

“莎拉多丽在哪里？说出来，我也许可以帮你！”我的脑子里突然灵光一闪，捕捉到了半天来心里始终隐隐不安的原因。夏雪翻检燕七背包的时候，里面很明显缺少一样探险者必备的工具，那就是一架相机。在数码相机的性能还没有突破性提升之前，探险者无论走到哪里，脖子上都会挂着一架成像清晰精准的胶片相机，随时记录自己的所见，回到住宿地后再仔细检索。燕七为了寻找神秘的“莎拉多丽”而游历藏地，岂能不带相机？在他的背包隔层里，放着美能达相机的充电器、数据线等等，所以说他一定带着相机，只是暂时不在背包里。

我的神经突然兴奋起来，马上走出套间，电话通知夏雪：“查查燕七去过的小饭馆，他应该丢失过一架美能达数码相机，我们需要里面的资料。有必要的话，就开个悬赏花红给那饭馆老板，十有八九是在燕七付账露白的时候被小偷给盯上了。”

燕七拿那么一大沓钞票出来，一瞬间就能吸引饭馆内外所有人的眼光，其中不乏专靠偷盗游客谋生的职业小偷。

“呵呵，我也明白过来了，原先老觉得那背包里缺点什么的。好了，我拐弯向小饭馆走，有消息再联络。”夏雪如释重负，我的话正巧解开了她心里的疑团。

燕七所拍的资料对小偷没有任何价值，所以他们通常会删除资料，迅速转手卖给八廓街上的不良商家，改头换面后低价出售。整个过程，仅仅需要半天时间。我想如果夏雪行动够快的话，能够从饭馆老板嘴里得到一手线索，然后追回相机。

刚刚结束与夏雪的通话，央金已经在廊檐下敲门：“陈先生，有人找你，说是你的朋友。”

我打开房门，一个干瘦矮小的男人站在央金身后，眼睛贼溜溜地打量着我。

“他说是你的朋友，你认识他吗？”央金的表情很不自然，横在那人面前，根本没有让路的意思。

我并不认识那个人，但瞬间注意到他有一双细瘦如鸡爪的手，食指和中指更是瘦到极点，皮包骨头的样子。通常只有毕生浸淫于扒窃行业的人才会练就这样的一双手，只为了从非常狭窄的缝隙里夹取钞票或贵重物品。

“陈先生，有人叫我送还相机给你。”瘦子挤挤眼睛，诡秘地讪笑着。

他的胸前果然挂着一架黑色的美能达相机，是二零零七年的老款，与燕七背包里的数据线刚好配套。

我摸出一张钞票递给央金，淡淡地一笑：“他是我朋友，这里没事了，忙去吧！”

央金蓦地抬高了声调：“我把丑话说在前头，店里没什么贵重东西，不值得小偷惦记。还有，隔着一条街就是警察局，我只要大叫三声，警察就会赶过来，谁都逃不掉。你们两位谈天说地可以，但千万别干违法的事，否则甭管来头多大，一样得戴手铐、吃子弹。”

拉萨的生意人最恨小偷，我猜央金一定认出瘦子是个惯偷，才先跟对方挑明情况。

瘦子笑嘻嘻地举起左手，啪！打了个响指，指尖就变魔术一样地出现了一张百元纸钞，手指一弹，纸钞长了眼睛一样飞进央金的围裙口袋里。

“要壶好茶，不必多嘴。”瘦子的指尖寒光一闪，半只剃须刀片若隐若现，正是惯偷们的看家武器。

央金咬了咬牙，没再说什么，慢慢地退回了厨房。她是生意人，要想跟丈夫儿女在拉萨长期待下去，除了向黑暗势力妥协，没有更好的选择。就算报警，抓不到瘦子的恐吓证据，也无法定他的罪。更何况，警方对小偷的惩戒手段只有治安拘留和罚款，很快又得放他们出来，遭受打击报复的只能是央金一家人。

“不请我进去坐坐？”瘦子眯缝着小眼睛盯着我看。

“开个价吧，何必废话？”我向那相机指了指。

“价格很高，普通人难以承受。不过，我猜你的朋友会非常需要它，因为里面存储着很多好玩的资料，包括一个巨大的裸体女人、黄金宝藏，还有一些根本就不存在的古老壁画……总之，每张照片开价一千美金的话是非常便宜的，因为一切看起来都那么不可思议，你的朋友一定是位天才的摄影家。”瘦子摇晃着一根瘦骨嶙峋的食指，开了一个绝对的“天价”。

“那么，里面共存了多少张照片？”我懒洋洋地打了个哈欠。

“两千一百张左右，其余零头都算优惠给你的，就照两千张收钱好了。”瘦子仿佛吃定我了似的，毫不手软地狮子大开口。

“我暂时没有那么多钱，能不能跟水车帮的老大阿利姆通融一下，再打个折扣？”我从他手腕上的那个水车文身，立刻断定这是尼泊尔水车帮的人。水车帮是横行中、印、尼边界的小偷门派，三地的任何一起盗窃案，无论大小，都能跟水车帮扯上关系。

“没钱？没钱怎么谈生意啊？尼泊尔神鹰会的那京将军已经传下话来了，不管开价多少，照单全收。既然你拒绝付款，我就只好把照片卖给他们喽。”瘦子盛气凌人地转身，准备离去。

自从入藏以来，神鹰会的阴影就无时无刻不跟随在我身边，没想到他们也会在燕七事件上横插一腿，似乎是专门跟我过不去。

“等等，我打电话给你们老大。”我不想放瘦子走，但也明白那只是部空相机，存储卡一定不在里面，只有交了巨款，才能赎回照片。

水车帮老大阿利姆算是叔叔的旧相识，他应该能给我几分面子。

“别做梦了，有钱不赚，我们老大是不是傻了？”瘦子越来越嚣张。

我的电话里存储着叔叔生前所有的重要号码，很容易地就找到了阿利姆的名字，然后拨打过去。可惜，振铃声一直响着，对方却没有接我电话。

“燕七拍到了一些有用的东西？黄金宝藏、那女人的照片都在里面？这么说，他已经达成了心中的理想，然后才突然疯掉了？”我想瘦子是不可能凭空捏造出那些话的，因为他根本不知道燕七在想什么。

一直没人接听电话，瘦子终于不耐烦起来：“好了，反正我的话已经说得很清楚了，再给你一点时间筹钱，想好了就给我打电话。”他丢下一张名片，然后昂着头穿过院子，扬长而去。

现在，我必须留在燕七身边，不敢追踪出去，只能任由对方离去。

直到黄昏时分，夏雪才回到小旅馆，带着满脸的疲惫。

“我已经追踪到了相机的下落，是尼泊尔水车帮的小偷干的。而且，我在返回的途中，正好遇到那瘦子从小旅馆走出去，马上继续跟踪，看他跟另一个人在茶馆里接完头才回来。幸运的是，我从那个人身上拿到了这个。”夏雪顾不得喝口水，就从贴身口袋里取出一张存储卡，迅速插到笔记本电脑上。

很快，屏幕上就出现了整版的数码照片，正是属于燕七的探险资料。

“那个瘦子的真名叫南遮，是水车帮的三大护法之一，最风光的成名之作是曾在英伦三岛偷窃过女王皇冠。水车帮与那京将军的神鹰会有千丝万缕的联系，已经占据了尼泊尔黑道的半壁江山。”夏雪松了口气，扭了扭脖子，跌坐在沙发里。

我默默地搂了搂夏雪的肩膀，算作无声的鼓励。她的随机应变本领果然厉害，得意洋洋的瘦子走出旅馆后只担心我会盯梢，却想不到夏雪已经赶回来。

前面几十张照片拍的都是藏地西部的山区风情，从第五十五张上突然改为夜景，然后就是一连串的洞穴探索照片，直至在一百张左右出现了炫目的黄金宝藏。

我和夏雪都表现得非常镇静，任由电脑以“幻灯播放”的方式往后走，将一张张绚丽夺目的黄金照片呈现在我们面前。燕七的拍摄过程是由远及近、由高到低的，可以想象得出宝藏是在一个低洼处，与他描述过的海市蜃楼极其相似。

回顾一下燕赵发送过来的传真内容，燕七自述说那些宝藏是暴露在山谷荒野里的，而不是像眼前这些照片一样，被储藏在一个幽深的山洞里。后面有张照片拍摄的是洞穴的顶部，满屏都是青黑色的岩石，牢牢地挡住视线，不可能看到天空。

“燕七果然有了巨大的发现，谁若是拥有了这座黄金宝库，马上就会成为全球最富有的人。然而，海市蜃楼里那女人呢？会不会一直在盆地对面等他？”夏雪加快了照片翻阅的速度，大概在四百张左右，出现了一道高耸的石壁，上面开凿着极其简陋的阶梯。下面的照片显示，拍摄者登上了阶梯，先是回头拍了几张盆地的俯瞰照片，然后继续前进，走到了石壁的另一边向下看。

“这是……这是《西藏镇魔图》？”夏雪吃惊地叫出声来。

画面上出现的是一个巨大的仰卧石像，一个雕琢得栩栩如生的女人仰面躺着，身体和四肢各主要部位都压着一座寺庙模型，那绝对就是《西藏镇魔图》唐卡上绘出的魔女形象。

至此我才明白，燕七历尽艰辛找到了海市蜃楼里出现的东西，他最关心的女人却换成了石像。以下的照片，从各个角度拍摄了石像的身体，然后是那些大大小小的寺庙模型，但是成像相当模糊，想必是燕七当时的心情又失望又紧张，才导致了强烈的“手震”现象。

“可惜，这是相机而不是摄录机，无法直观地表达出山洞里的情形。也许方东晓到达就好了，他就能够即时分析燕七脑子里看到的内容和心理活动，想逃都逃不掉。”夏雪起身去倒茶，依旧愁眉不展。

我从头播放那些照片，其中几张拍到了远处的寺庙尖顶，但却无法确切指出是藏地哪个地方的建筑物。

吃饭之前，夏雪又把照片过滤了一下，不时地对那个巨大的黄金宝库表示惊叹。

“什么能令燕七崩溃疯狂呢？”她不止一次自问。

“方东晓一到，我们就有可能如燕七一样，找到宝藏和魔女的雕像，亲眼目睹被放大了无数倍的《西藏镇魔图》。可惜，所有宝藏都是属于国家所有的，任何人不能轻举妄动。”我和夏雪都没对黄金起觊觎之心，如果真的找到，就会捐献给国家，自己不留分毫。

“我现在只有最后一个问题，方东晓可靠吗？陈老前辈的女秘书瑞茜卡小姐可靠吗？”夏雪旧话重提，从旅行箱最下面取出那件天蚕甲，用毛巾反复擦拭了七八遍，然后才递给我，“陈风，穿上这件天蚕甲吧，就算是向燕赵大侠和燕七暂借的。神鹰会与水车帮都是尼泊尔黑道上的著名势力，凡事绝不会心慈手软。要想做大事，首先就是保命，正所谓‘千金之子、坐不垂堂”，为了更快揭开谜底，我需要你好好保重自己。”

我记起了南遮指尖上的刀片寒光，随即顺从地脱去外套，把天蚕甲穿好。来日方长，我要做的事还很多，绝不能轻易受伤，然后把夏雪一个人丢在这里孤军奋战。

方东晓和瑞茜卡一是叔叔的好友，一是叔叔的女秘书，应该是比较可靠的。我对叔叔的老友都很客气，努力告诫自己在他们面前一定要谦虚谨慎，不惹他们生气。

“可靠。”我简洁地回答。

“那就好，帮手多了，毕竟是件好事。”夏雪变得忧心忡忡起来。

暮色降临，央金送上晚饭，表情有些不太自在，仍在为下午的事不能释怀。

“那些小偷把外地来的游客们可害苦了，好多人被偷得一分钱不剩，只能打电话等朋友来送钱。本地藏民都很淳朴老实，从不伤人害人，反倒是被这些外地来的小偷坏了拉萨人的名声。不过，大部分人都敢怒不敢言，小偷们口袋里都藏着短刀，有些还装着自制的火药枪，动不动就拔出武器伤人，把暗偷变成明抢。陈先生，你朋友就是被他们所伤的，对吗？”央金的关心都是出于好意。

我含混地点头应付过去，然后招呼夏雪吃饭。

水车帮丢了东西，就等于丢了一大笔巨款，是不会就此善罢甘休的，一定会再次登门。这次，只怕我就没有那么好说话了。

其实，我并非次次要跟那京将军的神鹰会作对，但正邪自古不能两立，我必须破坏他的行动，让正义战胜邪恶。

“你走之后，燕七说过一段莫名其妙的话，原话是‘那个女人不是人，京城来的小妖精，要摘雪莲上雪山，杀只肥羊好过年，我要飞到珠穆朗玛峰顶上去’。”我把那段话慢慢重复了一遍，夏雪立刻拿过笔记本，一句一句地记下来。

我们两个蓦地相视而笑，因为五句话按照顺序排列起来，第一个字就会排成‘那京要杀我’这句话。原来燕七根本就没有疯，而是用藏头诗来传递某种消息。跟夏雪在一起的时候，我的灵感就来得分外迅速。

“他的脑子很清醒，连藏头诗都能写出来。”夏雪又一次笑了。

如果那京将军要追杀燕七，那么我们的正义联盟里便又多了一个人，就算为了自保，燕七也应该跟我们说出实情。

“吃完饭，好好跟他谈谈，必要的话，可以采取暴力手段。”夏雪向套间里指了指，“另外，今晚要提防水车帮的逆袭，睡得警醒一些。”

不知为什么，燕七的反常表现让我感到很不踏实。如果他的神智仍旧是清醒的，为什么不向大侠燕赵求救，反而将消息透露给我？我心事重重地吃完饭，在房间里来回踱步，反复考虑该如何跟燕七沟通。

事实上，燕七的眼神能够暴露他的内心活动，那种疯癫痴迷是装不出来的。我只能假设他的神经是时而清醒时而糊涂的，说出藏头诗只是凑巧。

我和夏雪分别进去套间三次，试图与燕七展开谈话，但他除了昏睡，就是面无表情、眼神空洞地自言自语，根本无法沟通。

最终，夏雪无奈地选择了放弃：“一切拜托方东晓先生吧，到那时候，就算他什么都不说，思想一样会暴露无遗。我好累，必须得先去隔壁睡了。”她从旅行袋的最底下取出一支短枪，检查完弹匣状况后，再取出一只消声器，有条不紊地拧在枪口上。在这里做任何事，都要考虑到会不会引来警察，尽量将不良影响减到最低。

我关了灯，一个人坐在沙发上闭目养神，慢慢地把今天发生的状况回想了一遍。最大的失误，是在大昭寺二楼上没能及时识破胖子的伪装，让他偷袭得手，致使燕七受伤，成为各方关注的焦点。

蓦地，廊檐下有道干瘦人影轻巧地闪了一下，我悄悄起身，退到房间一角，静静地等待着。

那影子推开房门，无声地滑进来，然后直奔套间。

我跟在他后面，不急不躁，看他下一步动作。

“喂喂，是我，快醒醒，我来救你啦！”那影子推了推燕七的肩头，低叫了几声，正是下午到访过的瘦子南遮。

我起初怀疑燕七与南遮是在联手陷害我和夏雪，但几秒钟后，燕七突然挺身坐起来，双手一合，死死地掐住了南遮的脖子。

“她的眼睛在动，她的眼睛在动……你看到没看到，雕像的眼睛在动，转眼间就要醒来，谁都无法阻挡她的觉醒……大毁灭，大毁灭……”燕七的呓语又开始了。

铮的一声，南遮左手食指指尖上弹起一抹寒光，割向燕七的手腕。就在刀片即将划上燕七皮肤之时，我的拳头已经到了，狠狠地砸在南遮的小臂上。咔嚓一声，他的枯瘦小臂从中折断，手上的功夫已经暂时废掉了。

“喂，手下留情！”我在南遮耳边冷笑着低语。

水车帮的所作所为我早有耳闻，他们每个人身上都带着七八只刀片，随时割皮包、割衣服行窃，有的时候下手过重甚至造成被偷者的终身残废。所以，对这群人没必要心慈手软。现在如果我不在的话，燕七的手腕也要废了，让我怎么跟燕赵交代？

“她的眼睛在动，她的眼睛在动，有个声音告诉我，只有死亡才是见到莎拉多丽的唯一途径。死，我要去死，我要去死……”燕七的双手仍在加力，我只能在他肘尖上轻弹了两指，然后点中了他胸口的穴道，让他松开南遮，重新倒在床上。

“你的朋友拿走了照片，但那不是全部，最精彩的东西都在后边。我们的交易仍然有效，只要你愿意的话。”南遮居然还能微笑得起来。

他曾说过，照片共两千多张，而夏雪带回来的不超过一千张。

“交易取消了，朋友。”我抓着他的肩膀，将他带出套间。再多的照片也比不上方东晓的读心术，我只要保证燕七安全度过七十二小时，熬到方东晓出现就万事大吉了。

灯开了，南遮举手挡住眼睛，身子突然一扭一旋，从我五指中挣脱开来。同时，他的右臂随着身体直旋起来，五只闪着幽蓝光芒的刀片破空飞出，带着令人心悸的啸声，飞切我的脖颈和面颊。

第五章
乃琼寺来的藏传佛教高僧

那一刻，我有超过多种方法取南遮的性命，让他永远消失在小旅馆里，但却只是翻身躺倒，避开刀片，左脚侧踢在他肩胛骨上，令他的右臂也暂时失去了行动能力。五只刀片全部嵌入床边的木柱子上，南遮也已经黔驴技穷。

“我的忍耐是有限度的。”我弹跳起来，仍然凝神戒备。

“我们这一行干的就是钱物两清的交易，我有货，你有钱，各取所需。不管怎么说，那些照片已经落到你们手里，辛苦费总是得给一些吧？”南遮振振有词地昂着头。

“我开张支票给你，就当这件事没发生过，可以吗？”我是这场突袭战的胜者，但却不想再惹是非，只想息事宁人，抹掉与水车帮的过节。他们的时间和人力成本很低，我和夏雪可没时间跟他们硬耗下去。

南遮点点头，吃力地举起右手，揉捏着脖子上被燕七掐过的地方。

我把房间里的大灯揿亮，然后取出支票簿，开了张三千美金的支票给他。那些钱能换算成两万多人民币，足够他在拉萨挥霍一阵子了。

在把支票交到他手里之前，我一字一句地说：“你拿了钱就走人，以后就算大家走个迎碰头，也谁都不认识谁。黑道有黑道的规矩，坏了规矩的人，下场会很惨，你该知道吧？”

南遮无声地冷笑着，活动活动臂膀，接过支票，放进钱包里，然后悄然出门，翻墙而去。

我追出门，及时地拉住了隐藏在廊檐下的夏雪：“不要追，水车帮不是咱们追寻的重点。”

以她的个性，被南遮敲诈勒索后，总会想办法出这口气，让对方知难而退。但是，那种做事方法在藏地是不适用的，如果不注意计算时间成本的话，我们很容易迷失在这些繁琐的旁枝末节里，把最重要的事都忘记了。

夏雪的脸隐藏在阴影里，沉默了一会儿，忽然长叹：“我的确太冲动了，隐藏在拉萨的水车帮走卒太多，我们缠不过他们的，应该等方先生他们到了，解决完燕七的事再做打算。我最近两天瞒着你做了一件事，希望你能原谅！”

夜凉如水，四面的民居一片沉寂，正是两个人交流心里话的最恰当时候。

“怎么会这么说？”我有些诧异。

“我请身在港岛的朋友暗地里调查过瑞茜卡，探知她一个月来连续售出了自己名下的三处房产，又将车子、珠宝、股票、债券、名画、名表等贵重物品典当一空，全部变现，存入新开的瑞士银行户头，并且用的是另外一个伪造的身份。同时，她还准备好了泰国籍的假护照，联系到一家专做地下偷渡生意的黑道公司。一切的一切，都说明了一个问题，那就是‘隐姓埋名、偷偷跑路’。”夏雪每说一句话，我就愕然地扬一次眉毛，直到最后，我已经诧异得无法自控。因为上次与瑞茜卡通电话时，她只说要飞来拉萨，并没涉及其他问题，语气也基本正常。

“谁负责调查她？”我像溺水的人看见了救命稻草一样，希望这消息的来源是不足为信的。

夏雪再次叹气：“铜锣湾第一私家侦探‘铁手小郭’。”

我心里唯一的希望也被敲碎了，铁手小郭从来不让委托者失望，迄今为止经手案件逾千例，一次都没失手过。那么，瑞茜卡到底要做什么？难道是受到了某种威胁，必须逃离，而这种威胁又是跟叔叔的遇害有关？

“小郭很能干，他的侦查结论值得信任。”我苦笑一声。

夏雪走出阴影，凝视着我的脸。

“还想说什么？一并说出来吧，别吞吞吐吐憋在心里。”我像叔叔一样，曾经无比信任瑞茜卡，但夏雪的话却将这种信任破坏殆尽。现在，最怕的就是后院起火，瑞茜卡以这种方式消失，将会留下一个巨大的烂摊子，变得无法收拾。当然，这还是在我不“以小人之腹度君子之心”的基础之上的，完全排除了她席卷叔叔遗产而去的可能性。

“她为什么要来拉萨？这个问题，我想只有你能够找到答案。陈风，不管你承认不承认，据调查资料显示，瑞茜卡很久以来就单恋你，而陈老前辈等人更是有心撮合你们两个。如果不是浅水湾别墅那边的意外，现在很可能你们已经进入了慢节奏的恋爱过程。我猜，她是要在消失之前赶来见你一面，以求心安。所以，这将是你挽回局面的最后一个机会。”夏雪的脸色越来越凝重。

远远的，不知哪家牧民的狗叫起来，起初只是断断续续的几声狗叫，渐渐地，远近人家的狗都被惊动，“汪汪呜呜”的狗叫声响成一片。

“不知出什么事了？”我避开夏雪的目光，顾左右而言他。

“不知道出什么事了，我说的是瑞茜卡。”夏雪并不打算任我转移话题。

七十二小时内，方东晓将携瑞茜卡取道尼泊尔加德满都飞来拉萨，图穷而匕现，竭泽而鱼出，答案将在那时候揭晓。那么，之前我们还能做什么？

“小郭还说什么？”我的两边太阳穴正在隐隐作痛，一牵扯到叔叔遇害那件事，当时的场景就历历在目，令我痛彻心扉。如果时光能够倒流的话，我愿意付出一切，去挽回叔叔的生命。

“一直以来，瑞茜卡就在与一个男人秘密接触，时间应该是从一年前开始的。那男人的身份非常神秘，小郭怀疑那是一位深藏不露的江湖高手，精通易容术、轻功提纵术、反追踪术以及相当高明的武功。他曾连续派出十几组人去跟踪那人，却连一张确切真实的照片都没拍到。小郭的结论是，瑞茜卡在浅水湾别墅案件中或许扮演了某种见不得光的角色，值得进一步调查。同时，他已经发出警告，如果瑞茜卡到这边来，我们必须要提防那个神秘男人。唉，我知道这时候说这些会扰乱你的心思，但又不得不说，以防咱们再重蹈邵、司马、顾几位前辈反水的覆辙。”夏雪脸上浮出浓重的无奈。

我相信小郭传来的资料，因为他的能力非常出众，是私家侦探这一行里的绝对天才。而且，以夏雪的谨慎，只要安排一件事，必定会从万分谨慎的角度出发，直到有了极其明确的结论才通知我。所以，瑞茜卡一定曾经隐瞒了什么。

古人说，画龙画虎难画骨，知人知面不知心。这一次，瑞茜卡的表现恰好佐证了这句话。

“陈风，回去睡吧，明天还有其他事要做。伟人说，身体是革命的本钱，无论什么时候，都要保重自己。”夏雪长吁了一口气，抛开所有沉思，向我展露出一个妩媚的笑容。

“我对瑞茜卡的感情，只是同在叔叔麾下的兄妹，绝没有任何越过男女界限的思想和举动。夏雪，我是什么样的人，你应该清楚。如果是因为感情的事伤害到她，然后导致了她作出某些反叛行动的话，我真不知道……”瑞茜卡是个好女孩，始终在港岛那样物欲横流的花花世界里清醒地保持自己的一份纯真，深受叔叔赞许。在我心里，只把她当小妹妹一般呵护看顾，绝没有非分之想。

“我清楚。”夏雪点点头。

我的太阳穴越来越痛，想知道瑞茜卡反常表现的答案，但又怕真相大白的那一刻。

西北方向，狗叫声仍然时断时续，在静夜里听来分外惊心。

“去睡吧！”夏雪牵着我的手进屋，突然止步，向套间转头。

那时，燕七睡过的那张床上空荡荡的，被子被掀到床下。套间后墙上的小木窗洞开着，冷风直灌进来。

我立刻从头痛中清醒过来，先去寻找燕七的靴子。靴子、背包、外套都已经不在了。“他逃走了，绝不是被绑架。原来，一切疯癫都是伪装出来的！”我闪到小窗前，后面是一条死寂的小街，向西五十步后，绕过冲赛康办事处的大院，直通北京东路。

狗叫声正在远去，我从小窗里钻出去，夏雪也从小旅馆里绕出来，跟我在小街尽头会合。

“装疯卖傻的人比任何人都清醒。”夏雪苦笑，“枉我们还因为他得罪了水车帮的人，原来这位燕七哥只不过是拿我们当挡箭牌。这下好了，方东晓先生要白跑一趟拉萨，权当是游山看景了。”

现在，仅存的狗叫声都在西北方，大概那就是燕七遁去的路线了。

“回去吧！”我忽然感到双肩一阵轻松，至少不必再为燕七的伤担心了。

夏雪打了个寒战，双手拢住肩头，慢慢走回小窗的位置，轻轻一跃，游鱼一般滑入屋内。我看得出她仍旧心事重重，也知道她心里在担心什么。

我回到屋里，夏雪已经开始检查燕七睡过的那张床，上上下下搜了个遍，却毫无发现。

燕七说过“那京要杀我”的话，如果情况属实，就证明神鹰会的人已经渗透进拉萨，而且有所图谋。

“你说，燕七会不会是去宝藏埋藏之地了？咱们没有得到的那些照片是不是能揭示抵达宝藏所在地的路线？如果以上假设成立，水车帮就会提前一步向宝藏开拔，与燕七在寻宝之路上碰面。陈风，我记得你曾说过，王帆与藏地、南疆、北疆、国界内外的黑道人马都有联络，请马上电话联络她，咱们需要帮助。”夏雪焦躁不安起来，不停地看着腕表。当下已经是凌晨三点半钟，距离天亮还有很长一段时间。

她的推断很有道理，但其中还存在一个无法解释的悖论：“起初燕七是要到大昭寺来求死的，不管他受伤装疯是出于什么目的，但他第一次出现在我们面前时那种‘唯求一死’的决绝眼神是无论如何装不出来的。换句话说，他的确疯狂过，只不过现在又突然痊愈了，在这个转变过程中，他的脑子里究竟发生了什么怪事？”

我提出的问题令夏雪一阵茫然，停了一会儿才缓缓地回答：“这也正是我提议敦请方东晓到拉萨来的主要原因。”

屋子里突然静默下来，我们两个被重重疑团围困着，就像两个深陷入黑暗中，只能期待黎明曙光拯救的夜行人那样，停止一切动作和声音，任由四周的时间、空间之轮缓慢地流逝着。

突然，小旅馆南院墙上的电闸盒子里弹出一串蓝色的电火花，伴随着噼里啪啦的电线打火声，屋里屋外的灯光一下子全部熄灭了。

夏雪低低地惊叫了一声，向前一扑，跃入我的怀抱里。

这是黎明前最黑暗的一段时间，而熟睡中的小旅馆老板、老板娘根本不会意识到电源跳闸的事，我和夏雪只能在黑暗中相拥着等待天明。夏雪的身体一直都在颤抖，我猜一半是因为寒冷，一半是因为心情的恐惧激动。当她扑入我怀里的时候，我已经知道那绝不是因为怕黑，而是此时此刻需要一个温暖的怀抱深拥着她，然后告诉她两个真正相爱的人永远不会分离。

“无论何时何地，不管发生什么，我们都不分开，从身到心，从生到死。”我在她耳边喃喃低语。

“可是，瑞茜卡对你的单恋已经到了刻骨铭心、欲罢不能的境地，她为你做了太多，桩桩件件都写在她的日记本里面，而你从没察觉。陈风，我们是否相见太晚了？”夏雪忍不住呜咽起来。

我们沉默地相拥着，直到前窗被晨曦染白。

“又过了一夜，距离方先生说的七十二小时还剩三分之一。”夏雪挣脱开我的怀抱，故作微笑，泪痕宛然。

“我会再把这边的情况通知燕赵，要他派来的人直接搜索燕七，不必向这边赶来。”我用力摇摇头，把脑子里的问号暂时甩脱开去。

“好。”夏雪推门走出去，免得一会儿被央金看见，大家尴尬。

我把房间的前后窗户全部打开，好散发散发燕七和南遮带来的满屋霉气。不知为什么，我忽然很想出去走走，于是就穿过小院，敞开了小旅馆的黑色槐木大门。没想到，门外台阶上竟然坐着一个披着僧袍的白眉老僧，他显然已经坐了很久，清晨的潮湿水汽已经在他的光头上形成了稀疏的水滴。

“是港岛来的陈风先生吗？”他慢慢起身，沉稳地合十双手，向我躬身施礼。

我立刻还礼，不敢怠慢。老僧有双又大又亮的眼睛，长眉横过眼角，稍稍向下垂落，神情和蔼慈祥。当他睿智地打量着我时，目光仿佛寒夜里的两支火炬，悄然无声地暗送过来无限的温暖。

“大师有什么指教？”我用眼角余光扫视四周，门口的小街上无人，拉萨城似乎还在沉睡之中。

“我是仁卓，来自拉萨西北的乃琼寺。我的师父博拉多杰大师想请陈先生到寺里一见，并且有几个相当晦涩的问题，请陈先生解答。当然，博拉多杰大师不会让陈先生白费口舌的，让我准备了一点小小的礼物，请你一定收下。”他摘下斜挂在胸口的白帆布书包，小心地解开上面的扣襻，摸出一个文具盒大小的小包，双手托起，送到我的面前。

乃琼寺坐落在拉萨城正西方向哲蚌寺的山坡下面，在藏语中“乃”即“地方”意思，而“琼”是“小”的意思，乃琼寺意思就是哲蚌寺下面的一个“小地方”，一个小得不需要人们注意的地方。但是，乃琼寺是历史上西藏著名的佛教高等学府，每年考中格西学位的喇嘛多出于此，现在仍是西藏的高等佛学院。

就在上周，我和夏雪刚刚去过乃琼寺，寺庙建于村居之间，仅仅是个小小的四方院落，院门东开。在藏传佛教传说中，公元八世纪时，莲花生大师将凶恶的乃琼多吉札丹降伏，将其变为藏传佛教的护法神，因此乃琼寺里存在西藏最神奇的一种巫师，也就是法力无边的乃琼神汉，同时也保存下来一种降神的宗教仪式。乃琼寺院落里长廊上的众多壁画内容，也都跟护法、降魔、地狱和苦难相关。

“是什么？”我轻松地接过那个小包，一层层打开，眼前忽然有金光闪烁。原来，里面包的是一块足足有半公斤重的狭长金砖。最近国际市场的金价上扬，估算它的价值，约为十几万人民币。

“大师是什么意思，无功怎么敢受禄？”我并没有被金砖镇住，相反却对老僧的来意起了浓厚的好奇心。上次到访乃琼寺时，只见过几名普通的杂役僧人，无缘拜会乃琼寺里的一代高僧博拉多杰大师。据说，博拉多杰一生钻研藏地药材、矿产、地理等务实学问，称得上是为身在佛门的高等科学家。

“大师说，请陈先生尽快随我赶去乃琼寺，他会在后山的舍身井石栏外等我们。黄金本来只是矿藏，自身没有任何价值，请陈先生不要过分感到惊讶。”仁卓拍打着僧袍上的浮土，转身眺望着正西乃琼寺的方向，“三个月前，大师已经生命垂危，进入不饮不食、不眠不休的半生半死阶段。寺里的所有弟子集合在他僧房前诵经祈祷，终于令他起死回生，神智恢复清醒，并且能够下床走路。所有人都以为他能渡过这一劫难，但他偷偷告诉过我，这不过是他生命的回光返照而已。他活过来，是为了亲自迎接一位护法神的使者抵达，然后当面告诉那使者拯救藏地世界的秘密。今天凌晨三点的时候，他突然召见我，要我到这里来请你过去。陈先生，时间紧迫，我们赶紧动身吧？”

回光返照原为佛教、道教用语。中国民间引申其义，将人临死时忽然精神振作称为“回光返照”。这种现象持续的时间长短不一，短的仅有几分钟，长的两三天或者几周都有可能。

我与博拉多杰大师素未谋面，现在他派人敦请，还送了如此大的一块金砖给我，不知是出于何意？

天已经大亮，小街上也开始有步履匆匆的行人路过了。

我要仁卓稍等，自己走回去跟夏雪商量。

“当然要去，你把燕赵的号码留给我，我来打电话跟他沟通，然后留守在小旅馆里，看看水车帮还会不会生事。我这里有前来挑衅的南遮的电话号码，顺便打给他，报告一下燕七的行踪，看看他们怎么说。”夏雪的精神已经平静下来，有条不紊地给各项工作排好计划。

目前，她既是我的贴心红颜知己，又是我工作上的强力助手，不可或缺。

上次去乃琼寺时，没有发现太多异样，只有那些绘满了藏传佛教壁画的长廊给我们留下了极深的印象。这一次，博拉多杰大师亲自邀请，也许能够登堂入室，接触到一些内幕和秘密了吧？

“你要多加小心，水车帮和神鹰会的人随时都会出现。还有，胖子也可能就藏在大昭寺附近，尽量不要出门，要央金把好门口。”我仔细地叮嘱夏雪。虽是暂别，却仿佛有太多的事放心不下，许多话一起涌到嘴边来了。

“我们都要谨慎！”夏雪微笑着握住我的手，“渡尽劫波，一起平平安安地回港岛去。陈风，我相信只要咱们联手，就不会在任何困境面前却步。记住，随时保持联络，我等你回来。”

那块金砖已经收在她的旅行箱里，连番诡变之后，黄金也无法令我们动心，只是沉潜而冷静地思索着下一步要走的路。

我给卫星电话换了一块刚刚充好的电池，然后简单地洗漱，与仁卓一起乘计程车出城西去。

黄金虽好，却收买不了我和夏雪，此行只是为了聆听博拉多杰大师的教诲。“世界毁灭”是个空泛而广义的话题，其实在世界预言奇书《诸世纪》上已经有了多次提及，但我们伟大的地球到目前为止还是好好的，健康而有序地发展，不为那些骇人听闻的预言所动。我希望今天听到的又将是一次空谈，因为这种噩梦某一天成真的话，上至美国总统，下到升斗小民，任谁都无力承受。

车子出了拉萨城，空气和景色都变得干燥、单调起来。我取出一副护目雪镜戴上，再把棒球帽的帽檐拉低，闭着眼睛深陷在计程车后座里。

司机正在拨弄车载收音机，最终定在一个音乐电台上，一首又一首地播放着流行歌曲。

“陈先生是从港岛来的，再之前呢，又是在哪里旅行？去没去过藏地的最西边？”仁卓挑起了话题。

“最西边，大师指的是哪里？”我沉着地反问。

“日土县附近，班公错风景区。”仁卓毫不拐弯抹角。

日土县，藏语意为“枪叉支架状山下”，地处西藏西北部、阿里地区西北部，是藏地的边境县之一。喀喇昆仑山和冈底斯山支脉横穿日土县，所以这里被称为“世界屋脊的屋脊”，平均海拔四千五百米左右，最高海拔为六千八百米，出产砂金、铅、铬铁矿、硼砂、食盐等。

日土县属半农半牧县，交通便利，新藏公路贯穿全县，可通狮泉河、日喀则、拉萨乃至新疆维吾尔自治区。

这一系列枯燥的数据都是没什么意义的，最重要的是燕七遇到海市蜃楼时，地点就在克什米尔高原东侧的日土县境内。

第六章 博拉多杰大师的顿悟幻境

我摇摇头："没有。"

仁卓的眉头立刻紧皱起来："那就怪了，博拉多杰大师说，他要跟你讲的是发生在日土县的一件怪事。如果你没去过那里，对你讲这些，又有什么用？"

我没有回答，尽量让自己处于"少说、少做、多问"的行事模式里。仁卓和博拉多杰大师的思想境界根本不在一个层次，后者要做的事，他怎么会猜出究竟？

很快，计程车便停在了乃琼寺门外。

天是那么蓝，以至于我摘下护目镜开门下车后，心情突然变得爽朗清净起来。近年来，拉萨城区开发建设速度极快，必然带来了某种程度的空气污染，在那边看天，绝对无法收获跟这边同样的心情。

仁卓带着我穿过长廊，随着寺僧们沉潜的诵经声一路向北。

"大师在舍身井旁等我们，我的任务只是带你前去，然后就得告退，无法聆听大师的教诲了。"仁卓虽然已经很老了，但一提到博拉多杰大师时，脸色总会不自觉地变得非常虔诚严肃。

我去过舍身井，那只不过是一口很普通的老式水井。它被一圈青石井栏围住，防备游客们太靠近井口出事。现在，舍身井的水位已经极低，乃琼寺的后厨僧人们早就放弃了汲取井水做饭的打算，全部采用了来自拉萨城的自来水。上次我曾看过，水面约在井口向下的七米位置，井壁长满青苔，井筒幽深晦暗，给人以阴气森森之感。

身在乃琼寺中，时时处处感觉到它的“小”，与同在这片山坡上的哲蚌寺简直不能同日而语。哲蚌寺是中国藏传佛教格鲁派寺院，与甘丹寺、色拉寺合称拉萨三大寺。哲蚌寺的藏语意为“堆米寺”或“积米寺”，藏文全称意为“吉祥积米十方尊胜州”，坐落在拉萨西郊十公里外的格培乌孜山南坡的山坳里，为中国藏传佛教格鲁派六大寺之一。公元一四零九年宗喀巴大师在拉萨大昭寺成功地创办了传昭大法会，同年他亲自倡建格鲁派祖寺甘丹寺，至此标志着他苦心创立的新教派格鲁派已经形成，得到全藏僧俗群众的信奉。格鲁派势力日益强大，信徒与日俱增，哲蚌寺的兴建就是在这样的背景下创立起来的。

“陈先生在想什么？”仁卓忽然停步回头。

我冷冷地摇摇头，一路过来，他的话多得简直跟他的年龄不相匹配了，三句话不离“博拉多杰大师要告诉你什么事”这个敏感话题。

“据说，格培乌孜山下面埋藏着一个巨大的黄金宝库，有缘人能够通过特定的方式进入那里，然后得到自己想要的东西。陈先生，我猜大师就是要对你说这个宝库的秘密，你真是太幸运了，竟然能远在千里之外就得到大师的眷顾，并成为他传承衣钵的弟子。”仁卓立在乃琼寺的后门前，脚踩高大的古槐木门槛，发出一阵啧啧赞叹声。

我静静地看着他，看这个白眉老僧能做出什么样惊世骇俗的举动来。

“请吧，博拉多杰大师在等你呢。”在我的逼视下，仁卓终于意识到了自己的过分举动。

格培乌孜山与藏地其他连绵的大山没什么不同，而地位尊崇、光芒万丈的哲蚌寺也令乃琼寺相形见绌，只能静静地蛰伏在山坡一角。

仁卓的话说得太直白了，如果山底下真的埋藏有那样一个宝库，那么探险者们的金属探测器早就将这里戳得遍地深孔，到处都是窟窿了。

出了后门，是一小块青石板铺就的平坦广场，舍身井就在广场的最北端。

我首先看到的是一辆高背轮椅，就停在井栏旁边，走到近处，才看清灰色毛毯覆盖下的一个古稀老僧。他的双手无力地搁在轮椅的扶手上，手背上的老年斑密密麻麻地覆盖在焦褐色的皮肤表面，并且枯瘦如鸡爪般的十指一直都在瑟瑟颤抖着。

“大师，陈先生到了。”仁卓握住老僧的手背，轻轻拍打了两下，又一次重复，“大师，我已经把陈先生请来了。”

我走到轮椅的正面，那老僧正吃力地抬起头，浑浊的眼球在浮肿的眼皮下艰难地转动着。他实在是太老了，牙齿、胡子和眉毛已经全部掉光，两颊也深深地凹陷下去，露出伶仃突兀而且瘦骨嶙峋的颧骨来。

青石井栏干干净净的，黑洞洞的井筒宛如一张深不可测的大嘴，冷对着藏地的蓝天白云。

“据说，二十世纪的战乱时期，哲蚌寺看管财物库房的僧人们把金银珠宝都投入到了这口井里，以反抗二战侵略者们的疯狂掠夺。当时他们总共用十五头骡马搬运了二十趟，才把金砖、银元宝、珍珠、翡翠全部运完，那些东西投入井下后，竟然让水位上升了九米，几乎要从井口溢出来。最后，为了保守这个秘密，所有参与此事的僧人全部自刎于井中，井水变为血水，而后财宝被哲蚌寺秘传的‘舍身佛障眼法’永久地封印起来，再也找不到了。”仁卓打破了冷场，再次重复着乃琼寺舍身井的古老传说。

那个传说曾被拉萨的一些藏地户外运动公司印在海报宣传册上，作为招徕游客的花招之一。

“你……走，他留……留下。”老僧猛地抬起右手，指向仁卓，喉咙里像安了一个老旧的风箱似的，呼呼啦啦响个不停。他的汉语说得很不标准，中气也极度虚弱，说不定一口气上不来，就要与世长辞了。这种状态下，他要真想见我，完全可以在僧房里会面就好了，没必要跑到风大气寒的后山坡来。

仁卓顺从地躬身行礼，然后走向寺门。

我注意到轮椅左侧扶手的下面，吸附着一块纽扣大小的金属物体，那是仁卓刚刚弯腰问候老僧时瞬间留在那里的。

“窃听器？传声器？”我冷笑。承蒙仁卓看得起，要偷听我和博拉多杰大师的谈话，但我也许要让他失望了，因为自己对乃琼寺的宝藏一无所知，只是过来恭听大师教诲的。

哲蚌寺的钟声、诵经声随风而来，仰面望去，重重殿宇掩映在群峰之中，各色巾幡因风起舞，那座以白、红、黑三色构建出的巍峨建筑以深绿色的大山为背景，无时无刻不显现出数百年藏地古寺卓尔不凡、尊贵威严的仪态风范来。

在西藏建筑中常用的白土、红土、黑土，都产于西藏本地。白、红、黑三色的应用，集中体现了世界的三个层次，即天上、地上、地下，每一种颜色都是献给一位神的。

西藏建筑应用白色，一方面来自对原始神灵家庭之一的“天上神”（即“白年神”）的崇尚，一方面来自佛教的影响。佛地崇尚白色，藏传佛教也视白色为神圣、崇高，他们生活在皑皑雪山之中，喝白色奶、奉献白色哈达、住房也用白色。从科学意义上来讲，白色可抗拒高原上强烈的紫外线辐射，所以主客观因素都决定了传统藏式建筑应用白色，从古至今，历久不绝。

西藏建筑应用红色，是来自对“地上神”（即“红年神”）的崇尚，也与西藏古老的苯教有关。“苯教”为一千三百年前雪域高原的原始宗教，它把宇宙分为“神、人、鬼”三个世界层次，为了避免鬼的侵犯，就在人们的面部普遍涂上赭红色染料。随着时代的发展和信仰的变化，人们的脸上不再涂这种红色，却在建筑中保留了下来，一般用于宫殿、寺庙、贵族庄园外墙装饰，以示威严。

西藏建筑应用黑色，则是来自对“地下神”（即“黑年神”）的崇尚，民居院内矮墙，门、窗边饰都使用黑色，院外墙也用黑色做装饰。

哲蚌寺作为藏地黄教六大寺庙中规模最大的一座，其建筑风格对于其他寺庙有极其深远的影响，远远望过去，被巍峨山体簇拥着的大群白色建筑在阳光下显得格外醒目。

“这些话，我只对你一个人说，听好了……”老僧的嘴唇微微动了几下，一段清晰无比的声音便传入我的耳朵里。我骇然发现，他用的竟然是类似于中国高深武学中“传音入密、隔空发声”的一种说话方式。

“仁卓不是坏人，他只是太想了解我心底的秘密了，过度的贪欲蒙昧了他的视听和思想。所以，就算格培乌孜山上下全是珍宝，他也无法看到。作为藏传佛教的修行之人，真正的宝，是佛心的顿悟、佛理的深研、佛性的潜化以及向佛、学佛、成佛的渐进过程。世人皆以金银珠玉为宝，而我藏传佛教弟子以无贪欲、无嗔憎、大慈悲、大智慧为宝，彼宝非此宝也，顾彼而失此，岂不是缘木求鱼？虽活于世上百岁、百二十岁、百五十岁而终不可得也……”博拉多杰用这种方式跟我交谈，仁卓就是再放置十个窃听器也白费力气。

“恭听您的教诲。”我用同样的“传音入密”功夫回答。

“为什么是听我教诲？到这里来，难道你还看不明白那口井下藏着的秘密吗？”这个垂死的老僧眼睛里忽然有火花跳跃闪动着。

我俯身看着这口直径五步的圆井，井底的水光荡漾着，像一块被打碎的水银镜子，只剩满地闪光的碎片。珍宝坠井的故事仅仅是个动人的传说，因为哲蚌寺从上到下没有人承认这一点，而且寺里代代相传下来的藏品、金银器都在，毫无缺失。也就是说，即使在历史上的战乱动荡时期，哲蚌寺等著名寺院也得到了非常完善的保护，远离战火洗礼。

“井下的秘密？”我凝神观察井壁上的苔藓。如果有人下井，鞋尖一定会碾碎并碰落青苔，留下无法遮掩的痕迹。但是，目光所及之处的苔藓都是完整无缺的，不像是有人触动过。

“年轻人，你先静下心来，听听万古长青的藏地群山正发出什么样的心音吧。用心去听，你就会发现这片广袤而沉寂的土地上，有一根无影无形的血脉将东南西北全部山麓联系在一起。只要你跟大山站在一起，无论是在最北面的昆仑山、最南面的喜马拉雅山还是最东面的梅里雪山、最西面的古格王国遗址，都能听到来自冥冥虚空中的召唤。它一直在说，到这里来吧，到这里来吧……”

他的双手哆哆嗦嗦地按在自己的胸膛上，两只耳朵缓缓地竖起来，全神贯注地聆听着。

“三十年前，我在日土县班公错源头的山洞里闭关修行，大约在第三十五天的时候，忽然顿悟了‘天眼通’、‘天耳通’，眼前出现了一道万丈深谷，而后有个声音召唤我去那里。于是，我起身向前，沿着山崖上凿刻出来的小道下去，到达了遍地黄金的平坦谷底。那声音仍然在响着，指引我走到谷底尽头的绝壁前面。虽然前面已经无路，那声音依旧要我前进，我不知道如何才能翻越绝壁，便停在原地，继续打坐，持诵六字真言两万多遍，终于听到那声音说……”

他的叙述与燕七的遭遇有近似之处，只不过燕七的运气好些，下了谷底又能翻上对面山崖，并且有了一段诡奇的艳遇。

博拉多杰大师所说的“天眼通、天耳通”，是佛家六通之一，意思是眼根所具有的特殊视觉能力，即天眼智证通，又称为天眼智通或天眼通证。

《大毗婆沙论》卷一四一云：“天眼智通缘欲、色界色处。”

《大智度论》卷五云：“天眼通者，于眼得色界四大造清净色，是名天眼。天眼所见，自地及下地六道中众生诸物，若近若远、若覆若细诸色，无不能照。”

《佛门秘传》中又说：“神通境界，非散心凡夫所能测度，定力深者始克知之。内容区分六种，一天眼通、二天耳通、三他心通、四宿命通、五神境通、六漏尽通。第六之通，唯成佛与阿罗汉而后能。其余五通，上自菩萨，下迄外道，苟能刻苦修定，皆可发其功用。”

藏传佛教高僧经过长年累月的密室苦修后，瞬间破除思想屏障，进入神通境界——这样的例子不胜枚举。

“那声音说，破除屏障，直抵三眼族魔女心脏，而后将藏王松赞干布留下的刀插入她的心窍汇集之处，截断她的血脉，彻底灭绝后患。大唐文成公主与尼泊尔尺尊公主的英魂已经依附在刀刃上，只有她们才能消灭魔女的灵魂，把《西藏镇魔图》上明示出来的要诀付诸行动。”博拉多杰舔了舔干裂的嘴唇，慢慢地转过头向着正西，一动不动地凝望了很久，仿佛已经忘记了我的存在。

我只是静静地听着，不想也不敢打扰他。

自入藏以来，种种疑惑如同蛛丝般密密地缠绕在我周围，而我始终无法跳出这个圈子，唯有多听、多看，等待重重迷雾散去的那一刻。

“黄金谷地与魔女有关吗？海市蜃楼与魔女有关吗？燕七的反常与魔女有关吗？那么，魔女究竟在哪里？在克什米尔高原东侧的山谷里，或者就是博拉多杰大师说的日土县班公错源头的大山里？”我控制着自己的胡思乱想，努力集中精神，听大师往下说。

罗布寺一战，我已经消灭了三眼族魔女的肉身，下一步是要追踪她的灵魂盘踞之地，将其全部消灭，让她灰飞烟灭，才算完成护法神使者交付我的使命。

“忽然之间，又有一个声音响起来。之前那个低沉的男人声音响在右耳边，这次的却响在左耳边，而且是一个柔媚得像暗夜里的号角一样的成熟女人的声音。她窃窃私语地告诉我红尘俗世中许许多多的诱惑，比起青灯黄卷、古刹晨昏那样的单调生活来，她说的一切无疑是声光色影、肉体欲望的天堂。她告诉我，回头吧，带着那些黄金回去，回红尘十丈中去享乐、放纵，做所有男人都喜欢的事。然后，一觉醒来，忘掉大山里的一切，放弃苦行苦修，做回一个真正的男人。我依照她所说的回头望去，满地黄金散放出万丈光芒，仿佛一块巨大无匹的磁铁，吸引着我一步步倒退。此刻，之前的声音又响起来，两种声音的舌战、舌辩交织成了一种澎湃的山谷回声，震得我的耳朵嗡嗡作响，接着眼前一黑，昏厥过去。等我醒来，黄金和山谷、男声与女声都消失不见了，我仍旧盘膝在闭关的山洞里，只是身前多了一柄小刀。你看，就是这一柄。”

博拉多杰拉开衣领，一柄仅有两寸长的小刀被一条细长的藏银链子挂在他的胸前，刀鞘是用棕褐色的藏牦牛皮缝成，刀柄上缠着一层厚厚的乌黑丝线。

“拿走它吧，这就是给你准备的。”他抓住刀柄，用力向下拽，但他实在已经老得没有力气了，连拽了三下，都没弄断银链。

“我还没听懂，大师，你闭关结束后又发生了什么？”我不想无功受禄，因为但看那只刀鞘上镶嵌的几颗纯净完美的绿松石，就知道这是一件历史悠久的宝物，价值最少也在十万人民币以上。

“那个男人的声音已经在我心里留下了很深的烙印，他指引我到哲蚌寺来，然后告诉我，必须在乃琼寺修行，一直等你到来，把小刀交给你。那时，就是我死的日子，未来的一切，都会由你完成。当然，那女人的声音也让我的半生修行化为乌有，每次闭关参悟时，脑子里都会冒出她所描绘的声色犬马、红男绿女世界来，根本无法与藏传佛教上师们做灵魂沟通。这么多年来，我的思想在两股大力的扭曲争夺下，已近油尽灯枯，无法在百尺竿头更进一步，只有失望地离世。年轻人，我希望你能赎我的罪，完成那件事。我虽然不明白为什么要到乃琼寺来，却明显感觉到秘密就在这座极小的寺院下面。仁卓只想到黄金和宝藏，你呢，会想到什么？”

博拉多杰举手摘下银链，与小刀一起交到我的手里。

此刻的仁卓监听不到任何声音，但应该能看到我们的动作。

“我会努力持守下去，以大师为鉴。”我不愿过多信誓旦旦地承诺什么，面对几十甚至几百个疑团，谁都没有绝对必胜的把握。

“年轻人，你说得对。做任何事都要懂得‘持守’二字，人活着，必须要有自己的原则。我自从那次‘天眼通、天耳通’的顿悟后，潜心修行，佛性没能精进，但也不曾后退过。希望你也一样，就算不能完成任务，也要好好地将它传给后来者，永远相传下去。”他的嘴唇哆嗦了几下，终于艰难地露出了一个微笑，“藏王松赞干布、大唐文成公主、尼泊尔尺尊公主当年指点藏地江山，绘制《西藏镇魔图》，筹建拉萨大昭寺的壮举，永远值得藏地人民敬仰拥戴。我始终相信，正是因为藏地有许许多多虔诚向佛拼死护持的僧侣，前赴后继赶来朝拜三位大人物留在大昭寺的英魂的藏民，才用千古正气压制住了魔女的三眼邪气。年轻人，你虽然不是藏地人，但只要心中有佛，就一定能帮助藏地人完成这一壮举。”

他猛地抓住轮椅的扶手，发力一撑，竟然一下子站立起来，飞起一脚，将重量接近二十公斤的不锈钢轮椅踢飞出去。

我本想伸手扶他，他却稳稳地迈步，绕着舍身井石栏转了一圈后，哈哈大笑着向乃琼寺走去。

仁卓从门后跳出来，挓挲着双手，一脚门里、一脚门外愣在当场。

博拉多杰大师一边前行一边高声诵念六字真言："嗡嘛呢叭咪吽，嗡嘛呢叭咪吽，嗡嘛呢叭咪吽，嗡嘛呢叭咪吽……藏传佛教密宗莲花部，莲花生菩萨祈往极乐世界，谨以此佛教秘密莲花部之'根本真言'。佛部心，身应于佛身，口应于佛口，意应于佛意，身、口、意与佛成一体，终获成就；如意宝，宝部心，入海无宝不聚，上山无珍不得；莲花部心，法性如莲花之纯洁无瑕；金刚部心，祈愿成就，依赖我佛，得正觉，成一切，普度众生，以成佛……"

当他跨过乃琼寺后门的高大门槛时，突然高高地扬起双手，向前扑倒，跌入仁卓怀里。

就在那一刻，我手中的藏刀骤然发出铮的一声激锐鸣叫，嚓地弹出半寸，雪亮的刀刃上散发出一道令人毛骨悚然的寒光。

博拉多杰大师圆寂离世了，其实之前在他弥留之际，乃琼寺里的僧众已经准备好了一切殡葬用品，而且能够抑制住悲痛的心情，坦然面对这个结局。

日落黄昏时，我向仁卓告辞，准备返回拉萨城去。

"大师告诉过你什么？舍身井里到底藏着什么秘密？他怎么能突然抛开轮椅大步走路……"他的困惑不比我少，而且那柄一直挂在博拉多杰胸口的藏刀，他一定也反复观察过很多次。博拉多杰离世后，仁卓就成了乃琼寺现存的最高辈分僧人之一，可以放心地探索各个可疑地点而无须寻找借口。

"问我？岂不是问道于盲？乃琼寺有什么秘密，你会比我更清楚。"我上了计程车，忽然觉得仁卓有些可怜，不想再挖苦这位已经年过六旬的老僧。他一直都觊觎着博拉多杰大师心底的秘密，直到大师亡故，始终一无所得，这已经是上天对他满心贪欲的最重惩罚。

黄昏的格培乌孜山神秘而静默，承载着有数百年历史的哲蚌寺与乃琼寺。远处，哲蚌寺的灯光已经辉煌亮起来，而我们身后的小小乃琼寺却仍然沉浸在高僧离去的哀恸之中。

"我该走了，再见。"我紧了紧衣领，慢慢摇上车窗。

仁卓忽然伸手按住车门，急急地低叫了一声："等一等，陈先生，能不能让我再看看大师赠给你的那柄小刀？"

我敏锐地意识到，他用了一个“再”字，足以证明之前曾不止一次地看过它。

“好。”我淡淡地一笑，从口袋里取出小刀和银链，一起递过去。

“嗡嘛呢叭咪吽，嗡嘛呢叭咪吽，嗡嘛呢叭咪吽……”他先是诵念了三遍六字真言，最后一遍更是紧咬牙关，从牙齿缝里依次迸出了那六个梵语文字，仿佛拔出小刀并非是一个简简单单的动作，而是需要下多么重大的决心似的。

我微微一怔，紧盯着他的手部动作，以免节外生枝。以双方的武功考量，他持刀，我徒手，胜负天平仍会大大地偏向我，所以我不担心他会伤我，而是提防他携刀逃遁或是引刀自残。任何时候，我都会谨慎地提醒自己，身在藏地之中，任何诡事都有可能发生。

“活色生香，即白骨骷髅；红粉媚笑，即钢刀毒药。”他喃喃自语，终于振腕拔刀。

第七章 瑞茜卡失踪

仁卓诵念六字真言之前，我已经将计程车车门推开，只等他出现异常动作时展开救援。

乃琼寺前的广场上已然暮色低垂，寺门左右的十几根莲花灯柱刚刚亮起来，计程车所处的位置离灯光稍远，所以光线肯定比较模糊。当那柄精钢小刀脱鞘而出时，空气中犹如飞掠过一道霹雳闪电似的，将前座上的计程车司机也吓了一跳，急切地扭过头来，向仁卓手上望着。

小刀的刀身长两寸，宽半寸，形如藏牦牛的耳朵。亮光来自于刀刃之上，那条长约一寸半，宽度仅如韭菜叶的刃口，无时无刻不在散发出冷冽的寒芒，无影无形的寒气亦随着寒芒的跳跃而忽强忽弱，刺痛着我的神经。

“那个女人，永远都在，永远都在……”仁卓喃喃自语着举高小刀，半转身迎向灯光来处。

“仁卓，你说的是谁？”我一步跨出车子，低声喝问。

乃琼寺外除了我们三个和一辆红色桑塔纳计程车外，再没有第四者。仁卓嘴里说的“女人”，是妖是鬼？

“那个女人笑一次，我的心就狂跳一下；笑十次，我的心就狂跳十下。她向我招手，我就身不由己地向前走；她向我摇头，我就立刻站住，不敢有丝毫违逆的动作，免得伤了她的心。她在那里，仿佛远在天边，又仿佛近在眼前，不说一个字，却让我魂牵梦绕，无法忘怀，连诵经礼佛也成枯燥无味的呆板形式。她到底在哪里呢？难道她的灵魂竟然被铸造进了这柄小刀里？如果将小刀折断，她会不会就能被解放出来？对了对了，一定是那样子的，一定是那样子的，我面对的是一柄被下过奇特诅咒的小刀，那诅咒连博拉多杰大师都无法破解，所以才会在暗夜里对着小刀整晚沉思。”仁卓一手握着刀柄，一手捏住刀尖，看样子是真想把它拗断。

我的手缓缓地搭在他的肩上，低声问：“仁卓，告诉我，她在哪里？”

他的眼神完全贯注在小刀上，下意识地张嘴回答：“看，就在那里，就在那条杀人不沾血的刃锋上。”

刀刃上纤尘不染，更不会出现女人的影子，但我再次观察仁卓的眼珠时，突然看到了一个穿着古代服装的女子。

那是一个千真万确的女子身影，身材纤细曼妙，长发从一个古式花冠下纷纷披拂下来，直到脚跟。她似乎是在跳舞，双臂时而在体侧平平展开，时而并拢于胸前，像是一只优雅美丽的天鹅正在悄悄合拢翅膀。

按照应用物理学的观点，眼睛的成像原理犹如镜面，只有物体位于眼珠正前方时，才会被玻璃体反映出来，形成影像。通俗来说，有影子，必定有实物；有实物，方能有影子。也就是说，当仁卓眼珠上出现影子时，那古代女子应该就在他的面前。可是，他眼前只有那柄小刀和刀刃上的一抹冷艳弧光。

我长吸了一口气，确信自己没有看花眼，那影子的的确确存在。

“我看到她了。”我感觉到自己的嗓音已经开始颤抖，喉咙一阵阵发紧，格培乌孜山的夜风也变得寒意彻骨起来，“但却是在你眼睛里，难道……难道说那影子是在你心里的？眼睛是心灵的窗户，心里有眼里才会有？”

我从来没像现在这样语无伦次过，可是这一幕诡异至极的情景来得太突然了，比博拉多杰大师的圆寂更为波诡云谲，令我绞尽脑汁也无法做出合理解释。

“心里、眼里、幻梦里、现实中有区别吗？我知道，博拉多杰大师也能看到她，并且为了她辗转反侧、彻夜不眠过。告诉我，大师还说过什么？她究竟在哪里，在那口古井里吗？为什么我数次潜入井底，摸到的只是冰冷的石头？”仁卓的声音变得麻木而苍凉，本来还算红润的脸色也黯淡枯黄下来。

“那是幻觉，那只是幻觉。”我只能采用心理学医师的“万金油答案”来回答他。

人类每当遇到无法解释的问题时，都归结为某个人的“幻觉”，以这样的结论蒙混过关。但是，当下不单单是仁卓的幻觉，而是我看到了“他眼睛里出现的幻觉”，而他看到了“来自小刀的幻觉”。

“那女子一定还活着，就在这柄刀里。”他的双腕同时发力，小刀立刻弯成弓形，眼看要被折断。

我早有准备，双手齐出，以剑指戳中了他的左右肩窝，卸掉了他双臂上的力道，然后劈手夺回小刀，插回刀鞘里。

“嘿，真好！真是一柄好刀！”计程车司机突然喝起彩来，不知是为了刀还是为了我瞬间夺刀的那招武功。

“让我折断它，让我救她出来，让我……”

我不容仁卓再喊下去，剑指化为“二郎惊神指”，在他的两边耳垂上重重地一弹，发出“啪啪”两声脆响，令他的神智迅速恢复清醒。

“没有人藏在小刀里，没有人等待你去拯救。如果有，那就是你自己一个人的心魔，心魔不除，永远无法回归到修行的正途上来。这一点，难道博拉多杰大师没有教诲过你们吗？”藏传佛教对于“心魔”有专门的阐述，像仁卓这样毕生修行的僧人应该对此早有领悟。

佛家有生、老、病、死、怨憎会、爱别离、五蕴炽、求不得的“八苦”，前四者是天意，天意绝不可违，而后四者则由人心生，自作孽不可活。

佛说：心佛亦是佛，心魔亦是魔。

佛乃正道，均当皈依。魔即邪道，矛盾、虚伪、贪婪、欺骗、幻想、疑惑、善变、好斗、无奈、孤独、脆弱、逃避、气愤、复杂、讨厌、嫉妒、阴险、争权、鄙夷、狂妄等等皆是心魔。

到现在我才知道，仁卓的多问、多疑、监听、监视以及旁敲侧击、弦外有音，都是为了那个神秘的女子，被一个“情”字困住。自古以来，无论佛家化外还是俗世之内，多少英雄豪杰、男儿丈夫都被情关所阻，直至一叶障目，不见森林，毁掉了自己的光明前程。

江湖人常说，有人的地方，就有江湖，人即是江湖。

心理学大师们则说，有男女的地方，就有情关，女子就是男人最难逾越的一关，漂亮、妖媚、多情、风流的女子尤甚。

仁卓茫然四顾，哲蚌寺的钟声正悠悠传来，惊破了格培乌孜山的昏暗沉寂。

“我做了什么？”他扭动着双臂，怅然若失地盯着我手中的小刀。

“没什么。”我递给他一张名片，上面只有我的名字和卫星电话号码，

“有些心结异常难解，如果想通了，就打电话给我，或许到那时咱们能坐下来深谈。”

如果乃琼寺里存在某种秘密，问他总比自己打探要节省时间。博拉多杰大师说过，仁卓不是坏人，只是被心魔所困，才变得执迷不悟。像他那样一个曾顿悟到“天眼通、天耳通”的藏传佛教大师，自然是不会看走眼的。

我重新上车，吩咐司机启程。

后视镜里，仁卓呆呆地站在寺前的小广场上，垂着双手，目视哲蚌寺的方向，一动不动，直到彻底消失在我的视线之中。

一整天都没给夏雪打电话，不知道她那边情况怎样了，所以我一进入拉萨城，就取出卫星电话，准备打给她。

“朋友，那柄小刀不错，有没有计划出手卖掉？我可以帮你联系一个超级大买主，怎么样？”计程车司机忽然兴致勃勃地开口。

其实他一路上都在从后视镜里偷偷观察我，眼珠乱转，几次欲言又止。

“哦？你有门路？”我淡淡地回应了一声。

车子两边，路灯早就亮起来了，拉萨城的夜景虽然不如大陆的中原城市那么繁华热闹，但已经极具规模。此刻，计程车行驶在北京中路上，大概在功德林寺和布达拉宫的中间地段，车流渐渐增多。

那汉族司机大约四十岁上下的年纪，脸上的皮肤极为粗糙，下巴上浮着一层淡青色的胡楂，脸色黄里透青，一看就知道是个每日忙着为生活奔波劳碌的平头百姓。这一类人每天思考最多的就是平地暴富、天降横财，所以练就了一双洞察力极强的眼睛。

“不是吹牛，我一个电话打出去，十几个古董贩子眨眼间就到，绝不耽搁。他们都是从山西、河北、河南、山东一带过来的，人仗义，开价也爽快。你看，这个价怎么样？”他举起右手的食指、中指向我晃了晃，被香烟熏得焦黄的指甲缝里带着洗不掉的黑色油灰。

北面，巍峨的布达拉宫已经出现在我视野里，那是拉萨的地标性建筑。我的心思忽然被触动，向前探身，压低了嗓音：“朋友，你是不是见过类似的东西，才会对我的小刀感兴趣？”为了引他吐露实情，我故意再次取出小刀，向前面的副驾驶座位上轻轻一丢。

那司机打了一把方向盘，车子驶进人行道缓缓停下，然后他拿起小刀，仔细检查刀鞘两面镶嵌着的那六大四小共十颗绿松石，眼珠子急促地转了转："朋友，再翻两倍，共八万人民币，现金交易，钱货两清，怎么样？"

就算对方出再多的钱我也不会卖刀，我说过，这只是个诱饵。

"有人在找这柄刀，我只想赚个手续费，反正只是把普通的藏刀，那价钱应该已经足够高了吧？"他从我的港味普通话里对我的身份做出了错误判断，以为我不知道小刀和绿松石的价值，才会狠狠杀价。

"如果你肯带我去见那人，也许我会考虑这笔生意。"我懒洋洋地向后一靠，在他的座位后背上拍了几下，大声说，"开车，到国土资源厅东面靠边停下就可以了。"

我们都是老江湖，自然谁也不肯首先低头就范，但以我跟文物古董贩子打交道的经验判断，中间掮客的出价往往只是最终买家报价的二十分之一左右。所以，我越是拒绝出售，他会跟得越紧。

"朋友，再翻一翻，人民币十六万总可以了吧？"司机急了，扭回头大叫一声。

我摆摆手，示意他赶紧开车，别耽误了我的大事。

我在区国土资源厅的东面五百米处下车，一个人沿着人行道向南走，连续拐过几条小巷，成功甩掉了后面跟的尾巴。小刀也许能成为另一块诱饵，让别有用心的人渐渐浮上水面吧？

回想起来，今天的乃琼寺之行，收获不算太大，因为未经证实的消息越多，就越能迷惑人的思维，令我无所适从。燕七失踪、博拉多杰大师圆寂，等于将海市蜃楼这条线索弄得七零八落，无法追踪。

踏入小旅馆的院门时，腕表指针已经指向晚上七点钟，夏雪正在廊檐下端着茶盅沉思。她一看到我，就立刻高兴地跳起来，残茶溅了一身也没察觉。

"终于把你盼回来了！"如果不是央金在场，她可能会扑过来紧紧拥抱我。我又何尝不是如此，虽然只分开一天，两个人却仿佛有满肚子话要说，恨不得人间天上，只有我们两个存在，默默相对，永远不受任何人的打搅。

小院里飘着烤羊腿肉撒上孜然粉的浓香，香气一钻进鼻子，我的肚子马上咕咕乱叫。今天的晚餐是青稞面条、菜肉大包子和烤羊腿肉、慢炖牛杂汤，原来我和夏雪同样一整天没有吃饭，光顾了忙手边的事，肠胃几乎停止饥饿反应了。

央金摆好饭菜后，立刻自觉地退了出去，留给我和夏雪一个安安静静的二人世界。

“一整天都在担心你，乃琼寺那边情况怎样？”夏雪替我盛了一碗汤，深深地看着我。

“还算好吧。”我苦笑着将博拉多杰和仁卓说的话简单重复了一遍。

夏雪对乃琼寺的地形、建筑物都非常了解，我相信她能想象到当时的每一个场景，并且与我产生共鸣。

“博拉多杰的幻觉奇遇发生在藏地最西边的日土县，但那些神秘的声音却指引他到格培乌孜山来，与拉萨城近在咫尺。《西藏镇魔图》上，三眼族魔女的心脏就在拉萨城大昭寺下面，难道种种疑点最终指向的是大昭寺？或者是大昭寺下面？再有，燕七看到的海市蜃楼是在克什米尔高原东侧，可以近似地看成与日土县并列在南北一线。之后，他也赶到大昭寺来，并流露出唯求一死的古怪念头，是否可以认为他的终极目标也是拉萨城？陈风，你相信藏地大山之中会存在那么大一笔黄金吗？要知道，二十世纪的一百年间已经有成百上千支国际探险队深入过藏地的山山水水，目标都是对准寺庙藏金、前朝遗宝，虽然也有一些收获，却从没听说过有找到巨量黄金的。”夏雪停下筷子，脸色凝重地沉思起来。

桌上的汤慢慢凉了，外面的喧嚣也渐渐低落下去。

“今天，我这边有一个好消息和一个坏消息，你先听哪个？”进餐时间，也即是我们交换情况的最佳时段，只是现在两个人都没了吃饭的兴趣，满脑子都是问号。

我头也不抬地喝汤，含含混混地回答：“先听好的。”

“好消息是瑞茜卡、方东晓已经从港岛抵达加德满都。”夏雪握着汤匙，表情透着百分之百的郁闷，“接下来则是一个巨大的坏消息，瑞茜卡竟然在加德满都的机场里失踪了。方东晓告诉我，她是去卫生间的时候消失的，有人看她进去，就再也没出来。”

她当然明白这个消息对我的打击有多大，才故意没在我刚进门的时候说，拖延到这个时刻。

“现在呢？方东晓在做什么？怎么会任由一个大活人凭空消失？”我的脑袋嗡的一声，汤匙失手滑进碗里，这才意识到之前自己的担心并非多余，一旦忽视了对瑞茜卡的保护，她的下场将变得无法想象。不管她做过什么，在没有公开解除合约之前，她仍然是叔叔财产的掌控者，行使着自己陈氏企业贴身秘书的职责。

“这件事已经惊动了加德满都的警察部长，他责令全部警务人员扩大搜索圈，直到发现瑞茜卡为止。方东晓暂时停留在那边，明天再订机票过来。”夏雪显得很无奈，毕竟我们在这里鞭长莫及，只能听任那些尼泊尔人展开人海战术进行搜索。

喝进嘴里的汤突然变了味道，我马上取出电话，拨给方东晓。

夏雪猛地站起来，隔着桌子一把按住我的手，并且随即关掉了电话。

“听我说，千万不要暴跳如雷，然后暴露出自己的真正意图。该警方负责的事就交由他们去做，你贸然责问方东晓，只会让所有人猜测瑞茜卡飞来拉萨一定是另有重大隐情。那样的话，她的处境将越发危险。陈风，你冷静一点，先看清形势再说，绝不要躁动。”夏雪慢慢捞起白瓷汤匙，用餐巾纸擦抹干净，放回我手里。

我也抽了张餐巾纸，一点一点抹去溅在手背上的汤汁，借着这个仔仔细细的小动作梳理着自己烦躁的心情。

起初瑞茜卡在电话里告诉我要来拉萨时，我就预感到有大事发生，否则电话里沟通就好了，她犯不上冒着高原反应的危险辗转过来。那么，在她身上会发生什么事？到底有什么事必须得亲口通知我，而不是报告港岛警方？她的失踪，是被挟持绑架还是畏罪潜逃？

“燕赵那边，知道燕七自动消失的讯息后感到欣慰，要我向你转致救助他小弟的谢意，并且不再派人过来。南遮那边，始终不接电话，我拨了差不多二十次电话都毫无回应。再有，今天下午我去过大昭寺一次，只是远远地站在寺外看了看，至少发现了二十余名举止异样的外地人，他们用英语和尼泊尔语交流，半数以上身边暗藏着廓尔喀狗腿刀，既不跪拜进香，也不转经诵经，与进入大昭寺的普通朝拜者表现迥异。我怀疑，他们是来自于尼泊尔神鹰会的人，因为我看到其中一人的小臂上文着黑色的飞鹰图案。”夏雪沏了一壶浓酽的乌龙茶端上来，浓茶醒脑，有助于我们的思想保持充分的灵动性。

“又是那京将军的神鹰会？”我苦笑一声。

夏雪意识到了我的低落心情，走到我背后去，轻轻地替我揉捏肩膀。

“我会稍晚一点联络方东晓，看加德满都那边有没有消息。放心，我能沉得住气，想想看，你在窝拉错湖失踪时，我不也一样镇定从容地坚持到底，直至咱们绝境重逢？刚刚我的失态，只是自责没有早一点意识到瑞茜卡所处的危境，犯了一个根本不该出现的错误。”我转身揽住她的细腰，微笑着安慰她。

我有预感，发生在尼泊尔境内的怪事，十有八九会跟那京将军的神鹰会有关。他没办法直接向我下手，就会千方百计算计我身边的人，借以钳制我的行动，逼我就范。

“我相信你，只要破除心魔，前途一片广阔。瑞茜卡单恋你、转而失恋、失踪出事都不是你的错，别试图把天底下所有责任都扛在肩上。陈风，步步为营，努力做好眼前的事才是最重要的。”夏雪低下头，轻柔的嘴唇从我额头上滑过。

“我知道，只要有你，我就有信心破除任何困境。”我仰起头，寻找着她的嘴唇。

这样静谧的夜，最适合有情人之间的温柔表白、深情相拥，然后在小旅馆的斗室之内营造出一个万分旖旎的爱之巢。夏雪身体上带着的馨香令我迷醉，那个情意绵绵的长吻也越来越像是一条导火索，似乎下一刻就能点燃两人心底里疯狂的欲望。

猝然，我感觉自己的思想仿佛被一把雪亮的大刀从上而下轰然劈裂为两半。左一半，仍旧薰薰欲醉地探索着夏雪的唇，紧搂着她的腰，在欲望的深渊里越滑越远；右一半，则是远峰白雪、近溪潺潺、芳草迷离、繁花摇曳的大好自然风光，逼迫我放弃另一半的情欲火焰，回归到恬淡安宁、波澜不惊的美景中来。

“嗡嘛呢叭咪吽。”我下意识地念了一遍六字真言，头脑立刻清醒了许多。

“什么？你在……说……什么？”夏雪试图用自己火热的唇将我的声音封住，她的头发已经披散下来，全部罩在我的脸上。

“嗡嘛呢叭咪吽，嗡嘛呢叭咪吽，嗡嘛呢叭咪吽，嗡嘛呢叭咪吽。”我强迫自己身体后仰，离开她的唇，然后连续诵念六字真言，直到欲火被完全浇熄，思想彻底平静下来，然后才轻轻推开她。

夏雪将纷乱的头发撩到脑后去，脸色变得极度苍白，迷茫地开口：“刚刚……发生了什么？我好像做了一个梦，一个非常热闹的舞会上，身边的每一对年轻人都在拥抱热舞，连空气都仿佛要被洋溢流动的情欲点燃了。你抱着我，像所有人一样，然后我们自然而然地融入到他们中去……”。

我倒了两杯酽茶，淡淡地回答：“没什么，咱们似乎是中了某种催眠暗算。”

夏雪一怔，马上退到墙边，揿灭了头顶的灯光，然后跟我一起掠向后窗。

后窗外的小巷没装路灯，黑黝黝的不见任何人影。

她误会了我的意思，我所说的暗算并非来自某一个有形可见的敌人，而是一种极其特殊的力量。特别是那大刀一样的雪亮电光劈裂我的思想时，那种诡异的感受就更加强烈。

“刚才，你是否感受到某种声音的召唤？是不是觉得自己正在向某个深不见底的地方滑落下去？”我用谨慎的词句描绘着自己的感受，希望夏雪也能感同身受。

“我只是觉得自己身心俱疲，不想再勉强支撑下去，也不想再追求什么，不如就此停步不前，享受眼前现存的一切。那时候，脑子像是麻木了一样，身体和四肢只跟随着自己的感觉活动，有点……有点随波逐流、任人摆布的意思。”夏雪没有忸怩作态，详细地描述着刚才的情况。

刹那间，我突然明白了，燕七在海市蜃楼中的冲动表现，博拉多杰大师在闭关时的无端幻境，都是这种“任人摆布”的具体表现。按理说，他们两个都是见多识广的大人物，深知盲目向前的危险性，却都没有及时悬崖勒马、警醒止步，直到将那些幻觉从头到尾游历了一遍，才恋恋不舍兴尽而返。况且，他们清醒之后，并没意识到自己是被那种神秘力量所蛊惑，相反还沾沾自喜、念念不忘，以为觅得了永恒的人生追求目标。

第八章
特洛伊出现

“在古老的拉萨城，一定暗藏着一种诡秘的力量，时刻引导人们放纵自己，不思进取。夏雪，我想咱们应该暂时把男女之情收起来，一切风花雪月的桥段等回到港岛后再展开，不要被那种力量钻了空子，变得像燕七一样为情所困。”我已经完全冷静下来，抱元守一，心里不再有任何邪念。

在没有外人监管的情况下，我和夏雪完全可以做任何亲亲昵昵的男女情事，像任意一对雪域旅行的情侣一样。但是，突如其来的思想觉醒让我从粉色泥沼中弹身而起，目光放得更为长远，绝不污损夏雪的纯洁之身。

夏雪点点头，悄悄打开后窗，谨慎地探出头去左右张望着。

“这一次，我们看不到敌人，那只是一种无影无形的力量，随时出现，也会随时消失。”我知道自己的描述非常空泛，但却实实在在感受到了来自对方的强大压力。

再次谈到计程车司机提及的“生意”时，夏雪微笑着指出：“这里每一颗宝石级绿松石的价值都在三万人民币以上，所以单是刀鞘上的饰品已价值三十万。这个年代，我想大概没有人肯做‘买椟还珠’的买卖，连小刀算在一起，至少超过七位数。照我看，这个牦牛皮刀鞘的存在年代肯定也极为久远了，表面都被成千上万次手指的摩挲弄得滑不留手了，比经过盘玉师细心把玩的和田良玉都滑腻。那柄小刀，更是材质、工艺、钢口俱佳，是柄吹毛断发的利器。要我说，不是杀人过万、饮血千升的神器，绝不会有这种寒气凛冽一鸣惊人的气势。”

绿松石是最古老的宝石之一，有着几千年的灿烂历史，深受古今中外人士的喜爱。早在古埃及、古墨西哥、古波斯时期，绿松石就被视为神秘、避邪之物，当成护身符和随葬品。藏族人民用绿松石做珠宝首饰的历史非常悠久，远远超过美洲的印地安人和古代波斯人。

按照藏民对绿松石的认识，从波斯进口的绿松石质量最优，从中国内地引进的则质量一般，评价优劣的标准是颜色呈天蓝色、无裂纹。自古以来，绿松石就在西藏占有重要地位。

许多藏人颈脖上都系上一块被视为灵魂的绿松石的项链，藏地曾经流传着这样一个古老的传说：根据天意，藏王的臣民不许将任何一块绿松石丢进河里，因为那样做灵魂也许会离开他的躯体而使之身亡。

将那么多名贵的绿松石镶在一只古代刀鞘上，也许更能说明那柄刀的弥足珍贵了。

在藏文化里藏刀是除藏药、珊瑚珠和天珠之外的四宝之一。藏刀又是藏民必备的生活用具，同时还是一种具有吉祥象征的护身符，能够逢凶化吉。

在此之前，港岛几大社团的大人物比较推崇藏地出品的卡瓦刀，其刀鞘一般装饰着镂空工艺的图案，古朴而精美，藏刀出鞘后寒光闪闪、威风凛凛。“卡瓦”藏语译为“辟邪”，卡瓦既是一个铸刀家族的名号，又象征着藏地的神山梅里雪山主峰卡瓦博格，因此给卡瓦刀注入了深刻而又神秘的藏文化内涵。卡瓦家族世世代代以打铁为生，至今制刀历史已接近二百年，是全香格里拉乃至全藏区历史最悠久的制刀剑世家。

“仁卓和那计程车司机都喜欢这柄刀，不过其中含义却不尽相同。按我的理解，小刀出鞘时，仁卓就会产生幻觉。”我知道当时乃琼寺前的那一幕非常难以理解，但我发誓的确是看到了仁卓眼珠上的影子。

“我相信你所说的一切，无论听起来有多荒谬怪诞，真的。”夏雪微笑着打断我，“见识过沉潜于窝拉错湖底的香巴拉之城后，还有什么东西能更令人感到震惊呢？”

她再次拔刀，平举到眼前，凝视着铁青色的刀锋。

此刻，她的眼珠上映出的只是一柄小刀，绝不像仁卓那样。

“世人多心，善恶不分，全因心魔迷窍。若不得搭救，早晚堕落；若甘愿堕落，有谁能救？我想，那起舞的女子是藏在仁卓心里的，正是因为这个无法根除的心魔，他才会变得以虚藏实、以白计黑、以无期有，直至神魂颠倒，不明白自己要做什么。他的境界，比博拉多杰大师差了数层。但即便是以博学多才、心思睿智著称的一代高僧，也始终没能挣脱心魔的束缚，只保存了这柄刀，却不再探索它从何处来、将用在何处。”夏雪长叹，为了藏族人民又失去一位得道高僧而感慨。

这些终生修行的藏传佛教高僧都是不可多得的藏文化瑰宝，每少一位，都是中国文化界的巨大损失。

我曾将名片留给仁卓，至于他会不会打电话来，完全是个未知数。

“好好保存它，看那计程车司机能带给咱们什么惊喜？”我把小刀先压在枕头下面，和衣而卧。今天实在太累了，现在只想躺下来好好睡一觉，为明天的工作调整好心情。

按照我们之前商定好的，夏雪睡套间，我睡外间，不管央金怎么猜度我们，总之举头三尺有神明，只要心怀坦荡，彼此对得起良心就行了。

直到第二天醒来，我才打电话给方东晓。夏雪劝得很对，催促方东晓根本就于事无补，毕竟瑞茜卡是拥有独立思想的成年人，她要做什么，无须其他人同意。

如我所料，方东晓的声音非常沮丧：“陈风，我万分抱歉，竟然把瑞茜卡丢了。刚刚警方来过电话了，怀疑这件绑架案的背后主使者就是尼泊尔神鹰会。机场大厅西边门的监控录像表明，三名颇像女扮男装的神秘人物挟持着瑞茜卡离去，上了一辆黑色的奔驰轿车，开向加德满都城里。现在，警方在等绑架者打电话提条件，我已经知会各方，任何行动都务必以保证瑞茜卡安全归来为前提。”

我感到一阵心寒，如果确定这件事是神鹰会做的，尼泊尔警方就无能为力了。他们既然能够任凭神鹰会横行北部边境线，又哪来的力量应付绑架事件？

“方叔，至今仍未接到任何绑架者的电话或信函吗？瑞茜卡随身携带的物品中有没有值得怀疑的财物或者资料之类的东西？”我试着排除一切瑞茜卡因自身原因遭到绑架的可能性。

“没有，瑞茜卡连笔记本电脑和数据存储卡都没带，随身只有一只旅行箱，我已经里里外外翻检过。唉，这世界变化太快了，我们这些老江湖几年不离开港岛，都没法应付外面的风雨了。”方东晓沮丧地轻声叹息着。

我只能低声安慰他，同时想到那京将军指使手下如此行动，大概是“项庄舞剑、意在沛公”，矛头直指向我。

“陈风，我订了下午的机票，直飞你那边，反正失踪案全盘由尼泊尔警方接手，我就是留在这里也帮不上忙。据夏小姐说，燕七的身体已经无碍，并且早就偷偷溜掉了，这是件好事。其实我之前还欠大侠燕赵一个人情，这次空跑一趟，也算还了人情，还能顺便见见你，聊聊邵、司马、顾他们几个人的事。”方东晓强颜欢笑，通知我下一步的行踪。

我当然希望他能及时过来，也许有他的超强读心术帮助，就能揭开乃琼寺的秘密了。

门外朝霞万道，又是一个晴朗的藏地之晨。

结束通话后，我简单梳洗一下，一个人走向大昭寺。夏雪留在小旅馆内会相对安全一些，我希望在这种山雨欲来风满楼的关键时刻，两个人中至少要保证其中一个是远离险境的。

大昭寺日复一日、年复一年的朝拜活动仍在进行，正像中国古诗中说的“年年岁岁花相似，岁岁年年人不同。”朝拜者如同涨落不休的潮水，一拨去了一拨又来，从未间断过。跪跪起起之间，大昭寺门外的青石板被打磨得光可鉴人，大部分上面都留下了深深凹陷的膝盖头痕迹。

藏地一直流传“先有大昭寺、后有拉萨城”之说，可见大昭寺在拉萨市具有绝对的中心地位，不仅是地理位置上的，也是社会生活层面的。大昭寺著名的喇嘛尼玛次仁曾经亲口说过：“去拉萨没去大昭寺就等于没去拉萨。”在拉萨，藏族人也喜欢将以大昭寺为主的八角街一带称为“拉萨”，藏文意思是佛地，朝拜者在大昭寺门口磕长头的场面非常感人，由此可见大昭寺在拉萨人心目中的地位之高。

环绕大昭寺内中心的释迦牟尼佛殿一圈被称为“囊廓”；环绕大昭寺外墙一圈称为“八廓”，大昭寺外辐射出的街道叫“八廓街”即八角街；以大昭寺为中心，将布达拉宫、药王山、小昭寺包括进来的一大圈称为“林廓”。以上从内到外的三个环型，便是藏民们进行转经仪式的路线。

初来拉萨时，我和夏雪曾多次从大昭寺金顶俯瞰寺前的广场。右边远处的山上是布达拉宫，近处的柳树是“公主柳”，相传是文成公主所栽，春夏之交，相映成趣。

大昭寺的布局方位与汉地佛教的寺院不同，其主殿是坐东向西的，高四层，两侧列有配殿，布局结构上再现了佛教中曼陀罗坛城的宇宙理想模式。寺院内的佛殿主要有释迦牟尼殿、宗喀巴大师殿、松赞干布殿、班旦拉姆殿（格鲁派的护法神）、神羊热姆杰姆殿、藏王殿等等。寺内各种木雕、壁画精美绝伦，空气中弥漫着酥油香气，所有进入寺内的藏民们无不神情虔诚地参拜转经。

眼下，我慢慢踱着步进入大昭寺前面的小广场，又一次瞻仰大昭寺的全貌。在我的旁边，就是那块著名的“唐蕃会盟碑”。拉萨旅游杂志上说过，那块碑高三点四二米、宽八十二厘米、厚三十五厘米，是唐长庆三年(公元823年)用藏汉两种文字刻写的。

历史记载，公元九世纪，唐朝与吐蕃达成和好，以求“彼此不为寇敌，不举兵革；务令百姓安泰，所思如一”和“永崇甥舅之好”之目的。当时的赞普赤德祖赞为表示汉藏两族人民世代友好之诚心，立此碑于大昭寺前，碑文朴实无华，言辞恳切。现在碑身虽已有所风化，好在保养得当，至今大多数碑文仍清晰可辨。唐蕃会盟碑又称“甥舅会盟碑”，因为吐蕃赞普赤德祖赞娶的是唐朝皇帝的公主，所以他的孩子自然就要管以后的唐朝皇帝叫舅舅了。

碑的旁边，就是据传由文成公主亲手种植的那棵古柳，被当地人称为公主柳。

每次看到这棵树，我都会感到当年远嫁藏地的大唐文成公主，在藏族人心里有着至高无上的地位。她为藏地带来的不仅仅是和平、吉祥、财富和先进生产力，而且具有某种神祇一样的光辉力量。正如《西藏镇魔图》所体现出来的那样，是她亲自勘察测绘，做出了镇压三眼族魔女的正确决定，才有了今日万民朝拜的大昭寺。

今时今日，我们能做的，就是按照《西藏镇魔图》上的指引，坚定自己的信仰，继续剿灭三眼族魔女的行动，直至将藏地的隐患彻底消弭。

“别动！”一个硬邦邦的枪口突然顶在我左肋下，三名身着破烂藏袍但却满脸凶相、体魄健壮的年轻人从三个方向围住了我。

“跟我们走，别出声，别想逃跑，否则就送你升天。”站在我左侧的年轻人再次开口，他的右手插在藏袍的破洞里，短枪也遮掩在衣服下面。他的两颊和下巴上满是毛茸茸的络腮胡须，黑眉紧压在一双骨碌碌乱转的三角眼上，一看就知道绝非善类。

另外两人的胸前衣服也被枪口顶起了一小块，脸上同样不苟言笑，两双眼睛死死地瞪着我。

“有话好说，当心走火。”我没感到太吃惊，相反敌人毛躁出手，正中我的下怀。三个人、三柄手枪并不可怕，我希望他们能做我的引路石，让我看到更多隐蔽在黑暗中的东西。

“跟我们走，出寺，向北拐。”络腮胡年轻人举起左手，摸了摸鼻尖，故意将手腕上的展翅神鹰文身亮给我看。

我耸耸肩膀，轻轻松松地一笑：“是神鹰会的兄弟？不会是那京将军要亲自接见我吧？”

年轻人的枪口狠狠向前一戳，我肋下猛地一痛，似乎已经被擦破了一小块皮，只能暂时隐忍。随着他们走出大昭寺，从熙熙攘攘的人流中分离出来，向北面的僻静地带走去。

二十分钟后，我们一行人走到藏医院北面的朵森格路与北京东路的交叉口附近，一辆没有牌照的中巴车开过来，停在路边，车门随即从里面打开。我们上了车，里面也有三个脸色阴沉沉的年轻人，指着我的短枪立刻增加到六柄。

“将军说，去罗布林卡。”司机回过头来，面无表情地用尼泊尔语告诉后面的所有人。

罗布林卡的藏语意思是“宝贝园林”，位于拉萨西郊，始建于十八世纪四十年代，是历代达赖喇嘛消夏理政的地方。经过二百多年的扩建，已经成为西藏规模最大、风景最佳、古迹最多的人造园林。现在，这里被辟为人民公园，环境优美，建筑维修得也很漂亮，只是里面现存的文物没有布达拉宫和大昭寺那么丰富。

种种细节表明，司机嘴里的“将军”很有可能就是神鹰会的首领那京将军。

“这个人极度危险，看好他。”这个有着明显尼泊尔人面部特征的司机居然向我龇牙一笑，仿佛动物园铁笼后虎视眈眈盯着我的猛兽。

自从出了大昭寺，我就一直没有开口，也许只有这种非常合作的态度，才能让敌人稍稍放松警惕。

中巴车一直向西，经过北京东路、北京中路，转入车流骤减的罗布林卡路。由此一直向西，过了民族南路，就是罗布林卡的外墙。司机虽然没有说清具体的目标地点，但毫无疑问就是在绕罗布林卡一圈的拉萨饭店、西藏宾馆、西良宾馆、拉萨汽车站沿线宾馆之内的某个房间里。

车子刚刚驶过德吉路与罗布林卡路的交叉口，前面的一条小街上突然冲出一辆黑色的桑塔纳轿车，别在中巴车前面。司机紧急踩下刹车，方向盘一扭冲进那条小街，以避开两车正面相撞之厄。

车厢里的所有人都被甩得前仰后合，有人大叫：“看好他，看好陈风！”

当然，此时此刻我绝对能趁乱逃走或者干脆出手打倒这群人扳回局面，但我此行的目的是去见他们背后的大人物，并不需要慌张逃跑。所以，我干脆稳稳地靠在座位上，冷静地扭头去看那辆惹事的轿车。

看住我的六个人惊魂未定，一个纤瘦的人影骤然从中巴车的天窗里翻落下来，双脚凌空飞踢，两人喉结遭袭，翻身倒下。另外四人还没来得及掉转枪口，已经被那人快速地旋身逼近，以最凌厉的脚法踢中他们的太阳穴，各自软绵绵地倒下。幸存的司机立刻推开车门，准备落荒而逃，但那人鱼跃前冲，扣住司机的头顶，利落地一提一扭，对方的颈骨已然咔嚓一声脱节错位，瘫倒在座位上。

“好功夫！”我不自觉地赞叹了一句。

对方有意制造了混乱事件，然后借罗布林卡路两边的大树隐身，直接杀入敌人的防守盲点。刚刚的几次出手，分寸把握得相当准确，绝不浪费丝毫力气，也不必动用枪械刀具，兵不血刃就解决了战斗。

“比起你来，还是差一些。”那人摘下了头上的牛仔棒球帽和茶色太阳镜，及肩的黑发散落下来，竟然是个英姿飒爽、神采飞扬的年轻女孩子。

我猛地站起来，想要叫她的名字，那几个字已经涌上了喉头，却又硬生生地压了下去。这是一个最不该出现在此时此地的人，一个美国特工史上最年轻的高等级间谍，一个不可思议地荣获过六次五角大楼总统勋章仅有二十四岁的漂亮女孩子——特洛伊。

“咦，我已经启用了千面人易容系统，你还能认得出我？”特洛伊歪着脑袋笑起来，对着夹在衣领上的无线耳麦呼叫，“清场完毕，过来接应。”

无论任何易容系统，改变的只是一个人的外表，像特洛伊那样气质独特的优秀女孩子，只要一出现在我视野里，就会吸引住我的视线。

“我当然能认出你，从武功身法到战斗方式，都是你的一贯风格，但我不明白，你怎么会突然出现在这里？难道不用躲在印度洋外海的秘密海轮上指挥全亚洲间谍网吗？”我苦笑着摇头，意识到一定是发生了更为严重的大事，特洛伊才会深入藏地，亲力亲为。

黑色轿车迅速倒回小街上来，特洛伊洒脱地按下了电钮，中巴车的门缓缓打开。

“走吧，我知道一个好地方，有最好的酒、最动听的音乐、最绵软的沙发，还有你想要就能得到的一切，要不要跟我来？”特洛伊带头下车，打开轿车的门，笑吟吟地向我招手。

“特洛伊，我只想要一些答案，其他事都无足轻重。”我跳下车，看着这条空荡荡的小街。

这次早有预谋的中途拦截进行得相当顺利，而特洛伊的出手更像电子计算机设计好的步进程式一般有条不紊、严丝合缝，所以中巴车上的人根本没有反击余地，甚至连围观者、报警者都没有出现。

“那就来吧，我知道你想问什么。”特洛伊嫣然一笑，高墙顶上飘落的错落光影在她脸上铺陈出斑斑驳驳的图案。

我凝神盯着她的眼睛，期望从中读出某种真诚、恳切的意味来，但收获的却只是圆滑和世故。所以，等我钻入车内，车子缓缓向前时，我立刻发出一声充满了失望的惆怅叹息。现在的特洛伊，已经被51号地区的长年磨砺经历锻造成一名完全合格的间谍人员，跟现实生活中同样年龄的女孩子绝对不能同日而语。

车子左拐，在小巷里穿来绕去，最后停在一个极为幽僻的老建筑后门口。

“消灭一切证据，谁都不要跟过来，我要跟陈先生单独谈。”她如此吩咐司机，语调平稳而冷漠。那一刻，她给我的感觉，陌生得像一柄深藏在套子里的特型手枪，冰冷生硬，不可触摸，并且深知看似波澜不惊的面容背后，隐藏着能瞬间夺人性命的巨大杀伤力。

车子倒出短巷，消失在巷口。

天空依旧碧蓝如洗，一上午的颠沛跋涉总算告一段落，不过我心里并没有放轻松的感觉，现存的只有说不出来的郁闷。

“为什么一直不说话？”特洛伊带着我进门，经过一个巨大的紫藤花架，然后在青砖灰瓦的廊檐下落座，“难道老朋友见面，竟然变得如此陌生，无话可说？”

她那双特意描绘的黛眉夸张地挑起来，淡桃红色的眼影和上卷的长睫毛轻柔地闪动着，刚刚还冷漠如冰的眼神忽然变得热切而温暖，同时轻轻皱起小鼻子，微微撅起小巧的樱唇，与我们第一次见面时的表情一模一样。

“你变了。”我不想虚与委蛇，因为我们之间没有伪装的必要，更不必靠这种假装出来的训练有素的表情来唤起我的陈年记忆。

“这种表情，岂非是你最怀念的？”特洛伊笑得前仰后合，双手插进口袋里，取出两柄短枪、一支匕首和一筒六连发弩箭暗器匣子，放在旁边的青石圆桌上。那是她的贴身武器，主动亮出来，意在打消我的疑虑，证明自己的谈判诚意。

第九章 山雨欲来风满楼

这座院子极其安静，所有的尘世喧嚣、佛寺噪音都被隔绝在道道高墙之外，所以我们可以不受任何干扰相对坐着，丝毫不受别人的打扰。很可惜，坐在我面前的是特洛伊，而非夏雪，于是我们接下来的交谈肯定无关风月，只有冷冰冰的数据和情报分析。

“陈风，我以最大的诚意提醒你，不要再漫无目的地游历于藏地了，还是平平安安地返回港岛，接收陈沧海的遗产，然后把藏地发生的一切统统忘掉，关起门来过自己的幸福日子。你该明白，只要有51号地区的人马出现，最后的绝对胜利者都会是我们，其他人所面临的选择就是‘顺我者昌、逆我者亡’。你是我的朋友，我牢记咱们之间的友谊，才会冒着‘渎职泄密’的危险，提前透露给你这些。藏地的风雪永远比你能想象到的更猛烈，你没必要再卷进来。”特洛伊脸上的笑容消失了。

每个人都希望过平安幸福的日子，但幸福的定义太过宽泛，又如镜中花、水中月一样只能看到，无法摸到，更不要说得到了。

我微笑着点头，示意她继续说下去。

51号地区的力量之强大有目共睹，人所共知，我当然不希望跟这个庞大的组织发生重大冲突，进而威胁到夏雪的安全。

“从哪里说好呢？就从你最牵挂的人说起，好不好？反正今天咱们有的是空闲时间，等一会儿还可以边吃边聊，不会总让我的好朋友坐这种冷冰冰的青石凳的。”特洛伊从腕子上摘下一根黑色的橡皮筋，随意地把头发绑成小小的马尾辫，忽然自嘲地一笑，“看看，我今天为了方便冲上中巴车救你，把外套也丢在另外一辆车子里了，现在真是感觉有点冷呢！”

她身上的确只穿着一套黑色高弹力的紧身运动衣，在这种藏地天气里当然会冷。我皱了皱眉，脱下自己的外套，帮她披在肩上。

“谢谢！”特洛伊叹了口气。

“请继续说。”我不想谈话思路被这个小小的插曲打断，给她披衣御寒，也只不过是出于男人对女人应有的礼貌。

“好吧，我先问一句，现在你最牵挂的人是谁？是不是瑞茜卡？”特洛伊单刀直入。

我沉吟了几秒钟，才淡淡地点头。其实，夏雪才是我心中第一牵挂的人，瑞茜卡毕竟要稍差一些。

“那好，我告诉你，加德满都的飞机场失踪事件，背后搞鬼的就是尼泊尔神鹰会的那京将军。目前，她被囚禁于巴塔克普尔北部山脉的某个雪山暗洞里，我已经调动了两个秘密行动队，沿喜马拉雅山脉南麓接近，随时都能击溃神鹰会的人马，把她救出来，免得瑞茜卡成为那京将军要挟你的王牌。不出意外的话，一周内你就能在拉萨或港岛见到她。唯一需要提醒你的是，这位漂亮能干的女秘书已经有了一位从未露面的秘密情人，在他们的通讯电子邮件中，对方署名为‘土星’。就是这位神秘的土星先生，令瑞茜卡倾心相许，卖掉了手边所有的值钱物品，与对方相约远走高飞。”特洛伊的资料收集渠道果然厉害，方东晓只知道瑞茜卡将所有东西变现，却没发现其他疑点。

“诬陷？”我只回答了两个字。

特洛伊毫不在意地接下去：“我姑妄言之，你姑妄听之，好吗？地球人都知道，土星可算是太阳系中较为奇特的一颗行星，在天文望远镜中看来，它的外表犹如一顶草帽，在圆球形的星体周围有一圈很宽的‘帽檐’，这就是土星光环，又称土星环。光环的存在使得土星成为群星中最美丽的一颗，令观赏者赞叹不已。光环是虚幻而缥缈的，我有理由怀疑土星先生之所以出现，是为了谋夺陈沧海的财产，而他最先带给瑞茜卡的一切，就像那道土星光环一样，彻底把她迷住了。据我所知，瑞茜卡最初对你情有独钟，单相思到了不能自拔的地步，而那位土星先生的出现，让她经过一番痛苦挣扎后，最终离你而去。陈风，我从不会采取中情局那种‘事事讲证据’的做事方法，但我可以负责任地说，以上所讲述的都有铁证在手，只是不屑于拿出来给你看。我，特洛伊，就是那些资料之真实性的最有力保证。”

仔细回想起来，瑞茜卡其实是不赞成我入藏的，因为她担心这一路上会有数不清的风险。记得她曾说过：“老爷子的事已经发生了，惨痛后果无法逆转，就算你弄清了前因后果又有什么用？抓杀人犯是警方的事，我们应该做保守本分、遵循法律的人，或者过一段时间移民去美国、加州、澳洲，彻底离开这块伤心地。入藏，只会平添无谓的变数，在痛苦的泥沼里愈陷愈深。”

那时候，我看得出来她对我仍旧一往情深。那么，所谓的“土星”又是什么时候出现的呢？

“土星的身份问题难道连你们51号地区人马外加神通广大的中情局也搞不清？你们不是一直声称‘每一秒钟都在监视全世界’吗？”我反唇相讥，但心情正在一寸一寸地沉下去。特洛伊从不以讹传讹，所说的每一个字都是极有分量的，可信性超过国家级报纸上连篇累牍的大篇幅报道。

“我们正在收集土星先生的情况，如果你采取合作态度的话，等到那件事有了明确的调查结果，我会转述给你听的。”特洛伊胸有成竹地一笑。

一阵脚步声“嗒嗒”地传来，一个戴着宽边墨镜的男人步履匆匆地进门，向特洛伊低声禀报了一些什么。特洛伊似乎吃了一惊，马上看看腕表，也用同样的密语下了命令。

我不动声色地踱步，挡在男人的去路上，等他转身要走的时候，突然张开双臂，冷然一笑：“胖子，又见面了。”

墨镜男人错愕地摇头：“先生，你认错人了。”

从五官外表看，他的确与袭击燕七的杀手“倒霉的胖子”明显不同，腰杆挺直，身材矫健，浑身上下仿佛充满了用不完的活力。这人的眼睛更是炯炯有神、坦坦荡荡，绝不像某些黑道杀手一样充满了戾气和变态的冷笑。

“别装了，你身上的气味已经暴露了真实身份。重创燕七之后，你已经成了河北沧州燕家的死敌，大侠燕赵向西藏以及周边各省发出了催命绿林箭，想活命的话，最好赶紧躲得远远的，别随便露头。”一个人的体味虽然某些时候可以用香水遮掩，但其本质却是毕生无法改变的。

墨镜男人挠了挠头，忽然露出了无奈的苦笑：“真倒霉，早知道就该听特洛伊的，办什么事都避开陈、夏两位，等到你们离开大昭寺再动手了。遇到你，到现在我都觉得头大呢！”

对方那句“真倒霉”的开场白，无异于承认了自己就是“倒霉的胖子”。

“为什么要向燕七下手？他碰到了你们哪根神经？”我心里没有任何怒气，只有越来越重的惊诧成分。特洛伊属于51号地区的中上层军官，现在亲临拉萨，一定是为了某件惊天大事，而绝非一条人命。

胖子又一次挠头：“陈先生，我只是个小人物，如此重大的问题，还是由特洛伊亲自来回答吧。”

他的腕子上戴着一块蓝宝石镜面的白钢欧米茄手表，手腕转动的刹那，一道炫目的白光倏地掠过，同时响起了针尖破空时的锐响风声。我的身子猝然后仰倒下，当他向前进身时，我用左脚一钩，右脚侧踹，咔嚓一声，他的小腿已经骨折，向我扑跌下来。我旋身侧滚，右拳借势蓄力，狠狠地打在他的胸口右侧，打断他三根肋骨的同时亦震伤了他的内脏。

我是特洛伊的客人，暂时对他没有任何威胁，但他却谈笑间向我射出毒针，不给我留一丝退路。江湖上的事往往就是如此，天作孽，犹可活；自作孽，不可恕。正因为胖子不给别人留退路，他自己也就陷入了绝地。

“陈风，你没接到大侠燕赵的催命绿林箭吧？何必向我的人下重手？”特洛伊的语气依旧轻松，看着一边吐血一边大口喘息的胖子，眼神中只有揶揄，却没有丝毫同情。

我走向胖子，他挣扎着挺身跳起来，用一种饿狼般的仇恨目光死盯着我。

“你很幸运，连伤了燕家两人后还能潇洒地留在拉萨，而不是死在某条阴暗的后巷里。不过，一旦失去了51号地区的庇护，你就会死无葬身之地。燕赵的催命绿林箭不是闹着玩的，他连美国总统都不给面子，何况是中情局和51号地区？”我按住他的肩膀，然后回手从自己的右肩上拔出了一枚闪着碧蓝妖光的半寸长短针，放在他掌心里。短针来得虽快，我却早有准备，用衣服上内衬的海面垫肩接下了这根毒针。

胖子不敢再那么嚣张了，只是苦笑着盯着我。

人在江湖，身不由己。我知道他仅仅是51号地区的棋子，上级下达命令，他不得不执行。

“燕七没死，只是带伤，刚刚的一脚一拳是替他还你的。现在，大家扯平，这个过节就此了断吧，怎么样？”我放开他的肩膀，慢慢退后。

小院依旧寂静，但各处角落里隐约有人影晃动，偶然夹杂着短枪子弹上膛退膛的动静，那些自然是胖子的同党。只是没接到特洛伊的命令前，谁都不敢轻举妄动。

“好好，扯平就好了。胖子，你去吧，务必……”特洛伊一笑，就此打住话头，不再向下说。

胖子擦掉嘴角的血痕，低着头走了出去。

我凝视着他的背影消失在门口，忽然觉得自己又漏算了一招棋，其实完全可以在打倒他之后，逼问清楚对方向燕七出手的原因。现在，插曲结束，特洛伊理所当然要顾左右而言他，避开这个问题了。

“不要管他人闲事，好吗？”果然，特洛伊微笑着开口。

于我而言，燕七的事当然是“他人闲事”，她拒绝回答，也是在情在理的事。

“为什么阻止我随那群尼泊尔人去见他们的首领？我猜他们要带我去见那京将军，这件事与瑞茜卡被绑架应该有直接关系。你不会是故意的吧？”我半开玩笑地问。

特洛伊脸色一沉：“陈风，那京将军是头隐忍至深、不肯轻易发威的老虎，别看轻了他。只要是老虎，就一定会吃人的，我不想你在这边出事，耽搁了夏小姐的青春。想想看，你真的没必要留在拉萨趟这道浑水，还是赶紧跳出混乱圈子，回你的东方之珠花花世界去吧？跟尼泊尔神鹰会过招，是需要很大一笔本钱的，你没有。”

“你呢？你有？”我立即反问。

“我？当然有。”特洛伊的情绪稍显焦躁。

“瑞茜卡是我的人，我当然有责任、有义务承担这件事。神鹰会打她的主意，剑指的目标却是我，我不是在趟浑水，而是无法逃避，只能面对，此事无关乎实力和本钱。”我坚决地摇摇头，并不认同她的话。

特洛伊忽然淡淡地冷笑起来：“陈风，如果你愿意，我可以接通那京将军的电话，让他亲口告诉你，绑架瑞茜卡与你无关，而是因为另一件事，一件背景和过程相当复杂的事，关系到你和夏雪的长辈，也就是‘盗墓王’陈沧海与夏夫人香雪海。不过说实话，那京将军的话又有几分可信呢？他是山林强盗、黑道枭雄，又不是大学教授或者谦谦君子。总之一句话，相信我，你就离开拉萨；不相信，就继续搅在圈子里，直到真相大白的那一天。不过，在此之前，我们可以进去喝一杯，是格陵兰岛地下冰库里窖藏过三十年的顶级俄罗斯伏特加酒。生意归生意，友情归友情，对不对？”

不容我点头或者摇头，她已经起身带路。

沿着长廊尽头的老旧木楼梯一路向上，进到一个光线暗淡的长方形房间。房间正中是一张铺着白色绣花桌布的椭圆形大桌，上面摆着一只褐色的半高松木酒桶，旁边则是冰桶和两只水晶酒杯。

“坐吧，今天最好是不醉无归，然后一觉醒来，也许你就能想通我说的话了。”她亲自动手，倒了两大杯酒，热烈的伏特加酒香立刻充满了整个房间。

我们在房间一角的绿色天鹅绒沙发上落座，如同两个多年不见的老友那样互相举杯致意。

“说说我叔叔和香雪海吧，如此好酒，最好有一段惊心动魄的传奇故事做下酒菜。而且，我相信你们51号地区的高手脑子里绝对是不缺乏这种内幕情报的。”酒是好酒，我的心情也因之而放松了不少。

对面的墙上，悬挂着一幅白色投影幕布，一架银灰色的索尼投影机就悬挂在我的头顶右上方。

“当然可以，不过，那些资料都是属于国家和组织的，我没有正大光明动用的权利，只能偷偷透露给你一些，无法全盘相告，请谅解。还有，作为交换条件，你必须把王帆和陈塘的所有信息告诉我。”在昏昏沉沉的光线下，特洛伊脸上的笑容变得难以捉摸。

王帆，北疆第一赏金猎人，精于欧美全兵种枪械、美式格斗术、长途奔袭以及最高级的陆地追踪术，堪称华裔世界里的江湖奇才。像她那样的人，通常应该被网罗进白道警队、军队、间谍机关或者是黑道大帮派，但她拒绝了来自所有方面的诚恳邀请，自愿做一个天马行空的赏金猎人，不愿受任何人的约束管辖。

以上资料，相信特洛伊手边都有，无须我赘述。至于陈塘，自他失踪后就不再被江湖上提起，之前的种种英雄事迹都成了陈年旧事、虚幻光影。

“王帆目前的工作，全部围绕‘寻找陈塘’这一目标进行。她是我叔叔的干女儿，只想完成这件事，以告慰叔叔在天之灵。我希望她没有碰触到51号地区的警戒底线，如果有，也只是出于搜集资料的需要，不含任何政治目的。她一直都告诉我，陈塘即将现身，一切万事俱备，只欠东风。”我谨慎地维护着王帆的利益，不想她也被列上51号地区敌人的黑名单。

赏金猎人是一份危险而刺激的职业，与51号地区的工作既没有交集也没有冲突，我想不通为什么特洛伊会突然提到王帆的名字。

特洛伊按了一下遥控器，投影机的射灯瞬间亮起，幕布上出现了王帆一手驾驶军用三轮摩托车，一手平端着冲锋枪扫射的照片。照片背景，是高高低低的蒙古包和无边无际的绿色草原。

“别担心，我只想搞清一些小问题，比如她将沿着什么方向寻找陈塘？陈塘究竟是否还活在世上等等，绝不会伤她性命。其实，从我个人角度出发，是非常欣赏像王帆这样的女孩子的，至少她代表了未来华裔女性的一种生存方式。这个世界的最强者桂冠，并不一定总是戴在男人们头上，你说呢？”特洛伊是个聪明人，一下子听懂了我的意思。

“陈塘失踪于北疆，而王帆一直在大陆西北的国境线两边活动，所有线索一定是来自那里的。至于具体的搜索步骤，我一无所知，毕竟那是属于王帆的金饭碗，这种商业机密，识趣的人绝不会过问。”我预感到，特洛伊的问题似乎别有用意。

“王帆是个大不简单的人，我有理由相信，她的脑子里藏着许许多多藏地秘密。那些是我最感兴趣的，所以我必须找她谈谈，你能代为引见吗？”特洛伊再次按下遥控器，屏幕上开始连续播放王帆的生活片段，全部都是隐蔽拍摄的内容。51号地区的人马拥有全球最先进的偷拍设备，无孔不入，想拍就拍，有几段甚至是王帆追杀目标然后与雇主交易的近距离场景，表情动作清晰无比。

“你到底要什么？”我倒吸一口凉气。

特洛伊一笑，舒舒服服地抱着胳膊后仰，整个人都陷入宽大的沙发里，深深地望了我一眼：“要所有人想要的，或者说，要所有人正在追求着的。”

“如果还当我是朋友的话，就别碰王帆。”我不想示弱，但身在他人屋檐之下，是否低头是个值得权衡的问题。

这么多年来，王帆始终是单枪匹马闯荡江湖，从来没有所谓的朋党、闺蜜、战友，每做一单大生意，就会树起一堆强敌。叔叔收她做干女儿之后，曾经向大陆各省的老朋友们发出了亲笔书函，要那些老江湖们对王帆手下留情。对比之下，51号地区的势力无比庞大，要向王帆下手的话，犹如用一艘艨艟巨舰去撞翻一条小舢板，轻而易举，举手之劳。

特洛伊甩了甩袖子，两柄铁灰色的短枪便无声地滑落在掌心里。她慢慢地把短枪拆卸为两堆细碎零件，仰起脸来，低声笑问："陈风，如果有人雇请王帆来杀我，你帮哪一边？借用你的那句话——如果还当我是朋友的话。"

因为酒精的作用，她的两颊已经飘起两片酡红的云霞，眼角眉梢流动着淡淡的撩人风情。特洛伊的美，是与夏雪完全不同的类型，即使在温言软语之际，浑身上下也如同一张绷紧了的长弓，随时都能迸发出"十步杀一人、千里不留行"的磅礴力量。

"真的？"我下意识地追问。

"真的。"她睫毛忽地一闪，"不信，你可以打电话向王帆求证。雇主开出了一个近似于天文数字的价格，我从没意识到自己的生命竟然如此值钱。不过可以肯定的是，只要她出现，我们两人就必须有一个要倒下去，永远离开这个世界。"

她有条不紊地按照顺序组合枪械，动作轻快而娴熟。最后，又从茶几下面的暗格里取出一盒子弹，一粒一粒地压进弹夹里。

"你希望谁死？是我吗？"她低着头，努力保持平静，但略带酸涩的声音却暴露了她的内心情感。

我不能眼睁睁看着王帆死，这是毋庸置疑的。如果她与51号地区的人开战，我不得不站在她那边。

"是加强型的钢芯穿甲弹吗？而且是弹头上涂抹过南美猴面包树剧毒的那种？据说，一旦被这种子弹击中，三小时内毒液就能将敌人全身的血管腐蚀殆尽，成为一具行尸走肉？"我苦笑着，答非所问地转换了话题。

"对，据我所知，王帆身边也配备了同样的子弹。胖子提醒过我好几次了，要想活着离开拉萨，就得马上做出选择。你看，为了保命，我没有第二种选择。"她把弹夹推进弹仓里，咔嚓一声子弹上膛，缓缓地对准了我的眉心。

藏地的轻风穿窗入室而来，拂动厚重的暗花窗帘，带来某处藏地寺庙里的檀香气息，时刻提醒我们，这是在庄严肃穆的藏传佛教圣地拉萨，无论做什么事，都在上天神佛的睿智俯瞰之下。

"查明谁是雇主了吗？或者我先联络王帆，看这件事还有没有商量的余地，好不好？"我拨开特洛伊的枪口。现在，她的情绪有些失控，这似乎不是她的性格作风。

回顾特洛伊由一名普通的华裔中情局探员升职为51号地区亚洲联络官的历史，她经历过太多艰困险境，全都波澜不惊地渡过难关，才能坐上今天的位子。这说明她有过人的能力和胆识，足以应付任何危机。

“以你的身手，能在举手投足间杀了我，消弭一切祸患，然后波澜不惊地离去，岂不更为简单？放心，我已经把所有的人马支派出去了，如果你动手，不会有任何阻力。陈风，这是我可以安排给你的机会，那样做，你就不会左右为难了。”特洛伊忽然凄凄惨惨地笑起来，掉转枪口，用枪柄对着我。

我微微皱眉：“杀你？为什么？”

特洛伊的笑容更加惨淡而抑郁：“不爱我，不如杀了我。其实每次调取到你和夏小姐携手进出大昭寺的资料时，我都会心如刀绞、生不如死。陈风，你该知道，对一个女孩子来说，事业成功的喜悦，远远比不上对一份浓情爱意的祈望。我比夏小姐更早认识你，却白白丧失了大好机会。窝拉错湖事件之后，我才发觉你是一个多么完美的男人，今生今世，谁能做你的新娘，就会成为最幸福的女人。如果你选择的是我，该有多好？”

房间里突然静下来，投影机进入休眠状态后，光线重新变得昏黄暗淡，窗前厚厚的帷幕将外面阳光灿烂的纯净世界全部隔住。

之前特洛伊已经向我最后表白过一次，她也知道我们之间绝对是不可能的。我想这并非一个吐露真情的合适时机，窗外的拉萨城已经是“山雨欲来风满楼”，我们即将各自面对未知的巨大危机，此刻谈论个人感情，似乎文不对题。

“别碰夏雪，别碰王帆，这将是我的最终容忍底限。告诉倒霉的胖子以及你手下所有的人，不要超过那条底限，否则，他们就要统统倒大霉了。特洛伊，我一直当你是朋友，永远都是。如果现在举枪对着你的是王帆，我会替你挡掉第一颗子弹。”带毒的穿甲弹只需一颗就能夺人性命，这是板上钉钉的科学结论，任何人都无法幸免。

第十章
三眼族人的秘密

“是吗？”隔了好久，特洛伊才幽幽地回应了一声，“那么，夏雪呢？你有几个身体，能够替几个人挡子弹？陈风，我要的是你的真心，不单单是一句‘挡子弹’那么简单。”

她站起来，在我面前俯身，香水味渐渐笼罩了我。

“我不要你挡子弹，只要你跟我走，一生一世厮守，可以吗？”她脸上的泪痕仍在，带着令人不忍拒绝的楚楚可怜表情。

我努力控制住自己的思想，双手紧紧地交叉攥在一起，克制着拥抱她的冲动。空气中的檀香味越来越重，让我们之间的感觉变得越来越暧昧。

“陈风，我爱了你那么久，难道你从未察觉过吗？”特洛伊的唇贴上来，落在我的额头上。

我不闪不避，任她低语着发泄自己的情绪。现在，夏雪在我脑子里的印象越来越淡，仿佛已经被特洛伊取代。

“我们是不可能的，我已经有了夏雪……”我的唇立刻被她的唇封住，没说完的话全都咽进喉咙里。她的唇软得像藏地天空中漂浮着的白云，又仿佛带着格桑花的甜香、纳木错湖水的甘冽。

“陈风，陈风……”她一直含含混混地念着我的名字，那个迷醉而深刻的长吻持续了好久。后来，我的思想渐渐混沌成一片，脑子也缓缓地放松了警惕，有一段时间甚至忘记了自己身在藏地拉萨，忘记了肩上的使命。

蓦地，我的神智突然清醒，猛地张开了眼睛。那时，特洛伊仍睡在我怀里。

我看看腕表，时间已经过了大半个小时。

“情况似乎有些不对？”我轻轻动了动胳膊，特洛伊立刻醒来，腾地一下从我怀里跳开。以我们两个的定力，不应该发生突然昏睡的状况，那种感觉有点像被心理学大师催眠后的茫然无措。

“我刚刚做了什么？怎么会睡着了？”她骇然地拾起茶几上的短枪，几步跨到窗前，挑开帷幕的一角向外望去。

起初，我以为是她在酒里下了迷药，故意要催眠我，可看她的样子，又不太像。

“有什么情况？”我侧耳倾听，屋顶飞檐上挂着的铜铃在风中孤单地响着。

拉萨的街巷分布很有特点，只要拐入小街短巷里，大街上的车声人语、尘嚣噪音立刻就被挡住。否则，我何以能听见铜铃声响？

“刚才我听到一个女子的声音，一直在喃喃地劝说我，要留住一个好男人，就得奋不顾身地付出所有，将两个人的关系永远地定格住。你听到了吗？那个絮絮叨叨的声音就像有人在灯前诵经一样。幸好，我们只是简单地拥抱，而没有做其他事。陈风，谢谢你并没有乘人之危。”特洛伊缩回头来，不好意思地抹了把脸。

我什么都没听见，当她扑进我怀里的时候，我只以为那是特洛伊的真情流露，不能自已。年轻男女之间的感情谁都说不清楚，是爱是恨，模棱两可。

特洛伊确信院子里没有异常情况后，才回头继续讲王帆的事：“她目前进行的工作，与藏地的三眼族人圣坛有关。我知道你听说过那个神秘的雪山民族，他们的显著特征是眉心正中多长了一只竖向的眼睛，用来观察黑暗中的情况。那个民族大约在中国历史上的隋唐时期生活在川藏一带的，即是被历史学家们称之为‘东女国’的神秘王国。我曾调查过超过三百名藏地探险者，他们中大部分人确信三眼族人圣坛附近埋藏着大量黄金，而圣坛的具体地址，据说就在《西藏镇魔图》上标示的魔女心脏位置，也就是我们脚下的拉萨城。”

叔叔曾花费了五年时间钻研东女国的历史，并且在书房的一角单独为那些泛黄的典籍设置了一个专门书架。据我所知，东女国是公元六七世纪出现的部落群体及地方政权，是昌都地区及整个藏族历史上重要的文明古国。

《旧唐书》卷一九七《南蛮西南蛮传》记载：东女国，西羌之别种，以西海中复有女国，故称东女焉。俗以女为王。东与茂州、党项接，东南与雅州接，界隔罗女蛮及白狼夷。其境东西九日行，南北二十日行。在大小八十余城，其王所居名康延川，中有弱水南流，用牛皮为船为渡。

《神异记》记载：东女国，西羌别种，俗以女为王。与茂州邻，有八十余城。以所居名康延州。中有弱水，南流，用牛皮为船以渡。户口兵万人，散山谷，号曰宾就。有女官，号曰高霸，平议国事。在外官僚，并男夫为之，五日一听政。王侍左右女数百人。王死，国中多敛物，至数万。更于王族中，求令女二人而立之，大者为大王，小者为小王。大王死，则小王位之，或姑死妇继。无墓。所居皆重屋，王至九重，国人至六层。其王服青毛裙，平领衫，其袖委地。以文锦为小髻，饰以金耳垂珰。足履素靴。重妇人而轻丈夫，文字同于天竺。以十一月为正，每十月，令巫者赍酒肴，诣山中，散糟麦于空，大咒呼鸟。俄有鸟如雉，飞入巫者之怀，因剖腹视之，有谷，来岁必登。若有霜雪，必有大灾。其俗名为鸟卜。人死则纳骨肉金瓶中，和金屑而埋之。

东女国的“黄金葬”是人类历史上绝无仅有的一种奇景，比埃及法老王的金棺木乃伊葬礼更为神秘。这种埋葬方式对于黄金的需求量非常大，所以很多历史学家、考古学家猜测东女国境内一定拥有相当庞大的黄金矿脉，而距此不远的金沙江可能仅仅是东女国矿脉的一条细小分支。

“在51号地区的欧亚资料室中，保存着大量东女国黄金宝库的线索资料，组织上已经把那个宝藏视为己有，容不得别人染指。所以，王帆的行动已经犯了大忌，很容易因此而送命。基于以上原因，我们之间的矛盾已经不可调和，必定会走上剑拔弩张、水火不容的绝路。陈风，如果你够聪明，就不要插手，让我们自己解决。”心情重归平静后的特洛伊有条不紊地分析着当前的局势，但她始终没有说明一点，到底是哪一个雇主请王帆出手刺杀她。

“我会找到王帆，劝她放弃。特洛伊，东女国的黄金宝藏并不属于51号地区，而是属于它的所在地国家。在这片广袤的大陆上，任何敌对势力都将血本无归，从前所有的个案都说明了这一点。我相信你熟知这个国家的历史，最好不要轻易尝试鸡蛋碰石头的愚蠢行动。”其实，我真的是把特洛伊当朋友，才会如此苦劝。

人在江湖，杀人与被杀是一个循环不休的怪圈，今天的杀人者明天就会变成被杀者，再强悍的高手都会有英雄暮年、力不从心的那天，陷入暴尸街头，血溅五步的悲惨境地。特洛伊曾经向我坦诚表白过自己的感情，我不接受并不代表自己没有感动。

“这个世界，本来就是英雄无主、宝藏无主的，不是吗？一切只凭实力说话，就像一场无比浩大的赌局，由大赢家来做主，而不是凭江湖道义、公道人心来分配财富。陈风，我现在已经有实力玩这一局，不想白白错过机会。”特洛伊的眼神变得明亮如出鞘的刀锋，不再流露一丝温情。

“王帆想要东女国的秘密宝藏？可在我印象中，她是一个仅仅懂得钱命交易的、思想豁达简单的女孩子，不会考虑卷入这样复杂的战局。否则，她何必至今仍在江湖上一人单飞，不跟任何组织发生关联？”我被太多问号弄得头昏脑涨，连提问也变得颠三倒四起来。论及王帆的为人，只有叔叔了解，我听到的不过是从他嘴里的转述，本身是不该有发言权的。反而是特洛伊，坐拥超过上万条情报来源，对全球任何国家的任何事，都可以做出近乎百分百正确的结论。

“我们离开吧！”特洛伊突然站起来，举手按了按右耳上塞着的微型无线通话器。

我明白一定是有事发生，也跟着起身，随着她快速下楼。

“那京将军下了格杀令？通知所有人，保护陈风安全，干掉对方出现在拉萨的所有重量级杀手。我会马上电告那京将军。不要慌，事情还在我们的掌握之中。”特洛伊一边下楼，一边快速做着调度安排，没走来时的路线，而是绕过小楼边的花圃，进入前院。

即使在骤然涌来的危机四伏中，我也能闲庭信步一般注意到小楼和小院里的独特风景。因为高水平的江湖杀手，会根据狙杀地点环境的不同，构建特殊的杀阵，令目标自投罗网。

拉萨的民居建筑色彩朴素简洁，以衬托藏地的寺庙主体建筑。我和夏雪在拉萨已经待了不短的一段时间，看到大昭寺周围的民居建筑色彩，简洁到只剩下白墙、黑框，小雨篷上的香布及香布里面简单的彩画，以突出大昭寺这座拉萨的中心建筑。历史上遗存下来的许多贵族建筑用色之华丽程度，接近寺庙，却又不同于寺庙。所有藏地的巨大建筑群是以民居建筑用色的大衬托、贵族建筑用色的过渡、宫殿建筑用色的华丽、寺庙建筑用色的庄严这几种不同的色彩层次有机和谐地构成。在层次区别之外，又由于白的墙、黑的门窗框、门窗上的香布帘、家家屋顶上的嘛尼堆、小嘛尼杆上挂着的写满经文的彩色经旗等等统一共性，使拉萨城呈现出了有别于中国任何一个地方的特殊建筑风格，在蓝天白云的俯瞰之下，纯净如一朵佛掌上的莲花。

现在，我们已经站在楼前的葡萄架下，身后的藏地小楼无比安静。

特洛伊有点心神不宁地说："我们暂时离开这里，我会再联络你。记住，黄金财宝动人心，全球四十亿人口中，至少有九成九以上愿意为了黄金杀人，唯一的区别只是打动人心的黄金数量多寡而已。我有足够证据表明，此地埋藏的黄金数量，比全球大陆的藏金量总和还要多。陈风，不要以为世界上的所有人都跟你一样淡泊名利，在陈老前辈庇护下的那几年，你已经跟不上时代的发展脚步了。"

一枚葡萄藤的半黄枯叶飘然落下，停在她纤瘦的肩膀上。其实她的肩膀担得动藏地的任何风雨，对51号地区在亚洲的势力发展作出过不可磨灭的贡献。不知怎地，这次见面的过程中，她时常流露出凄凄惨惨的情绪，与从前截然不同。

世界著名金产地有南非的威特沃特斯兰德、美国的加利福尼亚和阿拉斯加、澳大利亚的新南威尔士、加拿大的安大略、俄罗斯的乌拉尔和西伯利亚等地。如果说拉萨地下的东女国宝藏能够超越以上各地的产金量总和的话，那绝对是个令人骇然的天文数字。

自然金是提炼金的最主要来源，也是人类最早使用的贵金属。产于原生矿床中的自然金俗称山金，它主要产于热液成因的含金石英脉或蚀变岩脉中，故又称脉金；产于砂矿中的俗称沙金。前寒武系变质砾岩中的巨大自然金矿床，一般认为是含金砾岩遭受后期热液作用和区域变质作用的产物。以隋唐时代东女国提炼黄金的科技水平，要获得那么多的黄金，当然不是人工冶炼的结果，而是天然生成的大规模高纯度黄金。

"特洛伊，我一直有个问题要请教你。51号地区有五角大楼的国家财力做支持，所有预算都可以无条件地通过，然后得到上级拨款，那么你还拼命地插手黄金宝藏做什么？难道除了黄金，古代东女国的三眼族人还藏着什么大秘密吗？所以才触动了51号地区的敏感神经？"就像古人说"凤凰不落无宝地"一样，51号地区向来只对全球神秘事件感兴趣，普通的金银宝藏已经被他们排除在视线之外。

特洛伊轻轻地仰起脸来："我说过，那不是你应该关心的。"

我淡淡地一笑："那么，什么才是我应该关心的，回港岛去闭门归隐做缩头乌龟吗？"

叔叔的死因还没查明，藏地护法神玛哈嘎拉的神圣使命还没完成，三眼族魔女还没被消灭，以上种种件件，都是我肩负的重任。在这些事情尚未水落石出之前，我都有必要留在藏地，锲而不舍地追索下去。

“你为什么不抱抱我？”特洛伊吸了吸鼻子，大眼睛里突然充盈着涟涟的泪水，声音也变得哽咽起来。

我皱了皱眉，对她的情绪变化感到诧异，她却已经轻轻旋身，扑进我的怀抱里，泛着香奈儿微甜气息的秀发深埋在我胸前。

“敌人已经迫近，共三个，方位分别是后院拐角、楼顶东南角、前门外右侧墙角，都是伏击狙杀的高手。我试图故意露出破绽引他们动手，却没有成功。”特洛伊呢喃低语着，但却不是情话，而是紧急敌情。

“是什么人？那京将军的人？”我替她拂去落叶。

她的发香令人迷醉，我真的很难想象如此千娇百媚的一个大美女，竟然将自己的一生义无反顾地投入到像51号地区那样的超级间谍机关中去。教育学家们常说，对于女孩子来说，我们希望她家庭幸福而不是事业成功，男孩子反之。也许等她过了三十而立、四十不惑的年龄后，就会明白自己年轻时的决定有多傻。

“对，是神鹰会的人。”她的声音闷闷地从我胸膛上传出来，“陈风，你为什么叹气？”

我没有意识到自己一直在低声叹息，大概从很久以来我就在感慨特洛伊的明珠暗投，为她的将来担忧吧？

“我一直不懂，你为什么要执意站在风口浪尖上为组织效命？那是不会有好结果的。”我的下巴轻抵在她的头顶上，眼角余光扫向我们刚刚走过的路。如特洛伊所说，三名敌人呈品字形站位，谁都不敢贸然发难。

“那是我的宿命，无法解释，也无须解释。人怎么可能对抗命运之手的强硬安排呢？”咔嚓一声，她的短枪已经子弹上膛，只等射杀第一个露头的杀手。

“像你那样的优秀人才，无论在哪个行业都会大受欢迎，比如……”

“比如像王帆一样的赏金猎人？”她打断我，淡淡地笑起来，“我的使命，绝不仅仅是做个杀手那么简单。”

我突然无语，自己心里想什么，她仿佛一眼就能看清，如同方东晓的读心术一般。

“陈风，枪一响，你就冲出前门，那边有人接应。”特洛伊从我的怀抱中退出去，右臂一挥，刚刚从前门露头的人已经应声而倒。安装了消声器的短枪声音沉闷而短促，但杀伤力丝毫不减。楼顶和后院的敌人同时出现，特洛伊不等他们靠近，已经连开两枪，令那两个敌人闷哼着倒地。

我冲出大门，小街对面的一辆红色计程车立刻发动，车门随即打开。

“上车，陈风！”特洛伊低叫。

我迟疑了一下，突然右拐，拔腿飞跑，十几秒钟内就奔到大街上。在这里，杀手不敢毫无顾忌地追击开枪，我已经安全了。说实话，我信不过51号地区的人，无论停在那里的车子是善意还是歹意，都不想上车，只求第一时间脱离战局，免得上了特洛伊的圈套。

大街上阳光灿烂，高原的日光毫无遮拦地照射着拉萨城，晒得我眼睛都睁不开了。

我走进一家藏族人开的小超市，买了一副宽边太阳镜和一杯热腾腾的奶茶，悠闲地坐在货架旁边的牛皮凳子上，面对门口方向，随时准备迎击跟踪者。

那京将军属于“六亲不认、有奶就是娘”一类的人物，只要宝藏现身，他是绝不会任由51号地区先拔头筹的。所以，他才敢于向特洛伊动手，不顾此举的后果。

“该来的终究会来，那京将军这只兀鹰一定会飞临拉萨城，与各方势力来一场最终了断大战。”我无法预知最终结果，但特洛伊的身手和智慧都是上上之选，神鹰会这次绝对讨不了好去。

忽然，有一辆满身都是泥水尘土的丰田越野车停在小店门口，一个穿着黑色皮衣皮裤的男人推开车门跳下来，手里提着一个半旧的草绿色军用水壶，大步走进门来。他的身材十分高大，肩膀宽厚如同藏牦牛的后背，横在门口的刹那，似乎将外面的满天日光都一并挡住了，令小超市内光线一暗。

“灌满最烈的白酒，再切两大盘熟牛肉。”他把水壶扔给小店的老板娘，然后在我旁边坐下，取出一盒黄色的骆驼牌香烟，碰了碰我的胳膊，“兄弟，抽一支？”

他的中文说得不算流畅，眉骨高耸、眼窝深凹、眼珠黑里透蓝，一看就知道是个中欧混血儿。

我摇摇头，不打算理睬他。

“碰面就是有缘，小兄弟，不想跟我聊聊吗？”他点起一支烟，重重地吸了一大口，根本没有吐出烟雾来，而是猛地咽下肚子里，喉咙发出“咕”的一声轻响。当他抬手去接老板娘递来的水壶时，左腕上露出了一只怒目圆睁的黑色鹰头文身。

“有什么好聊的？阁下是神鹰会的人，不怕我向警方举报你吗？”我立刻知道对方是有备而来，绝不是为了这家无名小店里的酒肉。

“举报？陈沧海老前辈的侄子又不是警方的狗腿子，我为什么要怕？而且，我是来给你送消息的，关于东女国三眼族人的消息。哦！对了，上次的窝拉错湖事件，我白白送给你那么多夏小姐失踪前的珍贵照片，你就连个‘谢’字都不说吗？”他阴沉沉地冷笑起来，举起水壶向我致意，然后咕咚咕咚灌了两大口，黝黑的脸上满是不屑一顾的表情。

这个人长着一对浓重漆黑的三角眉，一双狭长深沉的丹凤眼，鼻梁高耸笔直，人中稍短、嘴型扁阔，正是相术中“辅角峥嵘、骨插边地”的面相。三角眉，又称勇士眉，一般的杀手或武士，大都有这种眉，这种人刚毅果决，不怕遭遇挫折，喜欢以自我为中心，能够认定目标勇往直前，但他的人中稍短，却是“半生夭亡”之相。合起来综合推论，这人此生的命运历程一定是“隐居边疆称霸，为人嚣张跋扈，最终不得善终”。窝拉错湖一战中，只有那京将军派人给我送过照片，如果来的是他，事情可真的就闹大了。

“你在看什么？”他又吸了一大口香烟咽下去，这种吸烟方式虽然过瘾，却极为伤肺、伤肝、伤肾，西方医学专家早有结论。

“看阁下的面相。”我同样沉下脸来。

“面相有什么好看的？比额头上多长着一只眼睛的三眼族人还吸引你吗？小兄弟，身在藏地雪域不喝本地土酒，就等于没来过西藏。够胆的话，我们拼拼酒量怎么样？看在陈老前辈面子上，我可以先让你三壶。”他的三角眉飞扬起来，仿佛已经窥探到了我的某个弱点。

我在他进门时就已经觉察到，他身上至少藏了九件武器，就连那只酒壶底下都留着一个小小的暗格，从暗格正面的细小针孔来看，里面极有可能藏着靠强力机簧发射的淬毒暗器。跟这样一个浑身都能杀人的高手并肩坐着，无异于拥着毒蛇青蝎而眠，等不到动手相搏，已经危险到了极点。

“那京将军，你到这里来，不只是要跟我喝酒拼酒的吧？”我叫出了对方的名字。这个领导着尼泊尔最大黑道组织神鹰会的头号恐怖分子终于在拉萨现身了，预示着一场巨大的藏地风暴正在暗潮涌动的酝酿之中。

他的样子与国际刑警组织签发的通缉令上的照片截然不同，此类黑道人物所掌握的易容术、整容术都属于全球先进水平，随时都能改变相貌，所以警方获得的照片资料永远都是过时的。按图索骥的话，只能是差之毫厘、谬以千里。

“第一是找你喝酒，第二是送给你三眼族的资料，二者缺一不可。”他的笑容变得不可捉摸，就像门外突然黯淡下来的日光。

我敲了敲货架，大声叫着：“老板娘，把刚刚那一大桶土酒都提过来！再切两大盘牛肉。”

喝酒容易误事，所以我才从走出大学、踏入江湖之后矢志滴酒不沾，既是保身，也是保命。人在江湖，其实容不得最微小的闪失，生死往往在一念之间。连叔叔都曾说过，要想在江湖上保持“平安进退、金身不破”的记录，最根本就是“戒酒、戒色、戒怒、戒贪”这“四戒”。四戒中，他把“戒酒”放在第一位，可见饮酒贪杯贻害无穷。

不喝酒，并非代表不擅长喝酒，叔叔有两位极其善饮的朋友号称“千杯不醉”、“不醉无归”，而他们唯一一次酒桌上败阵，就是输给了我。

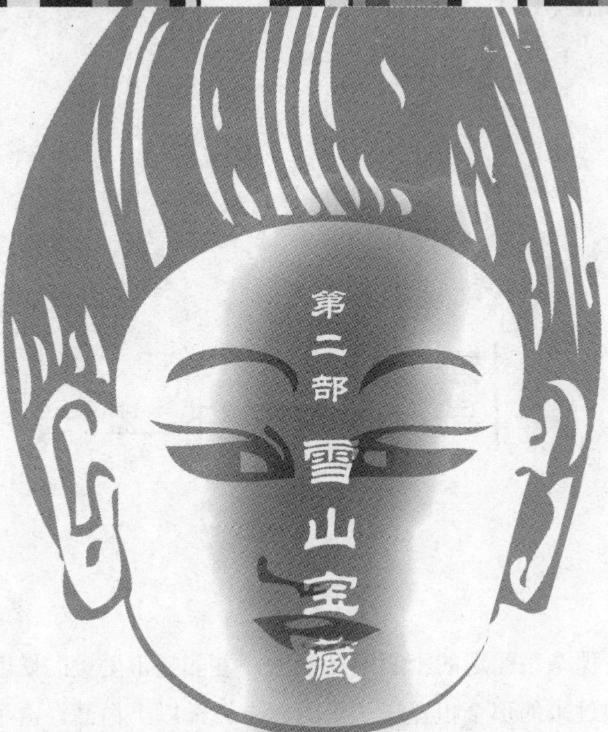

第二部 雪山宝藏

第一章
与那京将军的城下之盟

藏地以青稞杂粮酿造的土酒酒劲极大，并非超市里卖的低度酒精勾兑产品可比。老板娘搬过来的那个粗瓷坛子里约有十公斤以上白酒，盖子一开，酒气浓烈得令人喘不过气来。

“小杯小壶怎么过瘾？就用这两个大碗好了。”那京将军从货架上拿下两个白瓷大碗，随手抹了两下，放在我们面前的破旧茶几上。

酒是好酒，三碗过后，我觉得浑身开始发热，沉甸甸的心情也放松下来。

“你在加德满都抓了我的朋友，什么意思？”我逼视着那京将军。

“换你一句话，只换你一句话，帮神鹰会做事。”他毫不拐弯抹角，左手捏着大碗，右掌按在膝盖上，目光偶尔扫向门口。他的黑色牛皮靴筒里露出一截黑糊糊的枪柄，如果有人闯入，他就能瞬间拔枪射击，给敌人以致命打击。当然，他的敌人也包括我在内。

“我朋友呢？”特洛伊说过，她的人也准备营救瑞茜卡，作为跟我交易的一张大牌。如果瑞茜卡没有离开港岛就好了，至少能够得到港岛警方的妥帖保护，不至于落入生死两茫茫的境地。

那京将军举起手，从皮衣内袋里取出一张照片，丢在茶几上。

照片中，满脸惊恐的瑞茜卡被反绑在一棵粗大的枯树上，旁边站着几个斜挎冲锋枪的男人，背景则是一眼望不到边的尼泊尔山地荒野。

“她很合作，所以我们不会胡乱伤害她，只等你点头应允，她就自由了。而且，我的人会帮她订机票，直飞拉萨，跟你团聚。”那京将军的语气轻描淡写，仿佛瑞茜卡只是一个没有生命力的赌博筹码，要她生就生，要她死就死，而他同时也吃定了我，不给我任何反击的机会。

门外的世界一切正常，行人和车辆匆匆来去，不会注意到街边这家小超市里坐着的两个喝酒的男人。我希望特洛伊没有跟上来，现在还不是爆发大战的时候，因为瑞茜卡仍在神鹰会手上。

“要我做什么？”我喝光了第四碗酒。

“找到三眼族人的巢穴，也即是湮没在历史长河中的东女国遗民。我要那个黄金宝库，不想任何人抢在前面找到它。陈风，你已经见过燕七了，以他的武功和智慧，很可能提前发现进入宝库的门户路径，必要时候，我会调动藏地的所有线人，找到他再杀了他。至于其他企图染指宝库的人，都会在两周内被完全清理干净，包括你的小情人特洛伊在内。拉萨是天高皇帝远的地方，51号地区的爪子敢伸过来，我就敢挥刀剁掉。怎么样？考虑清楚的话，就给我一个肯定的回答，我好把瑞茜卡还给你。”那京将军图穷匕见，和盘托出了自己的打算。

“我帮不了你，但为了瑞茜卡，我愿意尝试。”我谨慎地选择着措辞，不想激怒那京将军。

“这样，算是答应了？”那京将军追问。

我点点头：“是。”

瑞茜卡是叔叔的秘书，手里掌握着太多与叔叔遇害有关的线索，我必须得救她，没有第二种选择，就算被逼签订城下之盟，也在所不惜。

那京将军长出了一口气，将面前的那碗酒一口喝干，脸上的乌云开始慢慢散去。

“我以为，51号地区的特洛伊已经为你开出了更优厚的条件，还有她的美貌，说不定会让你迷失其中呢？现在，有你我联手，实力就立刻超过了她，夺取地下黄金宝藏的胜算大大增加了。陈风，我对你的合作态度非常满意。”他说。

从半路截杀挟持者的中巴车到射杀来袭者退出小楼，自始至终，特洛伊都没有透露自己心底的秘密，只是力劝我回港岛去，不要卷入藏地风云之内，更不要提什么“开出优厚条件”云云了。如果51号地区与尼泊尔神鹰会是在下一盘很大的棋，我希望自己最多是个观棋不语者，而不是盘中的棋子。

“那么，可以通知你的手下，释放瑞茜卡了吗？”我保持冷静镇定，用大口灌下的白酒浇熄心底勃发的火气。

那京将军取出一支黑色的录音笔，轻轻一按，我们刚才的对话便清晰流畅地复述出来。

“五小时后，我的人会把瑞茜卡送到你住的小旅馆。年轻人，好好珍惜藏地的美好时光吧。”他的唇边出现了得意的笑意。

我微微扬眉：“你们已经将她带到拉萨来了？却故意放出消息，让其他人以为人质仍在境外？”很明显，那假消息已经让特洛伊等人上当。

“自古以来，兵不厌诈，不是吗？陈风，你不要管其他事，只要在五小时后得回一个毫发未伤的美女就好了。然后，我们之间就变成了最默契的合作者，直到完成本世纪最伟大的黄金宝藏发掘计划为止。好了，这些资料是送给你的，多研究一会，同时欢迎你的同伴夏小姐也加入我们。当然，每个人的酬金都不会少，会在最终行动开始前汇入你们的银行账号里，不过千万不要谢我，因为你们即将帮我取得的，是那些酬金数目的几万倍，呵呵呵呵……”

他站起来，丢下一个鼓鼓囊囊的文件袋，然后大踏步出了小超市，发动车子离去。

拼酒只是借口，我怀疑他是有意躲进这里，避开特洛伊那群人的反扑。更深一层想，一旦双方起了冲突，他甚至可能挟持我做人质，逼特洛伊让路。身为黑道大人物，他对绑架勒索那一套手段轻车熟路，能够不拘一格随时活用，达到金蝉脱壳的目的。

我把文件袋放进怀里，招停了一辆计程车，穿小路回旅馆。

当我把今天的经历一一讲给夏雪听之后，她的脸上露出释然的微笑：“如此一来，瑞茜卡就脱险了。不过，将来有一天跟燕七对决的话，对你我而言还是一件麻烦事。预测预测，51号地区与神鹰会两方到底谁能拿到宝藏然后全身而退？”

我当然希望是特洛伊战胜那京将军，消灭神鹰会，为百姓除害。但那京将军有恃无恐地深入藏地，可见是有备而来，不是那么容易对付的。不过，能够让瑞茜卡平安归来，是最令我欣慰的。

夏雪帮我打开文件袋，将所有的文字记录和照片平摊在桌子上。不出我所料，那些都是从史料典籍中翻拍下来的内容，除了中文、藏文外，还有英文、俄文和阿拉伯文，从各个方面印证了东女国的存在，还有其昌盛、迁徙、衰败的大概过程。

其中一段阿拉伯文是这样记载的：东女国的大军被中原隋朝军队击败，并遭到追击，被迫举国西迁，带走了王城所有的金银宝藏和能工巧匠。中途，又遭吐蕃大军围困追杀，最后仅剩三百人逃脱。这些人之所以能逃走，是因为遭困的当天夜里没有月光，四野一片漆黑，伸手不见五指。他们怀有“暗中视物”的超能力，才得以精确地绕过敌人的营地，顺利西逃，不知所终。依据吐蕃人的民间传说推论，这部分人消失在雅鲁藏布江上游的北岸某处地方，很有可能就在拉萨附近。

这段文字最后配着一幅模糊的黑白人物图片，上面的一男一女额头正中都长着一只竖向的眼睛，这只眼睛大睁，而真正的那双眼睛则是闭着的。资料末尾注明，本图片摘自于阿拉伯语古书《恶灵的实现与代价》，还有一段文字注释，是说在阿拉伯人的圣典《古兰经》上也提到过此事。

《古兰经》又被译为《可兰经》，阿拉伯语有“宣读”、“诵读”或“读物”的意思，于公元六一零年到六三二年写成，是真主安拉藉天使加百列向穆氏所传的启示，在阿拉伯世界里，这部经书是神圣不可侵犯的。此书是伊斯兰国家立法的依据，被视为“天经”，上面也曾提及到许多史前神秘事件。

“这样看来，三眼族人的前身竟然是古代的东女国遗民？那京将军有专门的收集资料渠道，这些东西的可信性至少在九成以上。”夏雪举着那张黑白图片，饶有兴致地盯着那两个三眼族人。

我苦笑一声：“夏雪，到目前为止，我还不清楚那京将军想要我做什么。以他的人力、财力、物力，可以在藏地完成任何工作，不管是巧取豪夺还是暗度陈仓，都无须假手他人。我为了瑞茜卡不得不签订城下之盟，属于逼上梁山、迫不得已的行动。下一步，他如果要我借着特洛伊的信任反击51号地区的话，我真不知道自己该如何去做。”

看看表，从那京将军离去已经过了大半个小时，还有四个多小时，瑞茜卡就会在小旅馆门前出现了。

“武力角逐的工作是神鹰会的拿手好戏，我猜他们不会要你干这个，而是一些‘非你不可’的事。想想看，我们在九曲蛇脉山谷和窝拉错湖两战中都能全身而退，这一次也不会例外。不要担心，一切烦恼都将迎刃而解，因为你是‘盗墓王’陈沧海老前辈的侄子，他的终生好运一定会遗留给你，然后一直伴着你，无往而不利。”夏雪最了解我的心思，转而开始鼓励我。

不知不觉中，我们的手又握在了一起。有她在，不管我的心情有多么烦躁抑郁，都能舒缓开解，恢复平静。

下午三点钟，距离那京将军所说的“五小时约定”结束时间越来越近。其间，夏雪曾经不止一次问过我：“为什么要远离特洛伊？她不是你的朋友吗？难道是突然预感到了什么？”

我无法回答，因为当时的反应只是基于一种突如其来的顿悟。

特洛伊的工作性质决定了任何时候、任何事情都要服从组织，而且是百分之百服从，不能有任何偏误。她是我的朋友，51号地区却不是，不可能为了我而改变某些行动计划。组织要我死，她也会精确执行，绝不抗命。

在这种状况下，她已经不能算是我的朋友，而是亦敌亦友的合作者。那么，我还有什么必要听她的，并且接受她的帮助？

“我只信你。”我只向夏雪重复着这句话。

她的两颊上蓦地飞升起两片绯红的云霞，嘴角边的酒窝里满溢着动人心弦的甜笑。

“时过境迁，再好的女孩子也会屈从于利益的重压，只有你，为了追索香雪海的下落而浪迹藏地，锲而不舍地奔波着。这一点，跟我探寻叔叔的死因非常相像，或许只有我们这种性情极度接近的人才会走在一起吧？于我而言，特洛伊永远都只能是江湖朋友，点头之交罢了。”我继续感叹。

“那么，瑞茜卡呢？她千里迢迢地从港岛飞来拉萨，为的是什么？”夏雪追问。

我再度无言以答，这个问题也许等到瑞茜卡出现才能真相大白了。

“陈风，这个世界永远比我们想象的更复杂、更诡异、更荒谬、更变谲。我提醒你，无论瑞茜卡说什么，都要静心定性听完，不能有丝毫暴躁冲动。太多教训告诉我们，冲动是魔鬼，很容易把人引入歧途，直至万劫不复之境。你看，连那京将军都亲自抵达拉萨了，是否说明最终谜底很快就要揭开了？”夏雪的表情越来越凝重，但眉宇之间仍旧不动声色、冷静自若，完全是泰山崩于前而不惊的大将风范。

“谢谢你的提醒。”我恳切地点头致意。

夏雪一笑：“人生得一知己足矣！陈风，真心相爱的人之间为对方做任何事，就算为你，也是为我。”

那时候，西斜的光影落在她的头发上，闪烁着点点滴滴的光影，更映衬出她的美丽，令我不由自主地默默感叹："这才是我今生要娶的人啊！"

那京将军果然言而有信，下午三点半时，有人按响了小旅馆的门铃。老板娘跑去开门，满脸憔悴的瑞茜卡随即踏进了小院。隔着窗子望去，她的短发非常凌乱，身上的名牌女装也蹭得到处是土，肩上斜挎的黑色小包拉链半开，挤压得不成样子。

我打开房门，瑞茜卡闻声转身，两行清泪夺眶而出，踉踉跄跄地飞奔过来，一头扑进我的怀里放声大哭。等她哭够了，我才扶她走进房间，用一条热毛巾帮她擦脸。

被绑架的日子像场噩梦，现在，瑞茜卡的噩梦醒了，我悬着的心也落了下来。夏雪拿出自己的衣服给瑞茜卡换上，然后走出去，回手关门。我听到她在廊檐下吩咐老板娘去准备一桌丰盛的晚餐，声音已经稍稍有些不自然。也许任何女孩子看到自己的男朋友拥着另外一个女人的时候，不管处在何种迫不得已的状况下，都会感到心中难受吧？

瑞茜卡的眼睛已经哭肿了，渐渐冷静下来之后，便打开小包补妆，一边向我叙述着被绑架后的情况。

那京将军的目标果然是我，绑架得手后，他的人只是把瑞茜卡关在黑屋子里，没有丝毫迫害，现在又好好地送回来，而且，瑞茜卡的小包里还多了一张两百万美金的支票和一封致歉信。信上说，将军大人为弄脏了瑞茜卡小姐的衣服和鞋子而深感不安，所以特地奉上一点点着装费，希望陈先生不要嫌少，以后有机会当面向陈先生致歉。

我冷笑着撕掉了那封信："做都做了，何必再假惺惺地演戏给我们看？"那两百万弥补不了瑞茜卡所受的惊吓，早晚我会跟那京将军算这笔账。

之前，瑞茜卡在我眼中一直属于修饰精致的都市美女，其特点是"不化妆无法出门"。现在，她重新打了底粉，描好弯眉，画了眼线，涂了浅浅的黛黑色眼影，然后是勾勒唇线、细涂口红，终于变得容光焕发起来。唯一可惜的是，夏雪的衣服穿在她身上稍稍有点短瘦，特别是腰部位置，撑得紧紧的。

古语说：不怕不识货，就怕货比货。人比人要死，货比货得扔。

这句话果不其然，一直被叔叔的朋友视为清纯玉女的瑞茜卡，与夏雪一比，不知怎地就黯然失色了一半，再也表现不出之前的那种得体、练达来。我看着她的腰的时候，就想起与夏雪长拥之时她的纤腰仿佛只要一只手就能掌握，如同三月的山间嫩竹，带着脆生生的一段天然清香。

“陈风，为什么这样看着我？”瑞茜卡误解了我的意思，妩媚一笑。

我自嘲地一笑，替她斟茶，不愿开口回答。

依据特洛伊的资料，瑞茜卡已经有了某位秘密情人，心思自然会转向别处。女孩子的心永远善变，我现在猜不透她的笑容是真是假。

瑞茜卡袅袅婷婷地落座，取出一把金色的小剪刀修理着被囚禁时弄断了的指甲。

“为什么执意要飞来拉萨？有什么事在电话里说不清？”这才是我最惦念的。男大当婚，女大当嫁，她无法得到我，当然可以另觅他人，我并不因此而烦恼。

“因为我发现了陈老先生的秘密，必须要告诉你。”瑞茜卡轻描淡写地浅笑着，借着夕阳落山前最后的光辉审视着自己的指甲。

我凝视着她的侧影，沉声问：“是什么？”

瑞茜卡一笑：“那是一个与陈塘身世有关的秘密，我还没想好该怎么说，因为我怕说出来之后你不会相信，所有人都不会相信。所以，我把全部资料都带过来，包括照片、日记簿、录影带、录音带，还有一件很奇特的证物，都放在行李箱里。等方先生到了，我都会摆出来给你看，然后再说答案。陈风，我知道你有位叫做‘特洛伊’的好朋友，最善于打探别人的隐私，也许她总是多嘴多舌告诉你一些我的小秘密，但我根本就不在乎。”

我微微皱眉，因为瑞茜卡此刻的说话方式、表情神态都渐渐变得嚣张起来，不像是我所熟悉的那个女孩子。

“方叔的确是快到了，在此之前，你是不是可以先向我透露一些什么，好让我有所准备？”我淡淡地笑着，暂时不愿过分打击她。

叔叔离世后，我与瑞茜卡之间产生过某种“同病相怜”的奇怪感觉，仿佛对方是这世上的唯一亲人，能够永远彼此信任，彼此依赖，但就在几分钟前，瑞茜卡的表现让那种曾经美好的感觉荡然无存。

“好戏不怕晚，不急，不急。”瑞茜卡又一次夸张地笑起来，接着取出一瓶玫瑰红色的指甲油，精心涂抹着十指指甲。

特洛伊说过，瑞茜卡已经将所有资产变现，做好了“跑路”的准备。如果我是方东晓就好了，立刻就能看穿此刻她心里到底在想什么，然后做出正确的判断。陈塘是叔叔唯一的儿子，他的身世还会有什么问题吗？

“你休息一会儿，一小时后开饭。为了欢迎你，厨房做了最有藏地饮食特色的藏红花牛舌、拉萨鱼、咕噜藏猪肉、烤羊排、萝卜炖牦牛排骨、虫草峰蘑菇，当然还有奶渣包子和马萨拉茶，希望能合你的口味。”我慢慢地起身，退出房间。再坐下去，已经是话不投机半句多，差不多要毁掉之前在港岛时瑞茜卡留给我的全部美好印象了。

廊檐下的天光已经暗了，夏雪捧着一只保温杯，坐在小木凳上，侧着身子凝视着厨房灶间映出的跳跃火光。刚刚说过的那些菜都是老板娘最擅长的，不过得由秃头的老板亲自打下手，她才有心情做。

“在看什么？”我在夏雪旁边坐下，心情犹如四面合拢的暮色，沉重抑郁，无处发泄。

夏雪没有开口，只向厨房那边扬了扬下巴。我静下心来，便听到了老板娘断断续续的藏语哼唱声，唱的是：“第一最好不相见，如此便可不相恋，第二最好不相知，如此便可不相思”几句，那是六世达赖仓央嘉措留给世人的诗，已经成了藏地青年男女最爱的歌曲。老板娘的声音抑扬顿挫地响着，与厨房里的锅铲叮当声、木柴燃烧时发出的噼啪声、菜入油锅的吱啦声混合在一起，仿佛一个人把美妙的爱情与美味的生活巧妙地融合在了一起，重新谱成了一首感染力极强的交响乐，带给人完全不同的奇妙感受。

更为特别的一点，这是在巍巍雪山、淙淙冰河的藏地，风中不断飘来大小喇嘛庙的钟声、信徒们礼佛诵经时点燃的檀香气息，令我能够平心静气地清除思想中的杂念，聆听着老板娘那种散发着原始欲望的歌声。

“就算是再好的原创歌手，都无法描摹出这种刻骨铭心的感觉，我觉得自己就要醉倒在这歌声里了。”夏雪放下保温杯，双手抱膝，下巴也枕在膝盖上，任由自己的长发披垂到地。

我也深有同感，再浓烈醇厚的酒也比不上真正的爱情。前者可以千杯不醉，而后者只需一滴，就能令痴情者长醉一生，无法自拔。我与夏雪，就是两个前生注定、今生相遇的痴情者，彼此眼中映出的不是今生的影子，而是前生模样。

“夏雪。”我抬起手臂，揽住了她的纤腰，“我爱你、我爱你、我爱你……”

那三个字，仿佛是被施了魔法的水车，一遍一遍自自然然地从我唇边奔涌出来，一次比一次更加深情。如果可以，我愿意将自己的整颗心都掏出来，一层一层剖析给她看，每一层都写着“我爱夏雪”四个字。

蓦地，那平时看似猥猥琐琐的秃头老板也轻咳了一声，放开喉咙唱起来：

“那一天，

我闭目在经殿的香雾中，

蓦然听见你诵经中的真言；

那一月，

我摇动所有的经筒，

不为超度，

只为触摸你的指尖；

那一年，

磕长头匍匐在山路，

不为觐见，

只为贴着你的温暖；

那一世，

转山转水转佛塔，

不为修来世，

只为途中与你相见……”

第二章
陈塘出生自三眼族人巢穴?

薰薰欲醉的感觉不知持续了多久，灶膛里的火光渐渐熄灭，各种美味的香气此起彼伏地飘出了厨房门口。夏雪再度抬头时，眼眶中已经满溢着盈盈的泪水。

“这是我今生听到的最美的声音。”她微笑着说，睫毛一动，泪珠便不可抑止地扑簌簌滚落。我知道，那句话不是指老板夫妇哼唱的六世达赖仓央嘉措的情诗，而是我的那句重复了几百遍的“我爱你”。

“只要你愿意，我愿意一生重复下去，就像你戴着的那只腕表一样。”那一刻，我眼里只有她，就算是已经听到了瑞茜卡故意弄出来的咳嗽声，也不想把目光转开。与夏雪相比，一万个瑞茜卡连同她所说的大秘密，也只等于须弥山脚下的一粒芥子，微不足道。

晚餐时，房间里的气氛变得非常微妙，坐在餐桌贵客席位上的瑞茜卡，变成了我和夏雪面前的一个透明影子。当我们两个在静默中眼神交流的时候，她的表情就变得非常尴尬。

“听说，瑞茜卡小姐带了很多资料过来，真是令人非常振奋。之前我跟王帆小姐联络比较多，知道她正积极努力地寻找陈塘先生，并且即将带他到拉萨来与陈风会合。也许到时候，大家聚在一起，无论有什么秘密，都将真相大白。然后，陈家兄弟合兵一处，共同返回港岛去打天下，也算完成了陈老前辈的一项未了心愿，您说呢？”夏雪替瑞茜卡盛了一小碗牛骨汤，不动声色地放在她面前。

开饭前，我向夏雪约略提过瑞茜卡所说的话，她的反应跟我一样，都认为瑞茜卡是在夸大其词。

“哼哼！”瑞茜卡冷笑了两声，目光从我这边转移到夏雪脸上。

房间里的气氛越来越僵硬，而夏雪只是坦然坐着，脸上浮现出波澜不惊的淡然微笑。

“陈塘不出现还好，一出现，就是藏地的世界末日。不管你们信不信，只要方东晓一到，将所有资料展示给你们看，你们就会惊得目瞪口呆，跟我当初看到它们一模一样。夏小姐，在我看来，你与王帆联络得那么密切，并非一件好事。据我所知，以她‘北疆第一赏金猎人’的身份，跟陈老先生绝对不会是一条心，也即是说，她只是在借用陈老先生做靠山。现在，陈老先生离世，她只会做一些唯恐天下不乱的坏事，譬如弄一个冒名顶替者出来招摇撞骗之类的。”瑞茜卡的话太过刻薄，连我都听不下去了。

“是吗？”夏雪依旧面带微笑，轻弹着指甲。

“请拭目以待好了。”瑞茜卡仿佛胜券在握，挺直身子，居高临下地盯着夏雪。

我的卫星电话就放在旁边，可以随时联络方东晓或是王帆，但我希望让真相一层一层浮上水面，而不是贸然出击搅乱局面。王帆曾信誓旦旦地下过保证，一定找到陈塘，带来见我。我相信她说到就能做到，胡乱催促，只会令她无法专心致志工作。至于方东晓，很快就会飞抵拉萨，无须节外生枝追问他的行程。

“好，那就拭目以待，看看瑞茜卡小姐即将抛出的重磅炸弹到底是什么？”夏雪举起杯，以茶代酒，“欢迎瑞茜卡小姐驾临拉萨指导工作，大家干杯。”

她的镇定越发衬托出瑞茜卡的焦躁，我不知道一向心平气和、低调谦和的瑞茜卡为什么会变得如此高调飞扬。但我意识到了一点，那就是她在进餐过程中总是有意无意地转动着左手食指上那枚硕大的黄金戒指。

很显然，夏雪也意识到了同样的问题，放下杯子后，故作好奇地问：“瑞茜卡，可以欣赏一下你那枚戒指吗？”

瑞茜卡倏地缩手，用力摇头：“不不，戒指有什么好看的？”

夏雪微微一笑，闪电般地出手，使出小擒拿手的“叼”字诀，一把攫住了瑞茜卡的手腕。我没有出声阻止，任由夏雪行事。当她将瑞茜卡的手掌完全摊平时，那戒指背面的一个阴刻的土星图案显露出来，旁边则是港岛著名的周生生珠宝行的独家标志。

“好漂亮的土星光环，只是周生生珠宝行不可能雕刻一个这样的怪异图案在上面，难道是送你戒指的人故意这么做，以表达某种特殊意义的？让我猜猜看，是否那人的代号就叫做‘土星’？”夏雪的笑容里透出咄咄逼人的气势来。

特洛伊通报的资料中指出，瑞茜卡与一个名为“土星”的男人交往密切，这戒指就是最好的证明。

瑞茜卡尖叫着挣脱夏雪的手，愤怒至极地跳起来。她不懂武功，对夏雪构不成人身威胁，所以我只是冷静地盯着她，看她如何收场。

“那是我的私事，我到这里来，只是替陈老先生揭穿陈塘的秘密，免得陈风受伤害。至于谁是送给我戒指的人，与此无关，你们不要用这种怀疑的眼光盯着我。陈风，我已经仁至义尽，替陈老先生完成了最后一件事，等方东晓将资料转交给你，我就离开，绝不再回来。”瑞茜卡的声调提高了两个八度，尖锐得像雪山顶上的朔风呼啸。

哗的一声，房门被一脚踢开，一个披着黑色皮大衣的人旋风一样卷进来，挥起右掌，狠狠地扇向瑞茜卡的脸。夏雪反应极快，双手十字交叉向上一格，架住了对方的手腕，顺势发动小擒拿手的“拗”字诀、“勾”字诀，锁住对方右臂。咔嚓一声，那人左掌中陡然出现了一柄铁青色的大口径转轮手枪，间不容发地抵住了夏雪的额头。

“放手！”那人低声喝道。

战局一触即发，一发即收，这闯进来的人瞬间控制了局面，手指钩在扳机上，手臂如钢浇铁铸一般稳定。她是一个女孩子，但骁勇凶悍的气势却丝毫不逊于男人。正因如此，她才能成为江湖瞩目的“北疆第一赏金猎人”。

“王帆，停手。”我弹身而起，又惊又喜。

“我只数一二三，你就放手。否则，我就送你上西天，不管你是不是风哥最爱的女人，听清楚了吗？”王帆冷笑。

“为什么要对一个手无缚鸡之力的女孩子下重手？行走江湖，‘仁、义、礼、智、信’五个字缺一不可，她是陈老前辈最倚重的人，打她就等于损伤了他老人家的面子。”夏雪毫不退缩，挡在瑞茜卡前面。

我不想跟王帆动手，她的性情暴烈如火，一旦发作起来，谁的面子都不给。

“一。”王帆冷冰冰地数了第一个数字。

瑞茜卡骤然爆发性地尖叫：“好了好了，都不要吵了。我知道是我不好，不该跑到这里来，搅了大家的兴致。我走，我走总可以了吧？不管你们最后会不会被陈塘害死，反正跟我没关系。再见，再见，再见！”

她绕过桌子，冲向门外。

我本来要横跨一步拦住她，但王帆此刻突然连数两字：“二、三！”随即扣动了扳机。

幸好，弹仓一转，撞针走空，发出“嗒”的一声轻响，原来枪膛中并没有子弹，王帆只是跟我们开玩笑。此刻，我的手心里已经全是冷汗，被她的玩笑弄得哭笑不得。

夏雪跑出去追瑞茜卡，王帆并不觉得有些过分，大大咧咧地坐在瑞茜卡的座位上，端起那碗牛骨汤，一口喝干。

“这样好玩吗？”我皱皱眉。

外面，天已经完全黑下来，瑞茜卡一个人跑出去，会不会再次落入别有用心者手里，沦为人质？叔叔说过，虽然王帆在某些事情上的做法并不合适，但总的来说，她的本质不坏，具有“为朋友两肋插刀、赴汤蹈火”也在所不惜的热情。只要是她喜欢的人，就算当场把人头摘下来送给对方也是说到做到的。

“她不该诋毁陈塘，也不该背后说我坏话。知道吗？她把老爷子留下的资料出售给了另一个男人，而且是不收一分钱，全部倒贴小白脸。风哥，当初老爷子收我做干女儿的时候，她不是一心一意要嫁给你吗？怎么转眼就红杏出墙，要跟别的男人跑路了？这个问题，我始终都想不明白，掴她几巴掌都是轻的，如果不是看你跟老爷子的面子，刚刚指着夏雪姐姐的那一枪，就得在瑞茜卡那贱女人头上穿一个透明窟窿！”王帆环顾桌子，却找不到任何酒精类饮品，气得一拍大腿，从皮大衣内袋里取出一个不锈钢扁平酒壶，拧开盖子喝了一大口。

“红杏出墙”这个词用在瑞茜卡身上并不合适，我从来都没接纳对方，她当然有权利追求自己的幸福。但是，她若真的用叔叔留下的资料取悦别的男人，就犯了江湖大忌了。

“果真有某些资料对陈塘不利吗？”我注意到王帆话里的关键点。

王帆突然沉默下来，一口接一口地喝酒，目光空洞地望向门外。

等了好久，她才沉着脸苦笑：“有。”

“资料在哪里？陈塘又在哪里？”我不动声色地追问，其实内心里早就潮头翻涌，白浪滔天。陈塘失踪之后，起初叔叔还多方打探他的消息，托大陆西北的江湖朋友撒下绿林英雄帖寻找，并出了高额的悬赏花红。后来，叔叔的态度突然转变，对寻找陈塘的事绝口不提。我意识到其中必有原因，只是不忍心触碰叔叔内心的伤疤，所以从不贸然探问。

“我能不能先回答第二个问题？桌上的菜凉了，让厨房给重新热一下行不行？”王帆皱了皱鼻子，漂亮的眼睛中忽然溢出与她年龄极不相称的忧伤。她的眉修长而细腻，嘴唇饱满而丰润，脸上的皮肤光滑又充满了弹性。在这张脸上本应时常带着英姿飒爽、勇往直前的豪迈笑容，而现在却像一个丢失了心爱玩具的小女孩，脸上只有深深的失落与迷茫。

嚓的一声，她重新抽出了那柄转轮手枪，食指钩住扳机孔，枪身在指尖飞旋着，化成一圈铁青色的光环。突然，手枪停止旋转，她举枪向正前方瞄准，屏住呼吸，保持着那种雕塑一般的凝固姿势。只有拔枪在手的时候，王帆才是王帆，一个真正敬职敬业、不苟言笑的江湖赏金猎人。

“资料上说，陈塘不是老爷子的亲生儿子，而是他捡来的。”王帆的喉头咯咯低响了几声，声音立刻变得沙哑晦涩。

我沉稳地坐着，一动不动，一言不发。

“其实，像老爷子那样的江湖大人物，收养一个两个的婴儿当做自己的孩子并不是什么怪事，别人是讲不出什么闲话的，反而会令老爷子的大英雄、大豪杰形象更被拔高一层，成为江湖朋友尊敬仰慕的榜样。近几年全球各地的水灾、地震频发，很多有钱人都在大量资助孤儿、领养孤儿，正是老爷子那一代江湖前辈们为今日的富豪大亨做了最好的表率。”王帆的叙述有些离题，但我没有打断她。夜这么长，我们有的是交流切磋的时间。

菜凉了可以再热，酒没了可以再添，夜太寒还可以生火盆，我只想尽快知道那个将叔叔和陈塘缠绕在一起的秘密。

夏雪和瑞茜卡仍然没有回来，也不知追到她了没有。

“陈塘此刻身在乌克兰的基辅迪纳摩城郊，他要一个人单枪匹马挑掉乌克兰最大的黑帮组织‘所罗门集团’。当年陈老爷子游历东欧时，曾在所罗门集团掌门人卡特里奇手上吃过大亏，遭到长达十天九夜的非法拘禁，更被讹诈掉五十万美金。陈塘要用实际行动洗刷去老爷子身上的耻辱，只要完成了这件事，他就会赶来拉萨赴约。这么多年以来，他隐姓埋名于高加索山区，就是为了消灭所罗门集团的党羽，为父亲挽回面子。风哥，我相信你的实力，也相信他的实力，将来有一天你们兄弟联手，一定纵横江湖、所向披靡。”谈及陈塘，王帆眼中突然燃起了希望之光。

我看过所罗门集团的资料，那个组织的大头领卡特里奇性情残暴、贪欲无度，早就被列上了国际刑警组织的黑名单。

之前据捷克电视台的一则报道称，距今十二年之前，俄罗斯的“索恩采夫集团”和“所罗门集团”聚集在捷克的布拉格大饭店为卡特里奇庆祝生日，警方得到消息后，立刻出动并逮捕了超过二百名黑社会人员，并将卡特里奇宣布为不受欢迎的人，将其驱逐出境。目前，这个上世纪九十年代曾在捷克飞扬跋扈的俄罗斯黑帮头目正图谋东山再起，来自俄罗斯、乌克兰，以及高加索的部分黑帮分子近期在乌克兰召开秘密会议，将推选卡特里奇为“带头大哥”。

此外，捷克情报部门警告称，所罗门集团正与国际恐怖组织合作，未来将对世界造成不可估量的危险。一位斯坦福大学军控问题专家甚至证实，二零零一年“基地”组织曾与所罗门集团在一个欧洲国家境内进行谈判，想购买用于制造核武器的原料高浓缩铀。

基于以上种种消息可以推论出，卡特里奇绝不会是一名普普通通的恐怖分子头目，这一次陈塘面对的将是一个超级庞大的对手。

“他为什么不先赶回来，大家会合之后岂不是更容易想到办法？”在我看来，现在不是逞一时之快的时候。陈塘是叔叔唯一的后代，他最该着手做的是回到港岛主持大局，而不是去跟所罗门集团发生正面冲突。

“办法？陈塘行事，从不追求曲线救国的温吞水效果，而是大刀阔斧地夺路而进，如同古代战争中的骠骑大将军一样，百万军中取上将人头如探囊取物一般。风哥，不是我故意驳你的面子，在这一点上，你永远都比不上他。”王帆的坦诚率直如同她与生俱来的一张标签，容不下半点造假与伪装。

我点点头，自认甘拜下风。

从叔叔和他的朋友嘴里，我听到过太多关于陈塘的英雄事迹，他是我追赶的榜样，自始至终都是如此。

王帆幽幽地叹了口气，把手枪收好，忽然问：“风哥，在你看来，陈塘的身世有没有问题？他和老爷子之间的感情有没有问题？他总不会是令人退避三舍的奇诡异族吧？”连续的发问犹如一串连珠炮似的，我根本来不及思考回答，但王帆已经自言自语下去，“非我族类，其心必殊。假如他真的是三眼族人后代，为什么到现在为止还不流露出狰狞本性呢？”

我的心情猛然一沉，这个看似荒谬的推论竟然是从王帆嘴里说出来的?

“瑞茜卡所提供的资料表明，老爷子在克什米尔高原附近捡到了这婴儿，然后带回家抚养长大，亲手教给他探险盗墓的绝技，把他当成了自己的亲儿子，直到成长为一名勇敢无惧的旅行探险者。老爷子最担心的一件事就是，陈塘身上怀有某种兽性，随时都会勃发出来。所以他将所有与陈塘有关的资料都保存在汇丰银行的私人保管箱里，以备应付突发事件。你离开港岛后，瑞茜卡偶然发现了保管箱的钥匙，便获取了全部秘密。可恨的是，她把资料交给了一名代号为‘土星’的男人，我猜那是她的秘密姘头，呵呵呵呵……”王帆的话有时候会变得非常尖刻，但如果瑞茜卡真做了那样的事，简直就是愧对叔叔对她的器重培养，用再多脏话说她都不为过。

“你到这里来，就是要告诉我这些吗？”我的脑子里已经塞得满满的，无法静心思考。

“我的任务是看你和夏雪姐姐，揭穿瑞茜卡，等陈塘到来，期待与51号地区的亚太区一姐特洛伊会面，以上四件缺一不可。”说归说，但王帆的表情再也轻松不起来了。

我其实也很想早一步见到陈塘，告诉他我的牵挂和惦念。

老板娘自觉地走进来，收拾还没吃完三分之一的剩菜，然后沏了马奶茶送过来。王帆出手非常大方，随手给了她五百块人民币的小费，老板娘千谢万谢地走了出去。

“我要走了，留在这里只会给你和夏雪姐姐当电灯泡，还容易引发不安全因素。风哥，我所说的资料都在方东晓和瑞茜卡的旅行箱里，很快你就能看到。记住，任何需要我的时候打招呼，我都会及时出现，绝不爽约。”王帆仍旧保持着雷厉风行的做事方式，扔下这句话便出了大门，扬长而去。

王帆的人生中充满了惊险刺激事件，所以才造就了她这种电闪雷鸣而来、风风火火而去的独特个性。叔叔每次提及她，都是笑着叹息，个中滋味，难以用言辞描述。不过，我始终觉得，她是江湖大潮中的特立独行的奇女子，前途必定广阔无边。

现在，我望着满桌子的剩菜，唯有摇头苦笑着望望墙上的电子钟，已经是深夜十点多钟，而前后跑出去的夏雪和瑞茜卡却依旧没有踪影。我拿了本杂志慢慢翻看，打发着无聊的时间。

十二点钟之前，夏雪独自一个人回来，满脸都是莫名的沮丧。

“我找不到瑞茜卡，明明见她奔向大昭寺方向，一路跟过去。我详细询问了寺门前守候的僧人，他们说刚才并没有一个打扮时髦的女孩子经过。我绕着大昭寺走了三四圈，除了初到藏地的酒吧狂欢者外，没发现什么特别有价值的线索。”她捶打着自己的小腿，摇着头自嘲地苦笑，“腿都跑细了，白忙一趟。陈风，你会不会觉得瑞茜卡并不是孤孤单单一个人身在拉萨，而是有我们看不见的同行者做伴？”

“你的意思是……”我的疑心亦被她慢慢挑起。

“那京将军的神鹰会这次所执行的绑架行动形同儿戏一样，在加德满都下手，拖到拉萨来放，千里迢迢费事不少，并且增加了太多自身的风险，根本不符合那京将军的做事原则。这是江湖纠纷，不是京戏舞台上咿咿呀呀的《捉放曹》，所以我怀疑我们两个实际上已经落在别人的一场特大布局中。对局者是谁呢？是表面看来的51号地区与神鹰会那京将军吗？那些隐藏在暗处的参战者、观战者又是谁呢？把我们拖下水又有什么好处？”夏雪缩在毛毯下面，凝视着门外的暗影。

这些问号永远找不到答案，就像我复述王帆讲过的那些话的时候，夏雪的眉头跟着越皱越紧，无法解开。

就在此时，桌上的卫星电话响了，是方东晓的号码。

“方叔到了。”我如释重负，赶紧接听电话。

果然，方东晓特有的温文尔雅的声音传来：“陈风，你还好吧？飞机已经落地，我会尽快赶到你那边去。刚刚我接到过一个陌生人的电话，说瑞茜卡已经脱险回到你身边，不知是否属实？”他的声音永远都是不慌不忙、不紧不慢的，仿佛一壶余韵悠悠的茉莉花茶，在深沉静默中带来十足的感染力。港岛的心理学医师们都具有这样的说话特点，但那些人的学术修养比起方东晓来，可谓是云泥之别，连给他提鞋都不配。

“瑞茜卡的确已经脱险，我和夏雪马上洗盏沏茶，恭候方叔大驾光临。”我的心底忽然升腾起一阵暖意，已经久违了的来自父辈的关心，是困境中的我急需的光明与动力。

“我给你带来了一些‘七宝浮屠茉莉’，是当年港督彭定康离职时特意赠送给我的礼品茶，一直窖藏在地下零度酒窖里。我老了，有好东西还是应该跟年轻人分享才是，呵呵呵呵……见面再说，见面再说。”方东晓温和地微笑着，一如当年在叔叔的家宴上一边翻看我的硕士生毕业论文，一边对我谆谆教导时的语气。

叔叔的几位老友中，一向以方东晓的知识最为渊博，才情最为出众、做人最为低调，这三点令我深深敬佩。

挂断电话后，我亲自去小旅馆后院的老井打水，用来清洗茶具、烧水待客。据老板娘说，那口井直通拉萨最大的地下水脉，深不见底，也从未干涸过。最可贵的是，其水质清澈甘洌，比起中原大陆地区的济南趵突泉水、杭州西湖虎跑泉水、北京玉泉水这“天下三大泉水”来不遑多让，我和夏雪早就亲口尝过。

藏地的夜色幽暗静谧，冷冽的夜风不时袭来，令人遍体生寒。

当我摇着辘轳把，将铁皮桶沉入井筒里的时候，井底波光粼粼，让我的思绪一下子回到了乃琼寺的后门广场，那口古井中的水光亦是如此动荡不休，仿佛水底藏着某个躁动不安的精灵。

藏地历史事件中，山洞和古井是最容易藏匿秘密的地方，我隐约觉得乃琼寺的舍身井下面会有一些不寻常的东西存在，值得一再探索，细心捉摸。

陡然间，右侧的石墙顶上有人影一闪，一团白花花的东西直飞过来，跌落在井台边。我吃了一惊，伏低身子，躲在辘轳架子后面。等了几分钟，那影子没再出现，我用脚尖踢了踢那东西，却是一张包裹着一颗石子的白纸。

我提着水桶回到房间里，把那张纸平铺在桌子上，上面写着这样一句话：“回港岛去，别掺和藏地的任何事。惊马狂车，螳臂岂能抵挡？”落款处，是整齐地连成一排的七只简笔燕子。

“是燕七？”夏雪叹了口气，然后默默地去洗刷那套乳白色的细瓷茶具。

第三章
读心术大师方东晓

那的确是燕七的独家签名落款，但是他为什么不花一分钟进来见我们，而是多费力气在纸上写字，绕着弯子向我们发出警告呢？

事实上，我和夏雪没打算做螳臂当车的事，我们只是身在藏地，适逢其会。

“燕七该要回他的护身宝甲的，难道他找到了藏地宝藏后，连这个都不稀罕了？或许他为了报答救命之恩，将宝甲送给咱们了？”夏雪强颜欢笑，却掩盖不住满身疲惫。跟踪瑞茜卡是件充满危险的工作，如果不是王帆在场，我绝不会任她冒险。至于燕七，他太高估了自己，以为能轻松搞定任何与宝藏有关的事。按照我的预测，他的最终结果大概是与宝藏同朽，或是成为其他寻宝者的探路石。

叔叔曾给我讲过一个寻宝者行业里最极端的例子：有一年缅甸南部勃固河东岸的宝玉窟里发掘出了一尊天然生成的碧玉佛，引发了黑道人马的哄抢狂潮。据消息灵通人士统计，当时参与夺宝的超过二十个大小组织，但最终的胜出者只有一方，其余人就像精心摆好的一套多米诺骨牌一般，次序倒下，毫无反抗之力。出手越早的，就会死得越早、越惨，等到尘埃落定之时，他们的尸骨早就沉寂朽化了。所以说，真正的黑道大鳄从不让自己成为第一个出击者，而是最后一个，谋定而后动，一出手就使出雷霆一击，毫不客气地掌控局面。

燕七是探路者，特洛伊和那京将军会不会成为既得利益的最终大鳄？

“等。”我淡淡地笑起来，这个字是摆脱目前困境的唯一办法。古人常说，狭路相逢勇者胜。可现在，傻瓜才会跳出来担当“勇者”的角色，保准会马上成为狙击手目镜十字丝上的小兔子。

“好，等等吧！”夏雪长叹，打开一包餐巾纸，细心地抹拭着茶具上的水滴。

燕七在大昭寺内的遇刺事件拉开了种种怪事的序幕，现在他已经平安无事地重新回到自己的探险生活中，而我和夏雪反倒像是因风而起的秋萍，再也无法安静下来。我凝视着已经被夏雪洗好的那套茶具，暗自感叹着世事的诡谲多变。目前只有遥祝燕七能历尽劫难而返，别再伤了大侠燕赵的心。

方东晓乘坐的飞机是在拉萨贡嘎机场降落的，那地方位于西藏山南地区贡嘎县甲竹林乡，雅鲁藏布江南岸，海拔三千六百米，是世界上海拔最高的民用机场之一。机场距拉萨市区约六十五公里，经过近年来的几次修整后，现在的路况非常良好，全程柏油路面，公路沿着雅鲁藏布江及拉萨河行驶，之后过曲水县后沿着拉萨河一直到市区，全程行驶约需一个半小时。

时间过得很快，当听到计程车在小旅馆门口戛然而止之声的时候，我立刻跑去开门。

那时，一身白色西装、梳着三七偏分发型的方东晓正推开车门走出来，计程车司机殷勤地从车子的后备厢里搬出两个特大号旅行箱，然后收钱离去。

“欢迎您，方叔。”我迎上去鞠躬，却被方东晓抬手挡住。

他拍了拍我的肩，真诚地说：“陈风，你瘦了。藏地多风雨，你必须得好好照顾自己。而且，罗马城也不是一天就营造完毕的，如果手边的事太多，就试着放弃一些，彻底放松下来。”他的声音里透着无比醇和的暖意，驱散了漫漫长夜里的寒风。

“是夏小姐吗？听陈风在电话里数度提及，幸会。”他没忘了向站在门口的夏雪打招呼，自己提起旅行箱，大步走进门去。方东晓自幼习练嵩山北少林童子功，时至今日，仍旧晨昏练功不辍，所以身体之强健程度，是很多年轻人都无法相比的。

几分钟后，方东晓带来的“七宝浮屠茉莉”好茶已经斟在杯中，清冽甘醇的茶香飘荡在这间藏地的小小房间之中。

听到瑞茜卡夺门而去的情节时，方东晓不禁皱起了那双半白的天子长寿眉，轻抚着人中上的斑驳短须喟叹：“沧海兄离世，瑞茜卡亦受了非常大的打击，性情有些突变。不过，这个女孩子的品质不坏，只要善加引导，一定不会误入歧途。那只灰色的尼龙旅行箱里是她带给你的一些资料，被尼泊尔警察翻检过多次，我帮她收拾的时候也偶尔看了几眼，都是沧海兄早期的探险日记和照片。事实上，我和几位老友都明白陈塘是捡回来的孩子，但这么多年来，沧海兄待他有如己出，那段历史早就不再提及了。现在看来，沧海兄捡到孩子的地方有些非同寻常之处，其中有一张照片最能说明。”他打开旅行箱，从一只黑色的防水塑胶袋里取出一沓照片，捏起最上面一张，叹息着递给我。

方东晓是力主撮合我和瑞茜卡的人之一，他曾数次劝叔叔替我做主，定下这门婚事。现在瑞茜卡那边频发意外，他心里当然也不好受，脸色已经变得十分憔悴，眼眶里也布满了纵横的血丝。

那是一张八英寸黑白照片，拍摄的是一尊横躺的石像。可能当时现场的光线太过昏暗，所以那石像一团模糊。照片的纸质已经泛黄，足以证明它的年代之久远应在二十年以上。

“看看背面的文字说明吧，那就是沧海兄捡到婴儿的地方。”方东晓举手揉捏着自己的太阳穴。

他的右手是最有特点的，共有七根手指，多生的手指一根在大拇指顶上，一根在小拇指底下，正是手相典籍上有过记载的“七宝乾坤指”。相书上说，那种手相，属于“袖里乾坤大、壶中日月藏；天机暗知、无可限量”之相，犹如银河天际划过的流星，可能成为福星，实现所有俯首闭目许愿者的梦想；也可能成为灾星，引起某地的刀兵祸乱。我记得，在方东晓中环广场工作室的正面墙上，一直悬挂着民国著名书法家钱罕所写的“如是天机必将不可泄露”条幅。他的读心术是“洞悉天机”的学问，按照中国五千多年来的相术文化总结，察天机者短寿，泄天机者夭亡，所以方东晓的人生始终带着某种淡淡的悲剧色彩。他不结婚、不生子、不近风月，也是为了免于天谴累及亲人。

照片背面，是叔叔的亲笔记录：“一九七八年秋，终于深入险地，得窥事实真相，唯造化弄人，无功而返。于石像胸口，得一婴儿，眉心多一眼，奇哉怪哉？七日后，其眼不药而愈。此果真是古东女国三眼族人后裔耶？取名‘陈塘’，以纪念塘下所得。魔族有罪，祸不及三代以下。既无罪，我当善养之，笔录于此，警示后人。”

这些话，真实揭示了陈塘的来历，并且言之凿凿、板上钉钉地指明婴儿时期的陈塘实际是长着三只眼睛的，与三眼族人大有干系。

夏雪猛地倒吸了一口凉气，啪啪两声连弹指甲，脸色顿时变得苍白如纸。

我把照片和文字翻来覆去看了几遍，一种暗夜潮水般的寒意从心底直涌出来，已经无法用言语表达。

“陈塘是捡来的婴儿，而且是藏地三眼族人的后代，沧海兄这个玩笑开得太大了。知道吗？陈塘自小就异常聪明，智力超过同龄孩子数倍，从小学到大学跳级三次，拿过各种智力竞赛的金牌超三百块，是港岛有名的校际神童。十四年前，我曾有机会研究过他的脑容量，超过正常人三分之一还多，脑细胞的活跃程度、生命力强度更是惊人。当时，我以为那只是人体的个性差异，没料到一切怪异现象的起因，全在于他的出身。我们只知道‘非我族类、其心必殊’，却不知道异族人的全身上下都充满了未知的神秘，值得一一解剖开来，做最详尽的研究。”方东晓是做学术研究，他的考虑范围仅仅在科学领域之内。

假如一切都是真的（现在看起来就是真的），那么陈塘的三眼族人特征是怎么消失的？会不会在某种特定条件下突然回归，成为真正的三眼族人？

“我们似乎……必须消灭陈塘，而不是跟他欢聚一堂、把酒言欢，对不对？天哪，我们的使命是消灭三眼族人，没想到真正的三眼族人后裔就在……就在身边，而且王帆说过，他很快就要从乌克兰那边建功而返。陈风，告诉我，我们不是在做梦吧？”夏雪的声音恍如梦游一般。

我轻轻握住她的手，两个人的指尖同样冰冷。

塑胶袋里还有十四张照片，本来模糊的石像逐渐清晰起来。在翻看照片的过程中，满屋里只听到夏雪倒吸凉气的声音，一声接着一声，一声比一声更为惊骇。

那不是一尊普通的石像，而是一个向天仰卧着的女人。

“还记得《西藏镇魔图》唐卡上的三眼族魔女形象吗？”我调整呼吸，淡淡地问。

“记得。”夏雪深深地垂着头，凝视着最后一张照片。

“这女人，与那幅唐卡上的魔女仰卧姿势何其相似？”我叹了口气，轻轻抚平照片卷起的一角。

方东晓稳稳地插言进来：“我也看过藏地著名的唐卡《西藏镇魔图》，毫不客气地说，不是‘相似’，而应该说，沧海兄拍到的，正是唐卡所绘魔女的现实版本，并且被放大了无数倍。我们是否可以这样认为，在藏地的某个隐秘之所，确实有这样一尊石像存在？它应该是由古代的能工巧匠雕琢出来的，又被深埋于地底，藏地人早就遗忘了它。沧海兄是天下无敌的盗墓王，任何危险、任何机关都困不住他，所以才能找到这尊魔女石像。”

回想那幅《西藏镇魔图》的唐卡，图上的魔女裸体仰卧，双脚微曲，左腿遮住阴部，不致有失观瞻，可见画师的构图巧妙，意境高雅。魔女右臂上举，手腕下垂；左臂上抬，手腕弯过头顶。身上有山水，有平原，脉络清晰，全身各处标注着许多大小寺庙的建址，其中包括传为公元七世纪修建的镇肢、再镇肢等十二镇魔神庙。反观叔叔留下的黑白照片，其细节表现无论如何都不如唐卡上清楚。

“沧海兄外出探险时喜欢在身上同时带着三架相机，分别是尼康、佳能、富士品牌的顶级产品，其中两部使用了正宗的徕卡镜头。按道理说，就算光线再暗，也不至于模糊成这样子。我本来百思不得其解，不过看了他写下的一册日记后，终于明白，原来石像所在的山洞非常广阔，石像的尺寸更是惊人，长宽各是十二米和四米，只有站在高处才能拍到它的全貌。所以，相机的闪光灯无法照亮石像，才造成了这组模糊的照片。”塑胶袋的底部，就是一册灰色缎面的日记簿，纸张也已经泛黄。

“瑞茜卡就是为了送这些给我才千里迢迢飞来拉萨的？为什么不发一个国际快递邮给我，那样岂不更是省时省力？”我有些纳闷，因为瑞茜卡这么做是在兜圈子，平白无故地多出些事来。

方东晓摇头：“就算不发快递，我也可以顺便捎带过来的。但瑞茜卡说，她一定要面见你说清楚，然后大家就一拍两散，互不相欠。陈风，年轻人谈恋爱说归说、闹归闹，最好不要伤了彼此和气，毕竟你们分别是沧海兄的秘书和子侄，一旦闹大了，连沧海兄的亡灵都寝食难安了。”

说到这里的时候，方东晓做出了一个非常奇怪的动作，目光倏地转向另外一个黑色的旅行箱，出神地盯着它看，紧闭着嘴，唇角轻轻颤动着。熟悉他的人都知道，通常只有在他发动“读心术”的功夫，与宇宙万物灵长沟通、与天地乾坤之气交流的时候，才会做出这种动作。

“方叔，我和瑞茜卡之间毫无感情纠葛，您误会了。”我苦笑着否认。

方东晓若有所思地“嗯”了一声，忽然伸了个懒腰，揉了揉眼睛，满脸歉意地说：“不好意思，我有些困了，必须得回房间休息。剩下的事，咱们明天再聊。”

夏雪早就命老板娘打扫干净隔壁的房间，换了崭新的被褥和枕巾，这边的条件虽然无法与拉萨的十大四星级宾馆相比，却胜在干净温馨，清幽宜人。其实拉萨鸿峰宾馆、拉萨江苏生态园大酒店、拉萨力泰酒店、拉萨世纪酒店、拉萨金世圣源大酒店、拉萨西藏唐卡酒店、拉萨岷山金圣大酒店、拉萨金藏假日酒店、拉萨福朋喜来登酒店、拉萨饭店这十个高档宾馆叔叔都曾住过，评价非常一般。他宁肯住眼下这样的家庭式小旅馆，乐得悠闲自得，省却了大宾馆里的种种无聊规定。我和叔叔的性情喜好接近，所以按照他的旅行经验做事，立刻就节省了很多冤枉钱，少跑了很多冤枉路。

老板娘带方东晓去隔壁休息，他随手提上了自己的黑色旅行箱，把属于瑞茜卡的那只留下来。

“事情有点棘手，不是吗？”夏雪不再叹气，也不再用“倒吸凉气”的方法抒发自己心里的骇然。

我不知该如何回答她，因为长久以来苦苦寻觅的兄长突然被曝是三眼魔族的后代，随时都可能释放魔性，危害人间。这种关键时候，我们能做什么？是大义灭亲还是不闻不问，任由事情发展到无可收拾的境地？

“陈风，今晚你实在是太沉默了，让我有些担心。”夏雪欲言又止。刚刚，她翻过瑞茜卡的旅行箱，除了那些资料，其他不过是些女人常用的化妆品和衣物。事实上，被尼泊尔警方检查过多遍之后，这个箱子已经毫无秘密可言，反倒是属于方东晓自己的那只旅行箱透着十足的古怪。

“我没事，我只是在想，该怎样通知王帆，免得她上当受害？之前她那么信任叔叔，现在又把同样的信任转移到陈塘身上，身在局中，无法自拔，这才是真正的大麻烦。夏雪，我翻看叔叔日记的时候发现，其中很多纸页也被撕掉了，并且很容易分辨出都是些新痕。九曲蛇脉一战时，我随身携带的那册日记也遭受过同样的命运，唯一的不同之处是，这册日记的封面上平整光滑，没有留下任何暗记。”我的话没完，夏雪已经打了个手势，表示余下的内容她都明白，不必赘述。

当时，我曾将那册日记拿给她看，我们得到过相同的结论，那就是“叔叔与香雪海绝对是旧相识”。如果一个男人肯暗暗地将一个女人的名字无数次划在自己的日记封面上，只有两种理由，浓烈的爱或者强烈的恨，而前者的概率要占到九成以上。

“那个箱子里有古怪，方东晓也有古怪，我们必须提高警惕。”夏雪看看腕表，沉吟着继续下去，“三十分钟后，我会由那隔壁房间的烟囱孔向下观察，看这位读心术大师飞来拉萨到底是怀着什么目的。”

那房间是夏雪刻意安排的，房顶和后墙都留有不太引人注目的通气孔，方便监视。

“还是我去吧，方叔的武功非同一般，一旦败露行迹，你恐怕会被他伤及。”我永远都不放心夏雪单独外出冒险，窝拉错湖一战的教训将被我终生铭记在心。

夏雪一笑，满脸阴翳尽散。

生活就是如此奇妙，即使是在四面楚歌、凄风苦雨的藏地多事之秋，只要我们两个还能默默相对，心心相印，任何苦难都不能夺走两个人脸上的笑容。叔叔说过，只要能用钱搞定的事都不是大事，只要还能笑得出来的困境都不算困境。

我关了灯，夏雪心有灵犀一般走过来，两个人慢慢拥抱在一起。不管未来多远多难，有彼此的体温取暖，我就有信心为了我们的幸福奋斗终生。

“这样……真好。”夏雪满足而深情地叹息着，“记得父亲回光返照的弥留之际，曾微笑着回忆起年轻时在寒梅树下与母亲相拥的情景。我知道，那一刻的他，已经完全放开心结，原谅了母亲所有的过错，满心里只有她的好与美。诗人只说‘无怨的青春才是最美好的’，但那些无病呻吟的执笔者又怎么能理解‘夕阳无限好、只是近黄昏’的洒脱情怀呢？咦，我好像听到了什么？”

她的抒情并未维持多久，便被后巷里狸猫夜行般的轻微脚步声打断了。

我右臂一紧，将她揽在怀里，滑步掠向后窗，从早就留好的窗缝向外望去。夜色之中，一个干巴瘦削的男人正沿着墙根下的暗影走过来，准确地停在方东晓那个房间的窗下。

“水车帮、南遮。”夏雪在我掌心里划了几个字，指尖拂过处，麻麻痒痒的感觉直传到心底里去。

我点点头，屏住呼吸，紧盯住南遮的动作。

水车帮的人眼光非常锐利，方东晓刚到就被他们盯上了。不过，我无法相信南遮仅仅是为了旅行者的钞票和银行卡而来，毕竟他来得太快了，毫不费力地就停在方东晓所住的房间外面。没有内幕消息的话，是无论如何都做不到这一点的。

几乎在同一时间，窗外东北角五十步外的一幢民居顶上，有一个模糊的人影晃动起来，他手中狙击步枪瞄准镜上的镀膜反光立即刺痛了我的眼睛。

夏雪在我掌心里轻轻划了一个问号，她所具有的枪械知识不比我差多少，也知道高处那狙击手的秒杀范围绝对能够覆盖三百步之内区域。现在可以肯定，对方使用了夜视仪之类的设备，水车帮的南遮已经在他的射程以内。

我抱着夏雪后退，将她放下地，凑在她耳朵边上说：“你留守这里，我去清除那狙击手。老是留着那个毒瘤的话，说不准最后是谁遭殃。”

以方东晓的武功，南遮冒冒失失地闯入，倒霉受制的可能性极大。所以，我没必要担心隔壁的安全。

“安全第一，其他全都次要。”夏雪在我额头上飞快留下一吻。暗夜给了她袒露感情的勇气，如果放在白天这么做，她的脸早就羞红了。

我出了房间，从小旅馆东面的便门出去，先迂回向东，免得惊动南遮。走近一些后，我发现那狙击手所处的位置是一家仓库院内的混凝土水塔顶上，旁边没有相邻的房子可供攀爬，只能从水塔侧面嵌着的垂直铁梯上去。如果没有超强的轻功，一踏上梯子，脚底发出的声音就会惊动那人。

那时候，我伏在一户人家院墙外的阴影里，盯着约十五米高的水塔，盘算着自己最快能在几秒钟内上塔结束战斗。从我的藏身之处到塔底还隔着两排民居楼和一条小街，虽然只是二十几步远，但却没有暗影可以隐蔽，一跳出去，就有可能中弹。

幸运的是，东面突然传来的狗叫声帮了我大忙，那狙击手受到惊吓，枪口立刻调到正东方向。我趁机拔腿狂奔，跑到塔下，紧紧贴着塔身站住，然后拔地而起，三个纵跃便上了水塔最顶，不容对方抱着长枪回身，已经一掌斜劈他的右侧肩胛骨。狙击手是靠手臂和身体吃饭的，废了他一只手，问题就解决了一大半。

狙击手来不及拔出备用的配枪，身体已被劈中，摇晃了一下，丢开长枪，翻身弹跳起来，长枪立刻易主，变成了我举枪挟持他的奇特局面。

第四章
盗墓王陈沧海脑子里的秘密

“阁下是什么人？”我不想多说废话，如果不是在中国境内的话，只需一扣扳机，就能在他胸口射出一个致命的血洞，永远解除危机。

那是一个穿着藏族服饰，头戴一顶黑色鸭舌帽的大汉，脸上的皮肤异常粗糙，两腮和下巴上的浓密胡须已经连在一起，看上去十分落拓。

“我做的事，与你无关，别多心。”他的汉语非常流利，语调不卑不亢。

“我怎么能相信你？”我冷笑一声，慢慢环顾四周，不愿惹起太大动静，惊动警方就不好收场了。

“那不重要，相信与不相信又有什么关系？我是没有恶意的，如果我要开枪杀人的话，昨天晚上你就已经是个死人了。”他平平淡淡地一笑，推开枪口，开始蹲下去收拾散落在旁边的地图和望远镜。

“是那京将军神鹰会的人？还是51号地区特洛伊的人？”我给他一个选择的机会，但我的判断似乎有误，他连续两次摇头，否定了我的提问。

“好吧，我给你最后一次回答机会，告诉我，你到底属于何方神圣？”在我看来，赶到西藏来的各路人马中，只有那京将军和特洛伊是势均力敌的大帮派，其余燕七等人，仅凭单打独斗，不可能兴风作浪。

“我只是隔岸观火者，明白了吗？”他倏地反手抓枪，身子一旋，扑进我身前三步的防守圈子里来。当他扬起短枪指向我的时候，我早就一拳打中了他的右臂肘弯，顺势锁住他的小臂，左脚飞踢他腋下肋部。

嗖的一声，他像一只出水的鱼鹰一般笔直飞起，避开我的拳脚，跃起一人多高。我明白，只要拉开两人间的直线距离，他的短枪就能合理地派上用场，射击我的头顶。所以，我抢先一步贴地翻滚，长枪斜指他胸口，毫不犹豫地扣下了扳机。高手过招，胜负生死只在一念之间，当我自下而上仰望那人时，他的双臂犹如飞鹰长翼般连振了三次，半空折转，轻飘飘地落向水塔下面。

第一颗子弹并没有击中目标，我飞速地拉动枪栓，第二颗子弹"哗"的一声上膛，枪口一晃，追逐着他的影子。不过，三秒钟的视觉适应期过后，我发现飘落在地的却只是一件沉甸甸的藏袍。

"别动，我在你身后呢！距离是一米五，恰恰是最能发挥短枪子弹威力的射程，你根本没有翻盘的机会。小兄弟，你不该用我的长枪射我，那些子弹都是我亲手喂熟了的，它们怎么敢反噬主人？而且我一看到枪口的指向，就能推断出弹道轨迹，毫不费力地避开。这种近距离的交手搏击，还没开始你就已经输掉了，对不对？"他的声音来自我身后，长枪的回转速度比较慢，我的确已经失去了机会。这个人的武功、轻功和临阵应变智慧，都在我之上，我输得心服口服。

"和解吧？我们实在没有开战的必要。你该回去照看自己的女人，而不是盲目地跑出来清理现场。刚刚你也说了，几方势力齐聚拉萨，一呼百应的大人物比比皆是，怎么可能轮到你来悬壶济世、锄强扶弱？听我话，大家井水不犯河水，各干各的，好不好？"咔嚓一声，他退掉了短枪的弹夹，向我表示自己的诚意，"看，我们各自放过对方一次，扯平了。"

我把长枪抛给他，无奈地笑了笑，一股挫败感油然而生。多年前初出茅庐的时候，叔叔曾用类似于"少林寺木人巷"的十八道试题考过我，涵盖了闯荡江湖必备的各种技能和应变手段。当时，十八道题全都答错，连最后的"武功测试"一关，也败在叔叔脚下，经历了人生中第一次重大挫败。

现在，面前这人给予我的，亦是一种久违了的败军之将的惭愧感觉。

"我没有恶意的，相信我。"他拆卸长枪，把所有的东西装入一个黑色的旅行袋里，动作有条不紊，麻利至极。

"那么，你对谁有恶意？只要是那小旅馆里的人，就都跟我有关系。"最起码，我不想让方东晓出事，他的读心术将会对我起到最大的帮助。

"对谁都没有恶意，他们不值得我爱，也不值得我恨。小兄弟，再见了。"他背起了那个硕大的袋子。

"朋友，你就那么吝于留下姓名吗？"我对他的敌意已经完全消除。几分钟内，我们已经各自在鬼门关上走了几遭，如果不是双方都故意手下留情，横尸当地、血流五步就是最终留给警方的现场惨况。

“有缘就会再见，无缘留名无用。”他背对着我挥挥手，径直下塔，从一家民居的后巷里开出一辆北京吉普车，消失在北面的夜色里。

从他身上，我感觉到了某种熟悉的东西，与王帆所表现出来的大大咧咧、恩怨分明非常接近。我忍不住感到隐隐的惭愧，因为对方的睿智和大度反衬出了我的过分小心。自从入藏以来，我明白自己的心始终都是悬着的，因为身边没有一个人可以作为值得信任的强力后援。至于夏雪，我的责任是保护她，而不是被她保护。

“他到底是谁呢？”我凝视着渐渐远去的吉普车尾灯白光，自嘲地笑着摇头，突然很想有对方这样一个朋友，能够在藏地风雨中彼此关怀扶持，一同前行。与此形成鲜明对比的是，本来能带给我巨大希望的陈塘竟然是三眼族后裔，各种资料都明明白白地指出了这一点。所以，我和夏雪已经不可能指望陈塘的出现会带给我们任何惊喜，只要别闹出大乱子就好了。

“再见朋友，希望下次见面时不再需要动刀动枪，而是有机会坐下来喝一杯。”我拍拍手上的灰尘，静了静心，接着下塔，快速返回。只留夏雪一个人待在小旅馆里，我担心她也会有事。

小旅馆依旧沉浸在藏地特有的迷茫夜色之中，静谧无语。

大昭寺方向，金顶上依旧有灯光闪烁，远道而来的朝圣者们应该早就等在寺门之外，在夜风和寒露中等待第二天的朝拜开始。对于他们而言，时间的长短缓急都无足轻重，朝拜、转经、聆听大昭寺活佛们的抚顶教诲已经成了生命中最重要的责任，生命不息，朝拜不止。

“如果港岛人的生活能像朝圣者的心灵一样简单纯净就好了，那样也就少了太多的钩心斗角、尔虞我诈，让大都市的所有人都活得快乐一点。”每次眺望大昭寺的金顶，我都会心生这样的感慨。

当我回到房间时，夏雪不在，旁边方东晓的房间里已经亮起了全部灯光。我敲门而入，一眼看见贼眉鼠眼的南遮正蹲在黑色的大旅行箱旁边，双手被一根旧电线绑在身后，已经被擒。

方东晓和夏雪都在，他们两个分坐在方桌的两侧，面对面地盯视着。

“怎么样？”夏雪没有转头，仍旧死死地盯着对方。

“解决了，你在干什么？方叔，你们在干什么？”那种一分钟不停地对望姿势，只有在方东晓施展读心术的时候才会看到，而叔叔一而再、再而三地强调过，读心术对人的大脑有轻度的损伤作用，如无必要，最好不要尝试。

“我在帮夏小姐回忆一件陈年旧事，与一幅黑白画有关。再给我几分钟，那秘密就要被我抓取过来了。”方东晓的额头上已经冒出了点点滴滴的冷汗。

我不止一次看到过方东晓运用读心术时的情景，港岛人将“读心术大师”的尊崇称号奉献给他，是被他的神奇能力所感召，而不是靠招摇撞骗得来的。

又过了将近十分钟，方东晓突然如释重负地呼出了一口气，身子重重地向后一仰，几乎瘫倒在椅子上。

“在你的记忆当中，那幅画似乎非常奇怪。不过巧合的是，被我‘读心’的人之中，至少有十个人脑子里存在那样的记忆。十人之中，又有五个以上是真实经历过那种幻境的。请注意，我说的是‘幻境’，而不是实景。通常情况下，野外的极限运动参与者最容易接触到此类幻觉，那是海市蜃楼现象的一个分支，我一直把它们称为‘个人化的海市蜃楼’。越接近缺氧、饥饿、焦渴的濒死边缘，幻境就出现得越多彩纷呈，无所羁绊。我看清了那幅画，你母亲留下它，很可能是想指点你到画卷上的地方去。开玩笑地说，也许那是一个真实存在的大宝藏呢！”方东晓虚弱地笑起来。

“画中出现的山谷在哪儿？方先生能赐教吗？”夏雪摇摇晃晃地站起来。

方东晓立刻摇头：“那是属于香雪海的故事，要想探明一切，只能是对她本人施展‘读心术’。”

香雪海在九曲蛇脉一战中已经为除魔卫道而奉献出生命，是绝不可能到这里来了。

“她已经离世了。”夏雪老老实实地回答。

我没料到这句普普通通的话竟会引起方东晓的过激反应：“离世了有什么关系？谁说不能从死人的脑子里读取资料？只要她的脑部生理结构没有腐朽成灰，完整地解剖开来，在我的读心术力量下，就一定能攫取其中的思想！知道吗？普天之下，唯有读心术的异种力量最为强大，无所不能，能轻易地剖开隐藏在人类脑部最深处的秘密！”他激动地扶着桌角站起来，挥舞着右手的七根手指，慷慨激昂地大叫着，像一名正在检阅数万名列队士兵方阵的大将军。

“天哪，我没有看走眼，他的箱子里果然藏着一个人脑！”一直蹲在旁边的南遮骤然歇斯底里地大叫，身子一扭，把捆绑着的手臂挪到身前来，用力捂住自己的嘴，喉咙里发出一阵咯咯怪响，仿佛顷刻间就要呕吐出来一样。

水车帮的人以偷窃为生，帮里像南遮一样的长老级人物都练就了一双火眼金睛，不但能准确地发现有钱人放钱包的衣服口袋，更要具备超强的判断能力，分辨出哪一个跟踪对象更容易顺利得手。

古人说，三百六十行，行行出状元。水车帮里多的是偷盗专家、扒窃状元，所以才会在中、尼边界上打出自己的名气来。据我了解，他们通常都是长途跟踪目标人物，合理估算可能的收获后才下手，绝不贸然行动。所以我有理由相信，南遮等人选择方东晓作为偷窃对象，已经不是一天两天了。

现在，这个上下两层的旅行箱是敞开着的，放着文件、衣物的是第一层，已经呈现在我们面前。南遮所说的“人脑”一词来得突兀怪异，我一时间并没有完全反应过来。

“喂，你在胡说什么？”夏雪立即怒喝出声。

“嘿嘿嘿嘿，打开旅行箱下层就知道了，你们这位老朋友带着一件很古怪、很有趣的东西，普通人平时很难看得到。快拿出来看看，保管你们大开眼界，大呼过瘾。”南遮色迷迷地笑起来，盯着夏雪被气红了的脸颊。

“是什么？怎么会那么古怪、那么有趣？”我清清楚楚地听到了南遮的话。方东晓作为心理学研究方面的特技大师，就算随身携带一两个人体标本也是很正常的，完全可以解释为仅供科学实验所用。

“打开它，打开第二层，你们就都明白了。”南遮兴奋地叫着，拼命挣扎，企图将手腕上缠着的电线绷断。

我小心地拉开了旅行箱的另一层拉链，掀开盖子，里面放的是一个不锈钢恒温瓶，约有小号暖水瓶那么大。这种设备能够以镍氢电池提供电力，其作用相当于一个微型冰箱，通常被医疗部门用来存放活菌疫苗。

“陈风，不要动那恒温瓶，里面放着非常重要的东西。一旦破坏，永远无法逆向修复。”方东晓有气无力地叫了一声。

“嘻嘻，重要的东西？那是人脑，据说是属于‘盗墓王’陈沧海的人脑。陈风，我提供这么重要的消息给你，还不抓紧放了我，然后给我点赏金？”南遮毫不客气地开起价来。

我重重地吃了一惊，简直怀疑自己的耳朵听错了。叔叔离世后，我的确跟方东晓签订了一份解剖验尸合同，要他全权代理叔叔的眼角膜、心脏等遗体器官捐献活动，最后只报给我一个费用详单就是。那时的我，完全沉浸在巨大的悲痛中，哪里还有心思管这些旁枝末节的小事？如果他因此而私自截留了叔叔的脑部做研究，的确有些不合情理。

我扭头向着方东晓，不等我开口，他已经长叹着起身："这家伙说的是实情，恒温筒里的确是沧海兄的遗脑。陈风，你听我解释，当日沧海兄遇袭时，伤情无比接近脑死亡的状态，甚至医院里也已经判定他已经死亡。我从检测设备给出的数据中得出一个非常冒险的结论，能够将沧海兄的大脑移植出来，作为一个单独的个体存在，并用适度的电击刺激大脑复活成受伤前的搏动状态。结果，我成功了，目前已经能顺畅地与大脑沟通，得到他所拥有的没来得及释放出的信息。"

方东晓从我手里接过恒温瓶，在瓶身侧面的触摸屏上点了几下，一组红色的警示灯立刻闪烁起来。紧接着，恒温瓶的不锈钢外壳"哔"的一声向四面打开，露出中间的一层透明玻璃瓶身来。

我永远都忘不了自己看到的那奇特一幕，白色荧光灯照射下，拳头大的一块完整的灰白色脑组织被固定在一个等比例的塑胶头骨模型里，不时地发出一阵阵轻微颤动。

房间里突然陷入了一片死寂之中，连嬉皮笑脸、阴阳怪气的南遮也识趣地闭嘴，盯着方东晓手上的东西。

"它告诉我很多很多有用的信息，因为那都是一个人濒临死亡前三十秒内最放心不下的东西，信息量高度精练集中，没有一个字是废话。那些话都存在我的脑子里，并没有用纸笔或者电脑记录下来，因为这些资料一旦被别有用心的人获知，全球将引发起一场前所未有的寻宝高潮。沧海兄毕生以寻宝盗墓为乐，他对于几千年来地球浅表层埋下的真金白银有特殊的探察力，发掘并公布给各国文物保护机关的只是九牛一毛。那些话，我只会告诉你。当然，本来该只告诉陈塘的，假如他是正常的地球人后代的话，可是如今，陈塘已经被排除在我的考虑之外。"方东晓的脸色阴沉得仿佛能攥出水来。

"它还活着？"我问，别过头去，不想看那灰白色的东西。

我无法忍受像叔叔那样的盖世英雄，百年之后只剩下这些。

"当然，脱离了靠心脏供血吸氧的被动局面后，它已经拥有了完备的自身造血功能，只要温度适宜，它将永远存活于世。这是心理学和生物学上的一大奇迹，我甚至想以此去参加诺贝尔生物学奖的竞争呢。”方东晓举高恒温瓶，仿佛它是自由女神手中的火炬，带着令世人抬头仰望的神奇光辉。

南遮早就看得目瞪口呆，一个劲儿地咽口水。盗墓王留下的宝藏能令任何人垂涎动心，而有了方东晓的慧眼识宝读心术，水车帮很快就能跃升为尼泊尔第一大帮，不必看神鹰会的眼色行事了。

“我只要把手盖在瓶身上，就能接受到沧海兄发来的讯息。”方东晓突然双腿打晃，膝盖一软，啪的一声跪倒在地上。他用双手小心翼翼地护着恒温瓶，否则，那东西就直接被打碎了。

“真不敢相信，真不敢相信……”夏雪喃喃自语着，跟着一跤跌倒。

此刻，房间里充满了冰峰曼陀罗花粉的甜腻味道，那种东西被称为“天然的麻醉剂”，小范围喷洒之后，人人都要遭殃，表现症状为头昏脑涨，手足软麻。

我勉强支撑着坐到旁边的椅子上，冷眼看着南遮。迷药、麻药、蒙汗药是水车帮惯用的偷盗辅助工具，我怀疑是他偷偷做了什么手脚。

“把那东西交给我，把盗墓王脑子里的大秘密告诉我。你们……你们都去死，都去死吧！”南遮突然来了精神，双手扭动了几下，立刻脱困，看似绑得极紧的旧电线被甩到了桌子底下。他灵猴般向前一纵，已经拿走了方东晓手上的恒温瓶，如获至宝一般捧在胸前。那白色的东西微微颤动着，带着无法形容的神秘色彩，仿佛一只已经孕育成形的胞胎，里面包裹着一条崭新的生命。

“快给我，快给我。”南遮脸上带着接近疯狂的僵硬笑容，一手托起方东晓的下巴，恶狠狠地向着他吼叫着。

我无法分析此刻内心的感受，既希望叔叔的灵魂思想一直存在，又担心这不过是方东晓自导自演的一场骗局，目的不过是哗众取宠，从而替自己扬名天下。如果此类“提取脑组织加以保存”的技术能够保证成功率的话，世界上那么多车祸猝死、意外身亡的大富豪们都可以永久地“活”在地球上，通过方东晓的“读心术”与家人同在了。

嗤的一声，背对着我的南遮后颈上突然露出了一枚雪亮的三棱形箭镞，他的吼叫声也立刻变成气球撒气的动静。

“是谁？是谁暗算……我？”他挥舞着双手，悲哀无助地转身望着我。

嵌在南遮喉结上的短箭尾部留着三行乌沉沉的钛合金箭羽，既有效减轻了短箭自身的重量，又极好地保持了短箭打破空气阻力后的平稳性，是任何真正的羽毛箭尾所无法比拟的。这种箭被称为“汉将军箭”，是叔叔一手研制并起名的，寓意为“大汉将军李广手中的神箭”。叔叔熟读历史，平生最佩服的是平定大陆西北边戎的李广将军，所以才起了这样的名字。

“叔叔！”我忍不住大叫一声。

“这是沧海兄留在恒温瓶底部的机关，他知道总会有人不肯放过他，就早早地设计了这样一个装满短箭的机关，整合在不锈钢恒温瓶里。以他的智慧修养，小毛贼们怎么能占到一点点便宜？”方东晓挪开手指，四个黑糊糊的箭孔立刻露出来。

“把手给我。”他吃力地向我伸手，掌心向上，让我把右手覆在上面。然后，他仰头向后，啪的一声关掉了头顶的灯。

“方叔，曼陀罗粉的毒很麻烦，我得打电话报警。”我深信水车帮不会只派一个南遮过来，我们再想不出办法脱困的话，处境会变得相当危险。

“不要动，不要动，沧海兄有话要对你说。”方东晓焦躁起来，倏地翻掌，牢牢地攥住我的五指。

南遮仍在呻吟，不甘心地在地上胡乱挣扎爬行着。刹那间，我的掌心感受到了一股强大的吸引力，如同高空跳伞的人弹出机舱后的几秒钟内所感受到的地心引力一样，那力量无比巨大，并且带着融融暖意，令我感到一阵如沐春阳、心神俱醉的畅快。南遮的动静远了，我的身心正在向着一个巨大的橘色光圈快速飞去。

第五章
进入读心术的神秘世界

“陈风，没料到死亡来得如此突然，我真是后悔没跟你开诚布公地好好谈一谈，好后悔啊！可后悔又有什么用？因为有过去岁月里的前因，才有今日难以吞咽的苦涩后果，这让我更相信中国古代神秘文化的准确性了。说起来，这样的结果，亦是我早就料到的；这样的死法、死在这个人手里，我也算是死得其所，以死谢罪了。”

那竟然是叔叔陈沧海的声音，我游目四顾，除了正在节节逼近的光圈，剩余的地方全都是漆黑一片。

“这是我生命中的最后一刻，我又想到了那个让我一见倾心的女人。她带着梅花一般的幽香，白雪一样的纯净，施施然走入我的视线，又悠然远去，不留一丝痕迹。藏地真是一个谜一样神奇的地方，我陈沧海走南闯北三十五年，自认见惯风雨、看透风尘，没料到生命中最灿烂的一把火却是被藏地的邂逅点燃的。香雪海，我已经默念了这个名字千万遍，比朝拜者默诵的六字真言、风中转经次数更多，但自己却走不出相思的困境，一次一次入藏，渴望在山水迢迢中捕捉到她的真心。幸运的是，我终于揭开了生命的真相，也站在了完成使命的最后一程终点上；不幸的是，最终结果，我仍是无功而返，没能达成所愿。现在，我带着两个……不，是三个重重的遗憾离去，真的是死不瞑目啊。没能拥有香雪海，没能完成肩负的使命，付出心血得到的却是狼子野心的回报……”

“叔叔！”我忍不住放声大叫，明知身在幻觉之间，两行热泪却仍是潸然洒落。

我和夏雪猜得没错，叔叔和香雪海是旧日相识，划在日记簿封面上的暗记代表了一段看得到、得不到却无法割舍的深情。

“此刻，我的生命即将终止，那么我还算是一名合格的伏藏师吗？想想看，我明知此生肩负着杀死三眼族魔女的重大任务，却令千里长堤溃于蚁穴，没能在最后一刻进入绝对的沉思冥想境界，把那柄剑插入魔女眼中。所以，我永远知道自己的伏藏师生涯是失败的，希望后来者能前赴后继地战斗，消灭三眼族魔女，保护藏地的千年安宁……”

叔叔的声音像演奏会结束时钢琴师在键盘上扫出的最后一个高音，袅袅不绝，渐行渐远，直至声息皆无。

“叔叔，您安息吧。”我徒劳地向前伸出双手，目视那个虚空之中的光环远去。

再度睁开眼时，迎接的是同室两人寓意各不相同的复杂眼神。夏雪眼中只有深深的关切，方东晓眼中则是迷惘与深思并重。

“陈风，你没事吧？一切都是无妄幻想，千万不要动真情真气。”夏雪一字一句地警示我。她是局外人，不必为叔叔的任何事扰动心思，所以能看得通透清晰。

南遮的血已经流干了，这名尼泊尔水车帮的干将天真地以为单凭曼陀罗粉就能让我、夏雪、方东晓束手就缚，然后为所欲为，实在太小瞧了我中华的江湖人物。

我摇摇头，撑着椅背，挪到南遮身边，在他口袋里翻出了一小瓶绿色喷剂，轻轻一按，从瓶子里喷出一阵带着天山雪莲清香的白雾。雪莲是曼陀罗花粉的克星，南遮能够下毒当然也能解毒。几分钟后，在满屋雪莲清香中，夏雪和方东晓身上的毒都被解除，恢复了自由行动的能力。

“陈风，我执意要来拉萨，实质上不为大侠燕赵和燕七，而是为了解决另一件大事。”方东晓小心翼翼地收好恒温瓶，脸上忽然露出迟疑不决的神情。

夏雪脸色一变，猛地冷笑一声：“我猜到了，方先生，难道你连陈风的身世也一并怀疑吗？”

我的太阳穴骤然一痛，禁不住倒退了一大步。

“是。”方东晓缓缓地挺直了后背，双手互握，指关节发出嘎巴嘎巴的脆响。

“笑话！”夏雪的黛眉倏地倒竖起来，狠狠地弹了弹指甲，发出“啪”的一声，“笑话，亏你方东晓还是陈老前辈的好朋友，更是看着陈风从小长大的，连他的思想都看不透吗？陈塘是不是三眼族人后裔还在模棱两可之中，我们现在最应该做的是团结一心、集中力量将那件事论证清楚，以防变生肘腋。如果你连陈风都怀疑，大家还是一拍两散，各行其是好了，我们不想沾你的光，也不想受你的害。”

我明白他们争论的到底是什么问题，心底最深处猝然涌出一股不可抵挡的寒意，瞬间遍及全身，身子立刻不由自主地哆嗦起来，牙齿也在“嘚嘚嘚嘚”地剧烈碰撞着，根本无法控制。

既然陈塘身世有变，那么作为叔叔唯一的侄子，我的身世也可能得到了叔叔的故意隐瞒，方东晓的怀疑不无道理。在别人眼中，叔叔生前号称“十三省盗墓王”，所到之处，都是跟古墓幽魂、山精树怪、死尸骸骨、棺椁灵柩打交道，身上难免会招惹某些“脏东西”，而陈塘的例子正好给了所有人一个板上钉钉的口实。

“我只是为了全港岛甚至全人类谋福利，一个三眼族后裔陈塘已经叫我们应接不暇。如果陈风亦是别有来历的人，一旦身上蕴藏的魔性发作，第一个受害者就是你。夏小姐，我方东晓自问一生行事无愧于日月天地，在追查这件事上毫无私心杂念。”方东晓沉稳冷静地迎接着夏雪的指斥。

他们只顾争执，完全忘掉了作为第一当事人的我心里的感受。

我是五岁时从广东省中山市的乡下去港岛的，父母因病去世后，叔叔接管了我的全部生活。记忆中，乡下那个家又脏又破，门前有条很窄的小溪，村子里所有的人家都喝里面的水，连水井或者自来水都没有。我相信自己的身世是清白的，绝对和陈塘不同。

“我用性命担保，陈风不是陈塘，他是跟我们一模一样的正常人。方先生，我希望你能收回刚才的话，然后带好行李回港岛去，我们这边根本不需要你的帮助。另外，你该把读心术用在治病救人的正道上，不要扰动陈老前辈的在天亡灵。你所谓的那个人脑研究非常无趣，而且毫无意义。”夏雪拂袖而起。

方东晓忽然苦笑着看看腕表：“就快接近寅卯之交了，黎明前最黑暗的那个时段，正是我的读心术最能发挥威力之时。陈风，如果你问心无愧的话，就让我读懂你的思想，看看我们这几个老家伙的担心是不是多余。”

屋里的空气又一次变得僵硬起来，我没想到把方东晓盼来后，面对的却是这样一个难题。

“我想看看叔叔留下的那张速写，应该就在瑞茜卡的旅行箱里。夏雪，麻烦你过去帮我拿，可以吗？就是咱们之前谈论过的‘海市蜃楼’那张。”良久，我第一个开口打破了沉寂。所有的诡异事件都是从燕七遭遇的海市蜃楼开始，那么，再看看叔叔亲手绘制的图画，或许对我们会有大的帮助。

细算起来，他跟香雪海也的确有缘。两个港岛人没在灯红酒绿的本地大都市里相识，却在遥远荒阔的藏地邂逅，然后无可救药地爱上对方。心理学家常说，中年人的爱情像着火的老夫子，救无可救，直到烧塌烧净才能停止。或许叔叔所面临的，就是这样一种感情的绝望困境。

夏雪张口要说什么，我做了个“暂停”的手势，淡淡一笑：“去吧，我不会有事的。”

因无知而被杀的南遮很好处理，我只要打电话给尼泊尔水车帮的老大阿利姆，说明情况然后支付一笔赔偿金，他自然会火速派人来清理一切，不给小旅馆添任何麻烦。

夏雪转身出去，开门之时，外面浓重漆黑的夜色不经意地展现在我们三人面前。

现代时间的每两个小时是古代的一个时辰，方东晓所说的寅时是指凌晨三点钟到五点钟，卯时则是五点钟到七点钟。

寅末卯初，的确是一日之中最黑暗静谧之时，所有的阴阳师都知道，此刻正是魑魅魍魉于黑暗中鬼鬼祟祟而行的关键时段，普通人不想惹是生非的话，最好老老实实地待在房间里，绝不要发出任何妄言、妄语、妄声、妄动。

“陈风，沧海兄曾出示过你的生辰八字，我们几个老家伙曾从不同异术门派的角度推断过你将来的命运，只有相术大师查查生的“大唐袁天罡称骨算命法”说得最为准确。他说你的命格推论到最后，骨重六两四钱，是难得的一副好相，号称‘命格威权不可当，紫袍金带尘高堂。荣华富贵谁能及？万古留名姓氏扬。细推此命福非轻，富贵荣华孰与争？定国安邦人极品，威声显赫震寰瀛’，将来绝对是‘权威大官，万古留名之富贵命’。我们都希望你能秉承沧海兄的教诲，踏实做人，为港岛将来的繁荣稳定做最大的贡献。陈塘一出事，我们就再也坐不住了，无论如何都要到藏地来看看，你有没有犯下人类大忌！”方东晓发出一声浩叹。

查查生是港岛及东南亚最有名的相术大师，其祖上曾辅佐过明末起义军李闯王、张献忠，一直坐到大顺王朝的兵马大军师、铁血护国国师，而查家所擅长的，正是流传自唐朝著名的观天象师袁天罡的“称骨算命之术”。

袁天罡是唐初益州成都人，善风水品鉴，累验不爽，曾做过隋朝的盐官令。到了唐朝时，他任过火山令一职，著有《六壬课》、《五行相书》、《易镜玄要》等等。他的称骨算命法与四柱算命一样，能确定一个人一生的吉凶祸福、荣辱盛衰，准确率极高。这种神奇的相术将一个人出生的年、月、日、时做了详细的重量规定，年份按年干支（即甲子年、乙丑年，丙寅年等）来确定重量；出生月按月份（即正月、二月等）来确定重量；出生日按日数（即初一、初二等）确定重量；出生时辰按子、丑、寅、卯、辰、巳、午、未、申、酉、戌、亥十二时辰确定重量。只要把以上四个重量数据加在一起，按照袁天罡所创的“称骨歌诀”一查，就可以确定这个人一生的命运。

这些事叔叔从没对我说过，也许他是担心因此而影响我的学习。

港岛老一辈江湖高手都是恪守祖宗规矩、个个孤傲清高的过时人物，所以很多女孩子才感到他们是些老古板，不可理喻。但正是因为华裔世界里有他们的存在，正义和公理才能百年永存不倒。

“方叔，我理解你的心情，如果陈塘的身世是真的，对我的打击同样创巨痛深。我愿意接受您的读心术测试，相信叔叔在九泉之下看到我的合作态度也会感到欣慰。”我没有像夏雪一样愤世嫉俗地拍案而起，而是采用了低调而合作的态度。

山雨欲来风满楼之时，我们需要团结协作、彼此信任，而不是相互拆台。更何况方东晓由港岛赶到拉萨来，根本不是为了个人利益。

“谢谢你，陈风。”方东晓脸上终于露出了微笑。

几分钟后，夏雪捏着一张十二英寸的速写纸急匆匆地返回，迈过门槛时，竟然心慌意乱地脚下打滑，险些跌倒。

我一步跃出去，抢先扶住她的胳膊，低声问：“有什么问题吗？”

之前我们早就讨论过叔叔和香雪海留下的图画和照片，似乎他们面对的是同一片海市蜃楼的幻境，我猜她是因为再次目睹那些神秘画面时受到了巨大的震撼才会变得如此虚弱。

“我母亲香雪海照片里拍摄到的就是……就是这张图画上的情景，陈风，不知为什么，我突然感到好害怕，因为我的潜意识中，你应该跟这些东西也有关系。我不知道该不该让方先生用读心术探察你的思想深处，万一……万一你……也是跟陈塘一样的人物，我该怎么办？”夏雪面如死灰，捏着照片的手剧烈地颤抖着，恍如面对世界末日。

那就是我从前看到过的速写，虚笔勾勒的门户有十八重，十八扇门嵌在十八道巍巍高墙上，纸上没画出任何庙宇和房屋。最后一扇洞开的大门后面，就是壁立的千丈沟壑。画的最右边，太阳在沟壑对面的天上悬着。沟壑下面一片空白，只留着一个巨大的重笔问号。

“陈风，这幅画的原作者是我的母亲，而不是陈老前辈。我熟悉她的画作，每一笔都带着母亲特有的抖腕、掣肘、顿挫手法，是绝不会认错的。还有，这种绘画纸被称作‘雪泥鸿爪、眉色双飞’，是父亲特地从大陆的江南杭州仿古作坊里定制的，价格昂贵，不可能在市面上大面积售卖。”夏雪稍顿了顿，又一次大口吸气，惨白的脸上露出一丝绝望的苦笑，“你看，母亲和陈老前辈不只是认识，也不只是简单的倾慕，而是为了一项共同的事业而努力着。母亲是伏藏师，陈老前辈也是，他们的死都是为了真理正义而献身，浅水湾别墅事件也许不仅仅是普普通通的凶杀案……”

不等她说完，我的脑子里便仿佛突然炸开了一个礼花，叔叔临终前的话、入藏来的种种疑点、日记簿上的神秘图画和文字都成了礼花绽放时的璀璨碎片，一起迸发出来。

“有人要阻止他们的共同事业，才在港岛向叔叔发动了突袭？目前，香雪海已经死于九曲蛇脉一战，叔叔也遗恨九泉之下，狙杀者的目的已经达到了，对吗？”我们两个都变得有些语无伦次起来，因为追踪了这么久，第一次如此接近事实真相。由此带来的，不仅仅有震撼和愤怒，更多的是一种深深的骇然。

最早时，司马镜曾在叔叔发起的一次聚会上偶然做过这样的感叹：“一件离奇命案的构成就如同一个巨大的洋葱，必须忍受着刺眼的辣味，一层层地剥掉外面的皮。越接近核心，辣味越重，呛得人眼睛都睁不开。没办法，要想看到真相，就得忍受这个难耐的过程。不过，九成以上案件的真相都会让人意想不到、大跌眼镜。正如‘世界上没有完全相同的两片树叶’那句哲语一样，世界上也没有完全相同的两件案子。”

作为港岛警界的资深人物，司马镜的阅历丰富得像一本厚重的白道百科全书，曾经是我们年轻一辈学习请教的最好老师。很可惜，他在九曲蛇脉一战中受了叶天的裹挟，最终走上了不归之路。

“狙杀陈老前辈的，是与三眼魔族有关的人。”我们两个不约而同地下了这样的结论。

现在，我们可以大概判定叔叔十几次入藏并非为了欣赏山水、游历风情，而是与香雪海一同肩负着重要的使命。姑且不管他手里为什么会保存着来自香雪海的速写画，只看他深入绝境、收养陈塘这件事，就能明白他已经超越了普通探险家或者盗墓大师的境界，绝不是为着浮名厚利而活。不知不觉之间，我对叔叔的钦敬又深了数层。

“如果你真的要探察沧海兄内心世界的话，我可以帮忙。照片和资料都是死的，只能告诉你毫不连贯的片段，而且有可能被别人弄虚作假。只有亲自进入他的内心世界，才会看到真相。陈风，这是你唯一的机会。”方东晓忽然插嘴。

“那样太危险了，方先生，难道你以为我看不穿你的狼子野心吗？你只不过是要用催眠术控制陈风，然后梳理他的人生历史，一旦发现有异族人迹象，就毫不客气地痛下杀手，以绝后患，不是吗？”夏雪词锋凌厉，一下子说出了我不好意思提及的真相。

被催眠的人等同于催眠术砧板上的鱼，只剩任人宰割的事。现在，只要我答应接受读心术侦测，就等于放心地将自己的命交在别人手中，听凭方东晓处置。

方东晓长叹：“正是这样。”

夏雪立刻摇头：“我强烈反对，你没有权利怀疑陈风的身份，他是绝对清白的。”

我慢慢地举起右手，制止了他们的争吵，因为这种退退进进的讨价还价没有任何意思，也不会商量出什么好结果。最终，两个人的目光转向了我：“陈风，你来做决定吧。”

“夏雪，我同意方叔的建议，如果我出事，你就带着所有的行李回港岛去，别再涉足神秘莫测的藏地，知道吗？地球离开谁都可以照转，你离开我也一定能活得很愉快。这一次，我必须得冒险试试，看叔叔有没有留下克制三眼魔族的讯息。为此，我甘愿赴汤蹈火。”我已经下了决心，而且是必胜的决心。

我清楚自己的内心世界，不会像三眼族人一样卑劣无情，就算经受再多催眠术的暗示，也不会出现异常。

方东晓开始实施读心术的时间是凌晨三点五十五分，旁观护法者只有夏雪。我和方东晓面对面盘膝坐在木床上，两个人的手各按在恒温瓶的一边。从对方的眼光中，我隐约感受到了正义凛然的肃杀之气。

事实上，我们都清楚三眼魔族的威胁性，不敢掉以轻心，包庇任何人。相信如果以后我见到陈塘，也一定是用这种眼光看着他。在人类的世界里，是不可能允许魔族存在的，只能将本性凶残的异类全部消灭。

“方叔，我已经准备好了。”我平静地笑了笑，收敛心神，清除思想中的种种杂念。

“别忘了我说过的母亲留下的照片！”夏雪退后，又别有用心地提醒我。

如夏雪所说，香雪海留下的海市蜃楼照片共有四个细节。其一，建筑物完全是藏地风格；其二，那是朝阳，不是夕阳；其三，山谷里高洼不平，覆盖着沙砾和落叶；其四，那是一次近在咫尺的海市蜃楼事件。如此看来，香雪海遇到那种幻境时，比燕七要镇定得多，还能够从容地举起相机拍照，不至于意乱情迷到无法自持的地步。

我希望让证据说明一切，无论那海市蜃楼来自哪里。

“你躺在温暖的海水中，阳光暖意融融地照着，远处的帆影和近处的潮声都在提醒你，这是在夏威夷海滩的某个慵懒下午……”方东晓的开头与所有催眠师一样，首先营造一个适合幻想的虚拟环境，然后才引导被催眠者进入昏昏欲睡的状态。

倏地，奇特的一幕发生了，我感到自己的身子急速地旋转了一圈，像被突然投掷到游乐场的大转盘上。等到眩晕结束后，我竟然浮了起来，变成了一个别人背上的婴儿。接下来的情况，完全是一场自己亲身经历的探险电影，而其中的主人公就是叔叔。

彼时，我躺在一个宽大柔软的书包里，被叔叔背在肩上。我们一直在向着昏黄坠落的夕阳走，四周都是连绵不绝的群山。

“就快到了，旅程的终点将是一个巨大的黄金宝库，里面堆着一座金山。你可以在金块堆里爬来爬去，甚至顽皮地尿尿都可以，只要你愿意，我们就在金山上痛痛快快地睡上几夜，看看能不能被这些金子弄疯了，呵呵呵呵……”叔叔大笑着，登上一块巨石向四周眺望，然后取出奶瓶和干粮，粗枝大叶地把奶瓶塞进我嘴里。

对了，在这段记忆中，我是不会说话的，只能眼睁睁看着四周的天色一点点黑下来。日落之前，我偶然看到了远处山腰上随风飘摇的藏地经幡，立刻断定这是在藏地的某处大山之中。

“我们去那间小屋投宿好不好？小家伙，你已经几天都没认认真真地在床上睡觉了，今晚一定要你睡得舒服一点。但是你知道吗？我们不是来游山玩水的，而是为了一个重要的使命，消灭一个非常强大的魔女，一个长着三只眼睛的三眼族魔女。”叔叔把我举到眼前，一字一句地这样告诉我。

此刻的他非常年轻，跟他影集里年轻时候的照片一模一样。当我凝视着他的眼睛的时候，从里面读出了一种发自心底的淡淡忧伤。当然，他并不知道我是有思想的，因为我只是个襁褓中的婴儿，除了手舞足蹈地笑或者哭之外，再没有第三种表达情绪的方法。

夕阳的余晖完全退去了，藏地的天空变成了幽深至极的蓝色，像一块正在坠入深海的蓝色水晶。

“消灭三眼族魔女，就是伏藏师活着的所有意义。”他自言自语着这句一路走来已经重复了无数遍的话。

第六章
再见香雪海，伏藏师的悲歌

“我是，你是，还有成百上千个伏藏师就在藏地这片广袤的土地上繁衍生息着，为了保卫天下人的和平宁静的生活而前赴后继地献出了生命。有时候，我觉得伏藏师的生命像一根藏在匣里的火柴，仔细谨慎地保护自己，避免遗落、受损、受潮，只为刹那间擦亮，点燃火种，烧尽黑暗。然后，自己就孤单地死去，被所有人遗忘掉，化为灰烬，最终不知所终。在大多数人看来，这岂不是一件很悲哀的事情吗？”叔叔垂着头，凝视着我已经探出襁褓的两只小脚。

现在，我的身份又变成了旁观者，无法参与其中，看着夜色中的一老一小。

“我还没有爱过，也没有被爱过，过去的三十年，只是在白山黑水间、东西半球上跑来跑去，像一只不知疲倦的穿山甲一样钻来钻去，以发掘古代人的坟墓为乐趣，忘掉了人世间还有爱情与亲情。当我积累了举世瞩目的财富和盛名之后才发现，其实我一无所有，保险柜里只有数不清的美金和支票。我知道，自己生命中的她还没有真正出现，所以一直在等待着。算了，告诉你这个干什么呢？你还是个不会说话的孩子，听都听不进去。”他站起来，重新把我放进背包里。

不知何处传来藏地苍狼的孤凄嘶吼声，叔叔从腋下的枪套里抽出两柄短枪，在掌心里掂了掂，轻轻地吹起了口哨。然后，他迈开大步，走向对面山腰上的小石屋。

我已经很困了，随着他的身体起伏，慢慢地闭上眼睛，睡了过去。

“我正在唤醒陈风大脑中被封闭的一些记忆，每个人脑中都有这样被遗忘的资料，实际上一个胚胎从母体内成形之后，大脑已经有了认知功能，能够记住一些事。从零岁到五岁的这段时间里，随着大脑生理组织的不断完善，最初的模糊记忆会被覆盖掉，成为人类自身的盲点，但是那些记忆仅仅是被覆盖，而不是被抹除。我的读心术，正是起到一种史海钩沉的作用，让那些旧事浮现出来。夏小姐，你不必担心，就算我发现了一些非同寻常的东西，也不会对陈风下手，因为沧海兄不止一次地说过，藏地的未来安危，一定是维系在陈风身上。在伏藏师的世界中，无论是书藏、圣物藏还是识藏，都是最最珍贵的史上宝物。我会协助陈风，将他无法自知、无法领悟的一切隐性知识融会贯通，完成他的人生使命。”我听到了方东晓的声音。

“那是最好了。”夏雪的声音冷若冰霜。

“年轻人总是容易冲动，冲动就会酿成大错。你不如先将短枪收起来，等到真正需要短兵相接、刀枪相见的时候再用。等你老了，就会发现其实杀人很容易，弥补误杀所造成的遗憾，其过程却是无比艰难漫长。”方东晓长叹。

他们两个的声音像隔了数层牛皮纸才传进我耳鼓的，遥远模糊，时断时续。

“陈风就是我生命中的全部，无论谁要拿走他，都得拿命来换。”夏雪笑起来。那阵笑声里的所有起伏顿挫，都仿佛一捆浸在冰水中的雪亮藏刀，把把无情，刀刀致命。

“原来，她爱我爱得那么深。”我心里涌起一阵无言的柔情蜜意，回想起窝拉错湖一战中，我为了她的失踪而难过得几乎虚脱崩溃的情形。现在看来，爱情就像一只不偏不倚的大铜锁，将两个人的心拴在一起，彼此在对方心里的重量完全相等。

“陈风，陈风，不要睡过去，我要给你看最有趣的事！”有人在摇撼着我的身子，但我已经困得无法睁开眼睛了，眼皮一个劲地打架。

“陈风，看看这是什么？看看，是珠穆朗玛峰顶的‘优昙灵芝草’，只要小小的一截叶片，就能提升人体的精神力量达五倍以上。现在，咱们爷俩一人含一小片，呵呵，就能三天三夜都无须合眼，等着传说中的三眼魔族人马前来挑战了。”一小块带着猕猴桃清香的草叶塞进我的嘴里来，立刻，一股无法用语言形容的大力突然在我口腔里爆发开来，上冲天灵盖、百会穴、涌泉穴、大椎穴，下沉膻中穴、丹田气海，左右通达四肢，冲至双手劳宫穴、双脚涌泉穴。

困意疲倦不翼而飞，我感到浑身都充满了力量，脑子里也晕乎乎的，快乐得直想放声歌唱。

这是一间简陋的藏地小石屋，长宽不足十步，大半间都被做饭时燃烧的柴草牛粪熏黑了。石屋没有窗户，只有一个树枝编成的简陋破门，虚靠在门框上。外面那么黑，风声和狼嚎混合着传来，忽而在东，忽而在西，一刻都不停息。

我仍被叔叔抱在怀里，在我们面前是摞在一起的两大块青灰色石板，叔叔坐着的则是一块长方形石块，靠墙角铺着的一大堆柴草落叶，应该就是从前到过这里的人睡觉时的床铺。现在，青石板上平行摆着叔叔的双枪，旁边则是三柄形状大小各异的小刀。当时作为婴儿的我肯定什么都不懂，但现在我一眼就能认出，它们依次是卡巴直刀、巴克平刃夜鹰、“地狱守卫犬”战术双刃刀。

“现在好些了吧小家伙？”叔叔笑眯眯地看着我。

他可能刚刚刮过胡子，下巴铁青，显得非常精神，只是眼眶里的血丝又多又密，看上去有点吓人。与我熟悉的那个慈眉善目、西装革履、精神奕奕、一丝不苟的“盗墓王”陈沧海相比，他看起来更为冷傲剽悍，如同一只傲视高山草原的猎豹，充满了桀骜不驯的血腥力量。

“看到那边的图画了吗？你和我的样子早就在那里了。”他把我驮在肩膀上，走到唯一没被烟火熏到的那面石墙前面。那墙上画着很多人物，粗略数数，差不多有一百多位。列在最下面一排倒数第二位的，就是一个披着黑色大衣，怀抱一个婴儿的男人，肋下插着双枪，腰带上别着三把小刀，眉眼依稀就是叔叔的模样。

“喏，这就是我们爷俩，前面那些，就是已经死在与三眼族人之战中的前辈伏藏师们。这场战斗永远没有结束的时候，除非双方其中一个种族遭到毁灭性的打击，被连根拔除永不存在了。我们是人类，地球上最高级别的灵长类生物，拥有思维、语言和学习的三大先进特性，已经延续了几万年，当然不会无缘无故地灭亡。等你长大后学习中国史和世界史就会明白，人类经过那么多动荡战乱、灾荒病害之后，仍然茁壮健康地存在着，只要阳光照得到的地方，就有我们生存的空间，所以人类才是地球绝对的拥有者与护法者。反观三眼魔族，他们只能藏身在黑暗之中，甚至只能躲在喜马拉雅山脉深处的万年雪洞之中，偶尔趁着无星无月的夜晚出来祸害藏民们。他们永远都是人类的死敌，而伏藏师的任务就是消灭世界上所有的三眼魔族人，直至最后一个。”叔叔忽然变得伤感起来，伸出粗壮的大手，按在那幅图画上。

我明白，前辈伏藏师们都已经在战斗中牺牲，后来者也不会例外。

那幅画的后面，是一个身材纤细柔软得像柳枝一般的女子，左侧腰间斜挎着一只小小的藏鼓。我的心猛地一跳，那只鼓看起来似乎有点眼熟，转念一想，岂不正是九曲蛇脉一战中，香雪海所拥有的那只阿姐鼓？

“香雪海，那是她的名字吗？”叔叔抑郁地笑起来。

画的侧面并没有文字说明，所以我不知道叔叔缘何知道对方的名字。

“与我脑中的‘识藏’一起复活的，还有你和这个美丽的名字。我知道你一定存在于地球的某个地方，总有一天会出现在我面前，然后相携着走完人生的一小段旅程。那么，假如我今夜不死，就将一直留着这条命等你，直到地老天荒、海枯石烂为止。记住我，记住我留在这里的名字吧！”叔叔的手指移到女子旁边的空白处，稍稍屈指发力，运用北少林的“大力金刚指”神功，在石头上写下了“港岛陈沧海倾此一生静待香雪海随缘相见”这行字。石屑纷纷飘落，飞进了我的鼻孔里，弄得我“哈啾”一声，打了个很响的喷嚏。

“陈风，你说我会遇到她吗？”叔叔退后一步，凝视着那幅画和那行铁钩银划、龙飞凤舞的小字。

实际上，后来的事情说明叔叔果然见到了香雪海，但其间不知又发生了什么变故，导致一个人固守九曲蛇脉的秘洞，一个人在港岛浅水湾别墅遇袭身亡，同样不得善终。

我想告诉他一个肯定的答案，但现在的我，只会咧着嘴咿咿呀呀地笑。

“你这小家伙啊，只会笑、只懂得吃，将来长大了会不会像你哥哥陈塘一样头角峥嵘、独当一面呢？不过我想只要是有缘出现在这面‘真佛往生壁’上的人，一定不是碌碌无为之辈。江湖后浪推前浪，一代更比一代强。江湖上的俗谚永远不会说错，希望我陈家后辈们秉承仁心侠骨，奋发向上，即便粉身碎骨，也要为保护人类和平而战。唔，为了那个叫做‘香雪海’的女孩子，我们爷俩该勤快勤快，把这里仔细地打扫一遍，对不对？”叔叔的情绪忽然变得高昂起来，把我放在干草上，脱下自己的黑皮大衣盖住，自己从背包里取出一件旧衬衣，揉成一团权做抹布，用力擦拭着其余三面墙上的灰尘。

不知什么时候，我听到了远处传来的脚步声，不是一个人，而是一大群人，正从四面八方的谷底、山坡、树丛、石堆中偷偷掩近。风声弱了一些，狼嚎声越来越远，天地之间，只剩这群夜行人的澎湃杀气。

优昙灵芝草的功效非常强大，否则的话我早就不管三七二十一钻进梦乡了，也就不会看到那个突然出现在我面前的怪人而被大大地吓了一大跳。第一眼，我看到了他额头上长着的一只竖向眼睛，如同一面微型的哈哈镜一样，清楚地映出了我的模样。那只眼睛上也长着粗短的黑色睫毛，盯着我看的时候，睫毛偶尔会急促地眨几下，变成了一扇横向开合的推拉窗。当然，他的眉骨下方也长着正常人那样的眼睛、鼻子、嘴巴，然后是耳朵、脖子、肩膀、身体等等。换句话说，这是一个多长了一只眼睛的正常男人，正俯身看着我，鼻孔里喷出淡淡的白色雾气。

我们之间的静默对视持续了近半分钟，从惊惧中清醒过来的我立刻张嘴大哭，而他则是举起一只手来准备掐住我的喉咙。

“死！”叔叔的冷喝声陡然传来，空气中响起“嗤嗤嗤嗤”的暗器啸风声。那男人的额头上骤然又多了几只血红色的“眼睛”，鲜血飞溅之中，他胸前又中了叔叔的“双飞燕连环脚”，从树枝门消失的门洞里凌空倒飞出去。

叔叔丢下右手里的抹布和左手里的几粒石子，凝视着门洞外的苍茫夜色以及暗处蠢蠢欲动、杀机凛冽的敌人，脸上忽然露出了不屑一顾的冷冽微笑。他毕生精修嵩山少林寺“七十二绝技”，毫不起眼的小石子在他的“弹指神通”之下，都能变成速度超过手枪子弹的杀人利器。

“小家伙，在这里好好坐着，看我陈沧海仿效当年燕人张飞张翼德单人匹马，独挡千军！”叔叔把我扶起来，让我后背靠墙，左右各垫上一块石头，就像坐在石头垒成的宝座上一样。然后，他轻轻抄起那柄卡巴战术直刀，躬身蓄势，箭一般地冲了出去。

立刻，门外响起了叔叔的雄浑歌声，唱的是一首早就被大都市的俊男靓女、富豪大亨、芸芸众生们遗忘的古歌：“大风起兮云飞扬，威加海内兮归故乡，安得猛士兮守四方？”歌声一直响着，从石屋正面绕向左边，从左边绕向后边，又从后边向右、向前转过来。

卡巴战术直刀是美国卡巴刀具公司的代表产品，刀身两侧带椭圆形的血槽，非常便于插入目标后迅速拔出，然后进行下一次攻击。它的刀柄采用纯牛皮压制而成，即使沾上鲜血、汗液也不会打滑。刀柄带有军刀通用的五道防滑槽，手感非常好，而它的不锈钢护手，则可以保证使用时的绝对安全。

叔叔所用的那柄，刀尖上部开有假刃，并且已经完全打磨开锋，非常锋利，极大地增强了小刀的穿透性。所以他的歌声毫不停顿，在敌人战阵中的身形移动也流畅自如，如入无人之境，三分钟便完成了一次突袭杀敌的过程。

当他从门口闪进来的时候，右臂已经被鲜血染红，不过那全都是敌人的血，他的身上绝对没有留下一丝轻伤。他把刃口已经多处崩缺的卡巴刀放在我右手边的石头上，单膝跪地，左手轻轻地抚摸着我的头顶。

“怕不怕？”他轻声问。

门外的敌人发出嘁嘁喳喳的聒噪声，叔叔皱了皱眉，眉色更冷，眼神更亮了。

“四十八。”他用右手食指上的血在石块上留下了这样一个数字，“卡巴刀的战斗力中规中矩，连斩四十八人，可以打八十分。但是，我总是觉得美国人的军械应该表现得更好一些，至少配得上‘近代战争中十大军事名刀经典’的称号，你说呢小家伙？”

我望着他笑，并且从他的严肃表情中估计到门外的敌方力量一定非常强大。

“第二次，我该用选哪柄刀呢？巴克吗？抑或是地狱守护犬？”他同时抄起两柄刀，故作左右为难的样子，歪着头想了一会儿，猛地倒翻了一连串空心跟头冲出门外。冲在最前面的两名探头探脑的敌人当先受创，脖颈被快刀一抹而断，两颗光秃秃的人头骨碌碌地滚进来，一直停在我的脚下。当他们额头上的第三只眼缓缓闭上时，那种古怪而可笑的样子，引得我“咯咯”大笑。

巴克平刃夜鹰是巴克公司出品的经典获奖产品，刀柄采用塑胶防滑设计，刀柄护手为一体，柄芯为全龙骨柄芯，刀身做过牢固耐磨损的特殊涂层处理，刀刃与刀柄浑然一体，非常实用，最适合激烈的贴身鏖战。此刀的质量之优异是其他刀具所不能比拟的，刃口锋利惊人，即使是最柔软的真丝织物也能被细细地横切成丝。在两次海湾战争与近代阿富汗战争中，巴克平刃夜鹰已经成了美国特种部队的标准配备。众所周知，能被美国军方采用的刀具才是真正的好刀，这一点胜过任何华丽的文字说明。

第三柄“地狱守卫犬”战术双刃刀尽管尺寸很小，但堪称是本级别中最强大的格斗工具。它使用了特殊的不锈钢材，赋予刀刃无比强劲的穿透力，表面涂以黑色特氟隆处理，除了能有效消除“刀身反光”这一格斗刀的大忌外，并且增强刀刃抗腐蚀的能力。它的名字来源于古老的挪威神话，是看守地狱之门的斗犬的名字，此刀正如它的名字一样诡谲，堪称任何敌人的噩梦。

叔叔再度浑身染血杀回石屋时，背后有七名穿着褴褛长袍、握着月牙弯刀的三眼敌人紧跟着闯入。那门洞过于狭窄，几乎无法容许两人并排挤入，所以当他们冲入石屋后，无意识地站成了一个竖排。

“杀杀杀杀杀杀杀！”叔叔的暴怒嘶吼声随着刀光响起，他猛地扬起右手，一缕寒光射出，瞬间穿透了七名敌人的额头怪眼，落入黑暗之中。现在，他手里只剩那柄巴克夜鹰了。叔叔踉踉跄跄地向我走了几步，缓缓蹲下，把小刀放在我的左手边。

“这两柄名刀值得信赖，杀人数已经超过第一柄两杯，刃口依旧平齐锋利。下一步，就是要三眼族人见识我枪法的时候了。小家伙，乖乖在这里等着，无论发生什么状况都不要害怕，等我打完十二条弹夹后，外面的敌人应该就差不多被清理干净。那时候，只怕下面的山谷土地都要被鲜血浸透了。这一次，咱们爷俩可是杀足瘾了，你说是不是？”他在衣襟上蹭掉左手上的血迹，在我的小鼻梁上轻轻地刮了一下，而后反手抄起双枪，大踏步地走了出去。

他的左右枪套侧面是两个存放弹夹的暗袋，两边各六条，每条存放二十粒子弹，加上短枪中已经装好的两条，总共二百八十粒子弹。按他的笼统推算，外面剩余的三眼族敌人竟然还在三百人上下，要杀光他们，真的是一项艰巨的任务。

夜越黑，枪声越急，很明显的一点就是，叔叔并没做到“一颗子弹消灭一个敌人”，离预想的结果相差非常大。不过，他最终还是全身而退，返回石屋里。

我们对视着，大人和婴儿谁都笑不起来了，因为他的胸口上中了十字交叉的两刀，衣衫碎裂，伤口皮肉血淋淋地外翻，露出了白生生的骨茬。叔叔满头满脸都是淋漓的汗珠，但仍能坚持着把双枪放在我的左右手边。

“作为枪手，枪膛里的最后一颗子弹一定是留给自己的。两柄枪，两颗子弹，留给咱们爷俩就好。坐以待毙之前，我还要闯出去冲杀一次，绝不甘心束手就擒。小家伙，如果我能活着回来，咱们就吃掉两颗子弹；如果我回不来，你就一个人想办法，尽最大可能活下去。”叔叔重新操刀，在我额头上轻吻了一下，然后转过身，稳住下盘，一步一步走出去。

如果换成现在，我愿意拼尽全力，做他的开路先锋，可那时我只是个婴儿。

我望着短枪，只能远远地盯着婴儿时期的自己，用力踢打着襁褓，想把自己的双手挣脱出来。其实那种情况下，一个婴儿除了哭几声、笑几声，还能做什么呢？无论如何都做不到举枪射击或者其他的反击动作。

蓦地，侧面的墙根下有块石板被轻轻顶起来，一个瘦小枯干得像猴子般的人噌地跳上来，用力抖了抖肩上的土，大步向我走来。

“你就是陈沧海的侄儿？”他眨巴着细长的小眼诡笑起来，向我举起右臂，藏袍袖筒里无声地滑出一柄细长的三棱锥，漆黑的锥尖距离我的额头只有三寸。他的肤色极黑，脸上长满了十足恶心的暗疮和疙瘩，连鼻梁鼻尖、上下嘴唇上都有。

“我是恰里贡巴，一个能够熟练地掌握藏语、汉语、三眼族语的优秀翻译人员。我在全球很多地方待过，我了解外面的世界，更了解藏地雪域需要一支多么优秀的民族人马来领导庇护。毫无疑问，这支人马就是伟大的三眼魔族，一个非但能看透人间沧桑，更能一眼望穿黑暗的神秘民族。于是，我们来了，由大山深处的雪洞一路杀出来，把不识抬举者砍得落花流水，该还账的还账，该清算的清算，也包括你，这个陈沧海的最大累赘。”瘦子越说越得意，椎尖颤抖着，随时都有可能刺进来，主宰襁褓中的我的生死存亡。

现在，我仍是旁观者，无法帮助婴儿世界里的那个我。

外面，喊杀声、呐喊声此起彼伏地响着，可见叔叔仍然陷在重围之中。

“三眼族的未来，就是人类世界的未来，任何妄图消灭三眼族的伏藏师，最终结局就是被无情地消灭，化为天地之间的烟尘。看墙上那些图画吧，他们一个一个地来，一个一个地死，剩下的只有一幅画和一个虚名，你说是不是很可笑？”瘦子的尖锥始终不离我的额头，忽然发出了邪恶至极的阴笑。

门口掠进一阵寒风，叔叔倒提着双刀冲进来。

“这时候你做什么都挡不住黑蛇锥一刺。想要孩子活命，就老老实实地站在门口别动！”瘦子及时颤了颤毒锥，提示他已经控制了我的身体，劝叔叔放聪明些。

第七章
谁射出了穿越时空的那粒子弹

“你不是三眼魔族中人？额上怎么没有第三只眼？”叔叔沉声喝问，巴克夜鹰的刀刃也已经残缺了大半，而且他的全身重量都维系在右腿，左脚只能虚立在地面上，可见那条腿亦带伤不轻。

恰里贡巴的瘦脸上浮出一丝诡谲的怪笑：“当然是，如果不是，怎么能够领导外面这一千二百名族人？只不过，现代化的科学技术已经能够改变任何人的外貌，黑的变成白的，老大变成少的，甚至是男的变成女的，我为什么不能用一只拥有神奇力量的第三只眼换掉原先的左眼？三眼只是我们这个民族的外部特征，我们的民族精神和内涵则是永不屈服、百折不挠，直至占领外面的世界。长期以来，伏藏师们恨不得将地球上所有生着第三只眼的人赶尽杀绝，但我们只要稍加手术，便能华丽地转身，游刃有余地生存于人类的世界里。”

叔叔站立的位置出现了一个小小的血红水洼，以我对他的了解，没有必胜把握前，他永远都是隐忍不发的。唯有如此，才不会将已经很糟的情况变得更糟。

“你不是三眼族的领导人，只有千古不朽的魔女，才是三眼族人心目中空前绝后、独一无二的真正领袖。恰里贡巴，我劝你还是放下尖锥，带着你的人马逃回大山深处去吧。按照最早之前藏王松赞干布与三眼族的盟约，你们永远不要踏出雪山一步，人类也不会妄自闯入你们的修行之地，双方才能得以和平相处。”叔叔的态度不卑不亢，冷静得像是之前的流血杀人事件根本就没发生过。

恰里贡巴“哈哈”大笑起来，一把抓住我缩在襁褓中的左腿，呼的一声抛到了半空，然后接住，再换右腿，来来回回重复了几十次，最后又把我丢回到原先的地方，黑色的尖锥又一次指向我头顶。

“要，就过来拿吧，你的死期也就到了。”恰里贡巴的话不多，但字字句句都是清晰无比的汉语。

原先紧紧包扎住的襁褓已经散开，我伸出右臂，动了动右手，手指摸向桌子上的手枪。普通手枪的扳机比我的两根手指加起来还粗，作为婴儿的我，是无论如何都不可能做出扣下扳机的动作的。

“不到最后一刻，永远都不要高兴过早。”叔叔冷笑起来。

“最后一刻？现在就是你的最后一刻，只是要看你肯不肯合作，要这小孩子死在你之前还是之后。我相信，你将是最后一个找到此地来的伏藏师，然后随着三眼族的大规模迁徙，雪山深处将不再是我们唯一的家园。你的同伴们在找不到三眼族人的情况下，会愚蠢地以为三眼族人已经被前辈们消灭了，然后载歌载舞、彻夜狂欢。事实上，你们不知道三眼族人的绳索早就套在人类的脖子上，很快就将收紧……”恰里贡巴大笑，遥指着墙上那些形神各异的图画。

“三眼族魔女在哪里？”叔叔冷冷地问，皱着眉从血洼里抬起脚来，重新换了一个站立的姿势。血液流干时，就是他的死期，所以接下来的时间里，他不得不努力地寻找发动进攻的时机，快速结束战斗。

“在她该在的地方。”恰里贡巴的尖锥倏地指向墙壁，在倒数第一的女子后面，呼哧几下刻出了我的五官。

叔叔的脸色突然变了：“你在干什么？”

“你不是喜欢做降魔除妖的伏藏师吗？我把小孩子也画在墙上，让他长大后亦成为伏藏师，继续着你们搜索、决战、被杀、陨落的死亡循环，以此来满足你们的大无畏牺牲精神。这样，大家都各得其所、死得其所，不好吗？”恰里贡巴的尖锥缩回来，趁着叔叔凝神沉思之机，刷的一声横掠三尺，化成一条黑色的软鞭，在叔叔脖颈上连缠七圈，随即拼命收紧。

连番浴血冲杀的叔叔已经是强弩之末，顿时被拖倒在地，两柄小刀把握不住，脱手而飞。

“没有任何人类能成为三眼族的克星，无论你们在人类世界里有多强大，到雪山深处来，只是自取死路。听，我的族人们正在发出复仇的吼声，他们的刀会把每一个伏藏师砍成碎片，然后扬撒在雪山上。”恰里贡巴的狂妄笑声回荡在这间小屋里。他的外貌与普通人无异，但那种狂妄狰狞的神态却绝非人类所有。

奇怪的是，婴儿始终都没哭出来，就算光溜溜的小腿已经暴露在寒风里冻得通红了，他仍然静静地坐着，右手一直按在那柄短枪上。

“现在，我就带你出去，还得带上这小家伙，一起成为族人祭献雪山之灵的礼物。”恰里贡巴弯下腰，死死地盯住婴儿的眼睛，“嘿嘿，这小家伙还在笑呢，等一会儿，峰顶的秃鹫飞下来开餐的时候，你大概就笑不出来了吧？”他龇了龇牙，嘴角淌下两条口水，活脱脱就是一只贪婪的秃鹫。

婴儿的手指动了动，使劲钩住扳机，然后身子拼命向后仰，要用全身的力气发射子弹。那一幕落在恰里贡巴眼中，他怔了怔，陡然大笑：“什么？你这小家伙在干什么？难道要开枪杀我？好吧，我就站在这里，等你运足力气举枪射击吧！”

“叔叔。”我吃力地叫了一声，思想突然混乱，分不清何者是梦，何者是现实。

如果叔叔和襁褓中的婴儿都死于三眼族人盘踞的雪山深处，那么，今天我还能活着站在拉萨城里的小旅馆里吗？又怎么会有叔叔的十几次入藏、浅水湾别墅被杀事件？

“我太累了，我必须得停下来打一针恢复体力。夏小姐，请帮我把旅行箱里的针筒和药包拿过来。还有，如果等一下发生奇怪的事，请记得帮我把箱子里的三封信寄出去，那里面是我的最后遗言。”方东晓长出了一口气，在我肩头推了推，让我从幻觉中彻底撤出来。

眼前仍是小旅馆里的那个房间，我的双腿就快要坐麻了，而满脸倦容的方东晓斜倚着被子，单手支着头，一动不动地凝视着我。他的眼神空洞而涣散，与其说是看我，不如说是目光已经透过我的身体，飘向无穷无尽的远方。

“不要多问，也没人知道答案，它们都存在于你的脑子里。当我用读心术剥开你的记忆体时，它们会自动呈现给你看。不过，这个动作无法逆向操作，也不能无限次重复，所以你千万不能分心，好好看着它们，然后决定下一步的行动。沧海兄说过，人生在世，无敌最寂寞。到了那时候，想要找一个指点者或是一个同道切磋者比登天还难。现在，你的思想亦在一个别人无法企及的高度，只能靠你自己，而不是任何导师和兄长。”方东晓长长地打了个哈欠，随之打开夏雪递过来的药包，取出三支半高的橙红色针剂，熟练地抽好药水，对着自己的小臂扎下去。

那种东西是中医大师慕容琴独创的中药类兴奋剂，被命名为“阳春白雪针”，我在港岛时就见过。

“我没有太多时间了。”方东晓的脸色渐渐红润起来，呼吸之间，鼻孔和嘴巴不停地喷出白雾，像一匹经过长距离狂奔后疲惫不堪的老马。所谓的兴奋剂只是带着“饮鸩止渴”的意思，即使能短暂地提升人的体力和精力，但却总是得不偿失，提前透支了身体的本钱。

“我没有太多时间了，真的。”他又一次地重复着同一句话，睁大了眼睛，眼底深处的鲜红血丝密密麻麻地交织成恐怖的蛛网，“陈风，我和沧海兄朋友一场，绝不会害你，也下不了手。无论别人出多高的价钱买你的命，对我来说都是一个笑话。记得从前我还没有成名时，穷困潦倒于大澳乡下，经常食不果腹，衣不蔽体。后来是沧海兄第一个发现了我的才能，把我接到自己的别墅里，奉为座上嘉宾，并给我引见港岛的上层人物，才造就了今日的读心术大师方东晓。他是我的良师诤友，对我有再造之恩，现在也许就到我报恩的时候了。”

阳春白雪针的效力正在发挥出来，方东晓猛地脱去了外套，掼在椅子上，在房间里来回踏步，情绪明显变得十分激动。

“谁要买我的命？”我平心静气地仔细梳理着刚才的幻象情节，以便全盘告诉夏雪，跟她一起研究。

“我不能说，我也不想说。这一次，我只能谁都不帮，只做该做的事，唤醒你和沧海兄的尘封记忆，剩余的事，要你自己解决。然后，胜负天定，别人绝对无法插手。”方东晓挥舞着手臂，仿佛出钱买命的人就站在房间的另一端，而他是这场比赛的裁判，力求公平公正，绝不偏袒任何一方。

“好吧方叔，我不勉强你。”我做了个“暂停”的手势，然后转向夏雪，“刚才我再次看到了三眼魔族的人，不过他们中的某些聪明人物不再拘泥于祖传的‘三眼’形象，而是进化为与人类绝无二致的正常人，只不过把额头上那只特殊的眼睛移动到了正常位置，替换掉任意一只。我在想，经过这种人为的手术处理，他们将变得难以分辨。”

这是个无比严重的大问题，如此一来，埋伏在我们身边的危险因素就大大增加了。就算一名三眼族人站在我们面前，也没人能够识破，因为他的“三眼”已经成功地变化为“两眼”，外观毫无破绽。

夏雪苦笑：“事情越来越复杂了，我怀疑这本来就是一项无法完成的任务。”

她的想法，应该与叔叔看到那面伏藏师图画之墙时一样。那些画就像一个巨大的连环魔咒，包括叔叔和香雪海在内的所有伏藏师都是构成魔咒的一节链条，其顿悟“伏藏”后的命运早就被准确地设定好。如果叔叔能完成“消灭三眼魔族”的任务，后面也就不必再出现香雪海的画像了。也就是说，只有排在最后的人才是真正结束噩梦的无敌勇士，在此之前的任何大人物都将战败而亡，抛骨雪山荒野。

在这里，同样产生了一个谬论，因为香雪海也在九曲蛇脉一战中殁去，她将三眼魔族消灭尽了吗？答案是否定的，至少目前来看，三眼魔族的人仍在黑暗处蠢蠢欲动。所以，香雪海后面，定然还有伏藏师前赴后继地加入，将“伏魔卫道”的事业进行下去。

“那个人，会是我吗？”我记起了恰里贡巴用尖锥刻在墙上的婴儿头像，假如可以上墙的人都会成为毕生以“消灭三眼魔族”为奋斗目标的伏藏师，那么这个命题就是完全成立的。因为我和夏雪所做的，正是这件事。

天就要亮了，我不知道方东晓还要多久才能恢复体力，只有沉静地等待着。

“藏地的夜真是冷呵！”他轻轻喟叹着，吃力地探身，把方桌一角的白铜烛台拿过来。据老板娘央金说，拉萨的供电水准非常高，蜡烛仅是备用，一年到头派上用场的时候也不超过五次。嚓的一声，方东晓打着火机，点亮了烛台上的半截白烛。

“陈风，看着蜡烛的火头，我必须用催眠术让你进入自己的思想深处去，看到更多被覆盖的东西。沧海兄说过，你从婴儿时期就表现得极不平凡，并且做出了一件匪夷所思的事。他相信你将来会大有作为，成为‘青出于蓝而胜于蓝’的大人物。可惜，我们几个老家伙都看不到那一天了。”他悲凉地长叹，把蜡烛举在胸前，跳跃的橘红色火头正处在我们的视线交错点上。

“我做了什么？”我下意识地问。

“他说，你在八个月大的时候开枪杀人，一举扭转了一场激烈恶战的败局，才使你们爷俩死里逃生，活着回到港岛去。我和其他人都不相信，除非那柄杀人的枪是可以用脑力遥控指挥的，否则，八个月的婴儿大脑都还没有发育完全，怎么知道去触发扳机射击？那已经是完全违背常理的事情了。所以，我们都不信，特别是中医大师慕容琴，当场跟沧海兄打赌，如果他能拿出证据证明此事，慕容琴就掏钱请所有老友去新加坡购物三天，所有车马、住宿、餐饮、泡妞、采购的费用全包。呵呵，沧海兄是个谦谦君子，当然不会让慕容琴破费，自称拿不出证据，甘愿受罚，一次性拿出八百万美金，请大家去新加坡血拼。那次，沧海兄的四张白金信用卡都刷爆了，大呼过瘾……”

我对方东晓后面所说的内容不感兴趣，只被“开枪杀人、扭转败局、死里逃生”这句所吸引。

“他果真这么说过？”我继续追问。

夏雪立刻有所察觉，低声问：“有什么不妥吗？我看你的脸色非常差，要不要喝杯开水？”这一夜过得步步惊心，无比漫长，我们的确很需要补充一些热量。之前方东晓带来的“七宝浮屠茉莉”名茶似乎并没有给我们留下太深刻的印象，与它的尊贵身份很不匹配。

“好，谢谢。”我点点头回答，发现自己的嗓子变得微微嘶哑起来。

夏雪回旁边的房间去拿保温杯，我重新灌了一壶古井甜水，放在电炉上，啪的一声揿下开关。

在此期间，方东晓一直都在凝视着烛光默然出神，连夏雪开门进出时都没抬起过眼皮。

“方叔，阳春白雪针的副作用不小，以后还是不要多用的好。”我很担心他。慕容琴说过，那针剂的用量极限是二十四小时内不得超过五针，否则心脏的扩张力量将迅速提高三倍，人体血管无法承受这样的推力，势必节节爆裂，不可收拾。

“没关系，反正我留在这世上的时间已经不多了。”他看看腕表，重重地咳嗽了两声，“再过十分钟，我们就进行第二次读心术试验。我是平生第一次在藏地的特殊地理环境、气候条件下实施读心术，恐怕已经引发了高原反应，如果你的脑子里出现什么怪异的东西也不必害怕，因为那都是过去已经发生的事，不会影响到你现在的生活。”

我沉吟着追问：“那么，您相信是我帮助叔叔扭转了战局吗？”

按照当时的情形，叔叔不支倒地，现场没有第二个帮手，看起来败局已定，他即将被狂躁的三眼族人撕成碎片了。叔叔极少说谎，更不会为了一个婴儿撒一个无关紧要的谎，反过来说，很可能“婴儿开枪”那件事是真实发生过的。

“不相信。”方东晓摇头。

“如果是真的呢？”我看到婴儿的手指已经切切实实地钩在扳机上，假如那柄枪恰好走火，子弹一定会射中俯身向前的恰里贡巴。

“那将是人类历史上的奇迹。”方东晓仍在摇头。

突然间，夏雪飞奔着闯进来，手里捧着我们常用的那只保温杯，直冲到方东晓面前，胸口急速起伏着：“你……你给我们喝的是什么？是什么东西？那根本不是‘七宝浮屠茉莉’，根本不是！你看，你看，剩下的这些茶叶粗梗都向四面五瓣展开了，很像苗疆金蚕教的……”她连喘了两大口粗气，神情冷峻地一字一顿地接下去，“五、蛊、断、门、箫。”

方东晓静静地听着夏雪的嘶吼，看着烛焰被夏雪嘴里喷出的热气吹得飘飘摇摇，眼神中忽然流露出一种大彻大悟后的安详释然。

“方先生，这该如何解释？我在等你回答。”夏雪倒转杯子，把里面的残茶全都倒在桌子上。浸泡已久的茶叶都变成了浅褐色，每枚叶芽的尾部的确都分裂开来，变成大小均匀、颜色各异的五瓣，分别是焦赤、惨白、橘红、嫩绿、鹅黄五色。

门开着，藏地一天中最黑的时段即将结束，东面天空中的鱼肚白马上就要扫荡过来，涤尽暗夜，重展天光。此刻，对面屋顶上的经幡正在随着冷冽的晨风一刻不停地飞舞打转。

壶里的水开了，咕噜咕噜地冒着热气。稍停，壶盖上的警示哨子“吱吱吱吱”地锐响起来。

“方叔，请您解释一下。”我伸手关掉电炉，再起身关好房门，后背上早就冷汗涔涔，衬衫全湿了。不过，我暗暗地告诫自己，一定要沉住气，不要做出“亲者痛仇者快”的冲动之举来。即使经历过了九曲蛇脉与窝拉错湖两战中的邵、司马、叶天、顾等四人的反叛危局，我依然坚信世间仍有真情存在，并非人人都为私心利益活着。

“五蛊断门箫”是金蚕教的看家法宝之一，用赤蜈蚣、花白蛇、红蝎子、绿蟾蜍、黄蜘蛛的毒液混合在上好的滇南红茶里，无色无味，不易被人察觉，但是只要喝过这种茶的人，都会被下蛊者的奇特箫声控制，变成木偶人，一切行动听从对方指挥。如果方东晓卑鄙到要用这东西来算计我和夏雪，那真的就是欺人太甚了，百死莫赎其罪。

“我可以解释，之所以用‘五蛊断门箫’代替‘七宝浮屠茉莉’暗算你们，是因为我始终怀疑陈风的身份问题。不仅仅是我，沧海兄离世后，我们几个老家伙都对陈风的身份产生了怀疑，以为血案是你做的。老实说，沧海兄十年前立下的宣誓书里就写到过，如果陈塘、陈风做出危害世界、破坏安定的事，格杀无赦。他怕你们的武功太高，才准备了五蛊断门箫，留在以后派上用场。”方东晓铿锵有力地回答。

我忽然愣住，毕竟与叔叔一起那么久，最了解我的是他，最了解他的也是我。如果他在临终前留下的是这种话，那我所有的心思就全白费了。

“放心，如果你的思想没变，我就会把‘五蛊断门箫’的解药拿出来。”方东晓放下烛台，小心地抱起那只恒温瓶，“当着沧海兄的面，方某人起誓，绝不食言。现在，我们可以继续开始读心术测试了吧？”

“五蛊断门箫”的配置方法与解除手段非常复杂，这种城下之盟由不得我不低头。其实，老前辈们说的那句“人在江湖、身不由己”实在是亘古不变的醒世恒言。很多时候，不是人想不想低头，而是身在矮檐之下，不低头就得碰头甚至是掉头，如何选择，不言自明。

“你确定？”夏雪的左手猛地插进了裤袋里。她一向随身携枪，这个动作已经是暴怒万丈、临近爆发的表示。

“我确定！陈风，请你放心，我不是老邵和司马、老顾他们，为了金钱和野心就贸然出卖自己。沧海兄于我而言，是半师半友，他托付我做的事，只要有一线可能，我就会不折不扣地执行，绝不妥协。同样，如果你没做对不起社会和人类的事，我也会拼死维护你。”方东晓抱紧了恒温瓶，瓶盖上立刻映出了他那张苍白颓唐的脸。

我和夏雪对视了一眼，不约而同地向着对方轻轻点了点头。港岛民间有谚，真金不怕洪炉火。我从没做过对不起叔叔的事，可以经得起老一辈的任何考验，而且我也很想知道当年一战是如何收场的。

“觉察不妥，立刻后撤。任何时候，保命要紧。”夏雪凑过来在我耳边低语。

“好吧，只是我们身在是非漩涡，没有第二种选择。”如果不是当着方东晓的面，我真的很想拥抱她一次，以感谢她的知己情怀。正是因为有她的存在，我的生活才变得多姿多彩起来，各种工作井井有条，效率提高数倍。我早就计划过，藏地之行后，将要回港岛去迎娶她，一辈子要她留在我身边。

“那么，祝你好运了。”夏雪微笑起来，紧紧地握住我的手。她的左手插在裤袋中，无疑是握住了一柄子弹上膛、保险张开的短枪，替我和方东晓护法的同时，也在监视对方，确保我免遭毒手。

我把手放在方东晓掌心里，目光凝视着烛光火头。

“关灯。”方东晓低声吩咐，夏雪快步走向门边，关掉了头顶上的白色吊灯。

“我要你回到过去的世界，无论感觉有多奇怪，一定记住，经历的一切全都是你的记忆，都是过去式，仅供参考检索。陈风，去吧，去找到谜题的终极答案。”方东晓掌心里的吸引力骤然加强，那一点跳荡飘摇的烛火陡然增大了数百倍，变为一场扑面而来的蓬勃大火，一下子将我笼罩在内。

第八章 进入海市蜃楼

我的眼前又突然出现了那个藏地小屋。当恰里贡巴的脸一寸一寸逼近上来时，婴儿连连后躲，却挣脱不了。

“放过他，放过他。”叔叔低声叫着。

“放过他？但你们这群藏地护法神玛哈嘎拉的信徒们会放过我们三眼族人吗？所以这一战必定有一方被彻底消灭，就是你……”恰里贡巴伸出右手，慢慢扣住了婴儿的喉咙，并且逐渐收紧，紫灰色的尖锐指甲如同三根钩子，嵌入婴儿粉嫩的肌肤里。

婴儿吃不住痛，猛然张嘴大哭起来，双臂挥舞着，手指立刻离开了短枪扳机。之前，那是他唯一能解除危机反败为胜的机会，但现在却不可能了。

“陈风，不要哭，这是伏藏师的宿命，我们诞生在这个世界上，从呱呱坠地的那一刻起，就决定了最终是死在此地的。乖乖不要哭，就算死，也要死得像个顶天立地的大丈夫。”叔叔强撑着抬头，满眼怒火，但却无可奈何。

婴儿的哭声越来越嘶哑，恰里贡巴故意不在瞬间攫取他的性命，就是为了要用他的哭声来折磨叔叔。当然，他的这一招非常奏效，叔叔的虎目之中渐渐蓄满了泪水，等他单拳捶地、低头哀叹时，大颗大颗的泪水便倾泻而下，洒在已经被三眼族人鲜血染红的地面上。

“每一名伏藏师都自诩为拯救世界，拯救苍生的大英雄，仿佛普天之下只有他们能登上成功的宝座，名标青史。可是你们都错了，在三眼族人眼中，除了藏王松赞干布外，世上再没有第二个人配得上‘英雄’这一称号，当然也包括你。

现在，跟小家伙说再见吧，不过你们稍后也会再见，那是在灵魂离开肉体，飘向死亡彼岸的时候。”恰里贡巴得意地回头，望着叔叔的头顶，手指开始做出最后的掐紧动作。

婴儿的哭声停了，双臂骤然一落，已经窒息昏厥。我的心紧跟着辣辣地痛起来，仿佛被三眼族人头领掐死的正是现在的我，呼吸不畅，眼冒金星。接下来发生的事，连我也弄不清是真是幻，因为一连串的起落变化实在是太快了，或许只有千分之一秒的时间间隔。我扑过去，进入婴儿的身体，借他的小手抓住短枪，举枪抵住恰里贡巴的额头扣下扳机，枪响，最后一颗子弹穿透了他的额头正中，恰里贡巴倒下，我退出婴儿身体，婴儿恢复呼吸，小屋里再次有了哭声……

以上，就是顺序发生的十个连环动作，最终导致的结果，就是恰里贡巴“扑通”一声仰面倒下，头部正好靠在叔叔的手边。也许是出于武功高手的自然反应吧，叔叔左掌支地，右掌疾挥，狠狠地砍在对方的喉咙上。这一式“秋风落剑掌”是陈家祖传的大陆山东硬功，全力发挥之下，威力不亚于钢刀铁斧，恰里贡巴立刻身首异处，死于非命。

叔叔惊诧地跳起来，扑到婴儿身旁，小心地揉捏着他已经被掐得发紫的喉咙。婴儿不再哭闹，右手使劲拍打着石头上的短枪。叔叔的确只在里面留下了最后一颗子弹，也是一颗救命的子弹，一举击破了困境，扭转了败局。

“小家伙，原来是你把三眼族人射杀了？小小年纪，就有做杀手的潜质，不愧是我陈家的后代，将来一定能成为江湖上鼎鼎大名的赏金猎人，我会好好培养你的，以纪念咱们爷俩今天经历的生死困境。”他絮絮叨叨地抱起婴儿，使劲在小家伙脸上亲来亲去，拉拉茬茬的胡须扎得婴儿再次大哭。

门外传来一阵鬼哭狼嚎般的呼啸声，叔叔侧耳倾听，脸上渐渐露出笑容，鼻尖蹭着婴儿的脸松了口气：“三眼族的人开始撤退了，这一次是你救了咱们爷俩的命。陈风，相术大师查查生说得对，你的命相贵不可言，任何时候都能化险为夷，是我身边的一道天生护身符。好了，你杀了三眼族的头领，这群牛鬼蛇神们退回雪山深处，又要蛰伏很久，再不敢蠢蠢欲动了，我们爷俩回山外去，好好吃一顿。”

现在，婴儿已经在叔叔怀里安然睡去，黎明的晨曦也将曙光送到了小屋门口。我终于明白了，那婴儿并没有突破人类的生理极限，射杀三眼族人头领的是我。那么，我在举枪射击的那一刻，是突破时空进入了自己过去的记忆吗？还是婴儿早就已经拥有了“成年人陈风”的所有技能，瞬间迸发并举枪杀人？于是，我越是明白真相、看到真相，就会变得越糊涂，越难以解释。

“收留陈塘，就像是一个凌空于火山口之上、踏足于刀刃剑锋上的舞者，先将自己置之绝地，以求险中得胜，化干戈为玉帛，消弭藏地的最终祸患。取单名为一个‘塘’字，完全是希望他的身体能像一个小小的蓄水池一般，把三眼族的祸心、戾气、残暴本性、千年仇恨都深蓄其中，然后用正义、正气、正心这把三昧真火一股脑地烧成灰。那时候，藏地雪山将永世被祥和瑞气、安宁和平所环绕着，四百万藏民们不再受刀兵战火、妖魔祸乱之苦。我不知道自己做得是错是对，但我已经做了，只能尽心尽力地完成它。一路西来，你也看到了，那些跋山涉水赶去拉萨朝拜的藏民们有多么虔诚、多么辛苦？很多人都在用一生的时间和所有身家去完成这样的‘苦修苦行’，寄希望于天降吉祥，不再受贫穷劳碌的磨折，重新看到香巴拉之城的美好境界。如果我做对了，就有可能达成四百万藏民的心愿……”叔叔悠悠诉说着，衣服上的血渍已经风干，满脸神往之色，把怀里甜甜睡着的婴儿当成了唯一的听众。

在他面前，三眼族人尸体横沉、血流满地，恶战之后的血腥气更是无所不在，但他沉浸在思绪万千之中，浑然忘却了长夜里的生死肉搏。

我仍然困惑于杀死恰里贡巴的那一击到底是如何完成的，因为我清楚地知道，是方东晓的读心术展开了我脑海中的尘封记忆，既是记忆，必定是无法更改的，我又怎么可能以一个过来人的身份，去驱使婴儿时期的自己扣动沉重至极的扳机？

“除非是穿越时空，除非是我在自己的记忆之中完成了这个‘穿越逆转’的过程，个中奥妙，连叔叔那种睿智绝伦的大英雄都瞒过了，而且是瞒了整整一辈子。”一想到叔叔险些在三眼族人手下送命，我的心里立刻充满了担心和牵挂，恨不得时光倒转，我就能陪他一起入藏，在起伏不定的雪域风波中分忧解难。但是，他所经历的艰难困境永远埋藏在自己心里，从没向我提起过。

“叔叔，我很想念您。”我望着他高耸的眉峰、微露倦意的虎眼、血迹斑斑的脸颊，忽然觉得，自己承受了他那么多的关心爱护，却从没认真回报过他，实在是惭愧得无地自容。

“陈风，我给你起这个单字为‘风’的名字，是希望你将来的生命能如同和煦春风或是凉爽秋风一样，吹散陈塘身上的戾气，让他始终头脑清醒。查查生他们很看好你，你一定要好好学习、天天向上，别辜负了几位老前辈对你的激赏，好不好？”他抱着婴儿走向画满了伏藏师影像的那面墙，抚摸着恰里贡巴以尖锥刻下的头像，微微皱起眉头。

“难道……你也是心怀‘识藏’的伏藏师一员？才会机缘巧合，也将自己的脸留在上面？陈风，这到底是命运的捉弄还是藏族前辈大德高僧们的垂青呢？”叔叔转过身，迷茫地盯着早已滚到石屋一角的恰里贡巴的人头，缓步走过去，用脚尖挑起那只尖锥，翻来覆去看了几遍，却是不得要领。

“杀他杀得太早了！”叔叔惋惜地长叹，倏地挥手，尖锥呼啸着射出，把恰里贡巴的人头钉在地上。

九曲蛇脉一战后，我才明白自己是藏地护法神玛哈嘎拉钦选的新一任使者，此生的使命是率领所有伏藏师，消灭三眼魔族，将战斗进行到底。事实上，我从婴儿时期就注定要走上伏藏师这条艰难狭隘的独木桥之路，只是没有人明了而已。

我的头像已经是那面墙上右下角的最后一个位置，要想再画什么，只能转移到另一面墙上。那时候，我很怕上面出现夏雪的形象，她是我最心爱的人，绝不该去重蹈香雪海的覆辙。如果有什么危险或祸乱，全都交到我肩上就好了，只要夏雪没事，我就算死无葬身之地，也能于九泉之下心安。

叔叔抱着婴儿走出小屋，原来外面的山坡上到处都是横七竖八的三眼族尸体，足有两三百具之多。

朝阳普照之下，尸体身上的衣服正在随风起舞，像一条条招魂唤魄的经幡。藏地特有的食腐兀鹰已经从峡谷中盘旋而来，胆子大一些的直接停留在山坡侧面的大石上，准备开始一场啄食大餐。

在我们脚下，一条白雪皑皑的峡谷蜿蜒直通西南方向，目光所及，不见尽头。

“那里，就是通向三眼族人神秘老巢的路。走完峡谷，翻过克什米尔高原的三道山脊，就能看到与人类迥然不同的三只眼种族。但迄今为止，没有一名伏藏师能抵达那里，所有人都在此地殒命。这次，如果不是有你相陪，我也要步他们的后尘而去了。”叔叔轻轻摇晃着襁褓中的婴儿，又小心地侧过身子，免得紫外线极强的藏地阳光直接照射到婴儿脸上。

一只兀鹰从天空中笔直地冲下来，抓住一具尸体后，随即振翼飞升，消失在灿烂的阳光里。它们是天然的清扫战场者，几天之内，所有的尸体就将化为白骨，无论三眼族人的生前模样有多么怪异，最终只会剩下几根伶仃瘦骨。

叔叔叹了口气，望着东北方向：“我们回去吧，等我伤好了，再回到这里，踏平三眼族人的老巢。”他蹒跚地举步下山，每次牵扯到全身各处的轻重伤口，就痛得龇牙咧嘴。

卫星电话的振铃声在我耳边响起，把我从沉重的记忆中唤醒。

夏雪手脚利落地替我接电话，只听了两句，立刻脸色大变。

我感到一阵剧烈的头痛，摇摇晃晃地起身，想到屋外去透口气。方东晓依旧沉默地端坐着，仿佛已经跟燃烧着的蜡烛融为一体。

门外的空气非常清新，黎明的拉萨城仍处于半睡半醒中，因为此地人习惯了迟睡晚起，牢牢地遵守着“日出而作、日落而息”的古训。

夏雪跟出来，双手互握着，一言不发地站在廊檐下的阴影里。

“天快亮了。”我伸了个懒腰，脑子里的纷扰幻影正在退去，只剩那个的“开枪射击”的困惑问题。

“我们有大麻烦了。”夏雪有些沮丧，轻轻跺了跺脚，嘴里喷出一团白雾。藏地的深秋之晨寒意强劲，已经抵得上南方的严冬时节了。

“是什么？”我凝视着大昭寺方向被灯火映亮了的天空。

“来电话的是尼泊尔神鹰会的那京将军，他自称已经拿到了咱们最想要的东西，想要跟你做一笔交易。”夏雪不安地轻弹着指甲，跺脚的频率更加频繁，似乎难耐寒意。

我张开手臂，揽住她的肩，希望能给她一些温暖。

神鹰会的利爪总是无处不在，而那京将军的眼线则像是一只高悬在我和夏雪头顶的探照灯，将我们的一举一动、一言一行都汇总过去，没有丝毫遗漏。

“他们再次抓了瑞茜卡吗？”我深深地皱眉。瑞茜卡独自一个人跑出去，一定会发生危险的，毕竟她的穿着和说话非常抢眼，走到哪里都会受到别人的关注，特别是某些别有用心的人。除了神鹰会，此地还有51号地区特洛伊的人马，他们是不会放过任何有价值的线索的。

夏雪扭腰一闪，从我的臂弯里游开，怅然回答：“陈风，难道咱们最想要的只有瑞茜卡吗？自从加德满都绑架案发生后，你心里一直都很紧张，生怕瑞茜卡出事对吗？现在，她已经从那京将军手中解放出来，只是一个人赌气才跑出去的，你还是放不下？那么，之前你为什么不跟出去找她，而是要我去？我真是后悔当时自己怎么会那么殷勤地紧跟出去，非但找不到她，还浪费了大半夜的精力。”

央金房间里的灯亮起来，几分钟后又突然灭掉。

“把他们吵醒了，我们还是进房间去说吧。”我能理解夏雪的心情，因为我们都已不再是十五六岁的少男少女，对男女之间的情感问题有所了解，大部分时间会知道对方为什么突然生气。

其实，我刚才的话没有任何私心杂念，只是想当然地认为那京将军把瑞茜卡当成了我们唯一的软肋，会从此处下手。

“他拿到了‘五蛊断门箫’的解药，仍然是水车帮下的手。南遮早在方东晓一下飞机时就动了手脚，偷走了那只旅行箱里的值钱东西，其中包括解药和一本旅行支票。他是偷盗行业的老江湖，练就了一双辨认价值的火眼金睛，只要给他足够的时间，就能开出天价去敲诈服下‘五蛊断门箫’的人。很可惜，他没来得及实施，就死于非命，那解药鬼使神差地落到了那京将军手上。”夏雪缩了缩肩膀，声音压到最低，但离我已经有三大步距离，恨不得拒我于千里之外。

我的心头一凉，那京将军那张阴沉沉的脸突然从我脑海中浮起。

“他要什么？”我苦笑一声，“看来我们跟神鹰会就像是一对前生注定的冤家，今生一路纠葛，非得做个痛痛快快的了断不可。”

“他要我们俯首听命，任他指挥，直到拿到黄金宝库的入门钥匙为止。”这是意料之中的事，那京将军到拉萨来，为的正是宝藏。

“好吧。”我忽然很想仰天长啸一声，以抒发心中的愤懑，或者干脆像叔叔当年那样气势磅礴地高唱古歌，纵横决荡地刀枪杀敌，在雪山深处的无边暗夜里轰轰烈烈、痛快淋漓地做自己想做的事。人的一生，若有那样一次酣畅狂猛之战，也不枉白白踏入江湖一回。那京将军步步紧逼，一次次把套索悬在我脖颈上，肯定是高估了我的忍让程度而低估了我的爆发能力。我所说的“好吧”这两个字实际代表的意思就是：你要战，便作战。

历史记载，当年蒙古大英雄铁木真攻打花剌子模时，要书记写战书。书记先长篇大论地写一大篇，他很不满意，抽了书记十几皮鞭，然后对书记说：“你听着，我怎么说，你就怎么写。”于是，那封战书便改成了：“你要战，便作战。”以上六个字掷地有声，铿锵决绝，其威武形象为后代史评家肃然起敬。

我知道与那京将军的一战势不可免，何时爆发只看他这种跳梁小丑狂妄嚣张到何种程度了！

“你要战，便作战！”我低声自语，嘴角浮出不屑的淡然冷笑。叔叔虽然是一世英雄，被江湖同道恭送“十三省盗墓王”的尊称，但他却时常教育我要谦和低调、隐忍好学，所以我才养成了今天这种谦谦君子的性格。事实上，在小店与那京将军狭路相逢时，我已经有机会向他出手，了断这位江湖狂徒的黑道生涯。

“我早就在等你做这个决定呢！”夏雪脸上的忧郁忽然一扫而空。

“夏雪，你一直都知道我心思的。对于瑞茜卡我只有歉意，不会动情。普天之下，三生之内，我只钟情于你一人，生生死死不变。”我捉住她的手，抚摸着她的掌心，然后用指尖轻轻写下“深爱你”三个字。那是发自我内心深处的诚挚宣誓，今生必定谨记遵守，不会再有丝毫动摇。

“子惠思我，褰裳涉溱。子不我思，岂无他人？狂童之狂也且！子惠思我，褰裳涉洧。子不我思，岂无他士？狂童之狂也且！”夏雪缓声吟诵着出自《诗经·郑风·褰裳》上的古老诗句。我当然明白其意思。夏雪天生丽质，倾慕她的男人很多，我如果不能对她万分用心，当然会有其他人觊觎这样的机会。

“你知道我心思的，对不对？”我加重语气，热切地凝视着她的眼睛。她虽然人在暗影之中，一双眸子却闪闪发亮，胜过夜晚繁星。

夏雪沉默了十几秒钟，忽地嘴角上翘露齿一笑，柔情无限地微微点头。那一刻，她的美无以复加，令我浑然忘却了身边的一切红尘俗世之扰。

我们握着手静静凝立在黑暗里，眼看着东面天空的晨曦晓色渐渐向拉萨城的上空覆盖过来。

“忍无可忍，无须再忍。”夏雪眉尖上的柔情消失了，取而代之的是巾帼须眉的刚毅，“姑且不管那京将军要利用我们做什么事，当前最要紧的是联络特洛伊，要他们两虎相争。如果拉萨城眼下的黑道形势像一架天平的话，我们就可能是盒子里最沉重的一只砝码，加给谁，谁就确立胜势。反正尼泊尔神鹰会已经成了边境上的一块大毒瘤，铲除掉它，只会令警方拍手称快。”

电话仍在夏雪手上，已经按好了特洛伊的号码。

我立刻按下“拨出键”，静等特洛伊来听。认识伊始，我就知道特洛伊通常每天只睡四个小时，剩余的二十个小时全部是工作时间段。所以，几乎任何时候拨她的电话，都能第一时间听到她的声音。这一次，自然也没有例外。

“陈风，有何指教？”特洛伊温文有礼的声音传来。

我极力抑制住心中的愤怒，平静地回答：“特洛伊，我愿意帮助你的人对付神鹰会，扫清他们在中国境内的死党和巢穴。别问我为什么突然要趟进这浑水里来，回答我，同意不同意？”

特洛伊毫不吃惊，只是淡淡地笑着：“好，你想怎么做？”

夏雪已经在旁边听到了我和特洛伊的对话，立刻扬起手臂，狠狠向下一劈，低低地叫了一声：“快刀斩乱麻！约见她，然后让51号地区的枪手射穿他的脑袋。”

那的确是个干净利落的好办法，那京将军一死，神鹰会余党也就没法兴风作浪了。

“谁在说话？是夏小姐吗？怪不得古人说‘越是漂亮的女孩子就越心狠手辣’，原来夏小姐也是杀人不眨眼的高手。不过，神鹰会平日太嚣张了，目前又阻碍我们做事，杀了他们于情于理并不过分，所以我很愿意效劳。好了，说说你们的计划吧！”特洛伊是那样冰雪聪颖的一个女孩子，举一反三地猜到了夏雪的意图。

“就在今天，黄昏之前，就要那京将军人头落地。”我不想再发生夜长梦多的事。

“好，有了精确时间和地点后就通知我，我会调派最精锐的枪手两旁设伏，务求一击即中。至于神鹰会渗透到藏地的余党不足为虑，我的人会把他们一个一个找出来，用一些非常恰当的理由，令他们被全世界遗忘。陈风，很欣喜你终于想通了这件事，不再碍于江湖道义之类，任由神鹰会的人步步紧逼过来。”特洛伊的兴趣已经被调动起来，但她永远都不明白那京将军到底是在哪方面触动了我的忍耐底限。

我无声地苦笑，想起了诗圣杜甫“苟能制侵陵，岂在多杀伤”的句子。杀戮只会增加仇恨的数量和厚度，我现在不得不选择这一步，是不是已经遭到了入藏以来的最大失败？

“陈风，击杀那京将军，粉碎神鹰会之后，我们是否还可以进一步合作，将藏地黄金宝库的秘密挖掘出来？从我个人的角度来看，宝藏无主，有才者得之，咱们连神鹰会都能掀翻，岂不正是真正的‘有才者’？所以非常有必要继续合作下去，直到将宝藏全部握在手中为止。”

特洛伊的话还没说完，蓦地，方东晓那边发出惊天动地的一声狂吼，我和夏雪立刻翻身进去，匆匆挂断电话。

“海市蜃楼，我看到了海市蜃楼，看，就在后窗之外！”方东晓紧紧地搂住恒温瓶缩在一角，指着后墙。

果然，我们面前出现了一片连绵起伏的崇山峻岭，连空气都变成了灰茫茫的一片。山脚之下横亘着一道土灰色的墙垣，随着地势变化向两边无限伸展出去。正对着我们的是一个宽阔的门口，大门早就向内敞开着，露出后面一重接一重的相同门户来。

夏雪长吸了一口气：“是陈老前辈和母亲遇见过的那些……海市蜃楼，又一次在我们面前重现了。”其实真正的海市蜃楼距离人类的居住地一定是非常遥远的，不容人靠近来看，总是影影绰绰的，似有若无，似近还远，跟我们看到的截然不同。

她向前伸了伸手，突然迈出一大步，同时喃喃自语：“这是一个可以真实进入的环境，我真想看看所有的门户后面到底藏着一个什么样的魔境世界，竟然值得母亲一生不忘，永久地珍藏着在心底？”

我举起手想拖住她，方东晓陡然尖声叫着：“不要碰她，她一定受到了某种更为强烈的心理催眠术，咱们不如看看，她能在海市蜃楼中发现什么。”他是科学家和心理医师，遇到突发事件时，脑子里最先闪过的念头总是研究它而不是解决它。

稍稍犹豫之间，夏雪已经消失在四五重院落之间，就像被这个灰蒙蒙的幻境吞没消化了一样。

第九章 读心术

“那只是幻觉，并且不属于夏雪，而是属于香雪海的。”方东晓脸上忽然浮出了难以捉摸的古怪笑容。

“方叔，请不要考验我的耐性。”我觉察到了方东晓的异样。在神秘的藏地，幻觉也是能杀人的，我不想夏雪遭遇任何危险。

“真是太神奇了，我们发现了固体稳定状态的‘海市蜃楼’，并且亲眼目睹有人进入其中。稍后，我们也会进去，分头去看，直到将它的秘密探索清楚为止。陈风，这些都是沧海兄脑子里的记忆，通过我的读心术调用组合，才产生了如此重大的异常情况。说得直白一点就是，你们目前所见的，都是深藏在沧海兄脑子里的故事，或许其中还混杂了香雪海的部分记忆。天可怜见，要它在此刻出现，否则我死之后，读心术失传，也就没人懂得沧海兄的心思了。”方东晓激动得连连搓手，两眼放光。

“你在用读心术控制我和夏雪？”我冷冷地逼视着他。

据我所知，在心理学的理解范畴内，幻觉是极度个人化的，不可能多个人在同一时间里产生同样的幻觉，但现在那些层层叠叠的门户是如此清晰地呈现在我们三个人眼前。如果不是明确知道后墙外是短巷、短巷对面仍是高墙和院落的话，我会像所有的探险者一样，被幻象迷惑，以为自己可以穿堂入户，去探看墙后的秘密。

“方叔，夏雪有难，你也会有麻烦。”我不再使用“您”这一尊称，是因为方东晓的所作所为根本不值得后辈尊重。

“呵呵呵呵……”方东晓骤然仰面大笑，“有难？错错错，陈风，咱们都不会有麻烦，因为所有幻象都是陈沧海和香雪海经历过的，每一幕场景都存在于他们的脑部记忆结构中，跟现实世界是完全脱节的。想想看，你只不过是在看一场立体电影罢了，你会有什么损失？至多就是一张五十块港币的电影票钱。而且，在这里你无须买票就可以随意观看，想看多久都可以，岂不快哉？”

我渐渐发现自己有些听不懂他的意思，忽然看见夏雪又从海市蜃楼幻影中慢慢地退了回来。

“有一道墙是没有门户而且左右无限延伸的，我无法进入，所以没办法，只能退回来。陈风，你要不要试试看？”夏雪的神志已经开始混乱，既然是幻象，高墙自然是能瞬间穿透的，进退何须考虑？

“那是你心里的墙，心勘不透，视线自然就穿不透，才会被它挡住。一个真正的伏藏师，一定具有至高无上的智慧胆识，在别人止步的地方起步，超越凌驾于一切之上。你不是香雪海，当然也不会踏上跟她一样的路。”方东晓向夏雪挥舞着手臂，对她的说法不屑一顾。

“我去。”我毫无惧色，也不怕方东晓会动什么手脚。

“喂喂，不要这样盲目冲动，听我说，听我说！我有一种修炼读心术的速成捷径，只需一分钟，你们就能如我一样，识破眼前任何人的身份，并读懂他们的心理活动。你们应该知道，宇宙万物都是有生命的，既有生命，自然有心，然后你们就能读懂整个世界的心。”方东晓蓦地振臂一跃，轻飘飘地落向我和夏雪的头顶，双臂分开，双手十指分别扣向我们的头顶。

嚓的一声，夏雪已经拔枪在手，迅速举枪瞄向人在半空的方东晓。

“夏雪别动，听他说。”我大叫一声，按住夏雪的手腕，阻止她扣下扳机。

叔叔说过，读心术是非常神秘的传统文化，如果能善加利用，差不多有起死回生、预知未来的功效。至于读心术的最高境界，则有点像古代江湖上的内力传递，一个此中高明之士能够通过掌心将自己的功力传给另一个人，让他得窥读心术的门径。我希望方东晓此举是没有恶意的，否则他将死得非常难看。

啪的一声，方东晓的五指重重地搭在我的头顶上，一股热辣辣的巨大力量瞬间传来，把我的顶心百会穴、后脑玉枕穴灌得满满的。当那力量在我七窍内盘旋、身体里乱撞时，我断断续续地看到了一些东西，其中包括以下几种：一群穿着古代服装的人正挥舞着大刀长矛与漫山遍野的士兵展开肉搏战；一个足有十几米长的平躺着的巨大青石佛像，佛像身上盘膝坐着许多人，大家都垂着头，死气沉沉地双手合掌于胸前；大块大块的黄金裸露在夕阳西下的山谷里，放射着令人疯狂的金色光芒……

“善加运用你们的脑力，看陈沧海留下了什么。不要担心忧惧，他们只不过是将不敢面对的东西掩埋在脑体深处，从不说，从不做，但那些就像万年古莲的种子，永远都清醒地活着，时间一到，种子就会破土而出，抽出嫩嫩的叶芽。思想也是会自由发展的，像一泓发自深山幽谷的泉，水满而溢，流向山石缝隙之中。看他曾遇到什么？他曾恐惧什么？他曾憧憬向往什么……”

方东晓的声音渐渐远去，我的鼻孔里传来淡淡的寒梅香气。

当我在迷茫中轻轻抬头时，不见藏地小屋的简陋屋顶木梁，而是一树怒放的白梅，正挟着扑鼻的寒冬冷香不由分说地覆盖下来。向四周看，千棵梅树枝杈交错着，满树白花，犹如夏夜银河里的繁星，美不胜收，无法用语言形容。

“我不能那么做，他待我那么好，那样纵容我，给我自由的世界，让我能够尽情地做自己想做的一切。所以，我不能背叛他，今生不会爱上另外的什么人，你走吧。伏藏师的世界离我太远，请不要来打扰我的正常生活。”一个女子的声音隔着身边的梅树传来。

我转过身，她身上的白衣一闪，轻盈地躲到树后去。

“夏雪。”那是我熟悉的声音，看不见她的脸，也能听出声音。

“不是，是我。”她露出脸来，眉清目秀，不施粉黛。

我怔了怔，努力地回想，终于记起那是九曲蛇脉一战中殁去的香雪海。

“陈沧海，你走吧，我们的世界没有交集。你仍旧做你的伏藏师，去游历藏地山水，寻找此生活着的真正意义。而我宁愿躲在港岛，忘掉思想中那些不切实际的、虚幻古怪的片段，安心地相夫教子，将来做一个合格的贤妻良母。我说过，自己生命中已经有了爱与被爱的人，不会再敞开心扉，接纳其他男人。”香雪海的五官比寒梅更精致，当她的长睫毛上下扑闪侃侃而谈时，我的心弦像被琵琶圣手的快速轮指急骤地拨动着，连呼吸都变得紧迫起来。

“留在这里，你是不会幸福的，因为你的心根本不在这里。身为千百伏藏师中的一员，你本来就该是藏地千仞雪山、万丈深谷之上的铁翼飞鹰，而不是梅花江南、帘下抚琴的翩跹燕子。听我说，三眼族人正在雪山深处蠢蠢欲动，你我的任务是去消灭他们，保卫藏地的和平安宁，与爱情无关。”当我发觉有些事远比爱一个女人更重要、不得不放下私人情感去面对的时候，心更痛了，一阵阵流血不止。

我知道，这时候我是叔叔陈沧海，正在演绎着他脑子里的一段陈年旧事。

“三眼族、东女国、《西藏镇魔图》、黄金谷海市蜃楼……那些东西听起来好陌生呵！陈先生，我说过了，我不是伏藏师，你的确找错人了。还有，不要试图打扰我的家人，特别是小雪。她是我和他的生命结晶，未来一定有非常美好的生活，谁要碰她，一定不会有好下场。”香雪海的语气无比决绝，忽然扬起手臂，掌心里收集到的梅花落瓣忽地飞向天空，再纷纷扬扬地落下，如同一场梅花雨。

“妈妈，妈妈，妈妈……”一个甜甜的奶声奶气的声音响了起来，梅林深处，一个身着绣花白袍、披散着齐肩黑发的小女孩蹒跚跑来。

“小雪。”香雪海衣袂飘飘地迎上去，抱住那小女孩。

“为什么不让战火和饥荒在我们这一代结束，让下一代尽情享受完美的生活，而不是要时时刻刻担心三眼族人的复活？听我说香雪海，消灭三眼族魔女是伏藏师活着的唯一使命，不管你承认不承认这一点，我们都是为此而降生于这个世界的，‘识藏’早就铭刻在我们体内的每一块骨骼上，永不磨灭。放下孩子，跟我走吧，只有身在藏地雪山，你才明白自己是谁，自己要干什么。至于你的孩子和爱人，是今生不得不割舍、不得不面对的创痛，就像我强迫自己不看你、不爱你那样。伏藏师的世界里，唯‘识藏’为重，唯‘使命’为重，其余都可抛下，诚如史上先烈所说，生命诚可贵，爱情价更高。若为自由故，二者皆可抛。只有消灭古东女国三只眼余孽，让《西藏镇魔图》没有完成的事业继续下去，把魔女碎尸万段、粉身碎骨，我们的一生才会圆满无憾。”我比她更痛苦，明明看到自己所爱的人就在眼前，却不得不用理智的铁闸挡住喷涌的情思，强迫自己从爱情中剥离出来，为镇魔大业而献身。

“不不，我不要接受那样的结果，我不能离开小雪！”香雪海抱起小女孩，大步走向梅林深处。小女孩从她肩上露出头来，顽皮地向我微笑着挥手。

“那是你的宿命，永久的、不可拒绝的宿命，而这一切，不是由今生的某个人决定，却是从几千年的藏地历史中积淀下来的必然结果。我会在藏地等你，克什米尔高原以东、班公错源头的日土山谷……”我向着她的背影大声呼喊着。突然，眼前的世界剧烈地震荡了一次，我臂弯里夹着的书和地图一起跌落在地上。

在一幅展开的黑白地图上，藏地最西端的日土县城、班公错流域被一个粗大的红圈围住。我知道，那里就是叔叔、香雪海、燕七发现海市蜃楼的地方，也是一切神秘事件的起源点。

“你们一定要看清大事件的脉络，不要辜负了陈沧海与香雪海抛离一切付出的巨大牺牲。我猜只有你们才能进入他们各自的思想，所以采用读心术冒险一试。陈风，好好照顾夏雪，她几乎就是香雪海的化身。我曾经那么迷恋香雪海，她那么美，美得如同大昭寺壁画里的绰约仙子。她是属于天上佛界仙界的，世上没有一个男人能配得上她。在她面前，就连英雄一世的陈沧海也变得那么渺小了，更何况是我？所以我只能卑微地活在她的目光关注之外，渴望将来有一天用自己的毕生所学为她做些什么，了却她的某一个小小心愿。那样一来，我的人生就是无比幸福完美的。”一大口鲜血从方东晓嘴里喷溅出来，他的身子如一个被瞬间抽空的气球，倒下的同时亦急速干瘪缩小。

我从幻觉中清醒，看到方东晓后脑上的一个弹孔正汩汩流血，不但濡湿了头发，连衣领和后背都被渲染成了触目惊心的鲜血地图。

“告诉我更多，告诉我关于《西藏镇魔图》的事！方叔，方叔，方叔，你不能就这么走了，告诉我该从哪里下手去剿灭古东女国的三眼族人？”我蹲下来，摇撼着他的肩膀。浓重的血腥气又一次在屋里飘浮起来，同时出现的还有幽灵一样无声无息的燕七。

他的脸上胡子拉碴，嘴唇上也起了许多白色的小水泡，面黄肌瘦的，一看就是拼命熬夜与连夜工作的结果。燕七手上，赫然握着一柄装了消声器的短枪，正用一种异样冷漠的眼光盯着我。

“不用叫了，超常规达姆弹会在他的脑部造成无法预测的创面，除非时间倒转，否则他是绝没有可能活过来的。陈风，我必须得提醒你，现在一切由我做主，你乖乖地后退，跟夏小姐站到一起去。”燕七晃了晃短枪，小心地移动脚步，站在一个最不容易被我和夏雪左右合围的角落里。

毫无疑问，是燕七枪杀了全神贯注实施读心术的方东晓，所以才造成了幻象世界的巨大震动。最可惜的是，我原以为方东晓能告诉我和夏雪更多“怎样消灭三眼族人”的事，而不是听叔叔对香雪海的表白。在我眼中，夏雪接近完美，所以永远不觉得别的异性有多么惊艳，也绝不会被其他人吸引。相反，听方东晓的口气，他同样痴爱香雪海，却自卑地退随在后面，不敢表露出来。如此看来，香雪海身在红尘俗世中时，一定具有磁石般的致命吸引力。

“为什么杀他？”我没有退后，右掌伸到方东晓背后，源源不断地将自身内力输送到他体内去，希望尽可能地增加他的抵抗力。

“凡是与三眼族秘密有关的人都得死，这已经是追踪黄金宝库的各方势力都在遵守的游戏规则。我不杀别人，别人也会杀我。今日的拉萨，就像一个水草杂生的巨大池塘，各种凶猛鱼类浮沉游弋，互相噬咬并吞，我不得不谨慎行事。对了，你不也是在联络51号地区的人马意图向尼泊尔神鹰会开刀吗？所以说，黑道白道只是叫法不同，大家的所作所为并没什么根本的不同，不是吗？记住，永远不要轻举妄动，我的枪法再加上达姆弹的霸道，你不可能有反击的机会。”燕七在角落里坐下来，身子抵住后墙，握枪的右臂、右肘全部平放在桌子上。以这种动作扣动扳机时，从右肩到枪口不会有丝毫震颤，保证了百分之百的射击精准度，由此看得出他绝对是一个玩枪老手。

“可是，我们毕竟救过你，对不对？你不会像寓言里被冻僵了的蛇那样，一旦苏醒过来，就咬死救它的农夫吧？”夏雪长叹。她的口袋里也有短枪，却已经失去了拔枪的机会。

“所以我才没有直接开枪射杀你们俩，呵呵，否则的话，这间屋子里的活人就只剩下我一个了。”即使在冷笑的时候，燕七的右手也不见晃动，枪口永远指向我的左胸心脏部位。

方东晓缓慢地睁开了眼睛，颤动着嘴唇说了几个字：“内力虹吸……读心术给你……传给你。”蓦地，他的后背一阵猛烈痉挛，一股平和温暖的力量倒攻入我的掌心，然后沿着手臂经络回溯到我的膻中穴，随即直达丹田气海。这种高深的“内力虹吸”过程，实质上是他向我传功导气的过程，将会把毕生修炼所得尽数奉送给我。当然，内力输送完毕后，就是他生命的终结点。

几秒钟后，那力量消失了，方东晓吐出了临终前的最后一句话：“我不该爱上……沧海兄头脑中的……记忆，呵呵，他遇到了海市蜃楼，我比他的运气还差，是爱上了那个留着他记忆里的……万花丛中一握手，使我衣袖香十年。香雪海，命运如此安排，可惜……可惜……可惜……”

我这才明白，原来是读心术令他的人生走上了无法解脱的不归路。如果仅仅是爱上现实世界里的香雪海本人也就罢了，无论是单相思还是长相思，总有解决的办法。他偏偏爱上了深锁在叔叔记忆里的女人，只是看到她、听到她、爱上她，却没有任何办法可以表白。这种体验，就像《人鬼情未了》里的那对男女，在阴阳隔绝、人鬼殊途的鸿沟面前，纵然痛苦得肝肠寸断，也只有默默承受，面对这个永世无法解开的死结一直纠结。

方东晓的尸体渐渐冰冷，他的痛苦煎熬也一定能随着死亡而结束。我忽然觉得，身边能有一个最爱的女人相伴，彼此眷恋，未来可期是一件多么幸福的事啊！

“夏雪。”我放开方东晓，回过身，温柔地低声呼唤。

“我在这里。”夏雪不顾燕七手中黑洞洞的枪口，几步走上来投入我怀中，背对燕七，双臂用力环着我的腰，仰起头来，用唇语告诉我，“子弹上膛，拔出就可发射。我挡住他第一颗子弹，你动手。”

我凝视着她，慢慢俯下脸，用一个意义复杂的深吻封住了她的唇。此时此刻，我真的很想告诉她这样一句：“今生有你，一切足矣。今世相约，别无所求。”或许，我们该迅速结束在拉萨的一切纠葛，携着手回港岛去，构建属于自己的小小家园，然后生一个活泼可爱的小女儿，在平淡而不平凡、简约而不简单的时间流逝中，牵手走完这一生。

那一刻，我的心被对于爱情的无限神往弄得“散”了，战斗力也正在被对幸福的巨大憧憬而瓦解。

“陈风，你怎么了？”夏雪从我的唇下挣脱出去，右手绕到我背后，拇指用力地按在我的大椎穴上，“快做深呼吸，你好像又一次被什么人催眠了，对不对？”

我马上觉察到了情况不妙，连续轻咬舌尖，才将冲动情绪稳定下来。按照我的精神修养，这种危急关头绝对不会轻重不分，只着眼于情感问题，一定是隐藏在暗中的某种力量正在影响着我的情绪。

“好些了没有？”夏雪真的被吓坏了，早就忘掉了手握短枪虎视眈眈的燕七。

“我没事，抱歉。”我的脸有些发烧，不敢看夏雪的眼睛，“方叔死了，这些复杂的幻象也随之了结了，真是可惜。”

后墙上那些灰茫茫的虚像都消失了，墙和窗都在，刚刚夏雪就等于是在幻觉中转了一圈，除了横亘于前的高墙，什么印象都没留下来。

“他早就该死了，黄金宝库是我第一个发现的，必将属于我一个人。他算什么东西？神鹰会算什么东西？51号地区算什么东西？陈风，你听我说，跟我干才有美好的前途，才能金山银海尽揽怀中，与夏小姐夫妻双双把家还。看看你身边，像夏小姐那么漂亮的女孩子，全中国都少见，你应该尽全力去珍惜她，让她享受最豪华的物质生活，像古人那样建‘金屋’以‘藏娇’。接下来，我给你十分钟时间考虑，跟我，抑或是做我的敌人，现在倒计时马上开始。”燕七冷眼扫视一切，语气冷酷如冰，丝毫不顾忌地上的尸体。当他的目光从夏雪身上掠过时，眼神中充满了贪婪与热望，让我很不舒服。

“你单枪匹马玩不过他们那两大组织的，不如听我劝，低调行事，去捡狮子和老虎嘴边留下的碎肉回去打打牙祭。燕七哥，我敬仰燕赵大侠的威名，把你当朋友才这么劝告的。不听的话，我们就一拍两散，谁都别管谁的事。”我实事求是地回答他，虽然不算是醒世恒言，却也自有道理。

“哈哈”，燕七仰天两声冷笑。就在此刻，我左手扣住夏雪的肩膀拉向旁边，右手从她裤袋里掏枪。我微屈身子瞄准燕七，却没有第一时间抢先开枪。燕七的枪先响了，枪声轻快，三秒钟内射出了五颗子弹，弹着点均匀分布在我的左胸、颈下和右胸三处胸前要害。如果其中一处子弹到位，我的命就没了。

我最终没有扣下扳机，而是中路突进，一把夺过对方的枪，然后举着夏雪的枪对准他的太阳穴。身中五枪不死的奇迹并非绝无仅有，可我自忖没有那样的运气，一切都靠来自燕七的天蚕甲帮助。我撩开外套看了看，子弹全部嵌在软甲上，无力透过衣衫侵彻皮肉。

“天蚕甲？”燕七懊恼地垂下了头。

上天待人总是最公平的，我和夏雪救了他，天蚕甲就是上天拿来奖励我的工具，恰好挡住了燕七恩将仇报的反扑。我不开枪，一方面是怕惊动附近的人，另一方面，他是大侠燕赵的弟弟，看在叔叔的面子上，我必须枪下留情。

“谢谢你的软甲，接下来，请你喝杯酒怎样？”我早就打算用软甲抵挡子弹，然后近身杀敌，但夏雪能那么说，我心里还是深深地感动。她能替我挡子弹是一回事，我有能力摆平一切是另一回事。男人不该让自己心爱的女人担心，特别是在白山黑水的探险过程中。

“别碰我，别碰我！”燕七杀猪一样地号叫着，大概觉得被我反客为主是件不可思议的事。

我把枪管直捅进他嘴里：“噤声！假如你的意思是想叫附近同伴赶来援手的

话，只会害死他们！”这种粗暴的动作，是惩戒他刚才对夏雪的不敬眼神。

燕七冷漠狠毒的眼神不时地从我脸上扫过，使劲摆头，想甩开枪管。

“说说黄金宝库的事吧？我知道，你在大昭寺遇刺时所说的，都是别有用心的误导性话题，故意要吸引我和夏雪的注意力，然后逃跑，对吗？”之前他曾提到过一个叫“莎拉多丽”的女人名字，还说过“世界即将毁灭”等等耸人听闻的话题。我猜那只不过是用来混淆视听的借口，以掩盖宝藏真相。

“我为什么要告诉你？就凭你是‘盗墓王’陈沧海的侄子吗？你也配？有种的话，就开枪杀我好了。我大哥会想尽一切办法把你碎尸万段，连同你身边的女人在内。至于“莎拉多丽”，那是我心目中的女神，你们不配听她的故事，根本不配！”燕七嚣张地大笑起来。

“我们不配，谁配？是不是只有神鹰会和51号地区的酷刑才能叫你开口？那样的话，燕七哥，你请便吧！我猜只要出了这家小旅馆，你的命就悬在一根头发丝上了，希望你能平安离开拉萨回河北去。”我心平气和地面对着他。

燕七眼中忽然出现了希望之光：“真的，你不杀我，还要放我走？那真是太好了，太好了！”

第十章
燕七遭绑引发的危机

我垂下枪口，向燕七摆了摆手，示意他可以离去了。

燕七欣喜地起身，倒退着走向门口，确信我不会开枪后，才翻身后撤，消失在晨曦之中。

我收起短枪，环顾着满地狼藉的室内：“留他在这里，就像掉进灰堆里的豆腐，吹不得也打不得。不如让神鹰会他们来啃这块硬骨头吧，而且还能消耗双方的战斗力。夏雪，你能猜到燕七不是单独行动对不对？那么大的宝库，他必须得找人进行看管、打包、运输等等，我现在就通知特洛伊将其一网打尽，免得失去这一大好时机。我们给大侠燕赵面子，其他人就说不定了。”

夏雪疲倦地落座：“当然，凭‘大侠燕赵七弟’这个名字的号召力，他随时都能找到高手相助。我一直在想，既然陈老前辈、我母亲、燕七以及乃琼寺的高僧遇到的海市蜃楼幻象都是出现在克什米尔东侧的某处，真正的黄金谷会不会就在那边？比如日土县和班公错附近？”

我集中精神听她说话，隐约感到她一定是发现了一些什么。

“燕七为什么会滞留于拉萨？当初他眼中‘唯求一死’的感觉那么浓烈，如果不是天蚕甲的特异功效挡下了胖子的致命一击，他也许就真的死了，而不是像刚刚这样，胸有成竹地掌控宝藏坐地分金。我想问，谁令他求死？又是谁让他踌躇满志地准备干一番大事业？一个人的思想不可能前后变化如此巨大判若两人。陈风，不知你有没有感觉，回到拉萨后，咱们身边一直有一股看不见的巨大力量时时刻刻翻滚涌动着，有时候会直接左右你我的思想，令咱们做出不该有的亲热举动来。”夏雪的脸稍稍一红，轻咬着下唇。

我点点头，做了个“请继续”的手势。

“我且姑妄言之，你也姑妄听之，那种力量类似于西藏密宗高僧阐述过的‘欢喜佛法力’，能够极大地调动人类心中的情欲，而变得浑浑噩噩不思进取。就拿刚才发生的事情来说，我要你拔枪射击，你当时在想什么？那种随时都能丧命的危机之下，你还有心情索吻，是否就是受了那种力量的左右？”她提及“欢喜佛”时，脸色倏地一红，由额头直泛到脖颈，羞涩如一朵晚开的睡莲，别的花都开过谢过、倦收花瓣时，它才姗姗来迟。

佛教各派均有佛像，但“欢喜佛”唯密宗所有，只有藏传佛教寺庙中才有供奉。藏传佛教以密教为精髓，以高度组织化的咒术仪礼、俗信为其主要特征，宣传口诵真言咒语(语密)、手结印契（身密）和心作观想(意密)三密相结合的修行方式。欢喜佛就是密宗中一种修炼的“调心工具”和培植佛性的“机缘”。宗喀巴大师曾说过：“调心要令信所缘。”对着“欢喜佛”观形鉴视，渐渐习以为常，多见少怪，欲念之心自然消除。密教认为阴阳两性的结合是宇宙万物产生的原因，也是宗教最后的解脱。“欢喜佛”正是这种理论观念的图解。

“爱到深处，情难自禁，无关乎外力影响。”我并不赞同她的意见。

“你错了，在那时候表达爱意，情同儿戏，为什么不考虑一下我的感受？如果没有天蚕甲，现在你也不过是扑倒的尸体之一，还有谈心说爱的闲情逸致吗？”夏雪皱起了眉，一丝不苟地检查完那柄短枪后，小心收好。

她的轻嗔薄怒让我心如刀割，立刻恳切地道歉：“对不起，是我不好，但当时的情况，我更愿意为你挡子弹，而不是让你那样做。夏雪，在我心里，你是重中之重，无法割舍，以后再也不要……”

“己所不欲，勿施于人。你的思想如此，我又何尝不是？”夏雪深情地凝视着我，忽然展颜一笑，横在我们之间的无形隔阂顿时一扫而空。真正相爱的男女在危机降临时心里只有对方，早就忘却了自己的生死。唯有如此，才真正称得上是“心心相印、生死相依”。

当然，我能感受到冥冥之中似乎有双眼睛在一刻不停地俯瞰着我们，从九曲蛇脉山谷到窝拉错湖，再回到拉萨来，那眼睛始终都在，并且翻手为云、覆手为雨地左右着我们身边的世界。夏雪说的，我也知道，矢口否认只是不想让她过分担心。

接下来，我打电话给特洛伊："燕七出现了，并且刚刚从小旅馆离开。他可是揭开宝库秘密的始作俑者，我猜你对她一定感兴趣，要抓他的话现在可以动手了。"

这个电话能够决定燕七最终的生死，他以为自己可以独占鳌头，实际上恰恰相反，在信息发达的二十一世纪，任何领域内都不会有人捞得着"独吃宝藏"这样的肥肉。他做完一件事，立刻就会有追随者拍马杀到，虎口夺食。

"好，我现在就派人过去，还是倒霉的胖子。"特洛伊在工作的时候总是言简意赅，毫无废话。

"提醒你，注意神鹰会的挑衅与追杀，我感觉那京将军已经到了图穷匕见的时候了。"说完这句，我便道了再见，准备挂机。

特洛伊忽然揶揄地浅笑起来："陈风，小旅馆里发生了连环杀人事件，一旦传出去，定会惹来麻烦，不如我派人过去清理一下，免得耽误了你和夏小姐的蜜月好梦，好不好？"

我当然愿意，巴不得用51号地区的非常手段处理这一非常事件，将大事化小、小事化了。现在，我们最缺的是时间，如果被警方盯上反复盘诘的话就非常麻烦了。

这次我是真心诚意地道谢，惹得特洛伊又发出一阵风摆秋荷般的琳琅笑声，惹得夏雪也忍不住皱着眉望过来。

挂断电话后，夏雪若有所思地问："你说，燕七会去哪里？他会不会加紧探索宝库的工作，将大批黄金运走只留个空壳在那里？我对燕七的话始终有所怀疑，也许我们不该静静地待在这里无所作为下去，而是主动出击，跟在燕七后头。"

如果没有后来发生的桩桩件件怪事，我可能就会完全相信燕七"呼唤莎拉多丽"的呓语了，就会被他引入死胡同里，再也转不出来。

五分钟后，我和夏雪换过衣服走出小旅馆。两个房间的门都已经锁好，不放闲杂人进去，特洛伊的人自然会来妥善清理现场。

"我在他身上装了三枚窃听器，还有一只电子追踪眼，只要他还没进入封闭能力极强的地下矿井里，就不可能里离开我们的视线。"在夏雪提供的两英寸观赏屏幕上，一个人形红点正在缓慢地向西移动，那应该就是燕七。

我截停了一辆计程车，给他足够的钞票租下他的车子，向屏幕上显示的位置追踪而去。现在，我不清楚还要不要继续相信燕七曾经的所见所闻，因为他与叔叔和香雪海一样，是真正经历过海市蜃楼幻境的人，不但见到了举世无双的黄金山谷，还遇到了一个令他毕生难忘的女人。既然如此，他寻找的不仅仅是黄金，还有那个跟他春风一度的女人——“莎拉多丽”。

如果他所说的都是真的，可见情之为物害人至深。不但决定了一个人的命运，更可能毁掉那个人的一生。

十几分钟过去了，我们与红点之间的距离正在逐步缩小，两辆车子先后上了北京中路，奔向乃琼寺的方向。晨起的拉萨城像一只发条松了的挂钟，沉闷迟缓地开始了一天的生活。街上的行人和车辆稀稀疏疏，所有的临街店铺都深垂着卷帘门，可见店主仍在高枕而卧。如果不是计程车的唱机里正在播放着激烈欢快的外国迪曲，整晚没睡的我和夏雪恐怕就要开始打瞌睡了。

“看看面前这个晨曦中的灰色世界，感觉到人类真是太渺小了。我们只能占有白天的十几小时生活，除此之外，藏地的时间和空间都是自动运行的，无须人类参与也可，越看越像是一架以永动机为驱使力量的大钟，能够几百年、几千年地运行下去，看遍世情，包罗万象，然后进化为宇宙第一的智者。”夏雪有感而发，轻松地摇下侧面的车窗，任由清冷的晨风直灌进来。

记得叔叔的朋友中有位姓罗的探险高手，亦曾将藏地比作一架沉睡的超级大钟，专门花了十年时间游历藏地，写了一套长达两百万字的游记小说，名为《西域藏钟》，畅销亚、欧、美洲三地，销量高达一千万册。在那册书里，他用了大量的航拍图片来论证哪里是大钟的刻度盘，哪里是时针分针，哪里是上弦用的表把，并且将藏地历史上的兴衰亡败都标示在那大钟上。

“还记得那位被江湖朋友称作‘亚洲之鹰’的探险高手罗先生吗？”当夏雪用探询的目光向我无声发问时，我忍不住喟叹着，说出了此刻的心情。

“‘亚洲之鹰’罗开？”夏雪的眉峰挑了挑，露齿一笑，“我知道了，我将藏地比作大钟，你便想到罗开先生所著的那本半游记半小说的名著。不过，他已经在格陵兰岛搜索希特勒宝藏那一战中与黑道三大帮派纠集的近两千五百名杀手同归于尽，殁于无底冰海。那本书，竟然成了一代高手的临终绝响，实在令人惋惜。”

“港岛大游侠”卫斯理、“宇宙神医”原振侠、“亚洲之鹰”罗开并称为华人探险界的三大奇人，至今罗开失踪，另外两人分别隐居澳洲无名小岛和加州无名小镇，过着与世无争、飘然归去的平淡生活，成就了探险界的两段佳话。他们已经不在江湖，江湖却仍旧流传着他们的传说，这才是真正天下无敌的大人物。

“罗先生毕生精研钟表，才会看山不是山、看水不是水，种种件件都可比拟为钟表。说真的，我刚刚亦是偶然所感，其实我宁愿相信那永动机所驱使的是《西藏镇魔图》中绘着的魔女。千年以来，她隐居藏地，深潜于九地九渊之下，为的就是有朝一日重上九天，掀翻所有禁制。所以，这一次只要找到三眼族的巢穴，就免不了一场饮血屠戮。我常常思索，这样做到底是对是错呢？”我真正感到了一些前所未有的困惑，就像在幻象中看到叔叔分别用三把格斗刀、两柄手枪几度冲杀三眼族人的战阵时，心里不断涌起深深的悲悯。

我们是人，古东女国三眼族人亦是人，假如他们能祛除心内魔性，应该也属于这个和谐世界的一部分，不该遭到围追诛杀的。

“惩奸除恶是每一个江湖人的责任。能力越大，这样的责任就越大，我们没有做错。”夏雪不是我，无法体会我的真实思想，所以才能如此掷地有声地回答。

“那么，三眼族人诛杀藏地其他民族的人，亦是正常的反抗对攻，无所谓人性善恶了？”哪里有压迫，哪里就有反抗，人类的善与恶从来就没有公平标准，只以成败论英雄。

夏雪一时无言，低头看着监视器上的信号。

计程车又走了一程，前面的路边上停着一辆五十铃皮卡车，信号显示，燕七就在车里。计程车停止后，我第一个跳下车，小心地拉开了皮卡车的前门。一个满身是血的人靠在方向盘上，喉咙上的一条狭长伤口中不断地喷出带血的气泡，显然是被割断了气管。

“胖子？”我没料到会是特洛伊的人，并且是相对比较熟悉的“倒霉的胖子”。

“今天、今天真够倒霉，本来是手到擒来的事，可燕七身边还有帮手，一个水上的江洋大盗，普陀山飞鱼帮的于飞鱼。我的喉咙就是被他的‘分水鱼叉’伤到的，非常严重，可能就要死了。陈风，临死前，我得向你说句憋在心底的话，别……别辜负了特洛伊，她很爱你，那份感情都要把她逼疯了，是男人的话，就把爱你的女人一起娶了，免得她们因此而受伤。求你了，求你了……”胖子的脸已经被血污涂抹得乱七八糟的，当他努力提高声音说话时，几个拳头大的血泡从伤口中鼓出来，悬在颈边，看上去又好笑又恐怖。

“他们去了哪里？”我向前望，这条路直通哲蚌寺与乃琼寺。

“不知道，也许是乃琼寺……”胖子奄奄一息地倒下去。

夏雪安排的窃听器和追踪信号发射器都扔在方向盘侧面的操控台上，根本没来得及发挥任何作用。

“水下，一定是水下！于飞鱼名列天下‘华夏四大水妖’之一，既不容易被人折服，也不愿意听命于人，能吸引他到此地来的，只有燕七所说的黄金宝藏。陈风，快走，去乃琼寺，别让更多的人再无辜牺牲！”夏雪惊叫起来。

于飞鱼出没的地方，必须得有水才能供他发挥。方圆五公里内，只有乃琼寺外的那口神奇古井能够激发他的神奇异能。

“躺着别动，我替你叫救护车。”我取出电话拨打了拉萨医院的救护电话，然后与夏雪重新上车前进。胖子虽然是51号地区的御用杀手，却不是百战百胜的神，接二连三的失败以后，任何人都不会再信任他，死亡也许是他最后的归宿，能够保住过去在杀手界的辉煌名声。

我们的车子行驶到拉萨海关附近时，我突然打了一把方向盘，车子拐弯上了鲁定北路，在一间早餐店前停下来。夏雪并没表示出特别意外的样子，皱着眉静静地坐着，目视前方。

早餐店的生意看起来还不错，进进出出的人相当多，空气里飘荡着青稞面和酥油茶的香味。从这里一直向北，就是拉鲁湿地自然保护区，属于拉萨城郊的著名旅游区。四面八方赶来藏地的游客们看过了古刹僧侣、转经布幡后，可以去那里换换口味，毕竟总是对着藏传佛教那些历史悠久的旧物旧屋，说不定会看得腻了。

“胖子有诈，血是别人身上抹过来的。而且，你安排的窃听器、追踪器没那么容易被燕七发现的，他又不是专业的谍报人员，精通追踪与反追踪的种种手段，能在短时间里搜到那些东西。退一万步讲，就算是燕七搜到的，他会随手扔出窗外，何必放在操控台上，吸引我们前去？”我调整了一下后视镜，让它正对着我们身后的路口，监视所有通行的车子。

“我知道，事发突然，胖子来不及伪装到位，破绽很多。那么，乃琼寺是肯定不去的了，我们下一步去哪里？”夏雪弹了弹指甲，取出卫星电话和短枪，谨慎地再次检查。

“你很紧张？”后视镜里出现了胖子的那辆车，没有向西进入北京西路直奔乃琼寺，而是左拐向南，上了鲁定中路。

“不是紧张，应该是未雨绸缪才对，我们在跟51号地区和神鹰会打交道，绝非儿戏。”夏雪的情绪有些低落。

我掉转车头，也跟着上了鲁定中路，远远地盯着胖子那辆皮卡车。由这条路向南，不远处即是罗布林卡的西侧。当胖子的车走完鲁定中路再次左拐、折向罗布林卡南路时，我和夏雪同时醒悟过来，他其实是兜了一个大圈子，又重新回到拉萨汽车站后面的一个居民区里。假如从民族南路过来，会节省四分之三的路程。为了误导我们西去乃琼寺，他才故意将车子停在北京中路上。

四周的街道和景物渐渐熟悉起来，我又看到了跟特洛伊一起喝茶聊天的小楼，但这次胖子去的却是不远处的一座破烂不堪的修车厂。

“不知道是特洛伊骗了你还是胖子骗了你？总之，你认定的合作伙伴一直在误导我们。虽然特洛伊一次又一次向你表白，最终目标，仍是为了骗你入局。”夏雪忧心忡忡地笑起来，并扭过身子，观察我脸上的阴晴变化。

我苦笑着摇头不语，而且无话可说。

现在的情形，极有可能是胖子劫持了燕七，已经由另一辆车载到修车厂来，说不定特洛伊就在院子中间的那座老式红砖小楼上。

“你留在这里作为外援。半小时后我再不出来，你就开车逃走，然后报警。”我知道，躲在车子里也会有危险，但没人留守这里，就给了他人以可乘之机，埋下隐患。分开走，至少不会全军覆没，还可以寻找其他增援。

夏雪点点头，举手微调后视镜，确保能够做到眼观六路、耳听八方，忽然若有所思地开口：“陈风，还有一句话，我觉得很有必要告诉你。其实……关键时刻……你可以利用特洛伊对你的感情，特别是生死攸关的时候。知道吗？坚强地活下去比任何事都重要，连古人都说‘留得青山在、不怕没柴烧’。无论你做什么，我都不会怪你，只要求你在任何困境中都能全身而退。”

她的话吞吞吐吐，语焉不详，但我很敏锐地听懂了其中的主要意思，她是希望我被困时可以向特洛伊低头，利用对方感情上的弱点脱身。

“夏雪，我不是那种人。如果能做出那样的事，我早就借助特洛伊的情报网搞清叔叔入藏后发生的所有事情，而不是一个人北上，然后事必躬亲、身体力行了。叔叔从小就教导我‘富贵不能淫、贫贱不能移、威武不能屈’，我虽然不能为他老人家增光添彩，但那些铮铮古训却是不敢违背的。请记住，我今生只肯向一个女孩子低头，她的名字是——‘夏雪’。”我知道她是为我着想，已经做了一个女孩子能做到的最大让步。

《孟子·滕文公下》中说 ：“居天下之广居，立天下之正位，行天下之大道。得志，与民由之，不得志，独行其道。富贵不能淫，贫贱不能移，威武不能屈，此之谓大丈夫。”

其中流传千古的那三句话，是叔叔毕生行走江湖的座右铭，他要我同样牢记，任何时候都不能妥协，留下生命中不能容忍的污点。他说过，人的一生像一匹未染的白布，只要沾上一滴墨、一粒尘，就将永远无法洗去。人必须要有这种“精神上的洁癖”，不能做出暗室欺心的小人行径。

“谢谢。”夏雪轻咬着唇，“保重。”

此时此刻，一个默契的眼神便能代替千言万语，无须赘述。

我绕到修车厂后面去，从一排破旧平房的窗户里爬进去，沿着墙边靠近小楼。那种房子属于六七十年代的援藏建筑，木窗又高又小，从外面根本看不到什么。我钩住窗台，引体向上，窥见一楼的空旷车间里只停着胖子开来的皮卡车，连个人影都没有。于是，我马上从破烂窗洞里钻入一楼，隐身在一架锈迹斑斑的铁梯下面。

那铁梯是直通二楼的，有好几个男人的声音从上面传下来。

实际上，我追踪到这里来，并非为了救燕七。他毫无理由地杀了方东晓，阻断了读心术的实施过程，本来就该死了。在中国的古老土地上，任何人都没有执行他人死刑的特权，“杀人偿命”是放之四海而皆准的道理。现在看起来，燕七就像一只猎人故意放出去的兔子，借此引诱林中猛兽现身。

“我已经说了，他们最终将什么都发现不了，那只是一个空旷而苍茫的世界。因为那世界早就是过去式了，留下来的仅仅是无法消散的幻觉，任由世人翻来覆去不得要领。我能进入海市蜃楼，那是我的机缘巧合，就算把经纬坐标详细地说给你们听，又有什么用？别用枪指着我，你们最好客气一点知道吗？”那是燕七的声音，高调而嚣张，并不在乎绑架者是谁。

“说给我听。”半小时前就该死掉的胖子这一次开口时中气十足，令我哑然失笑。我们两人见面数次，每次都能看到他倒霉的样子，所以“倒霉的胖子”这外号绝对没有叫错。

我环顾四面的地形，铁梯是通往二楼的唯一路线，对方要想逃离修车厂，那辆皮卡车亦是仅有的交通工具。不过，一切看起来非常简陋，以51号地区的实力来看，他们不太可能在仓促情形下展开绑架行动，我怀疑特洛伊并不在这里，此地仅仅是个临时的落脚点。

“说给你听？你算什么东西？叫特洛伊来，我只会跟她谈。”燕七冷笑不止。

我能想象到上面的情况，胖子等人没有有效的手段撬开燕七的嘴，再问下去，只是白白浪费时间。

“抱歉，我只能给你十秒钟时间考虑，不会有任何通融。十、九、八、七……”胖子开始冷静地报数，但他的声音随即被淹没在燕七的放声大笑里。陡然间，燕七发出一声又高又尖的惨叫声，只叫到一半，又被堵住了嘴，我头顶的钢筋混凝土楼板立刻发出“咚咚咚咚”的拼命跺脚声。

“你已经成功地突破了我的忍耐底限。”胖子似乎在低声偷笑，随即开始了下一轮报数，“十、九、八、七、六……”

“叫特洛伊来，叫特洛伊来……”燕七的声音再次响起来，但空气中回应他的只是胖子的单调报数声。接下来，燕七共发出了六次惨叫，一次比一次虚弱胆怯。

“现在呢，告诉我克什米尔东侧的海市蜃楼以及你对那件事的真实想法，当然，能够把黄金宝藏的下落一并说出来更好。告诉你吧，你已经不可能看到特洛伊了，这是一次以我为首的单独行动，目标只是黄金，才不管什么道义任务使命之类。你是知道的，我‘倒霉的胖子’只是一个以杀人为生、以杀人为乐的江湖独脚大盗，对政治斗争一窍不通，对你哥哥大侠燕赵那一套仁义道德理论更是听都不想听，自然也不会给他面子。燕七，我明明白白告诉你吧，老实说出秘密，你就能活到看见黄金的那一刻，甚至还能分一点拿走；不说，今天这个鬼地方就是专属于你的屠宰场。”胖子已经按捺不住因折磨俘虏而引起的亢奋，话也越来越多。

这下我明白了，特洛伊与胖子之间必定出了一些大问题，她已经失去了对手下人马的掌控权，陷入了另一场不得不面对的危机。

第三部 三眼魔族

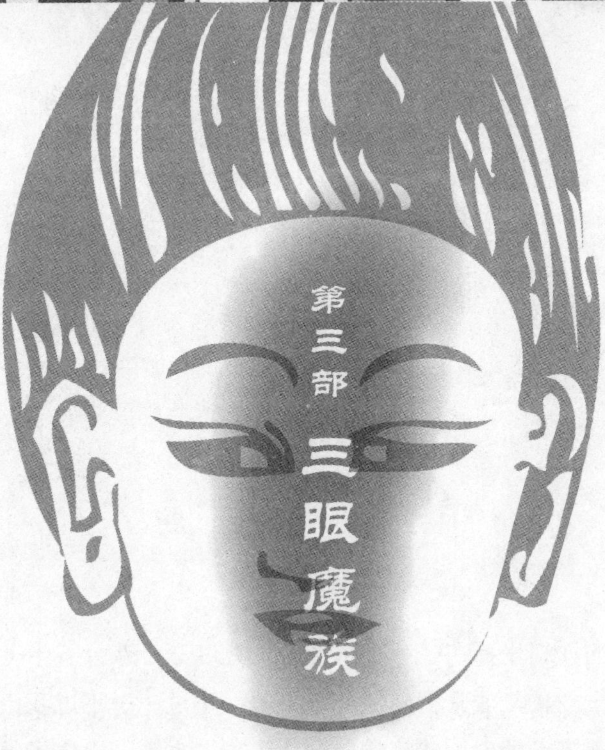

第一章
瑞茜卡之死

“那地方的详细坐标在……在东经七十九度三十八分五十七秒，北纬三十三度二十五分二十一秒，非常精确，分毫不差。不过……不过我已经提前说明了，海市蜃楼的出现毫无顾虑，就算你们到达那里，也不一定守候得到。”燕七终于屈服，面对我和夏雪时的嚣张气焰荡然无存。

“宝藏呢？你为什么随身带着哲蚌寺、乃琼寺和格培乌孜山这片区域的军事详图，难道宝藏就在这片大山里？”胖子狞笑着，试探性地问。

“那只是探险者行囊里必备的东西之一，跟宝藏没有关系。”燕七还在抵赖，但随即就为此付出了惨痛的代价，发出一声短促而尖锐的嚎叫，“不不，不要动手，我说我说，宝藏就在乃琼寺下面，入口就是寺院后面那口井。那口井壁的水下部分设计非常巧妙，类似于酒类器皿中的‘鸳鸯专心壶’，当水面随着月圆月缺而涨落时，水面以下大约五米处就会开启一道暗门，一直通向宝藏所在的地下山洞。”

我无意中听到这样的大秘密，实在是“天上掉馅饼”的好事。

所谓的转心壶是一种颇具智慧性的酒器，壶内为双水胆设计，互不相通，因其可同时注入、倒出两种不同的酒而得名。那种容器的制造原理是在壶内用隔墙将壶分成单独的两部分，每部分用堵盖封住，在堵盖的一侧设通道与外界相通，在通道的上方设一挡碗，能够随时根据需要堵住一边、露出一边。如果宝藏入口是以这种原理建造出来的，的确很难发现。

胖子突然大笑起来，提高了声音：“好，你跟于飞鱼的口供完全相同，证明你们都没撒谎。不过，你的水性肯定不如他，进行水下探索时也就帮不上什么忙了，已经变成了一个没有用的废物。对于废物，我一向都没什么耐心，不如……"

我意识到燕七的处境非常危险，毫不犹豫地拔地而起，在铁梯转角处一踩，再次腾身，跃上二楼。之前我从他们的声音里判断出了大致方位，所以一上二楼，第一个落脚点就是胖子背后，右掌剑指狠狠地戳中了他的腰眼，同时，握在他右手中的匕首也轻轻松松地落在我左掌之中，然后横架在他的喉咙上。

"不要动，动就有人送命！"我注视着环绕在燕七身边的四个年轻人，随时准备弹出匕首解决掉其中最沉不住气的一个。

燕七被绑在一辆破车的驾驶座上，身上斑斑点点都是鲜血，右耳也被割掉，狼狈到了极点。

"陈风，救我，快救我！"他挣扎着，鲜血淋漓的残耳被甩出老远。

"这是你杀了方东晓的报应，你太让我失望了，酷刑还没开始，你就把所有情况都交代得一清二楚，生怕自己会没命。如果有战争发生，你这样的人将第一个做汉奸叛徒。真可惜，大侠燕赵那样顶天立地的大英雄，怎么会有你这样胆小懦弱、毫无原则的弟弟？还偏偏被捧得不知天高地厚，比海湾来的石油王子更为嚣张？我可以救你，但你能把方东晓的命还给我吗？告诉我，你到底在那井底还发现了什么？"我的愤怒在瞬间爆发开来，冲着燕七大吼，同时那些怒气冲冲的声音一定能传出去，借此通知夏雪。

"没有什么，只有黄金，我发誓。"燕七故意做出非常无辜的样子，落在我眼里，只有满腹厌恶，恨不得下一秒他就赶紧在我眼前消失。

"陈风，不要跟51号地区的人作对，你会后悔的。"胖子中了我刚才那一击，半身经脉麻痹，沉甸甸地靠在我的怀里，仍想用组织的大牌子来压我，只会令人发笑。

"特洛伊在哪里？"我的匕首一紧，胖子喉结上的皮肤立刻被割裂，鲜血沿着雪亮的刀锋滴下，迫得他不敢呼吸，免得喉结上下跳动时伤得更重。

"在西藏国际大酒店……八楼八零八号，等我带燕七过去。"杀手更懂得珍惜自己的生命，所以胖子有问必答，不敢反抗。

"普陀于飞鱼也在那里？他是你们的座上宾还是阶下囚？"我知道要深潜古井，离不开水性精深的江湖人物。特洛伊绝不会轻易杀掉于飞鱼那样的潜水高手，至少也要等榨干了对方身上的剩余价值再说。

“于飞鱼跟特洛伊小姐在一起，他被特洛伊的美色迷住，乖乖合作，把燕七供了出来。据他交代，两天之前已经进入那口井探索过，水下井壁的某个地方刻有特殊的标记。明天晚上就是月圆之夜，他会陪特洛伊一起赶往乃琼寺，亲自找到那扇暗门献给她，作为觐见之礼。至于暗门后面有什么，谁都无从知道，特洛伊正在调集亚欧交界处总共六个部门的一百五十名战斗精锐，伪装成游客潜入拉萨，会合在格培乌孜山的哲蚌寺、乃琼寺附近，随时听候调遣。”胖子不待我发问，就竹筒倒豆子一样说了一大堆，这种合作态度只能说明他心里藏着更大的阴谋。

我感到他的身体越来越沉重，鼻子里又嗅到他头发上浓烈的污浊头油味道，喉头突然一紧，连续干呕了几下。胖子的攻势就在我精神稍稍涣散的瞬间发动，他两肋下的衣服突然鼓了起来，两柄尖刀倏地自动弹出来。侧面的两名年轻人急速旋身屈膝，半跪着拔枪指向我，但他们太低估了我的能力，以为人多必定势众，以五敌一，占尽了胜算。

咔的一声，我手中的匕首从中断折，前一段弹出去，射中了第一名年轻人的喉咙，后一段则随着刀柄一起飞出，击中了另一人的鼻梁骨。两人立刻仰面跌倒，已经摸到枪柄的手无力地垂下。

胖子的情况没有比他们好太多，颈椎、太阳穴、玉枕穴连续遭到又快又准的打击，身子摇晃着瘫倒在地。他想用51号地区的迷药算计我，实在是打错了算盘。

我向剩下的两名年轻人指了指：“你们不要找死，抬上燕七，跟我走。”

刚刚燕七已经对胖子说出了乃琼寺后古井秘道的全部情况，在我看来，那就是一个巨大的陷阱。探宝者都明白，找到宝库入口只是万里长征的第一步，里面的机关埋伏、暗箭陷坑或者一些根本想不到的危险才是最致命的。于飞鱼只是水寇，他对陆地上的盗墓寻宝一窍不通，根本没资格带队前去。胖子干掉燕七、留下于飞鱼这种选择，无异于“盲人骑瞎马、夜半临深池”，危险到了极点。

我们几个下楼，把燕七丢到后座上。

“告诉胖子不要太嚣张，谁要是小看了中国的警察，最后等着他的将是镣铐和铁狱。你们两个也不要跟着他闯荡江湖了，只会被他拉来垫背，害死自己。”我没杀那两人，只是暂时令他们失去攻击力，免得给我制造麻烦。

“我们……去哪里？”在我发动车子的时候，燕七勉强支撑着坐起来，气喘吁吁地问。

胖子在他身上扎了六七刀，看似伤势严重，却没伤到主要血管和筋络，只要稍稍包扎，便又能生龙活虎地投入战斗。

“去见特洛伊和于飞鱼，有问题吗？”我皱了皱眉，不想看他。

“我已经交代了自己知道的全部资料，现在我想置身事外，不愿意见51号地区的人。陈风，想办法帮我离开拉萨吧，我会给你一大笔钱。或者给我找个地方藏起来，只要躲开他们就行。”燕七的话，无疑是验证了我的怀疑。

我回过头，沉默地盯着他看了几秒钟，才冷笑着问：“你想用宝库里的机关借刀杀人？”

那时候，我感觉自己的视线突然穿透了他的身体表面，看到了皮肤和肌肉覆盖下的东西，其中包括纵横交错的血管，白花花的头部骨骼以及各种连接到他大小脑内部的细小管道。最触目惊心的是，他的左颧骨、左额骨上留着两个工字型不锈钢支架，那一定是从前的整形手术留下的面部支撑工具。我向前探了探身子，把支架看得更清楚，架子一角还凹印着“上海医疗器械局监制”这九个小字。

燕七翻了翻眼睛，举起袖子，抹掉脸上的血污，缓缓地摇了摇头，下意识地躲避着我的眼神。

我确信自己看到的不是幻觉，而是一种“高倍放大镜下看细菌”的特殊情况，真切地看到了普通人肉眼所不能察觉的细节。

“陈风，快开车吧，免得夜长梦多。特洛伊那边如果肯出一些足够优厚的条件的话，我愿意替51号地区做事——任何事。”他在我的逼视之下渐渐变得不自在起来。

“你在大陆的哪个地方进行过整容手术？到底是遭遇了什么样的恶战才需要同时做两个不锈钢支架放在里面？如此一来，你的脸岂不是比影帝史泰龙的脸更死板冷酷？”我知道这种透视能力极有可能是方东晓传送给我的，但却不能随心所欲地运用，达到读心术大师的超然境界。

“你在说什么？”燕七吓了一大跳，向后撤身。

我指向他的左脸，轻轻指点着：“我看到了你动手术后留下的固定支架，一清二楚。燕七哥，你最好别对我撒谎，我同样能看透你的思想，亦是一清二楚。”

燕七强笑：“陈风，别开玩笑了，你又不是被方东晓灵魂附体了，怎么会有这种特异功能？”

“你试试就知道了，告诉我，进入古井入口后再怎么做？需要做什么特殊的准备？”我看到他的皮下五官骨骼正在急速扭曲着，血液流速加快，脸部表情却平静如水，不露丝毫慌乱。换句话说，我看到了燕七准备撒谎掩盖时的脸部深层活动，不必听他接下来讲什么，就知道那一定是欲盖弥彰的谎言。

“我说过，那地方我也没去过，信不信由你，问我只是浪费时间。”燕七开始狡辩。

“你在撒谎。”我毫不客气地冷笑着回答。

突然间，小楼门口出现了胖子的身影。在他的身后，一个披头散发的女孩子被两个年轻人推推搡搡着走出来。胖子放声大叫：“陈风，看这里，看看她是谁？”

我的心猛地一沉，因为那女孩子踉踉跄跄走路的姿势像极了瑞茜卡。

“跟我斗，你还差得远呢！乖乖举起手来，否则我就杀了她，大家一起上路！”胖子像是一个天才的表演家，从北京中路上的假死到二楼上的昏迷，再到现在重新变得耀武扬威起来，如同大陆川剧里的变脸一样，瞬息万变，绝不重复。

我拔掉了车子钥匙，推门下去。瑞茜卡离开小旅馆后随即失踪，我曾怀疑过她是遭到那京将军的绑架，却只猜对了一半。

“喂喂，陈风，别管那女孩子，我们先走吧，会死人的！”燕七从车窗里探出头来，气急败坏地嚷嚷着。

彼时，修车厂东南方有道不起眼的镜面光芒一掠而过，我刚在猜测那道光是什么东西反射出来的，眼前燕七的脸猛地发生了奇特的变形，一颗长度约为一寸三分的狙击步枪子弹从右额骨贯入了他的头部，向左颊方向斜钻。坚硬的头盖骨根本不足以消化其强大的冲击力，子弹穿透大小脑之间的灰色颅骨，再由他的左颊穿出，嵌入坚硬的汽车框架之内。我知道，那种子弹来自于俄罗斯的微声狙击步枪，属于特种穿甲弹中的一种，在俄罗斯陆军武器库中的编号为“SP6”，出自设计师伏拉洛夫之手。弹头由钨合金材料制成，采用覆铜钢被甲，半被甲结构，被甲与弹头之间有一层铅衬。由于弹头硬度高，加之遇到硬目标时弹头会与被甲脱开，单独穿过目标，因而虽然弹丸初速较低，但侵彻效果较佳，一百米距离可以轻松地穿透六毫米厚的钢板。

刹那间，我想起了小旅馆外出现过的那个携带着狙击步枪的男人。对方所用的枪支就是俄罗斯制微声狙击步枪，代号“VSS”，那种武器曾在打击车臣反政府武装分子的战斗中大显身手，深受俄特种部队射手们的喜爱。

射手能轻松击毙燕七，这修车厂里的每个人就都在他的瞄具十字丝覆盖之下了。糟糕的是，VSS狙击步枪弹匣容弹量为十发，既能单发射击，也能连发射击，可快速实现射击方式转换，当做半自动突击步枪用。在藏地这种万里无云的晴好天气里，它能淋漓尽致地发挥最大有效射程，点杀四百米内的任何目标。

51号地区的人马都不是庸手，胖子在燕七被射杀的十秒钟内即作出反应，向小楼内撤退，但却为时已晚，头部中枪，旋转着倒在楼前台阶之下。

“萨顿，萨顿，是你吗？土星，是你吗？是你吗？”瑞茜卡陡然间放声大叫起来。

认识这么久了，我从来没见她那样欣喜若狂过，仿佛“土星”是暗夜困境中的启明星，一旦出现，就将带来无穷无尽的美好希望，引领她脱离苦海。

没有人回应，仿佛两枪过后，那射手就石沉大海一般消失了，再没有下文。

“瑞茜卡，小心子弹。”我冒着当头中枪的危险，蛇形滑步冲到瑞茜卡身边，抓住她的胳膊，将她拖到小楼侧面的墙角后面。从我出手到抵达墙角，中间只费时约五秒钟，但那射手的子弹又鬼使神差般杀到，钻入瑞茜卡的后脑。

温热的血从她的黑发丛中淌出来，打湿了她后背上的衣服，再滑落到我手臂上。

我苦笑着怔住，心情也低沉到了冰点。射手枪枪致命，提前进入居高临下的有利位置，根本不容我们反击。若以短枪对抗VSS微声狙击步枪，无异于自寻死路。

“我要死了……死在萨顿枪下，之前我好像梦到过这种结局。陈风，我很抱歉，因为我出卖了陈老先生，把他秘藏的资料全部给了萨顿，一个除你之外唯一能令我动心的男人，我是……”一大口紫红的鲜血从她嘴里急喷出来，在生满苔藓的老砖墙上留下了一朵灿烂的血花。

我沉默地听她说，这种情形下，救与不救，她都必死无疑。就算华佗再世，也只能眼睁睁看着瑞茜卡的生命之烛迅速燃尽。

“我是罪有应得，但他对我有致命的吸引力，我无法抗拒他的要求。来拉萨之前，我带上了自己的所有财产，计划跟你说清一切后，就跟他一起避世隐居到苏黎世的古堡去，永远不再理会红尘俗世间的事，如同昔日的杨过与小龙女一样。我宁愿相信他是真心爱我的，宁愿强迫自己忽略他身上的种种疑点，宁愿一厢情愿地以为他可以为了我放弃某些执念，宁愿……”又一口血，瑞茜卡的脸正以惊人的速度干枯憔悴下去。

“他是谁？”我的唇贴在她的耳边，温柔地轻声问。

“他是‘土星’萨顿，一颗有着美丽光环的希望之星，降临在我的精神荒漠里。我不想告诉你他的真实姓名，即使我已经知道。陈风，这是梦吗？这场梦能赶紧醒来吗？唯有那样，我才能重新看到真实的自己，摆脱这场坐滑梯一般的苦难爱情。也许当初你能选择我而不是夏小姐或特洛伊，我就不会走上这条不归路了。陈风，请紧抱着我，让我在你怀中度过生命的最后一刻，因为我曾经那样深爱着你……”瑞茜卡的躯体正在渐渐冷却，后脑中涌出的血已经将她的生命一丝丝抽走。

“他是谁？告诉我好吗？”我察觉到自己的喉咙已经开始哽咽。

“不，我不想再说了……好困，我要带着这个秘密睡去了，希望来世，你和他能同生为一个人，弥补我此生的巨大缺憾。事实上从一开始我就知道，我爱的是你，即使跟他在一起的时候，也不过是从他身上寻找你的影子。我要祝福你……和夏……小姐白头到老，早生贵……”她没能说完最后一个“子”字，鼻翼轻轻扇动着吐出最后一口气，然后就闭上了双眼。两颗清泪从她的长睫毛下滑出来，盈盈轻晃着停留在眼窝里，像两泓不甘寂寞的幽泉。

我的思想似乎已经停止了活动，只是默默地抱着她，直到夏雪赶来。

“敌人已经离去，地上连弹壳都没留下，可见是位心思缜密的高手。我电话通知了特洛伊，要她派人清场，她在电话里道过歉了，对胖子的所作所为火冒三丈，并表示一定会严格管教属下，不再给我们制造麻烦。”夏雪的话我一句都没听进去，脑海里一直浮现着过去那个干练端庄、一丝不苟的瑞茜卡。叔叔及一干老前辈们都很欣赏她，称赞她是二十一世纪港岛女孩子们的典范，身上集中体现了中华民族传统的古典之美。

在我明确拒绝她之后，她只是变得比以前更沉默、更勤奋，从不多说什么，没想到心里仍然放不下这段感情。

“陈风，我们必须离开了，留在此地会惹大麻烦。把剩余的事交给特洛伊的人去做好不好？我们先去国际大饭店那边，见到特洛伊再说。”夏雪拉开我的手，将瑞茜卡的尸体平放在地上，然后拖着我出了修车厂，回到计程车里。

我把自己的手举到眼前，却再没有了看透骨肉血管的神奇现象发生。

“陈风，你冷静一点，瑞茜卡做了很多不该做的事，这样的结局已经是最合适的了，总比被你追查到线索后大家当场翻脸要好。而且，她是死于误入歧途，临终前说的那些话也已经很明白了，下手的极有可能就是‘土星’萨顿。”夏雪发动车子，迅速离开修车厂，驶向位于民族南路和金珠东路交叉口处的西藏国际大酒店。

重新回到车水马龙的大街上，我脑子里混乱的思绪才渐渐安静清晰下来。射手杀了燕七、胖子和瑞茜卡，等于斩断了数条与宝藏有关的线索，有恃无恐地向51号地区下了战书，挑战瑞茜卡的尊严。土星或者萨顿都只是他的代号，我相信他既然是在刻意欺骗瑞茜卡，就不会留下真实资料。

“把现场的一切真实情况提供给特洛伊，然后借助她的力量找到那个男人，怎么样？”前方不远处，高耸的国际大酒店已经映入眼帘，但夏雪并没有径直驶向酒店入口，而是轻打方向盘，车子拐上金珠东路，故意多走过一段，免得有人跟踪。

天空仍然澄蓝高远，可初到拉萨的瑞茜卡没来得及欣赏这世外桃源般的美景，就含恨而殁了。我感觉自己的眼眶又一次湿漉漉的，马上扭脸向着窗外，不让夏雪察觉。

“该来的一定会来，不必找也会自动送上门来。对方是高手，武功高明，枪法精准，千万不要小看了他。你如果跟他发生遭遇战，必须记住一点，只要有任何生机，就迅速撤退，至少退出五百米开外。否则，他的VSS微声狙击步枪和SP6特种穿甲弹能够隔着任何民用车辆杀人，弹无虚发，枪枪致命。”我不得不重提这些枯燥的数据，借此提醒我和夏雪，大家随时都可能倒在对方枪下。

“可是，他刚刚至少有两次机会抢先射杀你，却只杀了旁边的人。我怀疑他在故意对你网开一面。”夏雪长叹，车子驶入国际大酒店附近的露天停车场里。

“什么意思？”我听出夏雪话里的弦外有音。

“我不知道，只知道他如果是为了解决掉寻宝对手的话，第一颗子弹应该瞄准你，而不是带伤的燕七，很奇怪吧？”夏雪无法提供答案，但“旁观者清、当局者迷”，她一下子发现了修车厂枪击案中的不寻常处。

我和夏雪步行进入酒店大堂，这种方式能最大限度地降低引人注目的程度。

“西藏国际大酒店是由西藏自治区电信公司独资兴建，采用上海锦江饭店先进管理模式的四星级标准涉外商务酒店，坐落于拉萨市民族南路一号，宛若碧玉翡翠镶嵌在美丽的拉萨河畔，与青藏、川藏公路纪念碑两两相对，毗邻西藏博物馆，离“宝贝花园”罗布林卡仅二百米，距闻名遐迩的布达拉宫两公里，地处进出拉萨的门户要道，可谓尽占天时地利。酒店的主楼高四十九点八米，共十一层，气势磅礴，是“世界屋脊”雪域高原的标志性建筑之一，曾赢得过“世界海拔最高的四星级酒店”之美誉。凭栏远眺，圣城美景尽收眼底……”刚刚跨进电梯，自动语音系统便开始播放酒店广告，正面的液晶屏幕上出现的则是站在酒店顶楼俯瞰拉萨城的影像片。

“看，拍摄者真是独具慧眼，连西北的格培乌孜山、哲蚌寺、乃琼寺一带都没放过，的确称得上‘登高一望、拉萨尽收眼底’这句广告语。”我注意到了画面中的乃琼寺，立刻指给夏雪看。

镜头一转，布达拉宫和八廓街为中心的拉萨新城出现在屏幕上。新城北至色拉寺、西至堆龙德庆县，摄像机覆盖下，邮电大楼、新闻大楼、拉萨饭店、西藏宾馆及各色建筑物星罗棋布，连绵不绝，整个拉萨市区到处是一片片掩映在绿树中的新式楼房，唯有八廓街一带飘扬着各色经幡，荡漾着袅袅桑烟。在那里，密布着颇具民族风格的房屋和街道，聚集着来自藏区各地的人们，他们中的许多人仍然穿着本民族的传统服装，从不离手的转经筒和念珠表明藏传佛教实际上已成为藏民们独特的生活方式。

镜头之内，随处可见到一串串、一丛丛、一片片以经咒图像木版印于布、麻纱、丝绸和土纸上的方形、角形、条形各色小旗，被有秩序地固定在门首、绳索、族幢、树枝上，在藏地轻风中飘荡摇曳，藏语称“隆达”，也有人称之为“祭马”、“禄马”、“经幡”、“祈愿幡”，不过，旅行者们更习惯地称它为风马旗，因为“隆”在藏语中是风的意思，“达”是马的意思，都被直译过来。和西藏一切有形与无形的艺术一样，风马旗亦成为僧俗信众个人的精神世界与广袤深邃的神灵世界沟通的一种媒介，它象征着天、地、人、畜的祥和；牧民们在刚搭好的帐篷上系拴风马旗，是为了求得逐水草而迁徙的福佑；朝圣者跋涉荒漠扛着醒目的风马旗，为的是祈求旅途平安；江畔湖边的人们遍插风马旗，显示着对水神的敬畏；生活于莽林峻岭间的人们高悬风马旗则是对山神的供奉。藏区的人们喜欢在房顶与门首挂风马旗，这是对人畜兴旺时运亨通的企望。

“几乎黑道江湖上的所有盗墓者、探险者都在猜度，拉萨城底下深埋着一个富可敌国的大宝藏，但从没有人能找到入口，并且将宝藏收入囊中，包括被业界尊为‘十三省盗墓王’的陈老前辈。看到这些耗资百万人民币航拍出来的风光片，我会油然想到，它很可能将成为觊觎宝藏者的绝佳地图，不费吹灰之力就能窥到拉萨城山水地形的全貌，比谷歌地图、老式沙盘这些过时工具不知强大几万倍。”夏雪忽然发出这样的感慨。

她的这些话与叔叔的某些言论不谋而合，我记得叔叔的原话是这样的：“盗墓探险亦要跟得上时代脚步，二十一世纪的今天，各种新媒体、新工具层出不穷，迅速拉近了高手与庸手的距离。所以，‘工欲善其事必先利其器’，任何环节都不要与时代脱节。所谓的‘十三省盗墓王’不过是虚名，我老了，那名称早该易主了，而且我盛世中国早就不用‘十三省’的旧制，而是二十三省、四直辖市、五自治区、两特别行政区共三十四个地区，新一代盗墓界的顶尖人才，应该被称为‘三十四地盗墓王’才对。”

“我们，就是揭开那千年秘密的叩门者。”当我如此回答夏雪的时候，电梯恰好停在八楼，不锈钢门缓缓地向两边滑动开来，“走吧，我已经准备好了，迎接任何未知的挑战，给所有死去的亡魂一个能够安抚心灵的交代。”

第二章
乃琼寺古井中逃出的三眼族人

八零八房间是一个超豪华的套间，我摁下门铃后，有个精壮剽悍的中年人替我开门，鱼鹰一般的眼睛瞬间扫遍了我和夏雪的全身，然后右手倏地下沉，按在腰间凸起的枪柄上。

“我是陈风，已经预约过。”我懒得跟他解释，轻轻滑步用肩膀撞开他。

“请这位小姐交出武器。”中年人非常警惕，阴沉沉的脸上不露一丝笑容。

夏雪没有节外生枝，冷静地取出短枪，双手递给中年人，微笑着问：“可以了吗？”

此时，特洛伊从正面的乌木湘绣屏风后转出来，轻摇着手中的檀香木绸扇，嘴角噙着若有若无的浅笑目视夏雪。

中年人关上门，回头看见特洛伊的笑脸，立刻像阳春三月檐角的冰凌，不知不觉间就解冻融化，浮出满脸的温柔笑容来。

“欢迎夏小姐光临，我原以为窝拉错湖一战之后，夏小姐会成为江湖永远的传奇，从此离开我们。那样的话，我们就有机会长久地缅怀你、追祭你，令你成为江湖上又一块无人可以逾越的巾帼丰碑，得以流芳百代。不过很可惜，上天感于陈先生的苦苦追寻，又垂下摩云之手，把你送回人间来，让这曲本可以提前上演的《长恨歌》最终流产。昔日古人‘排空驭气奔如电，升天入地求之遍。上穷碧落下黄泉，两处茫茫皆不见’都不能做到的事，竟然让陈风做到了，我不得不感叹又一次低估了爱情的伟大程度。总之，我很羡慕你，既有通向成功之路的幸运相伴，又有陈风这样的痴心男人相陪。普通女孩子若能像你这样，复有何求？”特洛伊的唇枪舌剑扑面而来，脸上却是浅笑盈盈，锋芒不露。

她与夏雪是不同类型的美女，冷酷、干练而且优雅、沉潜，不知是天性如此，还是51号地区的特殊工作环境造就了她这样的人生。

空气中漂浮着极品印度檀香的幽雅香气，屏风后面，影影绰绰还坐着一个肩膀宽阔的男人，其背影看起来有点眼熟。

夏雪踏前一步，轻轻挽住我的手臂，不卑不亢地回答：“谢谢特洛伊小姐的赞赏与祝福，陈风也曾数次提及您的一流工作能力，以后请多指教。”越是危机当头，夏雪就变得越发冷静，游刃有余地应付着特洛伊话里的风刀霜剑，既维护了自己的尊严，又大方得体不伤对方的面子。

无论从哪个方面比较，夏雪仍是我的最爱，无人能够取代。

特洛伊脸上闪过一拳打空后的懊恼，怅然一笑：“两位里边请，哦，对了，这位来自普陀山飞鱼帮的于飞鱼先生名震江湖，还用得着我赘言介绍吗？

中年人眼中似乎只有特洛伊一个人，对我和夏雪只是用眼角余光扫了一下，并没有主动礼貌重新打招呼。

“于先生两个月前有一批沉船古瓷在我朋友雷先生的古董行寄卖，之前他在崇明岛入海口、日本横滨外海、苏门答腊岛、松巴哇岛、斯里兰卡近海打捞到的一系列沉船宝藏都在同一家古董行陈列出售。如果于先生有需要，我可以请他联络苏富比拍卖行的沉船类鉴定行家，将你的所有艺术类藏品按现有定价的两倍溢价拍出，那时候你可就是海底宝藏方面的国内第一专家了。”夏雪说话时，始终面带微笑，庄重而得体。

苏富比拍卖行的业务遍及全球三十四个国家，主要拍卖中心设在美国纽约及英国伦敦，并定期在世界其他十三个主要艺术中心举行拍卖，包括香港、新加坡、澳洲、法国、意大利、荷兰及瑞士等地，其办公室及办事处遍布亚洲，包括中国、日本、新加坡、印度尼西亚、泰国、马来西亚、菲律宾及韩国，并于中国香港等地定期举行艺术拍卖。

该公司的鉴定行家都是全球顶级高手，经他们法眼品鉴过的艺术品，身价百分之百会马上狂涨，受到艺术品收藏者们的狂热追捧。

于飞鱼一惊：“夏小姐跟港岛古玩界大亨雷焕彩先生怎么称呼？那些货溢价两倍的话，我就可以马上金盆洗手退出江湖，然后买下西班牙的某个小岛安度晚年了。”

“他是我父亲的结拜兄弟，我难得开口，他一定会给这个面子的。如果于先生有意，我回港岛后就替你联络。”无形之中，夏雪窥到于飞鱼的弱点，反客为主，压制住了特洛伊的气焰。

这些口舌之争不是我所关心的，当务之急是要特洛伊消灭一切战斗痕迹，然后大家转去乃琼寺后的舍身井，准备下井探索。那么去那里之前肯定要联络老僧仁卓，他才是我们最需要的支援力量。

我转过屏风，沙发上坐着的人立刻起身，抖了抖半旧的僧袍，笑眯眯地看着我，正是我要找的乃琼寺仁卓大师。

“陈先生，我已经恭候多时了。特洛伊小姐专程派车接我到酒店来，是要询问我一个奇特的真实故事，还一直说要等你一同听。现在客人已到，我可以开始了吗？”仁卓的白眉随风掀动着，十指不停地攥紧、松开、再攥紧，似乎有些小小的紧张。在他身前的茶几上，摆着一碟黑糊糊的药丸，个个都有龙眼般大小。我嗅到那些藏药丸子里飘出檀香和天然牛黄混合在一起的古怪味道，鼻孔痒痒的，立刻捂住嘴，免得一个喷嚏直飞出来。

于飞鱼就没有这么文雅了，一靠近沙发，先连打了四五个响亮的喷嚏，令特洛伊缓缓皱起了眉头。

“对不起，我最近总是心情烦躁、精神恍惚，而且经常头晕耳鸣，只能服用一些藏地草药，气味有些难闻，但效果却是顶好的。”仁卓大师掰开一个药丸，一半放进嘴里，慢慢咀嚼着。

“老兄，说说那些三眼族人的事，我很愿意听，比收音机里的传统评书还吸引人。不过，我可有言在先，你千万不要用以讹传讹的藏族鬼怪故事来蒙我。我于飞鱼长年飘在水上，大江南北、昆仑东西的奇闻异事几乎听了个遍，唯独没听过藏地三眼魔族的真实故事。说得好，我会向乃琼寺捐一大笔香火钱，让你们有资格重新整修寺院，别总是破破烂烂、凄凄凉凉的，至少跟哲蚌寺差不多才好。”于飞鱼的话多了起来，或许是在故作轻松逗特洛伊开心，但起到的效果恰恰相反。

江湖中人把“长江水龙王、洞庭神蛟、黑龙江江龙黑、普陀山于飞鱼”并称为“华夏四大水妖”，这外号绝对没有叫错。之所以是“水妖”而不是“水神”，其中颇含贬义，因为这四个人的声誉都不是太好，干过许多为江湖同道不齿的事。白道上稍有名望地位的人，就会以跟这四个人交往为耻。

直觉告诉我，于飞鱼谄媚于特洛伊，绝不仅仅是为了美色当前，而是另有所图。

仁卓不悦地瞪了于飞鱼一眼：“那不是故事，而是曾经真实发生过的一件事。”

于飞鱼大笑：“好好，就算是实事，也得说出来供大家评判才对，总不能你说是真的就是真的，你算老几啊？”

夏雪蓦地弹了弹指甲，话里有话地插嘴：“于先生，你太心急了，难道现在很赶时间吗？”

于飞鱼愣了愣，笑容猛然沉没，皮笑肉不笑地回答：“不赶时间，不过大家眼巴巴地跑到藏地来，憋憋屈屈地躲在酒店里，可不是为了说笑话叙旧情的。燕七曾答应我一百万人民币的酬劳，现在刚刚收了百分之十的预付款，剩余那些还不知能不能拿到，你说我不该心急火燎吗？”

特洛伊“啪”地打了个响指：“好说！如果你因为坐在这里听故事而耽误了赚钱，损失多少，我十倍补偿给你。”刚刚夏雪说要让于飞鱼名下的藏品溢价两倍，特洛伊故意以“十倍”应对，两个人的暗战又一次展开了。

于飞鱼连连点头：“谢谢，谢谢特洛伊小姐，您一发话，就是有座金山等着我去搬，我也得耐心听完故事再走。”全场之中，他只听命于特洛伊一人，对我、夏雪和仁卓大师殊为不敬。不过，我也是听故事的人，没必要着急上火，在特洛伊的地盘上对别人发难。

特洛伊轻咳了一声，向仁卓大师点点头：“大师，请把那件事告诉我们大家吧，全体人员都会洗耳恭聆，听闻您的教诲。”

仁卓大师把另一半药丸放进嘴里，缓缓地咀嚼着，低沉地开口：“那件事发生在二〇〇八年的十月，约在拉萨市当雄县‘十•六’大地震发生后的第二周，具体日期是十月二十一日。对不起各位，我必须一边说一边吃掉这些‘二十三味肉豆蔻丸’，它们能有效地治疗我的‘宁龙病’。如果有难闻的气味，请大家一定包涵。”

千年藏药有其独特的疗效，据我所知，“二十三味肉豆蔻丸”的药方是从喜马拉雅山脉边缘的萨迦寺高僧手中流传出来的，其主要成分包括肉豆蔻、沉香、丁香、广枣、红花、藏茴香、阿魏、乳香、余甘子、力嘎都、檀香、牛黄以及另外十一种奇特的动植物药引子，按照“六味、八性、十长效”理论配方，方中肉豆蔻温中行气，沉香行气止痛，丁香温中降逆，广枣行气活血，养心安神，红花活血通经、散瘀止痛，牛黄清新开窍、定惊解毒，诸药共奏，调节龙、赤巴，固本培元，镇静安神，达到治疗失眠抑郁症的目的。

藏语中的“宁龙病”，即是中医学上的“不寐”，古时称为“不得卧”或“不得眠”，会引起人的疲劳感、不安、全身不适、无精打采、反应迟缓、头痛、记忆力不集中，严重的就有可能导致精神分裂和抑郁症。看仁卓大师满脸疲惫、魂不守舍的样子，的确是欠缺睡眠到了极点。

特洛伊抬了抬手，优雅地笑了笑：“大师请便。”

“特洛伊小姐，别忘了你答应我的条件。”仁卓大师本来是向着特洛伊说话，却忽然向我瞟了一眼。

我蓦地记起了乃琼寺外的那一幕，他借刀观看，却差一点走火入魔，被刀身上出现的女人身影所吸引。

“当然，君子一言，驷马难追。”特洛伊轻摇小扇，一副运筹帷幄、掌控一切的模样。

接下来，就是仁卓大师讲述的发生在乃琼寺后舍身井里的一件实事，而那件事的核心主角，是两个惊世骇俗的三眼族人。

二〇〇八年十月六日的当雄地震发生后，拉萨近郊人人惶恐不安，生怕地震会接二连三发生导致屋毁人亡的惨剧，所以纷纷在屋外架设帆布帐篷，战战兢兢地和衣而卧，一有风吹草动就拖着被子向外跑。据新华网在二〇〇八年十月十一日发布的消息称，记者从西藏自治区人民政府召开的新闻发布会上获悉，西藏当雄地震受灾地区涉及拉萨市、日喀则地区、山南地区的十个县区，造成六万一千人受灾，十人死亡，五十四人受伤，是近期以来西藏自然灾害中破坏性强、波及范围广、社会影响大、损失比较严重的一次地震灾害。

当时，乃琼寺上下亦是人心惶惶，全体人员在寺前寺后的广场上架起帐篷，远离寺里的砖木房屋，而仁卓大师带领的十二名僧人就被分配到后门外的舍身井旁边暂住。二十一日的黄昏，他身边的僧人都去了前门参加晚课，只有他自己因为身体小恙躺在帐篷里休息。

“我的帐篷位于舍身井的正南面十步距离，门口正对井台，所以从地铺上稍稍抬头就能望见井口附近的全部情况。那时候太阳刚刚落山，暮色还没有聚拢来，天色依旧明亮，视线仍然清晰，所以我相信自己看什么东西都是清清楚楚的。我刚刚默念完三百遍六字真言，正准备接着念《般若波罗蜜多八千颂》，忽然听到井里的水发出哗啦哗啦的奇怪动静，就像有条大鱼在下面游动翻腾一样。很早之前，舍身井里也出现过一些无鳞的淡水鱼，身体最长的超过两尺。我没有多想，便慢慢起身，准备跨出帐篷走到井口去。谁料刚刚走到帐篷门口，十步外的舍身井中突然冒出了一个人头来……”

仁卓大师揉捏药丸的动作停下来，从僧袍的内袋里取出了一个长宽高都是三寸的紫檀木小盒子，郑重地放在茶几上。我注意到，他的内袋上系着三粒扣子，扣子非常紧，解开它们费了不少周折，足见对那小盒子的重视。

特洛伊微微扬眉，并起扇子，指向檀木小盒："大师，那是什么？"

仁卓大师摇摇头，双手按住木盒继续讲下去："乃琼寺历代流传下来的寺规中早就明确指出，任何人不得向井里投掷秽物或者下井洗澡，违者立即鞭笞五十驱逐出寺。我当时非常生气，手按在帐篷支架上，紧紧地盯住井口，心里已经发誓要严惩违纪者。那人后脑上的黑色头发湿漉漉的，飞快地左右张望了一下，随即向上一纵坐在井沿上，却是背对着我，垂着头向井下看。我不再迟疑，蹑手蹑脚地走出帐篷，径直走向那人，右手伸出，做好扣住他肩膀抓一个现行的准备。十步距离，十五秒钟便能走完，当我走到他背后时，发现这人穿的是一件棕褐色的长袍，腰间系着一巴掌宽的同色布质腰带，下摆直垂到脚面。我听到他在低声吆喝，用的是一种带着川藏交界处口音的汉语，与我之前打过交道的贡山独龙族人口音近似。他说的是'已经出来了为什么见不到太阳'这句话，急促地连续重复着。我猜井下一定还有他的同伴，那些话是问另一个人的。我便立刻动手，五指扣住他的左肩，将他一把提离井口……"

按照仁卓大师的叙述，他作为乃琼寺的老一辈得道高僧，当然有权力对下层弟子严加管教，所以一手抓人，另一只手就高高地扬起来，准备一巴掌扇下去，同时低声怒斥："你是谁？为什么到井下去？"

那人大惊之下，立刻回过头来，眼睛里流露出惊恐的目光。

仁卓大师万万没有想到，那人额头正中竟然长着一只竖向的眼睛，是名副其实的"三眼人"。

"当时，我吓得完全怔住，忘记了放开他的手，只是胸口抽搐，一阵阵干呕起来。那人的第三只眼睛除了位置长得不对外，其他表现与脸上另外两只眼睛一模一样，看上去如同一名畸形到极点的怪胎，偏偏那只眼睛又能左右眨动，表现出惊恐、邪恶、诡谲、狰狞等等不同眼神来。那一刻，我脑子里轰然回响着的只有'它是什么怪物'这一句话，手掌再也扇不下去了，然后突然感觉肋下一痛，对方的武器已经嵌入了我的肉里，原来是一柄形如丈八蛇矛枪枪头的匕首，刀身弯弯曲曲的，一刺一拔，已经令我肋下血流如注，倒地不起。"仁卓大师的手指颤抖起来，捏在指尖上的一颗药丸忽然跌落，在茶几上弹了几下，再滚落到地毯上。

"时至今日，我每每想起当天黄昏的那一幕，都会感到从心底浮起缕缕寒意。天下之大，无奇不有，但传说中的古东女国三眼魔族骤然出现在自己身边，这一点无论如何都接受不了。那三眼人刺倒了我之后，向着井底语无伦次地大声喊叫，而我也借机呼救，立刻有十几名弟子从寺庙后门冲出来，扇面形散开，向井口包抄。他们仓促出来，手中都没有武器，而那三眼人倒提着蛇矛匕首剽悍地迎击过来，仅一个照面，十几名弟子便全部遭到重创，或俯或仰，挣扎不起。奇怪的是，三眼人再次向井底大叫了几声，便慌不择路地跳起来，向东面也就是乃琼寺后面逃去。我强忍住伤口的剧痛，爬到井口向下望去，原来里面果真还有一人，正浮在水面上大口换气……"仁卓大师猛地抬头，盯住我的眼睛，一字一句地问，"陈风，当时如果换成你，你会怎么做？"

所有人的目光都向我转过来，除了于飞鱼一脸幸灾乐祸的讪笑外，特洛伊、夏雪两人都被仁卓大师的故事吸引，表情十分严肃。

仁卓大师武功不弱，如果不是先被三眼族人的怪异长相骇到，肯定也不会吃那么大的暗亏。作为乃琼寺的高僧，无论是从保护寺庙安全还是从维护个人尊严的角度出发，都会讨回这个公道来。他手里没有远距离攻击的枪械或暗器，当然只有选择跳水一搏当头扑击了。

"夫专诸之刺王僚也，彗星袭月；聂政之刺韩傀也，白虹贯日；要离之刺庆忌也，苍鹰击于殿上。古代勇士无一不是为了匡扶正义而舍生忘死，大师是侠骨仁心的藏地高僧，为了扑灭妖邪鬼魅，置个人生死于不顾，彼时必定会义无反顾地扑进井中，向敌人当头一击。如果换了是我，也会毫不犹豫地做那种选择。"我引用了古文《唐雎不辱使命》中的话，巧妙地抬高了仁卓大师的精神境界，也能间接抚平他的情绪，好让他原原本本地说完那件事。不过我很清楚，那故事绝对不是脉络清晰、顺利直白的，其间一定充满了不可思议、诡谲变幻之处，才令面前这位有道老僧过了一年时间后，仍然心有余悸胆战心惊。

仁卓大师一声长叹："你太过奖了。"

"喂喂，后来呢？"于飞鱼按捺不住，不顾礼貌站起来大声催促。

"坐。"特洛伊蓦地脸色一变，指着于飞鱼，"想要钱，就闭嘴。"此刻满脸威严、一丝不苟的特洛伊才配得上51号地区亚洲特使的身份，我确信她不会被于飞鱼的甜言蜜语、软磨硬泡所打动，否则，她又怎么能在人才济济的组织中一步步坐上这个位置？

于飞鱼咧了咧嘴角，耸耸肩膀，动作僵硬地坐下，脸上的笑容也无奈地僵住。

"大师，我去给您倒杯热水来，请暂时休息。"夏雪站起来，走到冰箱旁边去倒水。

藏药丸子一向以"干硬"著称，仁卓大师已经干咽了两粒药丸，的确需要一大杯水冲服，所以夏雪的动作非常自然合理，不会引起任何人的注意。

"那么好看的小盒子，到底是用来装什么的呢？"特洛伊的注意力又一次落在仁卓大师的手掌下面。

"一个证物，一个非常非常重要的证物，因为有它，你们才会相信我说的这些匪夷所思的事。好了，我该继续讲自己的故事了，陈先生说得没错，我被敌人偷袭，激愤难以自抑，冲动之下便不顾个人安危纵身扑入井中，一拳擂在那人的天灵盖上。我知道自己出手过于猛烈了，因为乃琼寺的武功本来就是以暴烈威猛、金刚狂扑见长，即便是江湖高手挨上这么一拳后，结果将是天灵盖碎裂、颅骨骨折，立即一命呜呼。可敌人偷袭在先，出手狠极，我以牙还牙、以血还血地还报，也还说得过去。不过，那三眼人的抗击打能力甚强，竟然借着我的一拳之力，倏地潜入水底，再也不见踪影。我肋下的伤口深及骨骼，浸在冰冷的井水里更是痛不可当，所以没有连续追击，只是浮在水面上，等待寺中弟子们的营救。后来，我命水性最好的弟子潜入水下搜索，却找不到那三眼人的任何线索，对方好像已经溶解在水中了，踪影皆无。我沿着第一个三眼人逃去的方向搜寻，在博拉多杰大师离寺修行的紫竹林内、枯树瘦石禅房之外发现了脚印。等我进入禅房时，三眼人已经尸首分离地倒在大师打坐的乌木床前，那颗长着三只眼的人头正捧在大师手上。"到了此时，仁卓大师才慢慢地掀开掌下的盒盖，露出的竟是一个微缩的小小人头，一股牛胆汁防腐剂的怪味也悠然飘起。

藏地寺庙以牛胆汁做天然防腐剂的历史能够追溯到埃及人制造木乃伊的同

一年代，但我的敏锐嗅觉一下子分辨出那气味里除了牛胆汁，还有一种南美洲草药的独特成分。那种草药来自于南美安第斯山脉的希巴洛斯族，名叫“特山德沙”，具有令人的皮肉骨骼等比例微缩的神奇功效。

在座的都是见多识广的大行家，观其形、嗅其味，已经猜到了那人头是怎么来的。

“博拉多杰大师把那人头做出了这种形状，亲手打造木盒放起来，让我交给后来的有缘人。他说过，真正的有缘人会通过这个小人头看出很多三眼魔族的秘密，唯有如此，才能拯救藏地百姓于万丈危崖之畔。”仁卓大师将盒子向前一推，让它处于茶几的中心，也就是在座诸人的中心。

于飞鱼身子一晃，探手攫住盒子，哈哈一笑：“有缘人？你怎么知道谁是有缘人？”

夏雪立刻冷笑着接话：“真正的有缘人知道自己是有缘人，问‘谁是有缘人’的人自然就不是真正的有缘人。”这句绕口令一般拗口的话，让于飞鱼陡然间失去了耐心，双手一分，盒子落在膝头，他的掌心里却突然多了两柄黑星五四手枪。

“不管谁是有缘人，你们四个今天一定都会变成唯一的一种人，那就是死人。”他腮上的咀嚼肌狰狞地虬结起来，眼中再也不见温柔，只剩下一片烈焰腾腾的杀气。

第三章
那京将军图穷匕见

“啪啪、啪啪”，特洛伊抛下扇子，轻轻鼓掌，似乎对于飞鱼的表现非常满意。

我的座位正在于飞鱼对面，所以他举枪之时，两个枪口都直指向我，绝对是将我当成了头号大敌。

“这才是我想象中的普陀山于飞鱼的形象，组织里有位卧底于意大利黑手党三十年的前辈曾教导过我，一个人的名字或许可以起错，但江湖绰号却是绝对不会叫错的。你们‘华夏四大水妖’个个都奸诈、险恶、自私、贪婪到极点，不会白白对别人好，做任何事都得索要加倍回报。我其实很怕你一直隐忍伪装下去，到最后就弄得我不好意思杀你了。感谢博拉多杰大师留下的三眼族人头，终于突破了你的忍耐底限。现在，一切都进入正轨了，你走到了图穷匕见的这一步，有什么话就痛痛快快说出来吧，免得到最后烂在肚子里。”特洛伊撩了撩耳边的乱发，在沙发里坐正身子，脸上带着三分轻蔑、三分冷酷、三分镇定再加上一分神圣不可侵犯的高贵，像一个高高在上的法官，正在对着囹圄中的死囚做最终判决。

“啪啪”，夏雪也跟着鼓掌，但只抿嘴笑着，注视着对面的特洛伊。

“我要……我要……你们都不许笑，局势已经在我掌控之中，我随时都能要你们的命。这间豪华客房的隔音效果出奇好，黑星的枪声绝对不会惊动任何人，你们没有翻盘的机会了！”于飞鱼晃动着双枪，对于两位美女的不屑表情大为恼火。

黑星手枪是香港黑道对于五四式手枪的别称，上世纪九十年代初，该枪被境外黑道分子大量使用，因其护板上有黑色的五角星标志而得名。使用该枪可以轻易打穿警察所穿的防弹衣和他们惯于躲避的警车车门，普通市民躲在砖墙邮筒之后亦难逃厄运。黑星手枪的穿透力非常强大，与此相关的著名案例是香港某次黑道火拼中，有歹徒在室内以黑星手枪射击，子弹射穿了敌人的身体后，又杀死了对方后面直立着的一个人，然后撞在墙上发生反弹，跳弹又把第三名敌人的头盖骨击碎。

于飞鱼暗藏双枪，早有反水的预谋，只不过是在等待最合适的机会。

“你要什么？就要那个小盒子吗？笑话，我真怀疑你的脑子是进水了，为了它就拔枪翻脸？于飞鱼先生，你从普陀山横贯中国版图西来，为的只是一个盒子？”特洛伊问的，也是我感到疑惑不解的。于飞鱼是燕七的帮手，似乎没必要在此刻暴露出来，因为目前还没到发现宝藏，人为财死的地步。

大致估计，我和于飞鱼之间的直线距离为十五步左右，要越过这段空间，就算将爆发力与轻功发挥到极致，也需要二到四秒，无论如何也快不过子弹。不过，在我面前的果盘里放着一把塑胶柄的五号水果刀，刃长四寸，足够穿透对方的咽喉了。所以，只要于飞鱼分心，我就有一击必杀的机会。

“我不要盒子，也不管谁是有缘人，我只为黄金和钞票活着。有人出了高价要在此时此刻做掉你们，我就得动手，因为我们之前是签过正式杀人合约的。只要确切得知你们的死讯，我的瑞士银行户头里就会多一千万美金。杀手也是生意人，自然得遵守生意人的规矩，说到做到，绝不毁诺。”他低下头，用嘴咬掉领尖上的一粒黑色扣子，呸的一声吐在地下，再踏上一只脚狠狠地碾碎。那应该是一只微型通话器，我们在这房间里说过的每一句话都会被传送出去，到达雇用于飞鱼的人的耳朵里。

“雇用你的是谁？价格是多少？我可以双倍支付给你，反过来雇你替我做事，怎么样？”特洛伊背靠51号地区这棵大树，可以轻而易举地开任何价码出来。

“双倍？不不不，你错了特洛伊小姐，51号地区和美国人的钱不是那么好拿的，大家有目共睹，国际上那么多收了美国人钱的大小人物，最后下场都惨不忍睹，我才不想跟他们一样。现在，你还有一条逃生的快捷通道，只看你愿不愿意启用了？”于飞鱼发出一阵淫邪的怪笑，左手短枪横向移动，枪口指向了特洛伊的胸部。

在这种情况下，特洛伊居然还能笑得出来，并且轻轻点头："很好，我知道你一直肯替我着想，不胜荣幸。陈风，这个问题你怎么看？"

我皱了皱眉，无法回答她。

"如果换做接受那条件的是夏雪，你又怎么看？"特洛伊柔情万种地注视着我，"打破砂锅问到底"地追问不舍，那种眼神幽怨至极。

于飞鱼突然有了兴致，跟着追问："哈哈，就是就是，如果我左拥右抱，鸳鸯双飞，陈先生会不会瞬间爆发，生死相拼？看看，看看，这两位美女各有各的好，都那么吸引人，同样让我心动。特洛伊小姐的提议很有趣，我先跟夏小姐温存温存，权当是一杯开胃酒，然后再回头吃特洛伊小姐这道美式大餐，岂不快哉？"

除了仁卓大师外，我们三个一起望着于飞鱼，脸上同时露出鄙夷之色。像他这样的江湖败类，早该三刀六洞见阎王，能够躲在暗影里苟活到今天，简直是社会的不幸。

"你看得出来，你一定是想找死，一定是。"我淡淡地笑了，开始在脑海中构思水果刀割裂他喉管后污血迸流的场面。

"癞蛤蟆想吃天鹅肉，呵呵呵呵……"特洛伊前仰后合地大笑起来。

"这是我进入二十一世纪以来听到的最好笑的笑话。"夏雪冷若寒霜的脸上亦忍不住露出了不易察觉的讥笑。

"是吗？那我就做给大家看看。"于飞鱼焦躁地起身，一步跨向夏雪。在他的枪口方向发生变化时，我窥到了一刀封喉的机会，但仁卓大师却在那时腾地跳起来，挡住了我拾刀弹射的路线。

"喂，我要看那柄刀，那柄博拉多杰大师赠给你的刀。当天，他就是用这柄刀斩杀了三眼族人。不过，一刀之后，刀身就仿佛被施了最不可思议的魔法，变得能够跟我心灵沟通了。给我，给我……"仁卓大师叫着，不顾于飞鱼的枪口已经顶在自己的太阳穴上。

黑星手枪的侵彻力有余而停止作用不足，弹头不会在体内翻滚造成伤害，直进直出，唯有击中眉心、后脑、太阳穴等要害部位才能达到立刻击毙的结果。

"坐下，坐下别乱动，我来处理一切！"于飞鱼大叫。

在他看来，握枪的人才能掌控局势，却不知道在座四个人的智慧见识早就在他之上百倍。

仁卓大师的叫声比他更雄浑沉潜："陈风，那女人就在刀里，反正博拉多杰大师已死，我们何妨把她释放出来，免得遗恨终生。那柄刀呢，给我，现在就给我。"

我见过他为刀身上出现的那女人发疯的表情，真为他好的话，就算小刀在我身上，也不会给他。

"给我。"仁卓大师双臂一振，发出一声起于丹田气海的金刚吼声，震得我耳鼓嗡嗡作响。

"一切皆是风云幻象，给你又有何用？我看该释放的不是什么铸造于小刀里的女人，而是你心中的执念。大师，醒悟吧！刀里没有女人，她只在你心里。博拉多杰大师没有教导过你吗？菩提本无树，明镜亦非台，本来无一物，何处惹尘埃？"我一字一句地低声回应他。如果说他的刚猛吼声是穿云裂石、提神醒脑的轰然晨钟，我的话就山高月小、逍遥自在的顿悟暮鼓，催他从困扰已久的"我执"状态中挣脱出来。

"我执"是佛教用语，又名"我见"，是指人们的身心陷入"虚幻不实"的状态，固执地认为存在一个"能自在主宰的实我"。由于本来无我，却妄生执著，处处以我为中心，便产生了种种烦恼。换句话说，"我执"就是自我意识过甚，认为有一个真实的"我"，心里安立了一个独立的"我"、单一的"我"、恒常不变自在的"我"，由此引起诸般烦恼。佛典《唯识述记》中说："烦恼障品类众多，我执为根，生诸烦恼，若不执我，无烦恼故。"

既有"我执"，就有"破执"，我要告诉仁卓大师的就是突破精神障碍，放下心中一切妄想的大道理。

我所诵读的是南北朝时佛教禅宗六祖慧能一首《见性偈》，在浩瀚的禅宗诗偈中，无疑是影响最大、流传最广的一首。尽管此偈仅有二十个字，却如同一石激起千层浪，不仅在佛门禅海中掀起轩然大波，而且亦于世俗社会引发了种种评说，并使慧能继承了五祖弘忍的达摩衣钵，奠定了他在禅宗的六祖地位，并为中国禅宗开辟了风靡古今、影响中外的"顿悟"禅风。

如果仁卓大师不能抛弃虚妄的幻想，就算折断那柄小刀，看到的也只是铸炼刀剑的凡铁，不会找到一切迷惑问题的答案。更何况，我们几个还在于飞鱼的黑星双枪监视之下。

特洛伊忽然叹了口气，满脸歉意地望着我："对不起陈风，我命人处理小旅馆那边的残局时，顺便拿走了那柄奇怪的刀子，目前就在这茶几下面的暗格里。我本无意夺人心头之好，但多年来养成的职业习惯，还是让我这么做了，所以我感到非常抱歉。"她离开沙发，蹲到茶几前，拉开最低层的一个隐秘抽屉，从里面取出那柄仅有两寸长的小刀，捏住棕褐色刀鞘的一角，向我递过来。

夏雪发出一声无法按捺的怒啸，我迅速打了个手势，要她少安勿躁。

51号地区是天下第一的间谍组织，拿走可疑证物是间谍人员的下意识动作，没必要认真追究。再说，那柄刀到达我手里后，一直没来得及参悟其中的秘密，不如暂时易手，借助别人的力量来破解。

按照常理，特洛伊捏住的是刀鞘，又不是刀柄，所以对于飞鱼来说是没有任何危险的，他也乐得看看这是一柄什么样的有魔力的刀。骤然间，特洛伊右手指尖轻挑，小刀立刻脱离刀鞘，在她的食指上绕了两圈后倏地飞出，直切于飞鱼的喉咙。

同一时刻，我也抓到了自己一直看好的水果刀，从仁卓大师腰畔斜飞出去，横削于飞鱼的颈侧大动脉。

"好了。"夏雪猝然闪电般扑击到于飞鱼身边，又飞燕掠水般轻飘飘地侧翻，从对方头顶飞过，以花样滑冰运动员一样的曼妙舞姿飞旋三周，悄无声息地落地，而后向我如沐春风般微笑着说了那两个字。

那时，于飞鱼的胸口已然弹出两柄铁灰色的三尺长三尖两刃鱼叉，分别抵挡住特洛伊和我弹射出的小刀。对各大门派武功了如指掌的江湖百晓生曾经说过，普陀山飞鱼帮的"飞鱼"两个字并不是形容"人在水中游动时像飞鱼一样快"，而是指帮里的绝顶高手随身都携带着可以自动弹射的鱼叉，根本无须经由双手动作，自动完成十步之内的绝杀。

两柄刀完全吸引住了于飞鱼的注意力，而夏雪在此刻凌空扑上，采用泰拳中常用的"徒手绞杀技"，双掌扭住于飞鱼的下颌与后脑，一百八十度拧转，等于是钻了一个间不容发的空子。三人合击的结果，就是令于飞鱼的脸突然向后转去，留给我们一个黑糊糊的后脑，颈椎骨骼、血管、神经、筋络全部移位断掉，他空握双枪，当场咽气。

"我发出怒啸，只不过是在感叹特洛伊小姐拿出小刀的举动犹如神来之笔，不知不觉就把于飞鱼的警惕性撕开了一条无法察觉的裂缝。这种看似无意，实则缜密的连环伏笔，值得我诚恳学习。”夏雪一招得手却不居功，对特洛伊的态度越发柔和。

我一直在想，眼前两个万里挑一的奇女子如果能够结为朋友就好了，特洛伊超级计算机组一样精确的逻辑思维，加上夏雪的做事灵活，一定能成为我的左膀右臂，一起闯荡江湖。

于飞鱼倒下，仁卓大师一步跨过去，拔出嵌在鱼叉上的小刀，在袖子上反复抹拭了几次后，突然捏住刀尖、刀柄发力，企图把它掰断。大战刚刚结束，我们三个绷紧的神经刚刚松弛下来，谁都来不及举手阻止他，只能任由仁卓大师发力拗断那小刀。奇怪的是，一瞬间小刀弯成首尾相抵的环形，但却没有折断的迹象。他连续折了三次，小刀弯起又弹开，再弯再弹，韧性十足，奇妙无比。

自古以来，最高明的铸剑师能够把出自缅甸、不丹一代矿脉的好铁精炼为软剑软刀，柔韧度与锋锐度并重，被江湖刀客尊为“缅铁宝刀”，通常一柄刀的售价就在明珠百斛、黄金千两之上。看这柄刀的表现，正是缅刀中的极品，怪不得博拉多杰大师要将它珍重谨慎地挂在脖子上。

“百炼精钢化作绕指柔，好好，果然是藏地百年难得一见的好刀！”仁卓感慨地长叹一声，把小刀横在眼前，入神地凝视着刀身。

上一次，他就是在那种状态下进入了癫狂世界，但这次他的眼珠里并没有出现神秘女子的影像。

“她在哪里呢？她在哪里呢？”刀刃上的寒光映射得他须眉皆白，两颗眼珠里也各自出现了一条横贯瞳仁的白线。

“仁卓大师，刀子已经给你了，带我去乃琼寺吧，我们必须要进入三眼族人出现的秘道。”特洛伊狠狠地踢了于飞鱼的尸身一脚，取出电话，拨了一个号码后简洁吩咐，“我们五分钟后到停车场，发动车子，备好武器，去乃琼寺。”

当她专心做事的时候，给我一种特别陌生的感觉，让我清醒地意识到她“51号地区人马”的政治背景。在那个隶属于美国五角大楼的超级巨舰中，男女情感、个人得失早就被置之度外，生命中除了工作还是工作，任何人都会在巨大的国家机器面前失去自我，最终变成一架计算精准、毫无生机的电脑。

“这一次，我们必定会揭开乃琼寺古井下的秘密。陈风，我们先说好，大家同时赴险，所承担的责任、应得的利益分配都是相等的。我们51号地区占五成，你和夏小姐是一对情侣，也占五成，齐心协力，联手进退，这样还算公平吗？”

特洛伊从卧室出来之后，肩上多了一件黑色的皮风衣，下摆直垂到黑色牛皮短靴的鞋面上，干练而洒脱，连说话的语气也变得世故不少。

“那样我们可赚大了，能跟51号地区平分秋色。”夏雪代为回答，她总是如此善解人意，知道我不喜欢涉及“生意利益”这一类东西。此刻，她就站在我身边，自然而然地挽住我的胳膊，淡定自如地与昂首挺胸的特洛伊对视着。

毫无疑问，目前特洛伊头上套着“51号地区特使”的光环，身后有数百精锐人马可供调遣，在气势上盖过夏雪太多，所以她看夏雪时，会下意识地采取居高临下的态度。反观夏雪，则自始至终秉持“不卑不亢”四个字，既不妄自菲薄，也不针锋相对。

“我坚信，陈风将来必定是港岛江湖上的大人物，如果有夏小姐这样的贤内助陪伴，一定如虎添翼，前途无可限量。乃琼寺一战结束后，我希望大家都有命回来，开一大瓶法国香槟庆祝，怎么样？”特洛伊朗朗一笑，扬起戴着黑皮手套的右掌，“出发吧，去黄金宝藏堆积如山的地方。”

等到特洛伊和仁卓大师出门，夏雪故意拉着我坠在后面，低声警告：“特洛伊身上至少藏着五种武器，除了枪械刀具，风衣内袋里甚至还装着两束美式甜瓜炸弹。我看，咱们不像是去寻宝，倒像是向越南战场开拔。总之，别离她太近，免得遭到殃及。”

我耳朵里听她说话，目光全神贯注地聚焦于仁卓大师的后脑，试着用来自方东晓的“读心术”去探测他脑子里的东西。

将博拉多杰大师和仁卓大师说过的话连贯起来看，乃琼寺下面一定埋藏着许多不可知的秘密，比如那两名三眼族人是哪里来的？博拉多杰大师为什么要把砍下的人头制成微缩模型？井底的另一名三眼族人去了哪里？他们是从类似“转心壶”的井下机关里逃出来的，难道又通过机关缩了回去？机关后面，会是三眼族人的巢穴吗？

深山野林里的采药高手都知道，凡是灵芝、宝参之类旷世神药的生长地点附近，总有奇毒的蛇类或猛兽守护，这是一种冥冥宇宙中亘古存在的自然规律，仿佛两者之间存在某种特殊的灵性联系。通常情况下，神药附近堆积的白骨越高，药的生长年龄就越长，最长的能达到三千年以上。

叔叔则说过同样道理的话：“宝藏四周，必有枯骨。细心观察之前的人是死于什么原因，能够避免自己重蹈覆辙。世界上没有绝对意义上的聪明人，小心能行万里船，千万别心存侥幸。”

“那么，三眼族人和黄金宝库是在一起的？”最近那么多人为宝库失去生命，偏偏宝库还没有浮出水面，死的人真是太不值了。神秘的乃琼寺，或许将成为另一部分人的坟墓，我希望自己和夏雪能够幸免，因为我们为的不是寻宝，而是消灭三眼族人的根源巢穴。

进入电梯后，特洛伊匆匆告诉我：“我得到许多内幕消息，神鹰会那京将军已经身在藏地拉萨，随时可能展开大规模的进攻，扫荡一切异己。他对黄金宝藏觊觎已久，跟咱们的目标完全接近，这次弄不好大家还得真刀实枪地火拼一场呢！”

“他是警方高价通缉的人物，行事不会太嚣张，而且早晚会逃离藏地，去一些能够容忍恐怖分子栖身的地方。要知道，中国警方的实力在国际刑警组织中名列前茅，那京将军显然比我们更清楚这一点。”我被逼不过，只能如此回答。

事实上，那京将军几度暴露了“必取宝藏”的决心，在这场看不见的角力过程中，已经与51号地区成为不能共存的死敌。特洛伊要想全身而退，就得重创神鹰会，甚至消灭那京将军一行人，绝不手软。

电梯一直向下，进入位于地下的大厦停车场，一辆黑色的别克商务车正在电梯门外整装待发。

我们依次上车，戴着棒球帽和墨镜的年轻司机立刻开车，驶出大厦。

这一次，我们是去探索古井下的秘密，作为地主，仁卓大师却表现得过度沉默，一直捧着那个小木盒，盯着里面的微缩小人头看。

从后视镜里看，我们这辆车子的后面，不即不离地跟着五辆颜色不同、新旧不一的桑塔纳轿车。五辆车的挡风玻璃上贴着深色的防晒膜，看不到里面的情况。

“是我的人，别担心。”特洛伊故作亲热地碰了碰我的胳膊肘。

此刻车内的情形是这样的，副驾驶座位坐着的是仁卓大师，我在后排中间，特洛伊在左，夏雪在右。特洛伊向我这边倾斜身子的时候，我无处可躲。

“我从临近西藏的各个特勤小组里抽调人马组成了一支精锐部队，比起神鹰会的乌合之众来，不可同日而语。放心吧，只要那京将军敢出现，就让他死无葬身之地，再化成一缕烟尘，永远消失在全球黑道版图之内。”特洛伊信心十足，她也的确拥有这样的实力。

“佩服，佩服。”夏雪语气平淡地替我回应她。

我稍稍后仰，从车顶的天窗望出去，蓝天辽阔，云絮横陈。藏地风景比顶级摄影师镜头里留下的任何图片都要美，多看几眼就觉得心情舒畅，思绪飘飞，将身边的蝇营狗苟、利益纷争全都抛开了，不复记起。

沙沙几声轻响后，天窗上的双层防爆玻璃交错滑开，呼啸的风声和沁人心脾的新鲜空气一起涌进来。我知道，打开天窗的一定是夏雪，只有她最了解我的需要，思想与我同步。

突然，我听到车厢后部传来极力压抑的轻微呼吸声，那是一名内功精湛的江湖高手用“龟息功”调整呼吸时发出的动静，而夏雪和特洛伊是绝对无法做到这一点的。

别克车的尾厢空间很大，藏下五到七个成年男人绝不是问题。我仔细倾听，心情稍微放松了一些，因为只有一个人的呼吸声，头部就贴在我背后的靠椅上。

“那柄小刀呢？我想再看一下。”我懒洋洋地向特洛伊伸出手，身子一动不动。

特洛伊从口袋里取出小刀，连着刀鞘递给我。按照51号地区一直以来的逻辑，任何东西只要落入他们手中，就会毫不客气地据为己有。

那时候，车子刚刚从金珠西路拐上当巴路，一直北去就能直抵乃琼寺。我拔出小刀，平静地横在眼前，装作一心一意地欣赏着刀柄上的花纹。别克车真皮座椅的构造无外乎是皮革、海绵填充层、弹簧、钢板骨架之类，只要避开钢板，一刀射出去，就能穿透座椅，直接命中目标。

“我们真的必须合作吗？”我的内力已经缓慢地贯注到右臂中，直达捏住刀柄的拇指、食指和中指。

“当然，如果你不是大游侠陈风，就算上赶着来敲51号地区的门，都没人理你。所以我想，你最好能珍惜这个机会，拿出一些合作的诚意来，你说是吗？”特洛伊成竹在胸，并没有深究我话里的意思。

“那好，我会让你看到诚意的，比如……”我放慢语速，成功地将特洛伊和夏雪的注意力都吸引了过来。当然，尾厢里潜伏的那人也一定会凝聚注意力，死死地贴近靠背，好听清我在说什么。

陡然间，我腰间发力，以脚尖为轴原地旋身，由面向正前方改为正对后窗。就在我的肩、肘、腕、指关节这四处刚刚发力，小刀还没离手之前，嚓的一声，靠背上弹出了一截铁灰色的刀尖。如果我不是恰好选在此刻动手，那刀尖就会抢先一步刺入我的脊柱。

哧的一声，我的刀也电光一闪，穿靠背而过。

“哗啦哗啦”两声，特洛伊与夏雪双枪齐出，顶住了靠背后跳出来那人的胸口，但对方屈膝半跪着，双枪却居高临下，抵在了我的眉心和左胸口。

“终于又见面了，你有两位大美女做帮手，而我却是孤家寡人一个，主人如此待客，这未免有些失礼吧？”那人的络腮胡须刚刚刮过，两腮和下巴都呈现出一种冷漠而傲岸的铁青色，同样铁青色的冷酷眼神只是死死地盯住我，根本不看其他人。

他就是那京将军，在小超市里跟我大碗喝酒，逼我签订城下之盟的黑道枭雄。

忽然之间，我们四个都无比轻松地各松一口气，不约而同地发出一声长叹。

特洛伊嘴角一翘，眉峰弯起，笑吟吟地开口：“这是你死的日子，天堂有路，地狱无门，选择跟51号地区作对，你早就该死一万次了。别人肯放你，我可没那么好心。”

夏雪皱着眉，露出正在进餐时却看到一只苍蝇般的恶心表情：“我一直在奇怪神鹰会的狗爪子怎么会无处不在？现在好了，在狗头上穿几个洞，一脚踢下车，看你的人还会不会继续阴魂不散地跟在后面？”

我只问了四个字：“所为何来？”

那京将军则以一种孤傲不可一世的口吻回答：“图穷匕见，水落石出。黄金宝藏盛宴已经到了尾声，该是每位客人买单的时候了。”

第四章 特洛伊的阴谋

车子仍在飞驰之中，司机和仁卓大师对后面的事插不上手，只能置身事外。而且，没有特洛伊的命令，司机也不会自作主张停车。

“我们有三个人，你只有两柄枪，胜负的天平是倾向于我们这边的。还有，车子后面，还有五车人马尾随，你就算此刻要弃枪而逃都来不及。将军大人，投降吧！图穷匕见的结果，就是你成为51号地区的阶下囚，彻底让出中、尼、印边境的地盘。呵呵，你引用的这个成语非常准确，一直以来，你就只不过是个打一枪就走、抢一票就逃的刺客而已，你们这一行的鼻祖荆轲先生最终的结局，不也是在恢弘天下的秦始皇刀下做鬼了吗？你也一样，无论何时何地，用鸡蛋去碰石头的话，不会出现第二种结果。”特洛伊的口才不错，这是她胜过夏雪但同时又令我生厌的地方。

孔子说：“巧言令色，鲜矣仁。”如果一个女孩子太能说，太会说，未免就会不自觉地陷入“工于心计”的状态中，自己的真心就会永远掩盖起来，不予示人。在这一点上，夏雪做得刚刚好，既不沉闷木讷，也不侃侃而谈，任何时候都令我如沐春风，毫无隔阂。

那京将军冷冷地回答：“要是陈风死了呢？你的胜利喜悦岂不就变得大打折扣？我看过你三年来向51号地区内华达州格垆坶湖总部递交的所有围绕亚洲黑道做出的评估报告，总共一百四十份报告，竟然出现过陈风的名字不下千次。你始终都在试图说服上级，不惜一切力量将陈风纳入组织之内，并高度夸大他的个人水平和江湖影响力。特洛伊，你的真实意图是什么？不过就是爱那个人爱到了不能自拔的地步，自己又不可能脱离组织，只能选择这种‘曲线救国’的方式，将陈风变成组织的一员，然后你们就可以在不违反51号地区铁血纪律的情况下结为神仙眷侣，永不再受单相思之苦。”

特洛伊一怔，变得无言以答，直到此刻才反应过来，低声反驳：“你说错了，我并没有夸大其词，而是真正看好陈风，不想让他那样百年不遇的奇才沦于平淡无奇的生活泡沫之中。在我看来，只要给他足够的时间和环境，他就能超越一战、二战时叱咤欧亚战场上的那些自诩为‘天之骄子、天下无敌’的伟人和将军们，超越51号地区自一九五四年建立以来所有上过组织‘精英榜’的前辈们。”

那京将军哈哈大笑，但却只听见笑声，脸上的肌肉纹丝不动：“特洛伊小姐，你虽然是广大美籍华裔中的一员，却很完整地接纳了美国人鼓吹的那一套‘精英论’。我也承认陈风有非同寻常之处，是迄今为止神鹰会遇到的最强大的敌人，但你说他能超越你们内部‘精英榜’上的五十一名功勋卓著者，却是犹如天方夜谭一般。”

特洛伊冷笑：“你不是我，怎么知道我说的是天方夜谭？”

当前的形势，双方都有抢先开枪的可能，一旦交火，那京将军和我必死。那种结果，是大家都不愿意看到的，毕竟宝藏还没真正现身。

“我当然知道，因为之前你的上司及上司的上司也对许多江湖英雄说过同样的话，比如原振侠、罗开、年轻人与黑纱公主、浪子高达等等等等，将他们捧为二十世纪精英中的精英，比好莱坞电影中的超人、蜘蛛侠都更具正义感，邀他们加入51号地区是为了拯救世界、拯救全人类。现在好了，世界和全人类都平平安安地待在地球上，他们呢，却早就销声匿迹，成了江湖的绝响。我有充足的证据表明，以上五位超级游侠全部都是倒在51号地区的实验性计划之中。唯一的聪明人，就是那位心系娇妻白素、固守个人小家的卫斯理先生，他对所谓的‘拯救地球计划’毫无兴趣，把全部心思和激情都献给了那位美貌与智慧并重的白素小姐，甘心情愿做对方眼中的‘囚鸟’，终于侥幸逃过一劫。今天，你对陈风说同样的话，我可以想象到，他的未来，与那五位上当者一模一样……”

那京将军冷静地一一剖析着，不像是在刀枪并举的飞车之上，倒像是站在大讲台上的博学教授，正在开导一大圈愚顽的学生。

“你只是组织的一员，只是51号地区这辆庞大战车上的一个小小零件，连自己的命运都无法掌握，更何况是提携自己的朋友？你可以向陈风开出任何天花乱坠的条件，包括组织的任命、委任状、瑞士银行户头里的天文数字、美色、山水别墅……但这些最终能不能实现，根本是你决定不了的，五角大楼、组织大头领甚至只是你上司的一个小小红叉，就能否定一切，把你许诺的肥皂泡一下子戳破。够聪明的话，你为什么不想想自己的组织代号？哼哼，‘特洛伊’、‘特洛伊’，它代表的是什么，你自己都读不懂吗？”那京将军说到这里，车子开始拐第二次弯，右拐上了北京西路，拉萨市西郊变电站醒目的白底黑字门牌渐渐地被抛在车后。

再有二十分钟，车子将抵达乃琼寺，如果车里的对峙死结不能解开，弄不好就会引来警察，无法收场。

“让你的人离开，否则我就开枪，要你最爱的人横尸当场。”那京将军嘴角终于浮出微笑，但却残忍而狰狞，像出现在噩梦里的狼吻。

夏雪蓦地垂下枪口，降低姿态：“那京将军，我提一个建议好不好？大家都把枪收起来，等真正找到黄金宝藏再发生火拼也不迟。真想开枪杀人逞一时之快的话，咱们何必千里迢迢地跑到拉萨来，我们在港岛、你在加德满都随时都可以拔枪杀人，然后跑路？现在，最起码我们有共同的追求目标，就是乃琼寺下面的宝藏。我相信将军大人不是个短视的小人，所以先收枪，以一个生意人的做事方式来处理这件事。生意场上，没有永远的敌人或朋友，只有永远的利益，不是吗？”

那京将军稍稍犹豫，锐利的目光从我脸上转移到夏雪那边，轻轻点点头，双腕一抖，收起了短枪。

夏雪横过手臂，将特洛伊手上的枪压低，悠闲地微笑着：“好了，还不到谢幕之时，这场戏还要靠大家彼此扶持着将就唱完。我看那京将军说的某些话也有道理，妹妹你说呢？”

特洛伊从沉思中回过神来，表情无比尴尬，气势立刻落在下风。

我相信那京将军所说的都是实情，否则特洛伊早就跳起来否认了，不必被对方说得哑口无言。

在欧洲历史上，特洛伊也被称为“伊利昂”，是古希腊的殖民城市，位于小亚细亚半岛西端赫勒斯滂海峡（即达达尼尔海峡）东南，即今天土耳其的希萨利克，在公元前十三至前十二世纪时颇为繁荣。

公元前九世纪古希腊诗人荷马的史诗《伊利亚特》所叙述的“特洛伊木马屠城”就发生在这里，公元前十二世纪初，迈锡尼联合希腊各城邦组成联军，渡海远征特洛伊，战争延续十年之久。最后英雄奥德赛献计，让迈锡尼士兵假装撤退，并故意在城下留下一具巨大的木马，特洛伊人把木马当做战利品拖进城内，当晚正当特洛伊人开怀畅饮欢庆胜利的时候，藏在木马中的迈锡尼士兵悄悄溜出，打开城门，放进早已埋伏在城外的希腊军队，结果一夜之间特洛伊化为废墟。

在现代社会中，“特洛伊”又变成了号称“一经潜入，后患无穷”的电脑病毒名字——“特洛伊木马”。它通常被伪装成一个实用工具或者一个可爱的游戏，诱使用户将其安装在个人电脑或者服务器上。完整的木马程序由两个部分组成，服务器程序和控制器程序，拥有控制器程序的人可以通过网络控制被安装了服务器程序的电脑，比如操作文件系统，窃取账号密码等等，任意出入，为所欲为。

按照那京将军的说法，特洛伊就像51号地区释放出的一只电脑病毒一样，其作用只是诱我上钩，从此走上不归路。

“所谓的‘特洛伊’，那只是我的个人工作代号而已。陈风，请相信我对你的邀请完全是出于好意，组织上也特别关照过，会给你一个最自由的工作空间，充分发挥你的才能。相信我，普天之下只有我能看到你的不凡之处，我是你生命中唯一的伯乐……”特洛伊被那京将军从精神上击败了，终于垂下了高贵的头颅。

“说得真是精彩。”我不得不为那京将军鼓掌。

在尼泊尔官方报道中，那京将军是不修边幅、不通文墨的恐怖分子，只会在人迹罕至的山洞里打游击，与阿富汗“阿尔·伊达”（意为“基地”）组织的奥萨马·本·拉登没什么本质上的区别，但却远远不如后者有名。现在看来，那京将军的军事理论与政治逻辑非常高明，分析问题脉络清楚之至。

“谢谢，小兄弟，你终归还是太嫩了，以为51号地区培养出来的女间谍会像普通女孩子一样动感情、谈感情。我可以再告诉你一点，其实这位夏小姐在窝拉错湖失踪时，特洛伊所知的资料远不止告诉过你的那些。美国人设置在印度洋上空的高等级侦察卫星‘傀儡三’与‘米兰一零二二’曾分别拍到了甘金王子和夏小姐失踪时的湖水变化，清晰度堪比胶片电影。如果特洛伊真的关心你，她会越权向你提供这些，而独自承担组织上的惩罚，可那时候她在做什么？组织的一纸禁令让她三缄其口，任凭你为夏小姐的失踪而躁狂发疯。你看，这样的女孩子还在我们面前妄谈爱情，岂不是天大的笑话？说老实话，刚刚我用枪指着你，她们用枪指着我的时候，我都怀疑特洛伊的枪膛里有没有压上子弹……”那京将军犀利的词锋令特洛伊无地自容，深深地垂下了头。

夏雪终于按捺不住，举手拿过特洛伊手中的短枪，退掉弹夹。

一瞬间，我浑身的血也全部涌上头顶，因为那只弹夹完全是空的。

“借刀杀人？”夏雪倒抽一口凉气，颓然地扔掉了短枪，“我太失败了，完全看错了形势。至少在几秒钟前，我还以为特洛伊对陈风有情，关键时刻我们可以借助51号地区的力量支撑一阵。但是，这一次我们都错了，非但没有后盾支撑，连特洛伊心里到底在想什么都不知道。”

我忽然很想大笑或者大哭几声，因为我和夏雪的想法完全一样。

“还有什么话可说？还能仔细地将这个谎圆起来吗？”车子已经停在乃琼寺外的小广场上，那京将军以胜利者的姿态做了结语。

特洛伊颓然地挥挥手，指向车外：“你们走吧，我放弃，大家就在这里分手吧。”

夏雪推开车门当先跃出去。藏地的美好阳光温暖普照着小广场上铺着的青石板，也将她的身上镀了一层艳丽的金黄色。此时，寺外没有游客，广场上空荡荡的，只有我们这六辆车顺序停下来。

“陈风，我对一切事都说抱歉，再见！”特洛伊向我伸出手来。

“两军相争，各为其主。谁都无须说抱歉，祝你好运。”虽然脸颊正在发烧，我仍保持着男人应有的理智和风度，握住她冰冷的手指摇了摇，平静地下车。现在周围都是她的人，如果她存心发难的话，一场大混战在所难免。可是，她选择了波澜不惊地鸣金收兵的做法，不得不说已经做出了巨大的让步。

仁卓大师、那京将军都下了车，目送着六辆车原路返回，渐渐消失在视线里。

那京将军甩了甩手臂，兴致勃勃地做了几个晨练的体操动作，向寺后一指：“大师，我们开始做正事吧。我早说过，跟我合作一定会无比愉快，每个人都能达成心愿，包括你要寻找的那个女人。按照我的想法，博拉多杰大师一定曾对你隐瞒了什么，秘密就在他的紫竹林内、枯树瘦石的禅房中。”

仁卓大师仍然捧着那只盒子，而小刀却落在那京将军手中，两个人亲密如战友一般，肩并肩地沿着乃琼寺西墙外的小径向寺后走去。

“这一次，我们全败，那京将军全胜。”夏雪变得满脸苦笑。

“不到最后，何谈胜败？”我牵着她的手，尾随前面两人的脚步，表面看似平静，实则是在强颜欢笑，掩盖因特洛伊带来的沮丧心情。

此前，我一直为如何才能不动声色地拒绝特洛伊的表白而费尽心思，现在倒好，她说的一切情话都成了照本宣科的谎言，让我心里充满了辛苦耕耘后却两手空空的失落感。

“死了那么多人，大部分人到临死都不知道究竟为何而死，不知道真正的赢家是谁。我们实在太低估神鹰会和那京将军了，才有今日之败。将来的某一时刻，我们也会像之前的那些人一样，死在向前走的路上。”夏雪变得相当消极，一边走一边长吁短叹。

我不知道该如何劝解她，只有沉默地握着她的手，任她倾诉。

远处，黑色的格培乌孜山簇拥着哲蚌寺那一大群白色的建筑，在阳光下显得格外醒目。那座黄教六大寺庙中规模最大的古老寺庙巍然屹立，总是吸引着成千上万的外地游客络绎不绝而来，更反衬出近处乃琼寺的冷清。

夏雪突然停下脚步，面向哲蚌寺，双手合十，屈膝跪倒。

我吃了一惊：“你在干什么？夏雪，你冷静点，胜负未分，我需要你的帮助。”

夏雪摇摇头，只用下巴向前指了指：“听，听那来自万丈虚空中的声音，我感觉到有人在呼唤，那声音越来越清晰，越来越熟悉。不要打扰我，让我专心致志地去听。”冷风掀起她的衣领，拂动她的头发，发出婆娑的声音。我脱下外套，披在她肩上，自己后退一步，静静地陪着她。

那京将军揭穿特洛伊的诡计时，我感到无比震惊，各种复杂滋味一起涌上心头。我真的曾把特洛伊当做可以依靠的挚友，夏雪在窝拉错湖失踪时，我首先想到的就是寻求来自她的帮助。在很多江湖英雄的心目中，51号地区披着来自美国五角大楼官方的灰色外衣，是绝对不能信任的，包括叔叔及他的一干老友都或明或暗地这样说过，我偏偏没有笃信，以为特洛伊绝对是个例外，以为我们属于“君子之交淡如水”的神交，以为彼此没有利益冲突就可以相互砥砺扶持。

“我大错特错了！”我在心中默默长叹。

老前辈们在江湖上浮沉一生，不断从失败挫折中吸取教训，磨砺眼力，基本能够透过现象看穿本质，而不是像我一样“不识庐山真面目，只缘身在此山中”。

“那么，现在该怎样挽回颓势？继续跟随那京将军与虎谋皮吗？抑或是暂且后退，等到时机合适时东山再起？”

那时，那京将军与仁卓大师已经走到西墙尽头，就要拐向舍身井所在的寺后小广场了，他忽然回头，对沉思中的我招手：“陈风，快点走啊，别磨磨蹭蹭的，耽误了眼前的大好时光。”

神鹰会与特洛伊之争那么容易就分出胜负，令我感到非常奇怪，难道是因为那京将军突然击中了特洛伊的致命死穴，才令她毫无招架之力？

我遥遥挥手，算是礼貌地应答，心里却一直在想那京将军为什么一定要邀我和夏雪同往。现在，他已经控制了局面，取得了仁卓大师的信任，两人间的默契亲热程度非同寻常，完全能够里应外合，找到进入黄金宝藏的门户了。

等到那两个人拐过墙角，我便慢慢地在旁边的石凳上坐下来，极目远眺格培乌孜山的风景。最近一次到这里来，是仁卓大师亲临小旅馆把我请来的，那柄神奇的小刀并没有带给我和夏雪惊喜，反倒是最近这一系列的谋杀、狙杀、暗杀事件，一波未平一波又起，让我们始终不得安宁。

于飞鱼已死，谁能潜入古井寻找秘密门户？那京将军葫芦里到底卖的什么药？

我感觉自己的脑袋木胀胀的，思绪一团混乱，找不到扭转局势的办法。

夏雪站起来，轻轻拍打着膝盖上的微尘，深深地皱着眉。

“你还好吗？”我凝视着她的侧影，心里一痛，生怕她会因承受不住失败而郁闷过甚。

“我好像听到了母亲的声音，其实我当然知道，她已经离开这个世界了，但刚刚我眺望哲蚌寺的时候，耳边有个奇怪的女人声音一直在回响着，要我继续向前，到她身边去。那声音非常像我母亲，我无法解释这种幻听到底说明了什么问题。”夏雪的表情越来越痛苦，双手用力地扭在一起。

“再向前就是舍身井，还有博拉多杰大师生前住过的禅房。如果你愿意，我会陪你一直走到底，就算冒着枪林弹雨也不怕。”我站起身，揽住她的腰，一同慢慢前行。

毫无疑问，香雪海已经死于九曲蛇脉一战，绝对无法复活。连夏雪都承认自己是“幻听”，我也暂时放弃了对这个问题的剖析。

舍身井仍旧一片沉默，我和夏雪出现时，那京将军正饶有兴致地拾起了几块石子，接二连三地向井水中丢。

“我所讲的三眼族人就是从这里爬上来的，当时那一幕实在是非常恐怖，因为那是一个实实在在的三眼人，跟我毕生所见的汉人和藏人绝不一样，只是多看两眼就恶心得要命了。第一个爬上来的，跑向博拉多杰大师的禅房，第二个干脆就浮在水面上，大口喘粗气，像是经历了漫长的泅泳过程一样。到目前为止，我最不能理解的是，理论上存在的暗门却始终找不到。陈风，拜托你想想办法，我真的很想今天就见到那扇暗门。”仁卓大师的苦恼不是哪一个人都能承受的，找不到潜在的敌人，他的余生会变得枯燥乏味，不值一提，更无法安安心心地继续隐居藏地。

那京将军一声冷笑，将掌心里剩余的石子“哗”的一声全部丢进水里。他没说一个字，却表达出了一种隐隐然的轻蔑。以词锋折服特洛伊后，他暴露出自己强大的舌辩才能，也许下一步要表现出的将是他的武战能力了。

我绕着井栏缓缓踱步，自忖心思缜密，也许能够发现别人注意不到的细节部分。据我所知，乃琼寺的人曾想将这口井申报为国家文物保护资源单位，但却最终没能通过。

古井无波，寒气逼人，井壁上的湿腻青苔一层连着一层，直铺向水面。

“那次，我就是从这个方向直扑水下的。”仁卓大师提醒我。此刻，他的手里仍旧握着那只檀木盒子，里面装的，就是三眼族人的首级。

我再转了一圈，与夏雪彼此交换眼神后，才叹息着摇头：“大师，也许我们该换一种思路看问题，明晚才是月圆之夜，就算井底会发生什么奇异事件，也得从三十小时后开始。”

仁卓大师苦笑：“自从发生三眼族人突现的诡异事件后，每个月圆之夜我都会带着几名机灵敏捷的弟子到这里来，潜水搜索，结果却始终是零，没有任何突破。”

那京将军突然插嘴：“陈风，在这里我必须澄清一件事，燕七、于飞鱼都是为我做事的，他们放出的任何消息都是由我的智囊团有计划、有步骤地编制而来，所以可信度几乎为零，千万不能作为推断事实的依据。哈哈，如果你笃信了他们的话，很快会发现自己马上就要死定了。”他揶揄地笑着，看着我的眼神犹如盯着一只被他戏弄过的玩物，皮笑肉不笑地打着哈哈。

夏雪忍不住长叹：“我早猜到于飞鱼会是你的人，却料不到连燕七都是。前者一生为金钱、好运、宝藏而活，比较容易被金钱收买，后者却是大侠燕赵的胞弟，怎么甘心听你的？”

那京将军终于又有了展示的机会：“燕七说，他曾在克什米尔高原附近看到了前所未有的海市蜃楼，而我告诉他，我能帮他找到海市蜃楼，让他像听录影带一样反复听，反复看，反复地拥抱那女人。于是，我们就成交了。”

我无言地摇头，深悔没有查清燕七的所有底细，只凭一些来自江湖上的资料就盲目判断一个人。

“去禅房吧。”那京将军再次发话，仁卓大师便乖乖地离开古井，走向那一片枯死一大半的江南竹林。

“亲自下水去看看才是比较稳妥的办法，世界上的任何谜题都该有答案的，之所以不见记载，是因为人类的眼光局限罢了。”我感觉自己的结论并没有太多说服力，说到最后，也立即闭嘴。

“我们也去禅房。”夏雪咬了咬唇，带头走向禅房。

第五章
博拉多杰大师与步辇图

那座林中木屋的前后窗户都大开着，竹叶飒飒，平添萧瑟。木屋的地面基础，是由灰白相间的青石铺就的，里面的家具陈设非常简单，大到房顶家具，小到一桌一凳，都是手工制作，笨拙稚气中带着一丝隐隐约约的禅机。

“博拉多杰大师执意要把清修之地安排在这里，刻意远离寺中弟子的打扰。平时除一日三餐外，别人不得召唤，不准踏入林中一步。”仁卓大师对着已经空空如也的禅床深深鞠躬。

那京将军抱着胳膊，冷冷地环顾室内。这间木屋简陋到一目了然的地步，从屋顶到墙面，从家具到地面，藏不下任何秘密，全都暴露在众人目光之下。

“当时，我追踪着第一名逃走的三眼族人过来，林中留下了他的清晰脚印，所以很容易分辨。我到了门口，三眼族人的尸体已经在禅房正中，博拉多杰大师端坐在禅床上，右手边放着那柄小刀，双手捧着这颗头颅，若有所思地凝视着。”仁卓大师脱掉鞋子，慢慢地跨上木床，在床沿上盘膝打坐。

“尸体在这里？”那京将军横跨两步，站在禅房正中。

“是的。”仁卓大师把微缩人头拿出来，慢慢地捧在眼前。

此刻，夏雪的手被我轻轻握着，她蓦地打了个寒战，脸上变得毫无血色。

“怎么？”我轻轻地捏了捏她的手指，关切地低声询问。

“我忽然觉得好冷，你看右面墙上那幅画，那种题材的东西似乎不该出现在大师清修的禅房之内。你有没有觉得……这间禅房里充满了一种阴毒邪恶之气，仿佛地面上每一条石缝里都在向上喷涌寒气。”夏雪向我身边靠了靠，我这才发现她说话时喷出的气息热乎乎的，再举手触摸她的额头，已经是滚烫滚烫的。

“你病了，我带你出去。”我的心又一次被刺痛了。如果不是连遭巨变，我早该注意到夏雪的身体出了状况。

“不，不要，让我看看那幅画，一定有什么线索就藏在画里。博拉多杰大师那样的一代高僧静修之地，是不会出现任何多余物品的。它之所以留在这里，肯定是为了给我们一些神秘启示。”夏雪蹒跚地向右走，在我的扶持下，终于走到了那幅笔迹凌乱的画作前。

那是一幅临摹水平极差的《步辇图》，该画作是中国十大传世名画之一，为唐代著名画家阎立本所绘，作品设色典雅绚丽，线条流畅圆劲，构图错落富有变化，是唐代绘画的代表性作品，具有珍贵的历史和艺术价值。

《步辇图》是以贞观十五年（公元641年）吐蕃首领松赞干布与文成公主联姻的历史事件为题材，描绘唐太宗接见前来迎娶文成公主的吐蕃使臣禄东赞的情景，后人一直将这幅画看做是汉藏兄弟民族友好情谊的历史见证。

我曾有机会参观过目前珍藏于故宫博物院中的《步辇图》真迹，从绘画艺术角度看，作者的表现技巧已相当纯熟，衣纹器物的勾勒墨线圆滑流畅中时带坚韧，畅而不滑，顿而不滞；主要人物的神情举止栩栩如生，写照之间更能曲传神韵；图像局部配以晕染，如人物所着靴筒的折皱等处，显得极具立体感；全卷设色浓重淳净，大面积红绿色块交错安排，富于韵律感和鲜明的视觉效果。画卷上有宋初章友直小篆书有关故事，还录有唐李道志、李德裕“重装背”时题记两行，早就已经成为国宝级文物。

“无论如何，我都想不出把它挂在这里的理由，博拉多杰大师到底要告诉我们什么呢？”夏雪伸出手，摩挲着那些直接涂抹在木板墙上的粗疏笔画。

我极力回忆起那幅《步辇图》原作真迹上的内容，图中浓眉毛、高鼻梁、连鬓胡须、民族特点异常浓厚的禄东赞，身着动物饰样的长袍，足蹬皂靴，头扎免冠带巾，在唐朝礼宾官员和译员的陪同下，为吐蕃王松赞干布请求赐婚，进谒坐在步辇上的唐太宗李世民。他全身略向前倾，两脚并拢，双手拱合致礼，神态谦恭。从他微微蹙起的眉头与明亮的双眸中，揭示了他胸有韬略、善于审时度势和为增进民族情谊而不懈努力的精神实质。

至于眼前这幅临摹之作，只能隐约看出人物形体，与原作有天壤之别。

“这是一幅《步辇图》，刻画的是禄东赞去长安请求唐朝皇帝赐婚的事，与此相关的则是历史上‘六试婚使’的传说故事，极力颂扬吐蕃丞相禄东赞的无穷智慧。我们在拉萨大昭寺和布达拉宫内也看过描绘这一故事的壁画。这幅画在告诉我们或者说博拉多杰大师想告诉我们，一定要从大智者禄东赞的故事里寻找启发。陈风，我需要壁画。是那两处地方的壁画群组中与禄东赞有关的部分，特别是那幅。”夏雪的身子晃了几下，无力地靠在我身上。

仁卓大师和那京将军的注意力都被吸引过来，屏住呼吸倾听夏雪的下文。

突然之间，我听到了一阵山呼海啸般的呐喊声，仿佛来自脚下丝丝缕缕的石缝之中。同样的声音，我在幻觉中陪叔叔一起杀敌时也听到过，那是漫山遍野的三眼族人发动四面围攻时所发出的，其中也间杂着这些魑魅魍魉们遭到伏藏师利刃杀戮时发出的惨叫声。

“听到了吗？”我轻轻摇晃着夏雪的身子。

“听到什么？”她费力地抬起头，眼皮正在打架，马上就要陷入昏睡之中，“我倦了，太阳的光明即将沦入地狱的黑暗，黑暗的尽头，另有一束白光可以取代太阳，那是三眼族人的世界。我在磁石上留下了所有的传奇密码，只能被有缘人读取，磁石……”

我听不懂她在说什么，那京将军猛地大叫起来：“快说，快说是哪一幅壁画！快说！”

他一边叫着，一边飞步抢过来，右掌狠狠地拍向夏雪的后背，带起一阵狂飙风声。我毫不犹豫地同时出掌，啪的一声，挡开了他的霹雳快招。这是我与那京将军之间的第一度贴身交手，立刻判断出他的内功在我之上，威猛霸道，根基深厚，如滔滔长江、巍巍群山一般连绵不绝。

“不要碰她。”我揽住夏雪的细腰，旋身后撤，单拳横在胸前，冷静地盯着那京将军。

“陈风，那是一个非常关键的问题，快要你的女人开口说话，开口说话！”那京将军哗的一声扯开了自己的外套纽扣，露出里面暗藏的十几只卷轴来。之前他能带着这么多累赘的东西藏身在特洛伊的车子尾厢里，实属不易。

“这里是所有与禄东赞有关的壁画摹本，告诉我，你到底要看哪一幅？”那京将军额头上的青筋全都迸跳起来，双眼圆睁，牙齿咬得“咯吱咯吱”乱响，仿佛随时都要冲过来把夏雪撕碎一样。

我猜想夏雪此刻的神志有些混乱，因为她的声音听起来也像是换成了另外一个人，苍凉而悲怆，如同一个将死之人不甘心就此离开世界，拼力留下一些警示后人的叮咛嘱托。当她向哲蚌寺方向跪拜聆听的时候，我已经有所察觉了。

“磁石……磁石……”她仍在喃喃低语着。

“磁石是什么？你需要哪一幅壁画？”我凑近她耳边，低声询问。

“你们一定要拿到磁石，所有的秘密都在那里，前面的路那么黑，吸收一切光线，而黑暗之中藏着那么多危险。去的人九死一生，不去的人，也在等死，这就是伏藏师的人生宿命，像一根刚刚点燃的蜡烛，不亮起来永远不知道自己的结局，一旦亮起来才发觉自己的生命竟然是如此短暂……”夏雪无力地闭着眼睛，嘴唇烧得干裂起皮，鼻翼也急促地扇动着。

那京将军跺了跺脚，突然冲到门外去了。

“我知道，博拉多杰大师也说过关于‘磁石’的话，磁石也是要交给有缘人的，只有真正的有缘人才能破解它的奥秘。磁石和这微缩人头之间到底有什么联系呢？磁石到底是什么？”仁卓大师也陷入了自言自语的疯魔状态，把那小小的人头高高举起来。

我猛地挥动右臂，发出“擒龙手”掌力，将那人头凌空吸了过来。但我还没来得及细看，仁卓大师已经狂吼一声，纵身飞起，双拳十字交叉，犹如金刚震怒、饿虎出林一般向我当头扑下。

“接住它。”我五指一松，人头落向夏雪胸前，然后将她向前一推，身子随即龙卷风一样旋转着拔地而起。我与仁卓大师无仇无恨，但这种情况下，要想制止疯虎一般的他，只能重拳打醒或重腿踢醒他。啪的一声，我的右掌首先拍中了对方肩膀，空气中立刻响起人体肩胛骨破碎的清脆声音，紧接着是“噗噗噗噗噗噗噗”连续七声，我的“乱石穿空连环腿”准确无误地七次踢中对方胸口、腰际、小腹、两肋，令对方口喷鲜血，身体翻滚着沉重落地。

仁卓大师的鲜血喷洒在地面上，只几秒钟的功夫，血滴就被青石吸了进去，不留一丝痕迹。我怔怔地看着地面，知道下面一定藏着某种秘密，但要想掘开这些平均尺寸在五尺长、三尺宽的大石板，却不是一件容易的事。

“喂，看这边！”那京将军的叫声在门外响起来。

我和夏雪刚刚转身向外看，两大桶白花花的冷水哗的一声扑面而来。我横向侧滑，避开水袭，但夏雪却被从头到脚彻底淋湿。

那京将军丢下两只半人高的木桶，再度冲进来，抢在我前面扣住夏雪的咽喉。

“小兄弟，别那么冲动，只要你的女人肯配合，我保证不伤她一根汗毛。”他左手中的短枪指向我，食指扣在扳机上，又恢复了冷硬如铁的表情。

“她只是个病人，什么都不知道。”我长吸了一口气，冷静情绪，排除杂念，做好了施行雷霆一击的准备。

叔叔曾说：“高手过招，实力重要，信心更重要。每次临敌对阵，都要心怀‘必杀、必胜、必尽全力、不留退路’的决心。这一点，中国的江湖中人要细心揣摩日本武士道精神中的要旨，即‘忠诚、信义、廉耻、正直、坚毅、简朴、胆识、礼节、诚实、礼仪’以及每一名真正的武士所尊崇的那种‘看透生死，生如樱花般绚烂多彩摇曳生姿，死如樱花般毫无留恋地凋谢那样干脆而彻底地死去’的态度。”

蓦然之间，我听到了木屋外轻风扫过树丛枯叶的沙沙声，似乎有一泓幽泉正汩汩地泛着水泡，喷涌着无穷无尽的生命力。于是，我慢慢闭上眼睛，让浑身每一寸皮肤都彻底地放松下来，深切感受着来源于大自然的一切。然后，整个木屋都变成了我能够掌控的一大片“气场”，那京将军的前后左右无不在气场的笼罩之下。此刻，我要杀他，易如反掌。

很显然，那京将军也意识到情况不妙，色厉内荏地大叫：“陈风，你在弄什么玄虚？叫你的女人开口，否则你们就一起死。”

“放开她，除非你真的愿意横尸当地。”我看出了他内心的惊恐忧惧。

“哈哈哈哈，我了解你的武功，绝不相信你还能有机会翻盘。听我说，人在江湖，什么事都可以坐下来谈，现在我只想说一句，让你的女人告诉我，秘密究竟在哪一幅壁画里，然后我就放手，把她还给你。”表面看来，他是在很有诚意地谈条件，实际上食指已经在暗地里发力，说到“放手”时扣动扳机，说到“把她”时撞针击发，说到“还你”时子弹已经出膛。

以上一切，犹如动作电影中的慢镜头播放一样，全都落在我的眼中。所以，我有足够的时间蛇形滑步避开那颗子弹、闪电般接近对方，同时发动了致命攻击。咔嚓一声，那京将军握枪的手腕被我一掌劈断，一只手软软地垂下来。紧接着，胸口中了我一记力道十足的肘锤，半边胸骨都坍塌下去；颈下锁骨被我的“铁琵琶指”连环轮扫，皮开肉绽、三处折断；小腹则是连中我四次膝撞，内脏移位、丹田剧痛，再也不能发力攻击。

“枪不是万能的，神鹰会也不是万能的，看来你这个自封的将军也该到了剥去伪装的时候了。”我在那京将军肌肉僵硬的右腮上拍了拍，随即将夏雪解救出来。关键时刻，我不再隐忍，终于选择了爆发制敌，正是叔叔一生“忍无可忍、无须再忍”的行事格言。

“那是……什么武功？是传说中少林寺藏经阁里的‘上八仙乾坤诀’吗？”那京将军整个人都崩溃下去了，向后挪动半步，背靠着那幅壁画。

“不错，这就是《上八仙乾坤诀》秘籍上所载的心法，但它已经脱离了人类武功的范畴，而是人的心灵与宇宙天地合为一体的一个神秘过程。像你一样，偏居一隅、横行霸道、自诩为一方霸主的人是永远无法做到那一步的。现在，我突然不想杀你了，免得你的污血弄脏了博拉多杰大师的修行之地，你走吧！”我向门外指了指，心里对这个曾经横行中、印、尼边境的黑道枭雄充满了怜悯，而不是憎恶或蔑视。

那京将军蹒跚地举步，一步一晃地走向门口。

“夏雪，夏雪。”我低声呼唤怀中的人。

“那幅壁画是《东教场辨认公主》，我们曾经看过的，那幅画里公主的样子还记得吗？我感觉到她的脸，就是三眼族魔女的脸，那张脸是如此熟悉，像是……像是……”夏雪突然举起手，用力地捂住了自己的脸。

“像是什么？”我拉开她的手，强迫她面对我，“像什么，你快说！”

夏雪突然崩溃，泪如泉涌泣不成声：“公主的那张脸，就是三眼族魔女的脸，也是……我母亲的脸。”说出最后那个名字时，她仿佛用尽了全身的力气，身子一软，从我臂弯里滑倒在地上。

我简直无法相信自己的耳朵，香雪海是于九曲蛇脉一战中鞠躬尽瘁而死的正义伏藏师，她的身份与使命乃至结局都令我和夏雪深深敬佩。

“我看到了那张脸，公主脸上双眉之间有一颗小小的红痣，我母亲脸上有，《西藏镇魔图》所绘的魔女脸上也有。看她们的五官轮廓、眉眼走向、静立姿态都一模一样，当她们的形象一起浮现在我脑海中，褪去外在的一切装饰，简直就是同一个人。陈风，我不知道自己怎么会这么想，你把那些卷轴打开，看看那京将军能带给我们什么样的惊喜？”夏雪勉强苦撑着打坐，必须一只手扶住禅床的边沿，才能稳住身子。

所有的卷轴都横七竖八地堆在地上，我连续打开两只，都不是夏雪要的《东教场辨认公主》那一幅。

“是最长的、用绿色丝绳系住的那一卷，我虽然不明白夏小姐在说什么，但能感觉出来，事情一定非常严重，对吗？”已经面如死灰出门的那京将军转过身，带着幸灾乐祸的表情，慢吞吞地指点我。

我打开那只卷轴，果然是吐蕃丞相禄东赞去东教场辨认公主的场景。那壁画的原作在西藏拉萨市的布达拉宫里，我和夏雪早就瞻仰过，现在那京将军带来的，是画作的拓本缩印，制作工艺相当精细。画面上，可以看到东教场的西边站着一排美女，其中右起第四人是文成公主。身穿民族服装的禄东赞正在细细辨认。那是唐太宗出的最后也是最困难的一道试题，他命令所有求婚使者到东教场去，要在三百位美女当中辨认出文成公主来。当时，这三百名美女身上的服装，头上的发式，身体的高矮都一模一样，其他民族的使臣都不得不认输退出，只有聪明过人的禄东赞事先得到了汉族老大娘的指点，知道公主的两眉之间有一粒红痣，很顺利地辨认出公主，终于令唐太宗龙颜大悦，决定把文成公主嫁给禄东赞的君主吐蕃王松赞干布。

第六章 地底伏藏师大会

仔细凝视文成公主的双眉之间，画工的确刻意在那里留下了一颗朱红色的小痣，看起来特别醒目。

“陈风，不是用眼睛去看，而是用心。你看不到，但我能，因为这颗磁石……这颗博拉多杰大师留下的磁石。原来，大师所说的有缘人不是指的你，而是我。记得在我很小的时候，妈妈就曾从藏地带了几块这样的磁石回家，她告诉我，磁石能记录人的声音和脑电波，其工作原理类似于录音磁带，但比后者更为玄妙。你什么都不要管了，听我说，这间禅房的秘密并不在内部，而是一直向东，三十七步外的墨泉。我们去吧，时间的沙漏即将开始流动，一切表面幻象会被无情地揭去。我只想跟你说，如果母亲是传说中祸害藏地的三眼族魔女，你会怎么做？”夏雪的唇角慢慢沁出了血痕，我知道她是通过咬破舌尖来逼迫自己恢复暂时的清醒。

“怎么办？”我下意识地重复。

香雪海是伏藏师，伏藏师是站在正义一方的，是藏地风云变幻的历史中那些慷慨赴义的前辈们于冥冥中选定的传承思想的人。我不可能对自己人下手，因为九曲蛇脉一战中，大家联手杀敌的情景仍然历历在目。

“大义灭亲，绝不手软，为藏地和平而战。我一定会做到的，希望你也能做到。”夏雪挺身站起来，走向东墙，双臂一分，将古老木屋的腐朽墙壁打出了一个大洞，“不破不立，大破大立，身心皆破，唯破能立。”她的声音如此决绝，也许只有眼泪流干、忧惧两忘的人才能说出这种掷地有声、斩钉截铁的话来。

“说得好，连我都忍不住要为夏小姐鼓掌了。但是，我只有两只手，握着两柄短枪对着你的脊柱两侧，根本分不出第三只手来盛赞夏小姐。假如我今生能娶到这样的女孩子为妻，尼泊尔神鹰会的事业一定能像日本山口组一样铺遍全球，成为黑道上第一流的帮派。现在，陈风先生，你的死期到了，我只给你三秒钟看夏小姐最后一眼，然后就带着无法解脱的遗憾上路吧，呵呵呵呵……”

我曾无数次告诫自己不要轻视那京将军，很可惜，这一次我仍然忽视了“百足之虫死而不僵”的真理，后背立刻被硬硬的枪口死死顶住。

“也许你在想，这是‘农夫与蛇’那故事的翻版，但是，无论如何，这一次我不会再给你任何机会。三秒钟倒计时开始了，三、二……”那京将军的底气变得无比充沛，之前我用史上早就失传的《上八仙乾坤诀》心法打倒他，绝对应该赶尽杀绝，不能心存任何怜悯，对恶人施以善心，就是对社会最大的犯罪。

“等一下！”夏雪转过身，但脸上随即露出了绝望的表情。

我们的确失去了翻盘的机会，只要那京将军开枪，那种大口径短枪的近距离射击会令天蚕甲的屏障作用荡然无存。

“一，永别了陈风！”那京将军数完了第三个数字，得意的笑声又一次轻扬飞起。

一秒钟的时间可以改变很多事，三倍延长后，其间的复杂变化也会增加三倍，所以那京将军的如意算盘又一次走空，随着一声沉闷的枪响，顶住我的短枪一下子松懈下去。我转过头来，一身藏族女子打扮的王帆正快速取出一部最新型号的电话，调整到拍摄状态，不断对准已经倒地的那京将军按下快门，发出一连串的“嚓嚓”声。在她另一只手中，一柄加装了双倍双套筒消声器的短枪正悠闲地晃来晃去，枪口一直瞄准敌人的要害部位。

“你们请便吧，我在做正事，履行一名赏金猎人必须完成的手续，拍目标被杀后的照片传给雇主，好让对方确信我已经完成任务。否则，雇主凭什么发放酬金？”王帆向我挥挥手，嘴角带着玩世不恭的微笑。

“我刚才是为那京将军而绝望，如果他能第一时间逃离乃琼寺的话，本来还有一次东山再起的机会。也许这就是命运的安排吧！就像我手里的磁石。”此刻，夏雪手里捧着的是那个三眼族人的头颅，但她一直都将它称为“磁石”。

“夏雪，你究竟意识到了什么？我们要去哪里？”当我再次与她并肩站在一起时，自己已经于生死间浮沉了一回，心里诸多感叹，五味杂陈无法表述。

“跟我走，说也说不清，到了那地方就知道了。”夏雪拉着我的手从墙上的破洞里走出去。

在我们身后，王帆已经在跟人通话：“加德满都陆军基地的派克司令官吗？我是王帆，已经抓获尼泊尔神鹰会的那京将军，身份完全确认，现场照片也发过去了。现在，您老人家要不要跟这尼泊尔头号恐怖分子说句话？”

派克司令官是去年刚刚上任的尼泊尔全国反恐总指挥，正是他签署了专门针对那京将军的天价花红悬赏令。这次，王帆能拿下那京将军，肯定获利不菲，可以领到数额大概在七百万美元左右的酬金。赏金猎人的生活总是多姿多彩充满惊喜意外的，所以王帆才不理会叔叔要她去港岛商界发展的邀请，一个人千山独行。

穿过竹林后，左前方出现了一条潺潺流淌的小溪，源头就在十几步外，被十几块黑色的石头砌筑围住。明澈的溪水带着水泡翻卷上来后，在水底墨色石壁的映衬下，自己也变成了黑色，这就是此泉被命名为“墨泉”的原因。

“看那溪水，一直流入木屋之下的机关枢纽通道中。我只要堵住溪水，木屋就会缓慢移位，露出一些鲜为人知的秘密来。知道吗？仁卓大师所说的那名逃逸的三眼族人并不是胡乱向这边跑的，而是他知道木屋是进入地下空间的另一条通道，希望从这里觅到生路。结果却比同伴死得更早。”夏雪指着脚下的溪水消失之处，那是一个青石砌成的两尺长、一尺宽的水池，水进入尺子后，通过一个钢筋焊接成的篦子流走。

“是磁石告诉你这一切的？”我无法判断夏雪所说的那些话是错是对，自己对所谓的“磁石”并没有太深的了解。

“应该说，这一切是前辈伏藏师博拉多杰大师特意留给我听的。他将三眼族人头颅微缩浸泡的目的，就是要用它来盛放磁石，以它诡异至极的外形引起后来者的关注，直到甄别出谁才是真正的有缘人。”夏雪挽起裤脚，脱下鞋子，赤足踏入冰冷的溪水里。

我没被那京将军束手就擒的胜利冲昏头脑，就算有胜利，那也是王帆的胜利。所以，夏雪说话时我一直都在谨慎地扫视四周，生怕有怪客突然闯入。特洛伊退却后，神鹰会的人会全心全意关注乃琼寺这边的事态，而遭受重创的那京将军这次绝对难逃王帆之手，所以那群伏在暗处的杀手一旦知道那京将军出事，必定会发动疯狂的攻势。

“事到如今，只能走一步看一步了。”目前我能做而且正在全力去做的，就是保证夏雪的安全，清除一切对她不利的因素。

溪水被夏雪的双脚阻住，慢慢地从水池里溢出来，流向饥渴的竹根。

“那木屋就要移动了，但接下来的路程将会更加艰苦，我们正在重复前辈伏藏师们走过的生死之路，成功的机会微乎其微。陈风，我甚至怀疑自己做出这样的选择是不是大错特错了？如果我的母亲是传说中的三眼族魔女，我能不能狠心向她动手？”夏雪微微地翘起嘴角，脸上浮出梦游般的困惑笑容。

那样的事发生在任何人身上，都会造成一个横在瓶颈里的死结，无法可解，无计可施。

“香雪海前辈已经去世了，她为剿灭三眼魔族而战死，你我亲眼所见。”我低声反驳她，免得她固执己见误入歧途。

“很不幸，我从磁石表现出的影像里看到她一路从那里走下去——”她指向木屋，随着一阵机关铁链绞动的轧轧声，博拉多杰大师静修的禅房向北面移动了五步，露出一条笔陡向下的石阶来。

变化产生伊始，王帆已经拖着那京将军跳出木屋，她正把电话凑近那京将军嘴边，要他与派克司令官通话。

“做赏金猎人也是件非常不容易的事，比警察的调查取证还要认真，真是难为王帆了。我们下去吧，这个世界只能自救，没人能帮我们完成最后那件事。”夏雪离开水池，小溪又欢畅地流淌起来。

从夏雪时而清醒、时而呓语的断断续续叙述中，我知道台阶的尽头一定充满了未知的危险。我叹了口气，扶着夏雪穿好鞋子走到台阶前。一股令人汗毛直竖的寒气从黑洞洞的石阶深处吹过来，饱含着无穷无尽的咒怨之气。

“嘿，不最后看一眼大名鼎鼎的那京将军了吗？派克司令员说，这家伙已经在尼泊尔靠近珠穆朗玛峰南坡的山洞里囤积了大量美制超先进武器，随时都有可能展开颠覆政权的行动。有鉴于此，尼泊尔政府为了表彰我及时控制那京将军，粉碎神鹰会的巨大阴谋，特意增加了零点五倍的赏金。我呢，准备投桃报李，用这瓶‘化尸粉’送将军一程，你们该不会跟我争功吧？当然，特洛伊姐姐清扫战场时，用的也是这个牌子，消灭任何一项能够引起警察注意的麻烦事。好了好了，不耽误你们了，我得留在这里对付神鹰会的爪牙，否则大家一起下去的话，弄不好就要让人家给封门抄家了。”王帆摇晃着手上的一个褐色塑胶瓶子，脸上满是压抑不住的担忧。

我和夏雪并肩下行，强力电筒从她掌中释放出一道耀目的光线，不时地割碎黑暗，落在青苔堆叠的石壁上。那石阶很长，一层就差不多有四十五级，第二层折转回来后，又是四十多级，然后走下第三层。石阶两边的壁龛上都放着油灯，有明有暗，各不相同。

“我看到母亲一直向下走，就像我们接受伏藏师的醍醐灌顶、茅塞顿开式的教诲后，坚定向前，从不回头。”夏雪痛苦地皱着眉，不想说但又不能回避，向我描述着磁石带给她的一切讯息。

进入第四层阶梯时，两边的石壁上忽然出现了一幅接一幅的壁画。我和夏雪驻足观看，原来所有的壁画主角都是同一个人，画的是那幅《西藏镇魔图》上的魔女形象。不过，我们历次所见的魔女姿势都是裸体仰卧，双脚微曲，左腿遮住阴部。然后，她的右臂上举，手腕下垂，左臂上抬，手腕弯过头顶。眼前这些却是动作各异，有的抬脚踢腿，有的扶额曲臂，有的挺身扭肩，有的双臂抱在胸前，闻所未闻，见所未见。不过，壁画人物有一个绝对的相同点，就是魔女脸上有着各不相同的表情，忽而狰狞，忽而妩媚，忽而咬牙切齿，忽而眉开眼笑。

“不知是母亲带给了魔女那样的表情，还是魔女的灵魂赋予了母亲那些诡异的动作。陈风，看她的脸，用心去看，你就会发现，其实母亲、魔女、《东教场辨认公主》壁画上的公主都是同一人。我的心像是突然被浸在冰水里，冷，冷到忍无可忍，冷到心念俱灰。我不知道自己一直都在寻找的母亲、追踪的魔女竟会是一个人，不知未来该如何面对？”夏雪站在最后一幅壁画前，抚摸着魔女的脸，陷入深深的沉思之中。现在已知的事实是，香雪海已死于九曲蛇脉山谷，而且她是护法神玛哈嘎拉麾下诸多伏藏师中的一员，不可能沦陷魔道。

“把那人头给我。”我拍拍夏雪的肩，从她掌心里拿回人头。

不知怎地，当我把人头举到眼前时，依稀觉得上面的五官眉眼有些熟悉。设想在他没被博拉多杰大师缩小之前，应该有一双黑而阔的板刀眉，一双细长的柳叶眼，一个扁平塌陷的鼻子，一张非常难看的鲶鱼嘴。以上这些，酷似越南人的基本脸型，况且他的脸部皮肤应该黑中带黄、粗糙干瘪的，除了额头上那只竖向的怪眼外，一切都符合越南湄公河地区的岱依族人特征。

“难道三眼魔族与越南人之间也有某种联系？可惜，被仁卓大师打入水中的另一名三眼族人消失了，无法拿出来比较。”我不知不觉地皱起了眉。小小的乃琼寺不被藏地旅游者们看好，但它平静的外表下面，却埋藏了太多的秘密。

“夏雪，我们继续前进吧？”我想去牵夏雪的手。

“什么？”她如梦方醒，猛然大力挥舞着手臂，像是要赶跑身边的蛛网尘丝一般，把我手中的人头击飞出去，在台阶上弹了几下后，跌入下一层里。我放开脚步去追，快步赶过拐角，却眼睁睁看着它坠下了前面出现的一个十几米深的平台，跌在一大片青石之上，噗的一声炸裂开来，飞散成一大团灰色的烟尘。

“什么？你在说什么？”夏雪在我身后疲倦地追问。

那时，我的思想全部被眼前呈现出的奇特景象吸引住了，根本来不及回答她，只是愣愣怔怔地向平台下凝望着。平台只有十步长，三步宽，与之前走过的阶梯一样，都是从山腹里人工开挖凿刻出来的，但平台之下的巨大空间却似乎并非人力所为。那个不规则的空间横向约四十步，纵向则相当惊人，粗略估计在二百步以上。

“那是一个平躺着的石人，磁石呢？磁石呢？”夏雪跟上来，远眺着这石洞的尽头。

我向那人头灰飞烟灭之处指了指：“已经跌碎了，抱歉。”

“没有磁石的指引，我不知道下一步要做什么。”夏雪忧心忡忡地苦笑着。

“也许磁石向你传达了某种错误的信息也未可知，我们都亲眼见到你母亲在九曲蛇脉山谷中战死，并且用自己的灵魂敲响那面阿姐鼓，拼死与三眼魔族的敌人决战。像她那样以身殉道的伟大的伏藏师，怎么可能突然倒戈？”我揽住她的腰，试图说服她。此刻，我们之间正横亘着一种难以逾越的巨大隔阂，心灵也随即远离，难以沟通。

夏雪猛咬住自己的下唇，少顷，一缕殷红的血丝染红了她的唇齿。

“我确信你母亲是……”

“陈风，不必说了，我知道你是在尽可能地安慰我，但事实就是事实，当那些变换的影像经由磁石传递到我脑海中的时候，我清楚地看到了她。”夏雪打断我，满脸的忧伤令我一次次心碎。

我们两个居高临下仔细观察，渐渐看清那是一个赤裸女人的石像，也就是《西藏镇魔图》上出现的三眼族魔女。磁石跌落的地方，恰好是那魔女的左脚，空间的远端，应该就是魔女的头顶。这尊巨大的石像表面上，矗立着数十个灰色人像，岿然不动，几乎与青石雕成的魔女融为一体。

第七章
王帆与陈塘

“这就是那幅《西藏镇魔图》唐卡的放大翻版，可惜无法取下青石拿回去化验，否则就能清楚地知道是石像在前，还是唐卡在前。哦！错了，错了，我们面对的并非青石人像，而是一尊至纯的黄金铸成的三眼族魔女像。我粗略计算过，要想在幽深的地穴里铸造这样一尊金像，耗费的黄金总量至少千吨以上，人力物力则不计其数。看那些人像，他们都是为镇守魔女身体而从世界各地赶赴藏地的伏藏师们。依照《西藏镇魔图》上的标注，藏地最初修建的是镇魔十二寺即制伏魔女的十二不移之钉，这些镇魔寺只是镇伏魔女的主要寺庙。其后，为了完善八方吉祥的征相，又在魔女身上还修建了许多寺院、佛塔。例如藏史记载中为了对付‘地水风火’四大灾害，在东方修建了噶曲、冈曲、林曲三庙；在西方修建谷郎、兴昆二庙；在南方修建了郎卓、林塘二庙；在北方修建格日、巴日二庙等等等等。于是，伏藏师们按照脑海中被唤醒的‘识藏’，费尽周章赶至此地，排列在自己应该镇守的位置上，只余下对应魔女‘心脏’的大昭寺。”现在出现的，是那个已经与我会过面、交过手的神秘狙击人，在他身边，则是背着长枪的王帆。

“我来介绍一下，风哥，这就是老爷子一直都念念不忘的陈塘大哥。”王帆微笑着，指着那傲岸洒脱的男人。明明是兄弟相认的大团圆场面，不知为什么，我总能从王帆的笑容里看出一丝深深的无奈。

那男人依旧风霜满脸，像我上次看到他时一样，肩上背着狭长的旅行袋，腰带两侧则鼓鼓囊囊的，一定是藏着大口径的短枪。

“又见面了，我知道大家一定有缘江湖再见的。”我向他伸出手。

“陈风，你做得很好，不愧是爸爸最为看重的年轻人。”陈塘紧紧地握住我的手。

“我做得很好吗？但我没能保护得了我的朋友瑞茜卡。”我盯着他的眼睛，脑海中浮现出瑞茜卡在修车厂外中枪时那种痛苦的表情。无论她之前做过什么，眼睁睁地看着她死在自己面前，总是一种极其晦暗的感触。

陈塘那张满面风霜的脸上浮现出无可奈何的苦笑：“我是逼不得已，瑞茜卡犯下了不可饶恕的错误，向外人泄露了爸爸的秘密。爸爸如此信任她，每次外出，都把港岛的全部事务、一切账目都交给她来打理，把她当做亲生女儿一般看待，并且有意撮合你们俩。看，爸爸已经仁至义尽，尽可能地为她着想，反过头来，她却对一个互联网上结识的陌生人和盘托出了爸爸所有的秘密。我的手里有一份她与对方交谈的完整记录，等有机会交给你，你就能明白我的愤怒心情了。”

我沉默地望着他，手指发力紧握。对方的掌心立刻如弹簧般软软地收缩回去，任我运劲泄愤。

“飞来拉萨之前，瑞茜卡划走了爸爸账上的一笔私人巨款，约有十四亿港币之多。据我所知，那是爸爸从一个名为‘封口’的计划中募集到的钱，捐助者为像他一样的护法神伏藏师，分布于全球各地，共有一百七十人。那些钱是用来进行‘封口计划’的，所以要在渣打银行里单独开列账户。结果，瑞茜卡吞下了这笔钱，分十一次划到她的那位网络情人账户里。你知道那京将军为什么要选择在加德满都绑架她，是为了要挟你替他办事吗？错、错、错，他是在关注那笔巨款的下落，一旦发现巨款被转账划走，不在瑞茜卡手里后，马上就放了她，再送你一个顺水人情。这样的女人，我不杀她，难道要等她来出卖我吗？陈风，我理解你的心情，但我昔日被最信任的朋友陷害，沦落北疆，身无分文而且失去记忆，凄惨到了濒死的边缘。如果不是王帆的帮助，我早就死于边疆牧区了。经过上一次的苦难遭际后，我已经发下重誓，叛我者死，绝不饶恕！”陈塘的叙述低沉而哀伤，使我不得不相信他说的话。

关于“封口计划”，我也的确听叔叔提起过，但却不知其内情。

“金钱重要还是人的生命重要？我希望你能忘掉从前，重回港岛，接掌叔叔的衣钵。瑞茜卡已死，那些事就让它过去吧。”我最终被陈塘说服了，因为瑞茜卡隐瞒了太多账目上的事实，我宁愿相信她是遇人不淑，被人所骗。

“好，重回港岛，兄弟一起打天下。到那时候，我就不必每次出现都用易容术遮掩了，将会重新做回陈塘，纵横香江，大展宏图。”陈塘笑了，放开手，亲热地揽住我的肩膀。

我的喉头有些哽咽，一下子记起了发生在港岛浅水湾别墅的血案。也许陈塘早该出现了，而不是在叔叔离世那么久以后。

“谢谢，我等待这一刻，这兄弟相聚的一刻很久了，却没想到最终会在一个充满危机的险境里。大哥，你能出现真的是太好了！”我真心为陈塘现身而欢欣鼓舞，兄弟同心，其利断金。在这个神秘莫测的藏地地穴里，多一个朋友，就像多一盏明灯，能够一起驱散黑暗，照亮前程，更何况还是好兄弟。

“把我手中的这柄刀插入魔女的心脏部位，把你的那柄刀插入她头顶的第三只眼中，就能够彻底消灭她的灵魂。在你们到达之前，无数伏藏师已经试过了，但始终无法得手。我翻遍那些人留下的各种文字的行程笔记，终于明白了一点，这两柄刀要同时插进去，分秒不差。所以，就需要两名心意相通的伏藏师同时出手，做到百分之百的同步动作。”陈塘从口袋中掏出了另一把小刀，纵声长叹，“可是，迄今为止，还没有两名能够情投意合、双宿双飞的伏藏师在同一年代出现，除了你和夏雪之外。现在，还等什么，去完成这个最重大的伏藏任务吧，只有你们两个，才是魔女的真正克星。”

陈塘把那柄刀交给夏雪，我们四个人一起走下台阶，站在魔女金像身上。

踢去浮尘之后，我们脚下露出的果然是黄澄澄的赤足金块，原来这就是江湖传说中的黄金宝藏，不知道前辈高手为了铸造它是怎样费尽了心思手段？

“那京将军已经从地球上消失，派克司令官的赏金也已经入账，并将那个名字从尼泊尔发往全球的黑色通缉令上一笔消除。我原以为神鹰会的党羽会向乃琼寺后集结的，并且做好了应付一场枪林弹雨之战的充足准备。但是，却没看到一名神鹰会的人，只等到陈塘大哥到来。”王帆偷偷地向我通报了上面的情况。无论如何，那京将军之死，是中、印、尼三地百姓的福音。如果神鹰会能因此而土崩瓦解的话，加德满都军方就会确确实实地松一口气了。

此刻在我的右边站着一个披着灰色蓑衣、戴着宽大斗笠的人，怀里抱着一根已经腐朽掉大半的钓竿，保持着标枪一般挺立的姿势，牢牢地站在魔女的左肘上。按照记载，那个地方建造的是洛扎昆廷寺（又译作空厅寺），今名洛扎拉康，位于现在的山南洛扎县境夏曲河与怒曲河汇合处，南面接近不丹山。

夏雪在那人面前停留了数秒钟，轻轻吹去对方脸上的浮尘，黯然低语：“我知道他是谁了，十年之前与印度恒河北岸失踪的华裔大游侠‘独钓寒山雪’易步行。他曾是我父母共同的好友，为人慷慨仗义，在江湖上还有一个外号叫做‘江南及时雨’，没想到他竟然也是伏藏师中的一员。”

稍停，她又悠悠感叹：“斯人虽朽，侠骨留芳。人生一世有如此结局，亦是一种荣幸，不是吗？”

其实，此刻在魔女金像身上屹立不倒的每一个人都是大有来头的，正前方十五步外的另一个人后背行囊里交错插着两柄五尺长蛇纹精钢宝剑，剑柄上分别刻着“革命尚未成功、同志仍须努力”两句话。

据史料记载，中山先生身边，有一名出身于北少林的俗家弟子自始至终跟随保护，武功胆识皆出类拔萃，被称为“中华第一保镖”。先生离世后，此人将以上两句名言铸刻于剑柄上，浪迹江湖行侠仗义，后来就不知所终。原来竟辗转来到此地，镇守于魔女的右肩。那个位置建造的是噶泽寺，位于现在的拉萨以东，墨竹工卡县的秀绒河与马曲河汇合处的东岸。该寺的明王护法中心是由两个佛堂组成，另据英籍藏学家黎吉生先生称，噶泽寺是莲花生大师降服一条恶龙以后建造的。

我和夏雪精确对表，微笑着告诉她：“真正相爱的人对于同一件事的判断会非常接近，这一次，其实我们无须借助钟表，就能准确无误地完成同一个动作。夏雪，这是面对三眼魔族的最后一击，结束之后，我们就回港岛去，在花园道的圣约翰大教堂举行一个盛大的结婚典礼。那时候，你是我的新娘，我们将永远在一起。”

正是有了陈塘的加入，我对未来才更充满信心。

夏雪只是轻轻回答了一个字：“好。”

我握了握她的手，拔出小刀，转身走向魔女的头部。

“风哥，多加小心，如果有什么怪事发生，请记得抢先自保要紧。”王帆这个名震北疆的赏金猎人忽然变得絮絮叨叨、婆婆妈妈起来。

我向背后挥手：“好运！”

“好运！”陈塘和王帆同时回应我。

陈塘感慨万千，不断发出浩然长叹：“记得去年藏历六月三十日的‘哲蚌雪顿节’时，哲蚌寺的僧人们在格培乌孜山上挂出了一幅高三十米、宽二十米的释迦牟尼像供人们瞻仰。那时天光初现，第一抹朝霞染红了东边天际，一幅以彩缎镶成的美丽无比的大佛高高挂起，香烟袅袅之中，赞美之声如浪涛拍岸。洁白的哈达似雪莲飘飞，所有信徒们争相以最虔诚的方式表示对佛的顶礼膜拜。其实，浮华锦绣背后，若没有这么多伏藏师们前赴后继地战斗着，藏地怎么还能保持如此的安宁祥和？前辈们付出了太多，不知道今时今日的我们能不能一举奏功，彻底消灭三眼族魔女？”

我当然希望那答案是肯定的，所以才满怀信心地向前，一路沿着金像的肩膀登上她的头顶，停在双眉之间的地方。我把脚下的浮尘小心地拂拭干净，便看到了一朵巴掌大小的黑色莲花镌刻在魔女的左右双眉和鼻梁、百会四点连线的十字交叉位置。那就是陈塘所说的第三只眼，也即是魔女全身的要害所在。

“准备好了吗？”陈塘提气大喝，声震四方。

我挥挥手，他立刻开始了倒计时：“十、九、八、七、六、五、四、三、二、一！”

一刹那，我似乎能听到夏雪低沉而短促的呼吸声，原来她心里也在紧张地默数，数到“三”的时候举刀，“二”的时候刺下，“一”的时候，刀尖正好刺中莲花，哧的一声，直没至刀柄。我早就知道两个人的心意一直都是息息相通的，在窝拉错湖一战中早就验证过。陈塘说得没错，除了真心相爱的夫妻，谁与谁之间还能做到这样？

“好，完成了，非常好！”陈塘发出一声长啸，震得金像浑身的尘土都在簌簌发抖。

“看那里，那里有变化了！”夏雪亦发出一声尖叫。我无暇顾及其他，拔出小刀，连续几次纵跃，已经返回她的身旁。

现在，魔女肚脐位置忽然出现了一个十步见方的洞口，丝丝缕缕的黑色烟雾正从那里弥漫出来。

夏雪疑疑惑惑地问：“陈塘先生，那是什么？”

其实不待她发问，陈塘已经掠到洞口旁边，先是掏出一大把照明荧光棒，折断之后抖手扔进洞里，随即一声高呼：“就是这里，就是这里了，我终于打开了通向三眼魔族总巢穴的通道。哈哈哈哈，真正是‘踏破铁鞋无觅处，得来全不费工夫’，你们两个的天作之合竟然能帮我这么大的一个忙！哈哈哈哈……”他的笑声越来越狂傲高亢，尖锐得像十几枚蓝天上的鸽哨响个不停。

“风哥，你们小心。”王帆霍地摘下了长枪，咔啦一声把子弹推上膛。

我料不到这种变化，只能横跨一步，把夏雪紧紧地搂在怀中。广阔的地穴空间之内，立刻被一种阴森诡怖的气氛所笼罩着。

陈塘跪在地上笑够了，背对着我们慢慢站起来，冷冷地问：“你们在干什么？为什么一点反应都没有？难道不觉得发现了魔族巢穴是件很值得庆贺的事吗？接下来，一个一个跟着我走进去，只要我在，就能保证你们没事。好了，我不想解释更多，走吧。”

他的声调冷如坚冰，措辞更是奇特，竟然要带我们踏入魔族巢穴，而不是想办法炸毁彼处。

“你为什么不先回过头来面对我们？”王帆举枪，对着陈塘的后心。

“什么？”陈塘凛然问。

“让我再看看你的脸，上次在乌克兰黑帮大厦战斗时，我已经看过一次你的变脸表演，很精彩也很可怕。时至今日，我都不相信你会成为三眼族人中的一员，而且还……而且还……”王帆无法说下去，又紧了紧手中的长枪，冷肃地命令，“回头，否则我就开枪，毫无商量余地。”

自始至终，她一直在向我承诺要为叔叔找回陈塘，并不遗余力地去做那件事。今天，当陈塘真正出现时，竟然又出现了这样戏剧性的一幕。

夏雪拉拉我的手臂，缓声低语：“还记得燕七在大昭寺里的表现吗？我有预感，一会儿陈塘回身，一定是一张恐怖至极的脸面，比当时的燕七好不了多少。”

陈塘终于转身，额头的青筋诡异地凸起，像被台风刮倒的大树树根一般。他的眼睛已经完全变成了墨色，不见一丝眼白，如同两个黑糊糊的窟窿。他的唇也变黑了，就像刚刚服下剧毒的人，连浑身血脉都无法掩饰身体上的翻然剧变。

“这才是你的真实面目，一个被三眼魔族的力量完全同化的人。我曾心存侥幸地以为上一次不过是自己的幻觉，你是我最崇拜的大侠陈塘，一定能够东山再起，在港岛江湖闯荡出自己的一片天空。但是我错了，实实在在地错了，查查生等老前辈们看准了你脑后反骨、脑顶七旋，是乱世妖孽之相。老爷子把你从魔族禁地抱回来，只是想用伏藏师的大慈大悲胸怀感化你，为你驱除魔性，回归人性，成为伏藏师的助手。现在，他所做的一切努力都付诸东流了，魔就是魔，人就是人，永远无法融合。”王帆说完，大笑三声，眼角忽然有两串清泪滑落。

“魔性深植于我的心里，从来没有动摇断绝过。北疆失踪的日子，我也想通过静修、打坐、苦行来改变自己，甚至不惜远赴北少林去求取易筋经，渴望由魔成人。我做了很多，已经无法做得更多，既然都无济于事，那样我还是回到魔族世界中去吧，等到长出了第三只怪眼，就跟族人们一模一样了。”陈塘的样子虽然恐怖，却还没有失去理智。

蓦地，那通道深处传来一阵铺天盖地的杂沓脚步声，好像有几百个人同时发力狂奔，要跑到三眼族魔女身体上来一样。

“准备战斗，是魔族人马。”王帆立刻单膝跪地，枪口指向那洞口。

陈塘发出一阵得意至极的狂笑：“我的族人们来了，是我的族人们来了！”但他的得意并没有维持多久，洞口中混乱冲出的人群将他推倒在地，不停地践踏着，直到他再也发不出一声呼号，踩为永不瞑目的肉泥。

“陈塘，陈塘……”王帆撕心裂肺地大叫着，立即开枪，点杀了冲在最前面的五名三眼族敌人，随即拔出双枪，急扑向前，从人丛头顶越过，去寻找陈塘的尸体。我看得出她心里存着的复杂情感，她爱陈塘，但不是那个被魔性控制的男人，而是饱经风霜后成熟、豁达、深沉的“地球自然人”陈塘。

当下，陈塘一死，她的所有幻想都破灭了，焉能不立刻爆发？

第八章
通向魔族巢穴的地道

“把刀给我，跟着我，保留子弹，到最需要的时候！”生死存亡的关键时刻，我挡在夏雪前面，手握双刀，紧盯着蚁阵一般涌过来的三眼族人。他们身上穿着样式古怪的短袍，全都赤着脚，手里提着一种类似于江湖上鸡爪镰的武器。再冲近些，我就看清了他们那张面无表情的怪脸，仿佛一群复活的石头雕像一般，脸部线条都是僵硬而肤浅的，看不出男女，分不出老幼。

敌人距我十步时，我躬身冲了出去，双刀开阖之下，挡者披靡，四面跌倒。

此时此刻，我只能用威力最重的刀法、杀伤力最强大的手法，只求速战速决，将这群莫名其妙的三眼族人全部消灭。陈塘说过，那洞口直通三眼魔族的老巢，如果下面还有更多的敌人，我们该如何应对？

我只看到敌人冲近、倒下，再冲近、再倒下，已经无暇细数，直到最后一名敌人倒退着绊在同伴身上，翻了个跟头之后跌倒，头颅滚落到金像腰畔，我才收刀而立，长长地吁出了一口浊气。

“二百一十三名三眼族人，全部都是一击必杀。”夏雪从我身后跨出来，奔向王帆。

陈塘已经倒在王帆怀里，血肉模糊不成人形，再也听不到她的柔声呼唤了。

“你不该偷偷潜回港岛的，因为你明知道无法控制自己身体里的魔性，会向老爷子下手。那一夜，你站在浅水湾别墅外的长堤上，用望远镜观察老爷子的二楼书房，我就知道会发生什么了。那时，我也观察过别墅，老爷子正在书桌上趴着小憩。陈塘，我多希望当时能劝阻你，无论是绳捆索绑还是给你注射服药，总之都要压制住你的魔性，安然度过那一晚。可是，我为什么总是心存侥幸呢？看着你越过别墅的小花园，直接跃上二楼，推开了露台上的雕花木窗，站在老爷子的书桌前。我不忍心再看下去，悄悄撤走，第二天就听到了老爷子遇害的消息。我曾费了那么多心思寻找你，请俄罗斯最好的心理学医生治疗你的失忆症，却不料唤醒了你体内的魔性，真是一件最愚蠢的事。陈塘，你为什么要杀老爷子？难道他将你抱离魔族老巢，辛辛苦苦抚养你长大是错误的吗？他做过什么，值得你如此恨他，要从北疆远赴港岛去袭击他？而且，正是你化名为'土星'萨顿，欺骗了瑞茜卡的感情，更骗走了老爷子秘藏的资料，从而揭开了自己的身世……”王帆说到动情处，清泪再洒。

我彻底呆住，不敢相信浅水湾别墅事件的始作俑者竟然是陈塘？

浅水湾别墅那一幕重新浮上心头，谁能相信是久已失踪的陈塘导演了那场血案？怪不得叔叔在弥留之际不向我说清凶手是谁，而只是叮嘱关于日记的事。难道他不想要我帮他报仇吗？还是说，他把陈塘的性命看得比自己重要，牺牲自己，保全对方？

“陈塘，你这个猪狗不如的三眼魔族妖人！”我几乎要咬碎了满嘴牙齿。

叔叔的好友之前便劝诫过他不要留下陈塘，他执意不听，终遭其害，难道是天意吗？

“陈风，不要冲动，他都已经死了，那一页历史就翻过吧。我想陈老前辈也不想看到那种结果，但孽缘天定，又能如何？”夏雪紧紧地拉住我的胳膊，阻止我向前迈进，但我开始拖着她向前，一直走到王帆旁边。

陈塘猛然睁开了眼睛，直视着黑黝黝的山洞顶上。

良久，他轻轻吐了一口气，缓缓地说：“我……没有杀他，他是具有预知未来能力的大伏藏师，已经……已经预见到将要死在我手上，所以提前决定自杀。我走进去，已经看到他伏案而亡，只给我留下了一张纸条，要我好自为之，不能助纣为虐。如果可能，就帮助陈风消灭三眼族人，保卫藏地和平。现在，我觉得……自己的人生之路已经走完了，这样的结局对我来说，很好，很好……”

他颤抖地向我伸出手，但我不想再次握住那只手，只是鄙夷地向后一闪。陈塘一声哀叹，那只手便急速垂了下去，再也不会醒来。

陈塘没杀叔叔，叔叔却是因他而死，这种干系是脱不了的，我永远都不能原谅他。他死了，留给我的是满腔无处发泄的愤懑。就在这时，洞口之内又响起了喊杀声和脚步声，我毫不犹豫地冲进洞口，夏雪也紧紧跟随，寸步不离。

又一场恶战开始了，潮水般的三眼族人挤在三十度角倾斜的通道里，几乎是任我斩杀。他们的样子，就像是还没有经过细细打磨的半成品，外形没有任何区别，像是一个模子里扣出来的。

时间变得越来越漫长，我在步步推进中，绝不放任何一个三眼族人冲出洞口，去给王帆找麻烦。直到我和夏雪冲进了一段漆黑的隧道，敌人才不再出现，终于被我们杀通了一条血路。现在我们脚下已经血流成河，湿滑不已。

黑暗尽头，不是天晓后的晨曦微光，而是一大片飘飘扬扬的漆黑幕布。电筒光芒的照射下，那些厚重的藏地粗布像一群群硕大无比的岩居蝙蝠，在我们的前后左右飘荡拂动着。

“继续向前。”

“继续，向前！”这是我和夏雪在冲击过程中唯一一次短暂的交谈，两柄小刀都在我的手上，而我始终超前半步，力图将所有不可知的危险挡住，尽自己所能保护她。浴血战火之中的爱情，比起和平年代普通人花前月下的卿卿我我，显得更为简练而真挚，没有人再去想钻石和玫瑰，心里唯一的想法就是“让自己的爱人比自己活得更为长久一些”。

再次前冲三十几步后，我们已经深陷在黑色布幡的海洋里，连呼吸都感到困难起来。我挥舞双刀，割裂拦路的黑布，只割了十几块，半空中忽然传来扑扑啦啦的翅膀扇动声。夏雪的反应亦是极为灵敏，举起电筒向声音来处一晃，原来我们头顶有一片黑漆漆的岩洞骤然凹陷进去，里面倒悬着数不清的蒲扇大小的灰色蝙蝠，最外面的十几只已经被刀光和电筒惊扰，正急促地扑扇着差不多超过一米的翅膀，随时都会俯冲下来。电筒光柱所到之处，蝙蝠翅膀上的网状红色血管、褶皱灰色皮肉清晰可见，令人毛骨悚然。

啪的一声，夏雪关掉了电筒，我仅凭着感觉继续挥刀前进，将那群恐怖的蝙蝠抛在后面。不过，越向地穴深处去，蝙蝠的动静越大，可见头顶上方到处都有刚才那样的凹洞供蝙蝠寄生。这条三十度角下倾的山底通道似乎永远都没有尽头，要让我和夏雪在黑暗中厮杀到近乎窒息一样。

终于，我手中的双刀第一次落空，眼前出现了一大片银白色的圆形空地，直径约有二十步，空地中央生长着一朵巨大的墨色莲花。

夏雪踉跄倒地，挥着袖子在自己脸上连抹了十几次，猛地吐出一口气。

我先蹲下身子，细细地检查着她的脸，直到发现没留下任何伤痕，这才放心。

“真是一场永远不见尽头的噩梦啊。”夏雪轻叹，望着我身上的黑布碎屑，却已经无力抬手拂去，“谁能想到，乃琼寺下面竟然存在着如此深幽的一条地下隧道？如果不是博拉多杰大师留下那块磁石引路，让我读懂了母亲走过的历史之路，咱们怎么会闯入到这里来？唯一的遗憾是，我只能看到开头，却无法洞悉吉凶未卜的结尾。陈风，我想再次提醒你，如果即将面对的是我母亲，你也不要放松哪怕是一丝一毫的警惕。越是修行到了精神极顶境界的伏藏师，其内心深处被压抑的魔性就会变得越发强烈，犹如一个储存了足够多烈性炸药的军火库，一旦爆发，天地共受其害。”

她能这样说，证明已经将正义道德看得比感情伦理更重，或许历史上那么多大义灭亲、永垂青史的大人物等到必须作决定的那一刻，也是这样想的。

“我知道该怎么做。”我淡淡地回答，轻轻地把她鼻尖上那绺被汗水濡湿粘住的头发捏住，慢慢地掖回到耳后去。

“谢谢。”夏雪语带双关，既是谢我在危机重重中还能如此关爱呵护她，又是谢我任何时候都能明了她的真实感情，“人生得一知己足矣，谢谢你。”

此时此刻，我们俩脸上都已经不再有笑容，只剩看透生死、超越阴阳两界的淡定豁达。

“力拔山兮气盖世，时不利兮骓不逝。骓不逝兮可奈何？虞兮虞兮奈若何？”我蓦地记起当初的西楚霸王被困垓下时所作的《垓下歌》，低声念了出来。霸王项羽能在百万军中取上将人头如探囊取物，却无法带着心爱的女人杀出重围，所以才有了“霸王别姬”的千古绝唱。

夏雪借着我的手臂扶持重新站起，忽然用无比坚定的语气告诉我：“陈风，这不是你我的垓下之战。记得吗？我们在游历藏地各大寺庙时，在每一座千年古刹前都曾虔诚地许下心愿，要渡尽劫波，重回港岛，开辟属于我们两个人的新生活。你说过，将来的某一天，要牵着我的手走过红地毯，在玫瑰花盛开的圣洁教堂里一起宣誓共度此生，然后再生一个美丽如花仙子、聪颖的乖女儿……”

我随着她的话一起说下去：“让她骑在我的肩膀上，去看海洋公园的海豹表演，去迪士尼公园坐水上过山车，去吃遍港岛乃至全世界每一家美味的餐厅，还要看着她一天天长大，像水晶瓶里孕育的一支带露玫瑰，由种子到嫩芽、由花苞到花蕾、由含苞待放到枝头绽放，然后在她脸上寻找我们的影子。”

同样的誓言，我们在拉萨市的大昭寺、哲蚌寺、色拉寺、甘丹寺前说过；在日喀则市的扎什伦布寺前说过；在萨迦县的萨迦寺、江孜县的白居寺前也说过，当时的情形、语调和彼此的笑容仍旧历历在目。

“前途是光明的，道路是曲折的。”我们再一次用这句闪耀着智慧之光的话做了结语，就像之前的每一次那样，心中再次充满了自信。

自从方东晓用读心术唤醒了我脑海深处的记忆后，我常常记起叔叔在藏地边峰高唱着汉高祖刘邦的《大风歌》突入敌阵时的情景。

“真正的勇士，敢于直面惨淡的人生，敢于正视淋漓的鲜血”，这也是叔叔的日记簿上出现最多的一句话，出自于大文豪鲁迅先生的《纪念刘和珍君》，平生所见，真正称得上“勇士”的，亦只有我的叔叔“十三省盗墓王”陈沧海而已。我的最大愿望，就是像他那样经历一场“空前绝境中寻生机、生死须臾间断敌首”的酣畅淋漓之战。

那朵黑色莲花其实是用纯黑的页岩砌成，直径十步，高约八尺，所用的材料与乃琼寺后的墨泉砌石一模一样。仰面向上看，一道细如垂帘的泉流正从十几米高的石室缝隙间滴落下来，正好落到莲花中心，再向上看，石室是没有屋顶的，像一道无限延长的烟囱一样向上收紧，在末端形成一个月白色的圆形光斑，而我们面前的亮光就完全来自于这条奇怪的“烟囱”。

绕过莲花向前，是另一条幽深的微微泛着白色雾霭的隧道，通向更深的地心处。从莲花中溢出来的流水，也无声地进入隧道，毫无声息，无休无止。

“继续向前吗？”夏雪在洞口止步，淡淡地问。

石室里立刻响起了一阵震荡的回声：“向前吗……向前吗……前吗……前吗……”

就在那时，黑色莲花正中忽然传来了一阵清幽渺茫的藏语歌声，夏雪吓了一跳，嚓地揿亮电筒，抬高手臂向莲花里照过去。我们在极度疲累之下，都忽视了对莲花的搜索，万万没想到里面会藏着一个人，而且是一个近乎赤裸的、长发曳地、腰细如柳的美丽女人。

当她背对着我们立起时，粼粼水光映射在她的光洁后背上，泛出一种羊脂白玉般的滑腻圆润，让我的脑海中情不自禁地浮出“春寒赐浴华清池，温泉水滑洗凝脂”的句子。唯有淡淡寒意中出浴的女子，才会再现大诗人白乐天笔下的千古名句，那两句诗配眼前的事，简直恰当到了极点。

藏歌仍在若有若无地响着，女人静静地立在黑色莲花之上，肩头发梢上的水滴纷纷跌落，渐渐透出一阵诡谲到无以复加的杀机来。

“你是谁？”夏雪并没有移步到女人的正面去。如果对方要现身的话，自然会转过脸来。

“我是你们一直在寻找的那个人啊。”那女人用很流利的汉语回答，但语调却毫无人气，仿佛是用一架留声机播放出来的陈年大戏里的道白。

夏雪长吸了一口气，挺直胸膛，一字一句地再次发问：“不要装神弄鬼了，我从磁石里看到过你的样子。你不是魔，更不是神，藏匿在这里只不过是利用这种被称为‘黑蜘蛛’的黑色页岩里释放出的毒气加强修炼，以期达到三眼族魔女昔日的恐怖威力。但是，你为什么不想一想，连真正的三眼族魔女都被藏王松赞干布、大唐文成公主、尼泊尔尺尊公主与吐蕃第一智者禄东赞镇压在藏地群山之下，千年不得解脱，终归被陈风与大唐孙将军、天龙八部高僧把她的肉体粉碎成灰，你呢？一介凡胎肉体，就算在墨泉之下修行百年，又能做什么？难道还想凭一己之力拯救东女国三眼魔族的未来吗？”

稍停，夏雪连续做了三次深呼吸，身体挺立如一根尖锐的标枪，终于说出了最重要的一句话：“香雪海，你觉醒吧！”

那三个字是她母亲的名字，九曲蛇脉一战中，她与大哥小弟踏遍藏地千山，只为见自己的母亲香雪海一面，其间遭受的辛苦煎熬无法言说。最终，她见到了母亲，也亲眼所见香雪海为完成“识藏”任务而献出生命。现在，她不得不面对的一个事实是，原来香雪海并没有死，而是变成了三眼族魔女的化身，站到了伏藏师阵营的敌对一方。

这是一件很难让人面对的事，就像一场噩梦临近苏醒的时候，忽然发觉其实自己正在坠入另一场更为惊怖的噩梦里。梦梦相接，永无尽头，纵有千般豪情壮志，也被一一消磨殆尽了。

“什么？”那半裸的女人抖了抖身上披着的轻薄黑纱，又一次重复，“你叫我什么？”

“香雪海。”夏雪的声音开始打战。

我及时地伸过手去，握住她的右手，期望能给她坚持下去的力量。

“香雪海，我知道是你，但我不知道你为什么会由一名信奉护法神玛哈嘎拉的伏藏师，忽然变为三眼族魔女的拥趸？其实，我希望自己的判断是错误的，但事实却清清楚楚地摆在眼前。所以，我不得不下决心了断一切，哪怕是无法活着走出这个肮脏的地穴。”夏雪凄惨地冷笑着，陡然抬起头来，向着那“烟囱”尽头的白色光影，发出一声穿云裂石的长啸。

第九章
地底光室，黑色莲花之战

回声乱荡中，那女人倏地转过身来，居高临下地凝望着我和夏雪。

我猛地吃了一惊，因为她的五官相貌与香雪海真的极其相似，眉眼与肌肤精致得如同一尊源自能工巧匠锤凿下的极品玉雕，泛着月白色的玉光。

“看，是我，不是她。”她的嘴唇动了动，不食人间烟火一般清幽淡漠地笑着。

电筒的光柱落在那女人脸上，她的眼睛居然不怕强光的刺激，仍旧自然地睁开，任由夏雪反复地照着。黑纱从她双肩垂下，恰到好处地挡住了数处隐私部位，只留下能引起好色之徒无穷无尽遐想的湿润肢体。

“不是她，是我。”她微微点点头，举手接住半空落下的泉水，任由水珠四溅。

“果然……你果然不是她！陈风，我错了，我看错了……”夏雪突然喜极而泣，抓住我的手臂用力摇晃着。她的额头上早就满是晶莹的汗珠，可见刚刚那一刻心情有多矛盾。

“莎拉多丽，那就是我的名字，世间已经没人记起。这其实是三眼族魔女的名字，她赋予我统领东女国三眼魔族的力量，同时赐予了我这个名字。至于我的真名‘仁吉卓玛’，亦早随着藏地的雨雪风霜散佚了，就像我身上曾经具有的那些伏藏师的力量一样，不断地失去，不断地忘记。唯有失去，才能新生，就像现在，你们也陷入了这样的转化过程，失去原有的伏藏师世界，进入三眼魔族的荣耀光环里。我以伟大的三眼族魔女莎拉多丽之名，欢迎你们的加入。”那女人身姿摇曳着，声音时断时续，越发缥缈。

“是仁吉卓玛姨妈？怪不得跟我母亲一模一样。您不是因先天性聋哑而早就化身为阿姐鼓，为伏魔护法而牺牲了吗？怎么会来到这里？”夏雪的声音也变了，思想追随着那女人的话题，似乎已经渐渐被对方控制。

“伏藏师的身体之内，魔性与人性各占一半。我以人性化鼓，以魔性皈依莎拉多丽，这根本就没什么可矛盾的。正如你们，当体内的‘识藏’全部苏醒后，效忠护法神玛哈嘎拉的力量也就发挥到了极限，无法更进一步，那时体内的魔性就会突然迸发，翻然悔悟，痛恨自己为什么要辛苦一生为他人作嫁衣裳？我看过、你们也看过，伏藏师的一生，只不过是‘识藏’的肉身载体，生命中的每一天都要苦修苦行，直到认识到‘识藏’的存在。那时，就是伏藏师的死期。我正是看穿了这一点，才回到放任、自由、无忧无虑、无牵无挂的三眼魔族这里，为自己而活，直至修炼到永生不死的崭新境界。那么多伏藏师死了，我还活着，这就是最大的胜利。”那女人轻弹水珠，溅射在我和夏雪的头上。

“三眼魔族存在的世界到底是什么样的呢？”夏雪仰着头，目光直视那女人，浑然忘却了我的存在。水声之中，前面那更黑暗的隧道里隐隐约约地传来一些古怪的声音，像是无数团燃烧的火焰正在随风而舞。

“随心所欲，为所欲为，做藏地雪域的主人，将敢于反抗的敌人赶尽杀绝，如同万年雪峰顶上那一群群翱翔天际、俯冲扑击的秃鹫一般。只要你到我身边来，就拥有三眼魔族亘古不衰、越来越强的黑暗力量。三眼族魔女莎拉多丽即使被囚禁于四大超强伏藏师的《西藏镇魔图》之下，仍然能用她不灭的精神帮助我们，将一统雪域的使命进行到底。来，到我身边来，在这朵黑色莲花的承托之下，看到三眼魔族的未来。”那女人慢慢地昂起头，向头顶无限高远处的光影眺望着，犹如站在圣坛上的祭司，面对脚下的信徒，神圣而不可侵犯。

“把心交给你，就能得到黑色世界的永生吗？”夏雪向黑色莲花靠近了一步，脚下牵牵绊绊的，一个踉跄扑到莲花的花瓣上。

在藏地传说中，白莲花象征着纯净祥和的香巴拉世界，被千万藏民们歌颂拥戴着。眼前的黑莲花却处处透着诡谲和邪恶，令我如临大敌。我不知道前面那隧道里存在什么，只凭声音判断，像是有几千个巨大的火炉一起熊熊燃烧，要将空气一起点燃似的。

“夏雪？”我意识到情况有些不对，大声叫她的名字。

“不要出声，我在聆听来自雪山深处的教诲声！”夏雪粗暴地甩头，脸上带着我从未见过的狂飙与野悍。

“夏雪，不要听她说话，一切都是幻影，不管她是谁，都是护法神玛哈嘎拉的敌人。我们身为护法神教诲下的伏藏师，必须要分清敌我，将三眼魔族全部消灭干净，让藏地百姓获得安宁祥和的生活。”我感到头顶飘落的雨滴转眼间就变成了沉甸甸的冰珠，要把我生生禁锢于原地，然后冻成巨大的冰柱。

“是吗？”夏雪的眉峰激烈地颤抖着。

“当然不是，藏地每一族的人民无不喜爱自由生活，三眼魔族杀出雪山后，带给他们的是无比丰饶的生活世界，黄金、牛羊、草地、帐篷、衣服、房屋，谁要，就可以任意拿走，无须辛苦劳作，在烈日下耕耘，在寒风中放牧。不信，你们翻看古东女国的历史就知道了，那是一个富足美好的世界。三眼魔族也从不主动侵略他人，是一个善良、大度的民族，但却由于过度忍让，被邻国的铁骑任意践踏着。那时候，三眼族魔女莎拉多丽的圣灵还没有降临，无法拯救她的信徒们，并且因为自身的诚信、谦和，导致被四大伏藏师镇压于藏地诸寺之下。今天，她又一次复活了，以我的身体承载她的伟大灵魂，号召千万信徒追随。”那女人絮絮叨叨地宣讲着一些似是而非的教义，低沉的声音与无处不在的回声混合在一起，形成一段奇怪旋律，冲击震荡着我的耳鼓。

“我听懂了，我已经听懂了。”夏雪长叹。

“你听懂了什么？”我怒不可遏地大喝。

对于那女人蛊惑人心的说教，我起初也被迷惑过，但亲眼目睹过三眼魔族导演的一幕幕杀戮事件后，我知道他们不可能给世界带来和平，就像我们不能指望狮子、豺狼会悯恤兔子、小鹿一样，残暴杀戮是他们的本性。只要魔族存在一天，都会有弱者受到无辜的戕害。

“陈风，我再也不想为他人作嫁衣裳了。是啊，我们做的事有哪一点是对自己有益处的呢？母亲从生到死真的是一个巨大的悲哀，家破、抛夫、弃子、流浪、追索，长久转徙于藏地，最终成为护法神与三眼魔族交战的炮灰。正是因为她脑子里存在着‘识藏’，才将本来能够安稳一生、相夫教子的快乐生活弄得满地鸡毛鸭血无法收场。我们呢？屡次遇险，几度浴血拼搏，到底为了拯救什么？”夏雪喃喃自语着。

我伸手拉她胳膊，夏雪却猛然甩手，横退三尺，远远地避开我。她的手掌随即被锋利的花瓣边缘割伤，殷红的血渗入那些黑色页岩之中，转瞬消失，被石头深深地吸收进去。

“用你的骨血皮肉，供养莎拉多丽的精神；用你的虔诚意志，遵守三眼魔族的指挥。来吧，这里才是所有信徒的精神栖息之地，最终归宿之巢。”那女人的声音倏地提高，黑纱垂下，落在夏雪肩头。

“夏雪，别听她说话，快念‘嗡嘛呢叭咪吽’六字真言，免得坠入无间魔道。”我追过去，忽然闻到了黑莲花上散发出来的古怪杀机，如同一个几十年没有清扫过的屠宰场，各种各样的腐败气味与新旧不同的血腥味胡乱混合在一起，时刻令人作呕。

哗的一声，夏雪突然拔枪在手，随即子弹上膛，抵住我的眉心。

“不要阻我成魔，我累了，不想再做护法神玛哈嘎拉麾下的伏藏师，而是要加入自由自在的三眼魔族，放松身心，为自己而活。人的信仰是可以改变的，现在我已经醒悟，为什么还不改变信仰，横扫之前的种种错误教条？请你让开，否则我真会开枪的。”她的眉心出现了一缕淡淡的烟灰色，而那条黑纱也不断地拂过她的头发，像一条巨蟒吐出的黑色蛇信子，随时都要将她的脖颈缠住。

“夏雪！”我痛苦地大叫一声，但她随即扣动扳机，砰的一声，一颗子弹擦着我的头顶飞过，弹壳叮当落地。

“走开。”她说，语调冷到不能再冷，淡到不能再淡。

我向旁边让开一步，夏雪随即攀住页岩凿成的莲花瓣，轻轻一跃，便踏入了黑色莲花的花心。

“来吧，到我的怀抱中来，莎拉多丽会给流浪的人满腔温暖，只有在这里，你的心才会得到安宁和休憩。”那女人张开双臂，要将夏雪拥进怀里。

我仰面大叫：“夏雪，别信她，谁能证明她就是你的仁吉卓玛姨妈？伏藏师的精神世界没有那么容易毁灭的，她只不过是三眼族魔女的灵魂化身。看她眉心的红痣，那就是第三只眼出现的地方。”

不知怎地，我感觉双膝麻软，浑身都无法发力，仿佛中了蒙汗药一般。

那女人的眉心正中的确生着一颗红痣，试想一下，如果那红痣在瞬间变为一只竖向嵌入的眼睛，该是多么可怕的事？我不希望夏雪受到蛊惑然后投靠三眼魔族，成为他们中间的一员，再成为藏地人民的公敌。

“嗡嘛呢叭咪吽，嗡嘛呢叭咪吽，嗡嘛呢叭咪吽……”我用尽全部力气，声嘶力竭地吼叫起来。此时此刻，仿佛只有震响在藏地上空千年的这句藏语佛号才能表达出我的愤怒。

蓦地，那条黑纱再次垂下，灵蛇一样卷住我的肩膀，一下子将我提起来，跌落在黑莲花中心的水洼里。我低头一看，莲花的中心是一大片透明水晶，我的目光可以穿透水晶一直向下望去，在一个不见尽头的圆形深井中，井壁上长满了密密麻麻的黑色巨茧，互相挨挤着，不知有几千几万个。那些茧的大小各不相同，长的能及成年人身高，短的则在一尺左右，大约等于一个婴儿的长度。所有的茧都在微微晃动，能够影影绰绰地看到里面有个“人”一样的东西正在缓慢地翻身蠕动着。

那种情形，让我联想起绿叶上的蚜虫卵团，但尺寸却扩大了几万倍。

“那就是三眼魔族的世界。”那女人的一只手臂滑过来，揽住了我的肩膀。

“那世界，充满了迷幻的希望，不是吗？”夏雪亦垂着头，凝视着深不见底的巨茧阵营。

“当然，那是三眼族人的诞生之地，亦是他们杀出雪山的唯一通道。四大超级伏藏师推演《西藏镇魔图》镇压住莎拉多丽之后，剩余的族人费了千年力气，才从镇魔图的破绽中挖出这样的一条狭窄的通道来。这是魔族通向人类世界的唯一出口，等到那些巨大的茧孕育完成后，魔族的势力终归会强大起来，覆盖雪域的每一寸地方。那时，魔族的铁骑就要向四面八方的广阔世界冲击，直到将这蔚蓝色的星球全部踩在脚下。你们就是他们的统率者，亦是莎拉多丽最看好的人。”那女人微笑起来，扭转我和夏雪的肩膀，让我们面对面地站在一起。

“人类的情欲与魔族的灵魂混杂在一起，而后产生无法预计的巨大能量，加速那些巨茧的成熟过程。我等不及了，我已经等不及要看到魔族的勇士们冲出雪山时的盛况，看到战火烧尽天湖之水。来吧，爱你们想爱的人，做你们想做的事，在黑夜的纱幕掩盖之下，尽情释放最原始的情欲。”她的声音远了，夏雪的嘴唇近了，而之前披在那女人身上的黑纱则化成一座黑色帐幕，挡住了来自头顶的白光。

夏雪的身体与柔唇一样炙热，当她的手臂环过我的脖子时，急促的呼吸带着无尽的馨香，一直送入我的鼻子里。我渐渐无法抵御情欲的诱惑，仿佛一个饕餮之徒无法拒绝一顿色香味俱全的顶级大餐一样。

“她的美，足以令所有人动心，不是吗？”那女人的声音窃窃地响在我的耳边，让我想起伊甸园里成功地蛊惑了亚当和夏娃的蛇，“爱她吧，爱她吧，她是那么需要你的温存抚慰。人就该放纵自己的情欲，那是与生俱来的天性。在这个隐秘的地底深穴中，没有人会知道你曾做过什么，就算知道，也会原谅你们在黑夜里犯下的无知之错。年轻人，释放你的热情，去吧……”

夏雪的舌尖已经滑入我的唇齿之间，但我并没有因此而坠入不可救赎的情欲深渊中去，而是倏地咬中了她的舌尖，陡然间春雷震响般地大喝：“临兵斗者皆阵列在前！受死吧！”我从没放弃过手中的双刀，一左一右激射出去，穿透那女人蛇一样的赤裸身体，在对面石壁上叮当反弹，再度射穿她后，又回到我的手里。

“啊！”那女人发出一声短促的惊叫。

黑幕落下，她的身上已经出现了四个黑糊糊的创口。她在流血，但却是漆黑如墨的“血”，与普通人截然不同。

突然间，夏雪手中喷出一道火舌，短枪连续四次发射，子弹立即穿透了那女人的小腹。

我先咬中她的舌尖，再用“北少林佛门狮子吼”神功唤醒她被蛊惑迷失的思想，方能扭转败局，重创敌人。

“伏藏师最后的挣扎，只会成为笑话！”那女人冷笑，水花四溅中，忽然飘飞起来，掠向通往更深处的隧道。

那女人身上的黑血混合着泉水滴落下来，流向那条黑暗的隧道。我们没有时间庆祝短暂的胜利，这次交手已经证明她是凡人肉体而不是不死神魔。事实上，就算她真的是香雪海的同胞姐姐仁吉卓玛，在黑洞中已经修炼了几十年，也还远没有能力承接三眼族魔女的衣钵，从而统领古东女国三眼魔族。

哲人们常说：罗马不是一天建成的。三眼魔族的存在与发展亦是如此。

“你们永远都逃不出这里，终会被困一生，不跟从我的话就变成两堆白骨。”那女人的声音从隧道里传来。

“你等在这里，剩下的工作交给我！”我马上追击而去。

“小心一点，我在这里等你！”夏雪在我身后连连咳嗽着。

隧道内依旧漆黑一片，但我全心全意地搜索着那女人狂奔的脚步声。

突然，前面出现了一道淡淡的火光，那女人的身体立刻暴露无遗。刹那之间，我射出了手里的双刀，它们在空中交替碰撞、互相映射着，刀刃上迸发出来的火星，照亮了黑暗的隧道。这两刀，一柄瞄准了那女人的真正心脏，另一柄则对准了她额头上即将出现第三只眼的地方，同时刺穿两颗心脏，才会消灭三眼族魔女不停跳动的心。

那女人一直在急速前进，而两柄已经与我的思想合二为一的伏藏师之刀，却始终追蹑着她。突然，那女人前面的深邃通道变化为一面黑色的石壁，封住了去路。她来不及停步，狠狠地撞了上去，然后骤然下坠，消失在我视线里。

我赶上去，才发现石壁前面竟然有一个五步见方的洞口，洞口之下是一片熊熊燃烧的广袤火海，火舌蔓延几百步，把落下的那女人裹住。不过，当她身上的黑血源源不断地流出时，火舌立刻被远远地驱散，渐次熄灭。

“这里，是三眼族魔女莎拉多丽的世界，就算是法力最强大的伏藏师，也没有办法阻止魔族复活。而你，就算用搬山填海之力封死我的退路又能怎样？我不照样如履平地，踏灭佛心之火？护法神玛哈嘎拉，你永远都不是万能的，千年之前无法杀死我，千年之后亦是同样的结果。那幅经过你麾下四大超级伏藏师详细推演的《西藏镇魔图》，岂不也是枉费心机？我的时代已经到来，沉睡千年的魔族即将复活……”那女人站在满地灰烬中狂舞大笑，势如疯魔。

蓦地，火舌中出现了几百条影子，从四面八方向那女人拥簇过来，牢牢地攀附在她身上，令她动弹不得。地火又重新熊熊燃烧起来，将所有人淹没在汹涌的火舌之中。我毫不迟疑地一跃而下，半空中御风滑行，将双刀送入了那女人的额头和左胸。

对于三眼族人来说，胸口的那颗心脏只是输送人体所需的血液与氧气，真正的思想核心、灵魂要地是在额头上第三只眼的地方。表面看来，那是一只怪眼，实际与此相通的却是第二颗“心脏”。

刀刃尽没，黑血狂溅。我忽然感受到了一种无与伦比的快意，刺下这两刀之后，所有与三眼魔族有关的纠缠死结就要结束了，我终于对那么多死去的伏藏师有了一个负责任的交代。

灼热的火舌包围了我，我知道自己也许会被烧死，但看到那女人痛苦扭曲的表情时，心中突然豁然开朗。这一次，我终于体会到叔叔与三眼魔族交战时高唱古歌的畅快淋漓之情了。人的生命或重于泰山，或轻于鸿毛，只看是为什么而战，为什么而死。

“这是我一生中最风光的时候，你明白吗？”我傲然睥睨着那女人，“正义的伏藏师以生命和热血剿灭魔族时，不论生死，不管后果，不计得失，只为自己的使命而战，虽千万人吾往矣，快哉！快哉！快哉！”

我哈哈大笑起来，拔出双刀，双脚连环飞踹，将那女人的身体踢到半空，撞上石壁，又翻身跌落到火堆里，直至燃烧为焦炭飞灰。蓦地，飞灰从火舌中重新凝聚起来，旋转起舞，化为一条狰狞的黑色长蛇，摇头摆尾，即将冲出头顶那小小的洞口。

“月圆之夜，紫禁之巅，一剑西来，天外飞仙”，我再次记起了前一代江湖中那些脍炙人口的传说。究其实，如果白云城主叶孤城没有悟透《上八仙乾坤诀》上的晦涩心法的话，是永远都施展不出“天外飞仙”那神奇一剑的。我手中无剑，但却拥有来自前辈伏藏师们的双刀，亦早就顿悟了《上八仙乾坤诀》，所以才能在最关键的时刻，激扬双臂，发出了雷电交轰的两刀。

长蛇本是幻影，犹如海市蜃楼之内的楼阁山岛，而乾坤诀上所载的心法、手法、剑法、刀法都是逾越于时间、空间之上的武功。见幻则破幻，见真则灭真，无所不破，无所不杀。

“原来，你才是真正的大伏藏师，连……我最后一线生机都……斩灭殆尽，我终于明白，魔族并没有窥见人类所有的弱点，还是低估了人性的伟大。其实，我可以选择如香雪海那样的一条慷慨就义之路，但是……我……三眼魔族失败了，莎拉多丽的阴谋筹划也失败了，已经到了我死的时刻。”幻影消失了，倒下的只有那赤裸的女人。

我仰面向上望，那狭小的洞口悬在空中，根本无法跃上去，而脚下这巨大的燃烧石室中再也看不见任何门户。

火光中，一个高大魁梧的六臂天神隐约浮现出来，他的声音黄钟大吕般轰响着：“你终于超越四大伏藏师，最终完成了剿灭三眼族魔女的任务，令那幅《西藏镇魔图》成为历史。其实，千年之前的禄东赞只差一步就能完成你今日所做的事，虽然他创造出了这个自动封闭隧道、逼迫魔女坠入火海的神奇机关，却没有彻底地放弃执念、舍生忘死、跃进火海伏魔的勇气，而魔女正是利用了人类的这一弱点，制造出种种幻象，迫使伏藏师们一个一个倒在伏魔之路上。我从没怪过他们，人类总是有这样那样的弱点可供魔女利用，唯有你，令魔女化身无计可施，无路可逃，连被视为不二法宝的情欲诱惑也没能困住你。我不得不说，你是一位前无古人后无来者的史上最强大伏藏师，具有传承我玛哈嘎拉护法神衣钵的资格。”

我凝视着他，心中百感交集。为了完成伏魔任务，已经有太多人牺牲赴死，以至于每一名伏藏师都认为伏藏就等于死亡，死亡是伏藏师唯一的宿命。

“我知道你心里在想什么……”不待我开口，那影子已经低沉而诚挚地开口，“世上所谓的‘伏藏师脑中的识藏’，其实就是人类本身永远不能泯灭的正义的力量。那种力量代代相传，令人类社会永远高于地球上的任何种族。当然，人类还有智慧、果敢、善良、好学等等数不胜数的优秀传统，是其他种族无法学习的。换句话说，‘识藏’人人都有，只看拥有它的人肯不肯做出最大的牺牲，抑制魔性，增长人性，倾毕生之力去完成‘识藏’中的任务。看到但不去做，看到却无力去做，亦永远成就不了伟大的伏藏师。所以，一切都要看冥冥中的机缘。”

“三眼族人必须被彻底诛杀吗？在我看来，只要将这巢穴封印住，当他们体内的魔性退去，还归人性本质，一定能与雪山之外的正常人融合在一起，就像千年之前，他们与古东女国人融洽相处一样，不是吗？”我终于说出了自己内心的困惑。“攻心为上，攻城为下”，只要他们潜心向善，人类世界总该接纳他们，让他们重回“地球人”这个大家庭。

那影子沉默了一会儿，忽然踏着大火雀跃而舞：“善哉，善哉！这才是一个伟大的伏藏师应有的广阔胸怀。我们的确是要以‘心’来分辨同类，而不是单看其外表。与人为善，善者为伍，这世界终将越来越明澈温暖，城城皆香巴拉之城，处处皆化外乐境。到了彼时，藏地护法神玛哈嘎拉就该退隐离开了。禄东赞亦是千古一见的智者，但他却从没表露出你这样的胸怀。当年他去长安，并不仅仅是为藏王松赞干布求亲，而是要面见当时的一名旷世奇人，被称为‘混世魔王’的大唐朝开国元勋程咬金，请教消灭地心魔族的方法。当然，以他的聪明智慧，长安一行没有白费，学会了‘地火融化黄金、灌注魔族巢穴’解决方法。于是，他集合藏地人马之力搜集黄金，囤积在魔女心脏部位，只等消灭魔女化身之后，再用金汁填塞《西藏镇魔图》上唯一的破绽。对了，四大伏藏师呕心沥血推演出的那张图，总是无法一举封闭魔女要害，只能在她的肚脐之上留一条气孔，而禄东赞所做的一切准备，都是为了融灌气孔，将魔族彻底封印在藏地深处。机缘巧合，前辈大伏藏师留下的任务，要在千年之后，由一位同样坚忍睿智的大伏藏师来完成。魔女化身为灰之后，那些黄金就将慢慢融化，灌进黑魔莲花的水晶深井中，将孕育魔族的‘魔茧’烧化，将那条通道变成一条通天黄金之柱，任何魔族中人无法开启。祝贺你陈风，你将成为这一百年中最伟大的伏藏师，藏地人民的历史传说中也会加入你的名字，像珠穆朗玛峰顶的冰雪一样不朽……”

第十章
尾声：特洛伊的遗憾

三周后的某晚，斜飞的秋雨笼罩着港岛铜锣湾别墅。

我和夏雪忙中偷闲，坐在窗前的秋千椅上，凝视着廊外已经被雨水洗得油光碧亮的芭蕉叶子。明天，我们将在花园道的圣约翰大教堂举行婚礼，一切准备停当，只等婚礼进行曲响起的刹那了。

丁零零！夏雪手边的电话响了。

当她拿起听筒时，忽然微微一笑："好像是特洛伊打来的，看到这个来自印度洋周边某国的电话号码，我就有了预感。"

果然，听筒里传来的是特洛伊略带伤感的声音："恭贺二位大喜，公务在身，不能亲自到港祝贺了。我今夜就将启程，调职前往位于埃及开罗的非洲区总部，以后大家就不太可能有见面机会了。陈风，关于发生在藏地的那一连串生死遭际，我还有几件小事想一一告诉你，之前基于组织纪律，它们都是不能说的秘密：第一，我从乃琼寺撤退时，其实只是故意要骄纵那京将军的狂傲之气，然后命令手下人马将神鹰会布置在格培乌孜山附近的近八百精锐一举消灭干净，彻底断掉那京将军的后援；第二，在我的情报资料记录中，燕七的确是经历了一场诡异绝伦的海市蜃楼事件。印度洋上空的高空摄录卫星拍到了那个黄金山谷和两个人拥抱的画面，但事后我的参谋人员无论如何都想不通其间的道理，明明是幻影虚像，燕七又怎能甘之如饴地拥吻那女人？为了见她、跟她在一起而不惜速死，更为了表白心迹而去大昭寺内求死？同样，他说的话、做的事有很多不可理喻之处，这个谜题已经留在亚洲总部的未解档案之上，即日送交内华达州总部；第三，‘三眼魔族即是古东女国遗民’这一结论并不成立。因为总部分析了全球历史典籍中与古东女国有关的资料记载，那种长着三只眼的特殊族类早在东女国建国前就存在了，而且正是他们帮助东女国君主东征西讨，牢牢占据了川藏交界处的大片丰饶国土。之后东女国被中国隋朝军队击败西迁，又被吐蕃军队围困屠杀，该国上至国王大臣、下到平民百姓都被歼灭殆尽，只有三眼族人安全逃离。所以说，三眼族的历史能够追溯到更古老的年代中去，而不仅仅是藏地传说中的隋末唐初。第四，在这一次的藏地探险事件之前，曾有两位著名的亚洲大探险家在乃琼寺失踪。你也应该听说过他们的名字，分别是黎猜和叶马浅。”

特洛伊一口气说了这么多，话头稍停，我才淡然微笑着插嘴：“是，我知道他们。”

黎猜来自越南湄公河口岸，叶马浅来自日本北海道，都是全球顶尖探险家协会的高级会员，分别名列全球十大探险家的第六位和第八位。

“关于以上两位的辉煌历史我不想赘述了，只是要告诉你，仁卓大师所述的那次三眼族人现身于舍身井事件，与这两个人有很大关系。其实，他们就是——”特洛伊停顿沉默了几秒钟，才不无遗憾地接下去，“被制成微缩人头的是越南高手黎猜，博拉多杰大师利用一种相当奇妙的技术，将那人头做成了与录像机、录音机差不多的东西，将自己知道的所有问题传递给夏雪。在伏藏师的世界里，那样的装置被称之为‘磁石’，其中资料只有特殊智者才能领悟。被仁卓大师迎头痛击后潜入水底的则是日本高手叶马浅。只不过叶马浅精通日本忍术，利用忍术中的‘暗夜潜字诀’隐身，逃过了仁卓大师的搜索。但是，当他最终趁着夜色逃离乃琼寺舍身井后，却落入那京将军的神鹰会之手，受尽酷刑折磨，心力交瘁而死。两名探险高手变身为三眼族人的过程无从考证，但笼统推断的话，他们很有可能是受到了某种邪恶力量的诱惑，自愿投靠，人类基因怪异重组，才从额头上长出了第三只眼。这个世界真的是太奇妙了，太阳底下永远都有新鲜事啊！”

黎猜与叶马浅曾是叔叔的座上嘉宾，没料到最终竟以这种结果收场。如果在最后的黑石莲花一战中，我没能以北少林童子功护住心神、抱元守一，拒绝了魔女抛出的情欲诱惑的话，变为三眼族人的恐怖命运或许也会降临在我和夏雪的头上了。

“三小时后，我就要启程，不过在此之前，我会向组织提交一份亚洲区述职报告，其中明确指出，从今往后，亚洲区分部或许将无所作为。因为港岛有你这样的超级大游侠、超级大伏藏师存在，任何神秘事件都会被你找到真相，永远比51号地区捷足先得。最后，我还有一个私人问题，如果夏雪对你不好，或者你发现她并非最适合你的，请打电话给我，再给我回头的机会。我的身心之内，永远给你留着一个最温暖的位置。再会吧！但愿再次相会……”特洛伊笑中带着哭泣的颤音，终于狠下心挂断电话。

夏雪微微皱眉：“看来，她心里一直放不下你，就算跑到北非埃及去了，还惦记着这颗东方之珠。”

有了特洛伊的解释，乃琼寺内外发生的许多事总算有了勉强说得过去的答案，但我对她最后的话并不在意。我与夏雪之间的深情，是从一次又一次生离死别中提炼而来的，圣洁而纯真，不掺杂任何利益成分，一定能够长久。

之前，我们的身边还发生过两件事，一是王帆因陈塘之变，突然厌倦了赏金猎人的危险生涯，自己一个人跑到英国剑桥去读心理学硕士，准备彻底淡出江湖；二是大侠燕赵曾打电话过来恭贺我和夏雪，提及燕七时，他难过得泣不成声，深悔对这个小弟太过放纵，只看重了他头脑超级聪明，却忽略了其他方面的品德教育，这种下场，死得其所，毫无话说。

夜雨渐渐紧了，夏雪起身去冲咖啡，我在淅淅沥沥的雨声中悠然想到：“只要世界上还存在邪恶和暴力，伏藏师的使命就永远不会结束，始终在走着一条铲除罪恶、反击暴力的不平安之路。”

夏雪站在饮水机前，忽然若有所思地开口：“陈风，在地穴火洞中垂下绳子救你的时候，我一直在想，当时若你遇险，我也绝不会独自一个人离开藏地，干脆殉情陪你。我们两个人在茫茫人海中偶遇，上天给了我陪你伴你的机会，我就永远不会给特洛伊之流机会，下次通话，你还是劝她死了心吧，不说‘再会’，应该说是‘再见’才对。再见，永远不再相见。”

于是，两个深爱着的人相视一笑，满室柔情无限。